Il tesoretto

Brunetto Latini

© 2023 Culturea Editions

Texte et illustration de couverture : © domaine public
Edition : Culturea (Hérault, 34)
Contact : infos@culturea.fr
Retrouvez notre catalogue sur http://culturea.fr
Imprimé en Allemagne par Books on Demand
Design typographique : Derek Murphy
Layout : Reedsy (https://reedsy.com/)

Dépôt légal : janvier 2023
Tous droits réservés pour tous pays

ISBN : 9791041842926

Il tesoretto

Brunetto Latini

Il Tesoretto, I

Al valente segnore,
di cui non so migliore
sulla terra trovare:
ché non avete pare
né 'n pace né in guerra;
sì ch'a voi tutta terra
che 'l sole gira il giorno
e 'l mar batte d'intorno
san' faglia si convene,
ponendo mente al bene
che fate per usaggio,
ed a l'alto legnaggio
donde voi sete nato;
e poi da l'altro lato
potén tanto vedere
in voi senno e savere
a ogne condizione,
un altro Salamone
pare in voi rivenuto;
e bene avén veduto

in duro convenente,
ove ogn'altro semente,
che voi pur migliorate
e tuttora afinate;
il vostro cuor valente
poggia sì altamente
in ogne benananza
che tutta la sembianza
d'Alesandro tenete,
ché per neente avete
terra, oro ed argento;
sì alto intendimento
avete d'ogne canto,
che voi corona e manto
portate di franchezza
e di fina prodezza,
sì ch'Achilès lo prode,
ch'aquistò tante lode,
e 'l buono Ettòr troiano,
Lancelotto e Tristano
non valse me' di voe,
quando bisogno fue;
e poi, quando venite
che voi parole dite
o 'n consiglio o 'n aringa,
par ch'aggiate la lingua
del buon Tulio romano
che fu in dir sovrano:
sì buon cominciamento
e mezzo e finimento
sapete ognora fare,
e parole acordare
secondo la matera,
ciascuna in sua manera;
apresso tutta fiata
avete acompagnata
l'adorna costumanza,
che 'n voi fa per usanza
sì ricco portamento
e sì bel reggimento
ch'avanzate a ragione
e Senica e Catone;

e posso dire insomma
che 'n voi, segnor, s'asomma
e compie ogne bontate,
e 'n voi solo asembiate
son sì compiutamente
che non falla neente,
se non com' auro fino:
io Burnetto Latino,
che vostro in ogne guisa
mi son sanza divisa,
a voi mi racomando.
Poi vi presento e mando
questo ricco Tesoro,
che vale argento ed oro:
sì ch'io non ho trovato
omo di carne nato
che sia degno d'avere,
né quasi di vedere,
lo scritto ch'io vi mostro
i•llettere d'inchiostro.
Ad ogn'altro lo nego,
ed a voi faccio priego
che lo tegnate caro,
e che ne siate avaro:
ch'i' ho visto sovente
viltenere a la gente
molto valente cose;
e pietre prezïose
son già cadute i•llocc
che son grandite poco.
Ben conosco che 'l bene
assai val men, chi 'l tene
del tutto in sé celato,
che quel ch'è palesato,
sì come la candela
luce men, chi la cela.
Ma i' ho già trovato
in prosa ed in rimato
cose di grande assetto,
e poi per gran sagretto
l'ho date a caro amico:
poi, con dolor lo dico,

lu' vidi in man d'i fanti,
e rasemprati tanti
che si ruppe la bolla
e rimase per nulla.
S'aven così di questo,
si dico che sia pesto,
e di carta in quaderno
sia gittato in inferno.

Il Tesoretto, II

Lo Tesoro comenza.
Al tempo che Fiorenza
froria, e fece frutto,
sì ch'ell'era del tutto
la donna di Toscana
(ancora che lontana
ne fosse l'una parte,
rimossa in altra parte,
quella d'i ghibellini,
per guerra d'i vicini),
esso Comune saggio
mi fece suo messaggio
all'alto re di Spagna,
ch'or è re de la Magna
e la corona atende,
se Dio no•llil contende:
ché già sotto la luna
non si truova persona
che, per gentil legnaggio
né per altro barnaggio,
tanto degno ne fosse
com' esto re Nanfosse.
E io presi campagna
e andai in Ispagna
e feci l'ambasciata
che mi fue ordinata;
e poi sanza soggiorno
ripresi mio ritorno,
tanto che nel paese
di terra navarrese,
venendo per la calle

del pian di Runcisvalle,
incontrai uno scolaio
su 'n un muletto vaio,
che venia da Bologna,
e sanza dir menzogna
molt' era savio e prode:
ma lascio star le lode,
che sarebbono assai.
Io lo pur dimandai
novelle di Toscana
in dolce lingua e piana;
ed e' cortesemente
mi disee immantenente
che guelfi di Firenza
per mala provedenza
e per forza di guerra
eran fuor de la terra,
e 'l dannaggio era forte
di pregioni e di morte.
Ed io, ponendo cura,
tornai a la natura
ch'audivi dir che tene
ogn'om ch'al mondo vene:
nasce prim[er]amente
al padre e a' parenti,
e poi al suo Comuno;
ond' io non so nessuno
ch'io volesse vedere
la mia cittade avere
del tutto a la sua guisa,
né che fosse in divisa;
ma tutti per comune
tirassero una fune
di pace e di benfare,
ché già non può scampare
terra rotta di parte.
Certo lo cor mi parte
di cotanto dolore,
pensando il grande onore
e la ricca potenza
che suole aver Fiorenza
quasi nel mondo tutto;

e io, in tal corrotto
pensando a capo chino,
perdei il gran cammino,
e tenni a la traversa
d'una selva diversa.

Il Tesoretto, III

Ma tornando a la mente,
mi volsi e posi mente
intorno a la montagna;
e vidi turba magna
di diversi animali,
che non so ben dir quali:
ma omini e moglieri,
bestie, serpent' e fiere,
e pesci a grandi schiere,
e di molte maniere
ucelli voladori,
ed erbi e frutti e fiori,
e pietre e margarite
che son molto gradite,
e altre cose tante
che null'omo parlante
le porria nominare
né 'n parte divisare.
Ma tanto ne so dire:
ch'io le vidi ubidire,
finire e cominciare,
morire e 'ngenerare
e prender lor natura,
sì come una figura
ch'i vidi, comandava.
Ed ella mi sembrava
come fosse incarnata:
talora isfigurata;
talor toccava il cielo,
sì che parea su' velo,
e talor lo mutava,
e talor lo turbava
(al suo comandamento
movëa il fermamento);

e talor si spandea,
sì che 'l mondo parea
tutto nelle sue braccia;
or le ride la faccia,
un'ora cruccia e duole,
poi torna come sòle.
E io, ponendo mente
a l'alto convenente
e a la gran potenza
ch'avea, e la licenza,
uscìo de•rreo pensiero
ch'io avëa primero,
e fe' proponimento
di fare un ardimento
per gire in sua presenza
con degna reverenza,
in guisa ch'io vedere
la potessi, e savere
certanza di suo stato.
E poi ch'i' l'ei pensato,
n'andai davanti lei
e drizzai gli occhi miei
a mirar suo corsaggio.
E tanto vi diraggio,
che troppo era gran festa
li capel de la testa,
si ch'io credea che 'l crino
fosse d'un oro fino
partito sanza trezze;
e l'altre gran bellezze
ch'al volto son congiunte
sotto la bianca fronte,
li belli occhi e le ciglia
e le labbra vermiglia
e lo naso afilato
e lo dente argentato,
la gola biancicante
e l'altre biltà tante
composte ed asettate
e 'n su' loco ordinate,
lascio che no•lle dica,
né certo per fatica

né per altra paura:
ma lingua né scrittura
non seria soficente
a dir compiutamente
le bellezze ch'avea,
né quant' ella potea
in aria e in terra e in mare
e 'n fare e in disfare
e 'n generar di nuovo,
o di congetto o d'ovo
o d'altra incomincianza,
ciascuna in sua sembianza.
E vidi in sua fattura
ched ogne creatura
ch'avea cominciamento,
venï' a finimento.

Il Tesoretto, IV

Ma puoi ch'ella mi vide,
la sua cera che ride
inver' di me si volse,
e puoi a sé m'acolse
molto covertamente,
e disse immantenente:
"Io sono la Natura,
e sono una fattura
de lo sovran Fattore.
Elli è mio creatore:
io son da Lui creata
e fui incominciata;
ma la Sua gran possanza
fue sanza comincianza.
E' non fina né more;
ma tutto mio labore,
quanto che io l'alumi,
convien che si consumi.
Esso è onipotente;
ma io non pos' neente
se non quanto concede.
Esso tanto provede
e è in ogne lato

e sa ciò ch'è passato
e 'l futuro e 'l presente;
ma io non son saccente
se non di quel che vuole:
mostrami, come suole,
quello che vuol ch'i' faccia
e che vol ch'io disfaccia,
ond'io son Sua ovrera
di ciò ch'Esso m'impera.
Così in terra e in aria
m'ha fatta sua vicaria:
Esso dispose il mondo,
e io poscia secondo
lo Suo comandamento
lo guido a Suo talento.

Il Tesoretto, V

A te dico, che m'odi,
che quattro so•lli modi
che Colui che governa
lo secolo in eterna,
mise ['n] operamento
a lo componimento
di tutte quante cose
son, palese e nascose.
L'una, ch'eternalmente
fue in divina mente
immagine e figura
di tutta Sua fattura;
e fue questa sembianza
lo mondo in somiglianza.
Di poi, al Suo parvente
sì creò di neente
una grossa matera,
che non avea manera
né figura né forma,
ma sì fu di tal norma,
che ne potea ritrare
ciò che volea formare.
Poi, lo Suo intendimento
mettendo a compimento,

sì lo produsse in fatto;
ma non fece sì ratto,
né non ci fu sì pronto,
ch'Elli in un solo punto
lo volessi compiére,
com' Elli avea il podere:
ma sei giorni durao,
il settimo posao.
Apresso il quarto modo
è questo ond' io godo,
ch'ad ogne crëatura
dispuose per misura
secondo il convenente
suo corso e sua semente;
e a questa quarta parte
ha loco la mi' arte,
sì che cosa che sia
non ha nulla balìa
di far né più né meno
se non a questo freno.
Ben dico veramente
che Dio onnipotente,
Quello ch'è capo e fine,
per gran forze divine
pò in ogne figura
alterar la natura
e far Suo movimento
di tutto ordinamento:
sì come déi savere,
quando degnò venire
la Maestà sovrana
a prender carne umana
nella Virgo Maria,
che contra l'arte mia
fu 'l suo ingeneramento
e lo Suo nascimento,
ché davanti e da puoi,
sì come savén noi,
fue netta e casta tutta,
vergine non corrotta.
Poi volse Idio morire
per voi gente guerire

e per vostro soccorso;
allor tutto mio corso
mutò per tutto 'l mondo
dal cielo infi•l profondo,
ché 'l sole iscurao,
la terra termentao:
tutto questo avenia
chè 'l mio Segnor patia.
E perciò che 'l me' dire
io lo voglio ischiarire,
sì ch'io non dica motto
che tu non sappie 'n tutto
la verace ragione
e la condizïone,
farò mio detto piano,
che pur un solo grano
non sia che tu non sacci:
ma vo' che tanto facci,
che lo mio dire aprendi,
sì che tutto lo 'ntendi;
e s'io parlassi iscuro,
ben ti faccio sicuro
di dicerlo in aperto,
sì che ne sie ben certo.
Ma perciò che la rima
si stringe a una lima
di concordar parole
come la rima vuole,
sì che molte fiate
le parole rimate
ascondon la sentenza
e mutan la 'ntendenza,
quando vorrò trattare
di cose che rimare
tenesse oscuritate,
con bella brevetate
ti parlerò per prosa,
e disporrò la cosa
parlandoti in volgare,
che tu intende ed apare.

Il Tesoretto, VI

12

Omai a ciò ritorno,
che Dio fece lo giorno
e la luce gioconda
e cielo e terra ed onda,
e l'aire crëao
e li angeli fermao,
ciascun partitamente:
e tutto di neente.
Poi la seconda dia
per la Sua gran balìa
stabilìo 'l fermamento
e 'l suo ordinamento.
Il terzo, ciò mi pare,
ispecificò 'l mare
e la terra divise
e 'n ella fece e mise
ogne cosa barbata
che 'n terra e radicata.
Al quarto dì presente
fece compiutamente
tutte le luminare,
stelle diverse e vare.
Nella quinta giornata
sì fu da Lui crëata
ciascuna crëatura
che nota in acqua pura.
Lo sesto dì fu tale,
che fece ogn'animale,
e fece Adamo ed Eva,
che puoi ruppe la treva
del Suo comandamento.
Per quel trapassamento
mantenente fu miso
fòra di Paradiso,
dov'era ogne diletto,
sanza neuno espetto
di fredo o di calore,
d'ira né di dolore;
e per quello peccato
lo loco fue vietato
mai sempre a tutta gente.
Così fu l'uom perdente:

d'esto peccato tale
divenne l'om mortale,
e ha lo male e 'l danno
e l'agravoso afanno
qui e nell'altro mondo.
Di questo greve pondo
son gli uomini gravati
e venuti em peccati,
perché 'l serpente antico,
che è nostro nemico,
sodusse a rea maniera
quella primaia mogliera.
Ma per lo mio sermone
intendi la ragione
perché fu ella fatta
e de la costa tratta:
prima, che l'uomo atasse;
poi, che multipricasse,
e ciascun si guardasse
con altra non fallasse.
Omai il coninciamento
e 'l primo nascimento
di tutte crëature
t'ho detto, se me cure.
Ma sacce che 'n due guise
lo Fattor lo devise:
ché l'une veramente
son fatte di neente,
ciò son l'anim' e 'l mondo,
e li angeli secondo;
ma tutte l'altre cose,
quantunque dicere ose,
son d'alcuna matera
fatte per lor manera".

Il Tesoretto, VII

E poi che l'ebbe detto,
davanti al suo cospetto
mi parve ch'io vedesse
che gente s'acogliesse
di tutte le nature

(sì come le figure
son tutte divisate
e diversificate),
per domandar da essa
ch'a ciascun sia permessa
sua bisogna compiére;
ed essa, ch'al ver dire
ad ognuna rendea
ciò ched ella sapea
che 'l suo stato richiede,
così in tutto provede.
E io, sol per mirare
lo suo nobile affare,
quasi tutto smarrìo;
ma tant' era 'l disio,
ch'io avea, di sapere
tutte le cose vere
di ciò ch'ella dicea,
ch'ognora mi parea
maggior che tutto 'l giorno:
sì ch'io non volsi torno,
anzi m'inginocchiai
e merzé le chiamai
per Dio, che le piacesse
ched ella m'acompiesse
tutta la grande storia
ond'ella fa memoria.
Ella disse esavia:
"Amico, io ben vorria
che ciò che vuoli intendere
tu lo potessi imprendere,
e sì sotile ingegno
e tanto buon ritegno
avessi, che certanza
d'ognuna sottiglianza
ch'io volessi ritrare,
tu potessi aparare
e ritenere a mente
a tutto 'l tuo vivente.
E comincio da prima
al sommo ed a la cima
de le cose crëate,

di ragione informate
d'angelica sustanza,
che Dio a Sua sembianza
crëò a la primera.
Di sì ricca manera
li fece in tutte guise
che 'n esse furo assise
tutte le buone cose
valenti e prezïose
e tutte le vertute
ed eternal salute;
e diede lor bellezza
di membra e di clarezza,
sì ch'ogne cosa avanza
biltate e beninanza;
e fece lor vantaggio
tal chent' io diraggio:
che non possen morire
né unquema' finire.
E quando Lucifero
si vide così clero
e in sì grande stato
grandito ed innorato,
di ciò s'insuperbio,
e 'ncontro al vero Dio,
Quello che l'avea fatto,
pensao d'un maltratto,
credendo Elli esser pare.
Così volse locare
sua sedia in aquilone,
ma la sua pensagione
li venne sì falluta
che fu tutt' abattuta
sua folle sorcudanza,
in sì gran malenanza
che, s'io voglio 'l ver dire,
chi lo volse seguire
o tenersi con esso
de regno for fu messo,
e piovvero in inferno
e 'n fuoco sempiterno.
Apresso imprimamente

in guisa di serpente
ingannò collo ramo
Eva, e poi Adamo;
e chi chi neghi o dica,
tutta la gran fatica,
la doglia e 'l marrimento,
lo danno e 'l pensamento
e l'angoscia e le pene
che la gente sostene,
lo giorno e 'l mese e l'anno,
venne da quello inganno;
e•lado ingenerare
e lo grave portare
e 'l parto doloroso
e 'l nudrir faticoso
che voi ci sofferite,
tutto per ciò l'avete;
lavorero di terra,
astio, invidia e guerra,
omicidio a peccato
di ciò fue coninciato:
ché 'nanti questo tutto
facea la terra frutto
sanza nulla semente
o briga d'on vivente.
Ma questa sottiltate
tocc' a Divinitate,
ed io non m'intrametto
di punto così stretto,
e non aggio talento
di sì gran fondamento
trattar con omo nato.
Ma quello che m'è dato,
io lo faccio sovente:
che se tu poni mente,
ben vedi li animali
ch'io no•lli faccio iguali
né d'una concordanza
in vista né in sembianza;
erbe e fiori e frutti,
così gli albori tutti:
vedi che son divisi

le natur' e li visi.
Acciò che t'ho contato
che l'omo fu plasmato
posci' ogne crëatura,
se ci ponessi cura,
vedrai palesemente
che Dio onnipotente
volse tutto labore
finir nello migliore:
ca chi ben inconinza
audivi per sentenza
ched ha bon mezzo fatto;
ma guardi, puoi dal tratto,
ca di reo compimento
aven dibassamento
di tutto 'l convenente;
ma chi orratamente
fina suo coninciato,
da la gente è laudato,
sì come dice un motto:
"La fine loda tutto".
E tutto ciò ch'on face,
pensa o parla o tace,
a tutte guise intende
a la fine ch'atende:
dunqu' è più grazìosa
la fine d'ogne cosa
che tutto l'altro fatto.
Però ad ogne patto
dé omo accivire
ciò che porria seguire
di quella che conenza,
ch'aia bella partenza.
E l'om, se Dio mi vaglia,
crëato fu san' faglia
la più nobile cosa
e degna e prezïosa
di tutte crëature:
così Que' ch'è 'n alture
li diede segnoria
d'ogne cosa che sia
in terra figurata;

ver' è ch'è 'nvizïata
de lo primo peccato
dond' è 'l mondo turbato.
Vedi ch'ogn'animale
per forza naturale
la testa e 'l viso bassa
verso la terra bassa,
per far significanza
de la grande bassanza
di lor condizïone,
che son sanza ragione
e seguon lor volere
sanza misura avere:
ma l'omo ha d'alta guisa
sua natura divisa
per vantaggio d'onore,
che 'n alto a tutte l'ore
mira per dimostrare
lo suo nobile affare,
ched ha per conoscenza
e ragione e scienza.
Dell'anima dell'uomo
io ti diraggio como
è tanto degna e cara
e nobile e preclara
che pote a compimento
aver conoscimento
di ciò ch'è ordinato
(sol se•nno fue servato
in divina potenza):
però sanza fallenza
fue l'anima locata
e messa e consolata
ne lo più degno loco,
ancor che sïa poco,
ched è chiamato core.
Ma 'l capo n'è segnore,
ch'è molto degno membro;
e s'io ben mi rimembro,
esso è lume e corona
di tutta la persona.
Ben è vero che 'l nome

è divisato, come
la forza e la scïenza:
ché l'anima in parvenza
si divide e si parte
e ovra in prusor parte.
Che se tu poni cura
quando la crïatura
vede vivificata,
è anima chiamata;
ma la voglia e l'ardire
usa la gente dire:
"Quest' è l'animo mio,
questo voglio e disio";
e l'om savio e saccente
dicon c'ha buona mente;
e chi sa giudicare
e per certo trïare
lo falso dal diritto,
ragione è nome detto;
e chi saputamente
un grave punto sente
in fatt' o in dett' o in cenno,
quelli è chiamato senno;
e quando l'omo spira,
l'alena manda e tira,
è spirito chiarnato.
Così t'aggio contato
che 'n queste sei partute
si parte la vertute
ch'all'anima fu data,
e così consolata.
Nel capo son tre çelle,
e io dirò di quelle.
Davanti è lo ricetto
di tutto lo 'ntelletto
e la forza d'aprendere
quello che puoi intendere;
in mezzo è la ragione
e la discrezïone,
che cerne ben da male,
e lo torto e l'iguale;
di dietro sta con gloria

la valente memoria,
che ricorda e ritene
quello che 'n esso avene.
Così, se tu ti pensi,
son fatti cinque sensi,
d'i quai ti voglio dire:
lo vedere e l'udire,
l'odorare e 'l gostare,
e dapoi lo toccare;
questi hanno per ofizio
che lo bene e lo vizio,
li fatti e le favelle
ritornano a le zelle
ch'i' v'aggio nominate,
e loco son pesate.

Il Tesoretto, VIII

Ancor son quattro omori
di diversi colori,
che per la lor cagione
fanno la compressione
d'ogne cosa formare
e sovente mutare,
sì come l'una avanza
le altre in sua possanza:
ché l'una è 'n segnoria
de la malinconia,
la quale è freda e secca,
certo di lada tecca;
un'altr' è in podere
di sangue, al mio parere,
ch'è caldo ed omoroso
e fresco e gioioso;
frema in alto monta,
ch'umido e fredo pont' à,
e par che sia pesante
quell'omo, e più pensante;
poi la collera vene,
che caldo e secco tene,
e fa l'omo leggiero,
presto e talor fero.

E queste quattro cose,
così contrarïose
e tanto disiguali,
in tutti l'animali
mi convene acordare
ed i•lor temperare,
e rinfrenar ciascuno,
si ch'io li torni a uno,
si ch'ogne corpo nato
ne sia compressionato;
e sacce ch'altremente
non si faria neente.

Il Tesoretto, IX

Altresì tutto 'l mondo
dal ciel fin lo profondo
è di quattro aulimenti
fatto ordinatamenti:
d'aria, d'acqua e di foco
e di terra in suo loco;
ché, per fermarlo bene,
sottilmente convene
lo fredo per calore
e 'l secco per l'omore
e tutti per ciascuno
sì rinfrenar a uno
che la lor discordanza
ritorni in iguaglianza:
ché ciascuno è contrario
a l'altro ch'è disvario.
Ogn'omo ha sua natura
e diversa fattura,
e son talor dispàri:
ma io li faccio pari,
e tutta lor discordia
ritorno in tal concordia,
che io per lo•ritegno
lo mondo e lo sostegno,
salva la volontade
de la Divinitade.

Ben dico veramente
che Dio onnipotente
fece sette pianete,
ciascuna in sua parete,
e dodici segnali
(io ti dirò ben quali);
e fue il Suo volere
di donar lor podere
in tutte crëature
secondo lor nature.
Ma sanza fallimento
sotto meo reggimento
è tutta la loro arte,
sicché nesun si parte
dal corso che li ho dato,
a ciascun misurato.
E dicendo lo vero,
cotal è lor mistiero,
che metton forza e cura
in dar fredo e calura
e piova e neve e vento,
sereno e turbamento.
E s'altra provedenza
fue messa i•llor parvenza,
no 'nde farò menzione,
ché picciola cagione
ti porria far errare:
ché tu déi pur pensare
che le cose future,
e l'aperte e le scure,
la somma Maestate
ritenne in potestate.
Ma se di storlomia
vorrai saper la via,
de la luna e del sole
come saper si vuole,
e di tutte pianete,
qua 'nanzi l'udirete,
andando in quelle parte
dove son le sette arte.
Ben so che lungiamente

intorno al convenente
aggioti ragionato,
sl ch'io t'aggio contato
una lunga matera
certo in breve manera.
E se m'hai bene inteso,
nel mio dire ho compreso
tutto 'l coninciamento
e 'l primo nascimento
d'ogne cosa mondana
e de la gente umana;
e hotti detto un poco,
come s'avene loco,
de la Divinitate;
e holle intralasciate,
sì come quella cosa
ched è sì prezïosa
e sì alta e sì degna
che non par che s'avegna
che mette intendimento
in sì gran fondamento:
ma tu sempicemente
credi veracemente
ciò che la Chiesa Santa
ne predica e ne canta.
Apresso t'ho contato
del ciel com' è stellato,
ma quando fie stagione
udirai la cagione
del ciel com' è ritondo
e del sido del mondo.
Ma non sarà pe•rima,
com' e scritto di prima
ma per piano volgare
ti fie detto l'affare
e mostrato in aperto,
che ne sarai ben certo.
Ond'io ti priego ormai,
per la fede che m'hai,
che ti piaccia partire:
ché mi conviene gire
per lo mondo d'intorno,

e di notte e di giorno
avere studio e cura
in ogne crëatura
ch'è sotto mio mestero;
e faccio a Dio preghiero
che ti conduca e guidi
en tutte parti, e fidi".

Il Tesoretto, XI

Apresso esta parola
voltò 'l viso e la gola,
e fecemi sembianza
che sanza dimoranza
volesse visitare
e li fiumi e lo mare.
E, sanza dir fallenza,
ben ha grande potenza,
ché, s'io vo' dir lo vero,
lo suo alto mistero
è una maraviglia:
ché 'n un'ora compiglia
e cielo e terra e mare
compiendo suo affare,
ché 'n così poco stando
al suo breve comando
io vidi apertamente,
come fosse presente,
i fiumi principali,
che son quattro, li quali,
secondo il mio aviso,
movon di Paradiso,
ciò son Tigre e Fisòn,
Eofrade e Giön.
L'un se ne passa a destra
e l'altro ver' sinestra,
lo terzo corre in zae
e 'l quarto va di lae:
sì ch'Eufrade passa
ver' Babillona cassa
i•Mesopotanìa,
e mena tuttavia

le pietre preziose
e gemme dignitose
di troppo gran valore
per forza e per colore.
Gïòn va in Etïopia,
e per la grande copia
d'acqua che 'n esso abonda,
bagna de la sua onda
tutta terra d'Egitto
e l'amolla a diritto
una fiata l'anno
e ristora lo danno
che lo 'Gitto sostene,
che mai pioggia non viene:
così serva su' filo
ed è chiamato Nilo;
d'un su' ramo si dice
ched ha nome Calice.
Tigre tien altra via,
chè corre per Soria
sì smisuratamente
che non è om vivente
che dica che vedesse
cosa che sì corresse.
Fisòn va più lontano,
ed è da noi sì strano
che, quando ne ragiono,
io non trovo nessuno
che l'abbia navicato,
né 'n quelle parti andato.
E in poca dimora
provide per misura
le parti del Levante,
lì dove sono tante
gemme di gran vertute
e di molte salute;
e sono in quello giro
balsime ed ambra e tiro
e lo pepe e lo legno
aloè, ch'è sì degno,
e spigo e cardamomo,
gengiov' e cennamomo

e altre molte spezie,
che ciascuna in sua spezie
è migliore e più fina
e sana in medicina.
Apresso in questo poco
mise in asetto loco
le tigre e li grifoni
e leofanti e leoni,
cammelli e drugomene
e badalischi e gene
e pantere e castoro,
le formiche dell'oro
e tanti altri animali
ch'io non posso dir quali,
che son sì divisati
e sì dissomigliati
di corpo e di fazzone,
di sì fera ragîone
e di sì strana taglia
ch'io non credo, san' faglia,
ch'alcuno omo vivente
potesse veramente
per lingua o per scritture
recittar le figure
de le bestie ed uccelli,
tanto son, laidi e belli.
Poi vidi immantenente
la regina piagente
che stendëa la mano
verso 'l mare Ucïano,
quel che cinge la terra
e che la cerchia e serra,
e ha una natura
ch'è a veder ben dura,
ch'un'ora cresce molto
e fa grande timolto,
poi torna in dibassanza;
così fa per usanza:
or prende terra, or lassa,
or monta, or dibassa;
e la gente per motto
dicon c'ha nome fiotto.

E io, ponendo mente
là oltre nel ponente
apresso questo mare,
vidi diritto stare
gran colonne, le quale
vi pose per segnale
Ercolès lo potente,
per mostrare a la gente
che loco sia finata
la terra e terminata:
ch'egli per forte guerra
avea vinta la terra
per tutto l'uccidente,
e non trova più gente.
Ma doppo la Sua morte
sì son gente raccorte
e sono oltre passati,
sì che sono abitati
di là, in bel paese
e ricco per le spese.
Di questo mar ch'i' dico
vidi per uso antico
nella perfonda Spagna
partire una rigagna
di questo nostro mare,
che cerehia, ciò mi pare,
quasi lo mondo tutto,
sì che per suo condotto
ben pò chi sa dell'arte
navicar tutte parte,
e gire in quella guisa
di Spagna infin a Pisa
e 'n Grecia ed in Toscana
e 'n terra ciciliana
e nel Levante dritto
e in terra d'Igitto.
Ver' è che 'n orïente
lo mar volta presente
ver' lo settantrïone
per una regïone
dove lo mar non piglia
terra che sette miglia;

poi torna in ampiezza,
e poi in tale stremezza
ch'io non credo che passi
che cinquecento passi.
Da questo mar si parte
lo mar che non comparte,
là 'v'e la regïone
di Vinegia e d'Ancone:
così ogn'altro mare
che per la terra pare
di traverso e d'intorno,
si move e fa ritorno
in questo mar pisano
ov'è 'l mare Occïano.
E io che mi sforzava
di ciò che io mirava
saver lo certo stato,
tanto andai d'ogne lato
ch'io vidi apertamente,
davanti al mio vidente,
di ciascuno animale
e lo bene e lo male
e la lor condizione
e la 'ngenerazione
e lo lor nascimento
e lo cominciamento
e tutta loro usanza,
la vista e la sembianza.
Ond'io aggio talento
nello mio parlamento
ritrare ciò ch'io vidi.
Non dico ch'io m'afidi
di contarlo pe•rima
dal piè fin a la cima,
ma 'n bel volgare e puro,
tal che non sia oscuro,
vi dicerò per prosa
quasi tutta la cosa
qua 'nanti da la fine,
perché paia più fine.

Da poi ch'a la Natura
parve che fosse l'ora
del mio dipartimento,
con gaio parlamento
sl cominciò a dire
parole da partire
con grazia e con amore;
e faccendomi onore
disse: "Fi' di Latino,
guarda che 'l gran cammino
non torni esta semmana,
ma questa selva piana,
che tu vedi a sinestra,
cavalcherai a destra.
Non ti paia travaglia,
ché tu vedrai san' faglia
tutte le gran sentenze
e le dure credenze;
e poi da l'altra via
vedrai Fisolofia
e tutte sue sorelle;
e poi udrai novelle
de le quattro Vertute;
e se quindi ti mute,
troverai la Ventura;
a cui se poni cura,
ché non ha certa via,
vedrai Baratteria,
che 'n sua corte si tene
di diare e male e bene;
e se non hai timore,
vedrai i•Dio d'Amore,
e vedrai molte gente
che 'l servono umilmente,
e vedrai le saette
che fuor de l'arco mette.
Ma perché tu non cassi
in questi duri passi,
te', porta questa segna
che nel mio nome regna.
E se tu fossi giunto
d'alcun gravoso punto,

tosto lo mostra fuore:
non fia sì duro core
che per la mia temenza
non t'aggia in reverenza".
E io gechitamente
ricevetti 'l presente,
la 'nsegna che mi diede;
poi le basciai il piede
e mercé le gridai,
ch'ella m'avesse ormai
per suo racomandato.
E quando io fui girato,
già più no•lla rividi.
Or conven ch'io mi guidi
ver' là dove mi disse
'nanti che si partisse.

Il Tesoretto, XIII

Or va mastro Burnetto
per un sentiero stretto,
cercando di vedere
e toccar e sapere
ciò che l'è destinato;
e non fu' guari andato
ch'i' fu' nella deserta,
dov' io non trovai certa
né strada né sentero.
Deh, che paese fero
trovai in quella parte!
Ché, s'io sapesse d'arte,
quivi mi bisognava,
ché, quanto io più mirava,
più mi parea salvaggio:
quivi non ha vïaggio,
quivi non ha magione,
quivi non ha persone,
non bestia, non uccello,
non fiume, non ruscello,
né formica né mosca
né cosa ch'io cognosca.
Ed io, pensando forte,

dottai ben de la morte:
e non è maraviglia,
ché ben trecento miglia
durava d'ogne lato
quel paese ismaggiato.
Ma sì m'asicurai
quando mi ricordai
del sicuro segnale
che contra tutto male
mi dà sicuramento;
e io presi andamento
quasi per aventura
per una valle scura,
tanto ch'al terzo giorno
io mi trovai d'intorno
un grande pian giocondo,
lo più gaio del mondo
e lo più dilettoso.
Ma ricontar non oso
ciò ch'i' trovai e vidi:
se Dio mi porti e guidi,
io non sarei creduto
di ciò ch'i' ho veduto;
ch'i' vidi imperadori
e re e gran segnori,
e mastri di scïenze
che dittavan sentenze,
e vidi tante cose
che già in rime né in prose
no•lle porria contare;
ma sopra tutti stare
vidi una imperadrice
di cui la gente dice
che ha nome Vertute,
ed è capo e salute
di tutta costumanza
e de la buona usanza
e d'i be' reggimenti
a che vivon le genti;
e vidi agli occhi miei
esser nate di lei
quattro regine figlie;

e strane maraviglie
vidi di ciascheduna,
ch'or mi parea pur una,
or mi parean divise
e 'n quattro parti mise,
sì ch'ognuna per séne
tenean sue propie mene,
ed avean su' legnaggio,
su' corso e su' vïaggio,
e 'n sua propria magione
tenean corte e ragione;
ma non già di paraggio,
ché l'un' è troppo maggio,
e poi di grado a grado
catuna va più rado.

Il Tesoretto, XIV

di più certo sapere
la natura del fatto,
mi mossi sanza patto
di domandar fidanza,
e trassimi a l'avanza
de la corte maggiore,
che v'è scritto 'l tenore
d'una cotal sentenza:
"Qui demora Prodenza,
cui la gente in volgare
suole Senno chiamare".
E vidi ne la corte,
là dentro fra le porte,
quattro donne reali
che corte principali
tenean ragion ed uso.
Poi mi tornai là giuso
a un altro palazzo,
e vidi in bello stazzo
scritto per sottiglianza:
"Qui sta la Temperanza,
cui la gente talora
suol chiamare Misura".
E vidi là d'intorno

33

dimorare a soggiorno
cinque gran principesse,
e vidi ch'elle stesse
tenean gran parlamento
di ricco insegnamento.
Poi nell'altra magione
vidi in un gran pedrone
scritto per sottigliezza:
"Qui dimora Fortezza,
cui talor per usaggio
Valenza di coraggio
la chiama alcuna gente".
Poi vidi immantenente
quattro ricche contesse,
e gente rade e spesse
che stavano a udire
ciò ch'elle volean dire.
E partendomi un poco,
io vidi in altro loco
la donna incoronata
per una caminata,
che menava gran festa
e talor gran tempesta;
e vidi che lo scritto,
ch'era di sopra fitto
in lettera dorata,
dicea: "Io son chiamata
Giustizia in ogne parte".
E vidi i•l'altra parte
quattro maestre grandi,
e a li lor comandi
si stavano ubidenti
quasi tutte le genti.
Così, s'i' non misconto,
eran venti per conto
queste donne reali
che de le principali
son nate per lignaggio,
sì come detto v'aggio.
E s'io contar volesse
ciò ch'io ben vidi d'esse
insieme ed in divisa,

non credo i•nulla guisa
che iscrittura capesse
né che lingua potesse
divisar lor grandore,
né 'l bene né 'l valore.
Però più non ne dico;
ma sì pensai con meco
che quattro n'ha tra loro
cu' i' credo ed adoro
assai più coralmente,
perché 'l lor convenente
mi par più grazïoso
e a la gente in uso:
Cortesia e Larghezza
e Leanza e Prodezza.
Di tutte e quattro queste
il puro sanza veste
dirò in questo libretto:
dell'altre non prometto
di dir né di ritrare;
ma chi 'l vorrà trovare,
cerchi nel gran Tesoro
ch'io fatt' ho per coloro
c'hanno il core più alto:
là farò grande salto
per dirle più distese
ne la lingua franzese.

Il Tesoretto, XV

Ond' io ritorno ormai
per dir come trovai
le tre a gran dilizia
in casa di Giustizia,
ché son sue descendenti
e nate di parenti.
E io m'andai da canto
e dimora'vi tanto
ched i' vidi Larghezza
mostrare con pianezza
ad un bel cavalero
come nel suo mistero

si dovesse portare.
E dicìe, ciò mi pare:
"Se tu vuol' esser mio,
di tanto t'afid' io,
che nullo tempo mai
di me mal non avrai,
anzi sarai tuttore
in grandezza e in onore,
ché già om per larghezza
non venne in poverezza.
Ver' è ch'assai persone
dicon ch'a mia cagione
hanno l'aver perduto,
e ch'è loro avenuto
perché son larghi stati;
ma troppo sono errati:
ché, como è largo quelli
che par che s'acapilli
per una poca cosa
ove onor grande posa,
e 'n un'altra bruttezza
farà sì gra•larghezza
che fie dismisuranza?
Ma tu sappie 'n certanza
che null' ora che sia
venir non ti poria
la tua ricchezza meno
se ti tieni al mio freno
nel modo ch'io diraggio:
ché quelli è largo e saggio
che spende lo danaro
per salvar l'ogostaro.
Però in ogne lato
ti membri di tu' stato
e spendi allegramente;
e non vo' che sgomente
se più che sia ragione
despendi a le stagione,
anz' è di mio volere
che tu di non vedere
te infinghi a le fïate,
se danari o derrate

ne vanno per onore:
pensa che sia il migliore.
E se cosa adivenga
che spender ti convenga,
guarda che sia intento,
sì che non paie lento:
ché dare tostamente
è donar doppiamente,
e dar come sforzato
perde lo dono e 'l grato;
ché molto più risplende
lo poco, chi lo spende
tosto e a larga mano,
che que' che da lontano
dispende gran ricchezza
e tardi, con durezza.
Ma tuttavia ti guarda
d'una cosa che 'mbarda
la gente più che 'l grado,
cioè gioco di dado:
ché non è di mia parte
chi si gitta in quell'arte,
anz' è disvïamento
e grande struggimento.
Ma tanto dico bene,
se talor ti convene
giocar per far onore
ad amico o a segnore,
che tu giuochi al più grosso,
e non dire: "I' non posso".
Non abbie in ciò vilezza,
ma lieta gagliardezza;
e se tu perdi posta,
paia che non ti costa:
non dicer villania
né mal motto che sia.
Ancor, chi s'abandona
per astio di persona,
e per sua vanagroria
esce de la memoria
a spender malamente,
non m'agrada neente;

e molto m'è rubello
chi dispende in bordello
e va perdendo 'l giorno
in femine d'intorno.
Ma chi di suo bon core
amasse per amore
una donna valente,
se talor largamente
dispendesse o donasse
(non sì che folleggiasse),
be•llo si puote fare,
ma no'l voglio aprovare.
E tegno grande scherna
chi dispende in taverna;
e chi in ghiottornia
si getta, o in beveria,
è peggio che omo morto
e 'l suo distrugge a torto.
E ho visto persone
ch'a comperar capone,
pernice e grosso pesce,
lo spender no•lli 'ncresce:
ché, come vol sien cari,
pur trovansi i danari,
sì pagan mantenente,
e credon che la gente
lili ponga i•llarghezza;
ma ben è gran vilezza
ingolar tanta cosa
che già fare non osa
conviti né presenti,
ma colli propî denti
mangia e divora tutto:
ecco costume brutto!
Mad io, s'i' m'avedesse
ch'egli altro ben facesse,
unqua di ben mangiare
no•llo dovrei blasmare:
ma chi 'l nasconde e fugge
e consuma e distrugge,
solo che ben si pasce,
certo in mal punto nasce.

Hacci gente di corte
che sono use ed acorte
a sollazzar la gente,
ma domandan sovente
danari e vestimenti:
certo, se tu ti senti
lo poder di donare,
ben déi corteseggiare,
guardando d'ogne lato
di ciascun lo suo stato;
ma già non ublïare,
se tu puoi megliorare
lo dono in altro loco,
non ti vinca per gioco
lusinga di buffone:
guarda loco e stagione.
Ancora abbi paura
d'improntare a usura;
ma se ti pur convene
aver per spender bene,
prego che rende ivaccio,
ché non è bel procaccio
né piacevol convento
di diece render cento:
già d'usura che dài
nulla grazia non hai;
né 'n ciò non ha larghezza,
ma tua gran pigrezza.
Ben forte mi dispiace
e gran noia mi face
donzello e cavalero
che, quando un forestero
passa per la contrada,
non lascia che non vada
a farli compagnia
in casa e per la via,
e gran cose promette,
ma altro non vi mette:
così ten questa mena;
e chi lo 'nvita a cena,
terrebbe ben lo 'nvito;
non farebbe convito,

servigio né presente.
Ma sai che m'è piagente?
quando vene un forese,
di farli ben le spese
secondo che s'aviene:
ché presentar ritiene
amore ed onoranza,
compagnia ed usanza.
E sai ch'io molto lodo?
che tu a ogne modo
abbi di belli arnesi
e privati e palesi,
sì che 'n casa e di fore
si paia 'l tuo onore.
E se tu fai convito
o corredo bandito,
fa'l provedutamente,
che non falli neente:
di tutto inanzi pensa;
e quando siedi a mensa,
non far un laido piglio,
non chiamare a consiglio
sescalco né sergente,
ché da tutta la gente
sarai scarso tenuto
e non ben proveduto.
Omai t'ho detto assai:
perciò ti partirai,
e dritto per la via
ne va' a Cortesia,
e prega da mia parte
che ti mostri su' arte,
ché già non veggo lume
sanza 'l su' bon costume".

Il Tesoretto, XVI

Lo cavaler valente
si mosse inellamente
e gìo sanza dimora
loco dove dimora
Cortesia grazïosa,

In cui ognora posa
pregio di valimento,
e con bel gechimento
la pregò che 'nsegnare
li dovess' e mostrare
tutta la maestria
di fina cortesia.
Ed ella immantenente
con buon viso piacente
disse in questa manera
lo fatto e la matera:
"Sie certo che Larghezza
è 'l capo e la grandezza
di tutto mio mistero,
sì ch'io non vaglio guero,
e s'ella non m'aita
poco sarei gradita.
Ella è mio fondamento,
e io suo doramento
e colore e vernice:
ma chi lo buon ver dice,
se noi due nomi avemo,
quasi una cosa semo.
Ma a te, bell' amico,
primeramente dico
che nel tuo parlamento
abbi provedimento:
non sia troppo parlante,
e pensati davante
quello che dir vorrai,
ché non retorna mai
la parola ch'è detta,
sì come la saetta
che va e non ritorna.
Chi ha la lingua adorna,
poco senno gli basta,
se per follia no'l guasta.
E 'l detto sia soave,
e guarda non sia grave
in dir ne' reggimenti,
ché non puo' a le genti
far più gravosa noia:

consiglio che si moia
chi spiace per gravezza,
ché mai non si ne svezza;
e chi non ha misura,
se fa 'l ben, sì l'oscura.
Non sia inizzatore,
né sia redicitore
di quel ch'altra persona
davante a te ragiona;
né non usar rampogna,
né dire altrui menzogna,
né villania d'alcuno:
ché già non è nessuno
cui non posse di botto
dicere u•laido motto.
Né non sie sì sicuro
che pur un motto duro
ch'altra persona tocca
t'esca fuor de la bocca:
ché troppa sicuranza
fa contra buona usanza;
e chi sta lungo via
guardi di dir follia.
Ma sai che ti comando
e pongo a greve bando?
che l'amico de bene
innora quanto téne
a piede ed a cavallo.
Né già per poco fallo
non prender grosso core,
per te non falli amore.
E abbie sempre a mente
d'usar con buona gente,
e da l'altra ti parti:
ché, sì come dell'arti,
qualche vizio n'aprendi,
sì ch'anzi che t'amendi
n'avrai danno e disnore.
Però a tutte l'ore
ti tieni a buona usanza,
perciò ch'ella t'avanza
in pregio ed in valore,

e fatt' esser migliore
e dà bella figura:
ché la buona natura
si rischiara e pulisce
se 'l buon uso seguisce.
Ma guarda tuttavia,
s'a quella compagnia
tu paressi gravoso,
di gir non sie più oso,
mad altra ti procaccia
a cui il tu' fatto piaccia.
Amico, e guarda bene,
con più ricco di téne
non ti caglia d'usare,
ch'o starai per giullare
o spenderai quant'essi:
che se tu no'l facessi,
sarebbe villania;
e pensa tuttavia
che larga inconincianza
sì vuol perseveranza.
Dunque déi provedere,
se 'l porta tuo podere,
che 'l facci apertamente;
se non, sì poni mente
di non far tanta spesa
che poscia sia ripresa;
ma prendi usanz' a tale
che sia con teco iguale;
e s'avanzasse un poco,
non ti smagar di loco,
ma spendi di paraggio:
non prendere avantaggio.
E pensa ogne fïata,
se nella tua brigata
ha omo al tu' parere
men potente d'avere,
per Dio no•llo sforzare
più che non posse fare:
che se per tu' conforto
il su' dispende a torto
e torna in basso stato,

tu ne sarai biasmato.
Ma ben ci son persone
d'altra condizïone,
che si chiaman gentili:
tutt' altri tegnon vili
per cotal gentilezza;
e a questa baldezza
tal chiaman mercennaio
che più tosto uno staio
spenderia di fiorini
ch'essi di picciolini,
benché li lor podere
fosseron d'un valere.
E chi gentil si tiene
sanza fare altro bene
se non di quella boce,
credesi far la croce,
ma e' si fa la fica:
chi non dura fatica
sì che possa valere,
non si creda capere
tra gli uomini valenti
perché sia di gran genti;
ch'io gentil tengo quelli
che par che modo pilli
di grande valimento
e di bel nudrimento,
sì ch'oltre suo lignaggio
fa cose d'avantaggio
e vive orratamente,
sì che piace a le gente,
Ben dico, se 'n ben fare
sia l'uno e l'altro pare,
quelli ch'è meglio nato
è tenuto più a grato,
non per mia maestranza,
ma perch' è sì usanza,
la qual vince e rabatti
gran parte d'i mie' fatti,
sì ch'altro no ne posso:
ch'esto mondo è sì grosso
che ben per poco detto

si giudica 'l diritto;
ché lo grande e 'l minore
ci vivono a romore.
Perciò ne sie aveduto
di star tra lor sì muto
chè non ne faccia•risa:
pàssati a la lor guisa,
che 'nanzi ti comporto
che tu segue lo torto;
che se pur ben facessi,
da che lor non piacessi,
nulla cosa ti vale
e dir bene né male.
Però non dir novella
se non par buona e bella
a ciascun che la 'ntende,
ché tal ti ne riprende
che aggiunge bugia,
quando se' ito via,
che ti déi ben dolere.
Però déi tu sapere
in cotal compagnia
giucar di maestria,
ciò è che sappie dire
quel che deia piacere;
e lo ben, se 'l saprai,
con altrui lo dirai,
dove fie conusciuto
e ben caro tenuto,
ché molti sconoscenti
troverai fra le genti,
che metton maggio cura
d'udire una laidura
ch'una cosa che vaglia:
trapassa e non ti caglia.
E sie bene apensato,
s'un om molto pesato
alcuna volta faccia
cosa che non s'aggiaccia
in piazza né in templo,
no 'nde pigliare asemplo,
perciò che non ha scusa

chi altrui mal s'ausa.
E guarda non errassi
se tu stessi o andassi
con donna o con segnore
o con altro maggiore;
e benché sie tuo pare,
che lo sappie innorare,
ciascun per lo su' stato.
Siene sì ampensato,
e del più e del meno,
che tu non perdi freno;
ma già a tuo minore
non render più onore
ch'a luï si convenga,
né ch'a vil te ne tenga:
però, s'egli è più basso,
va sempre inanzi un passo.
E se vai a cavallo,
guardati d'ogne fallo;
quando vai per cittade,
consiglioti che vade
molto cortesemente:
cavalca bellamente,
un poco a capo chino,
ch'andar così 'n disfreno
par gran salvatichezza;
né non guardar l'altezza
d'ogne casa che truove;
guarda che non ti move
com'on che sia di villa;
non guizzar com' anguilla,
ma va' sicuramente
per vïa tra la gente.
Chi ti chiede in prestanza,
non fare adimoranza
se tu li vuol' prestare:
no'l far tanto tardare
che 'l grado sia perduto
anzi che sia renduto.
E quando se' in brigata,
seguisci ogne fïata
lor via e lor piacere,

ché tu non déi volere
pur far a la tua guisa,
né far di lor divisa.
E guàrdati ad ogn'ora
che laida guardatura
non facci a donna nata
a casa o nella strata:
però chi fa 'l sembiante
e dice ch'è amante,
è un briccon tenuto.
E io ho già veduto
solo d'una canzone
peggiorar condizione:
ché già 'n questo paese
non piace tal arnese.
E guarda in tutte parti
ch'Amor già per su' arti
non t'infiammi lo core:
con ben grave dolore
consumerai tua vita,
né mai di mia partita
non ti potrei tenere,
se fossi in suo podere.
Or ti torna a magione,
ch'omai è la stagione;
e sie largo e cortese,
sì che 'n ogne paese
tutto tuo convenente
sia tenuto piagente".

Il Tesoretto, XVII

Per così bel commiato
n'andò da l'altro lato
lo cavalier gioioso,
e molto confortoso
per sembianti parea
di ciò ch'udito avea;
e 'n questa benenanza
se n'andò a Leanza,
e lei si fece conto,
e poi disse suo conto

sì come parve a lui:
e certo io che vi fui
lodo ben sua manera
e 'l costume e la cera.
E vidi Lealtate
che pur di veritate
tenea suo parlamento;
con bello acoglimento
li disse: "Ora m'intendi
e ciò ch'io dico aprendi.
Amico, primamente
consiglio che non mente,
e 'n qual parte che sia
tu non usar bugia:
ch'on dice che menzogna
ritorna in gran vergogna
però c'ha breve corso;
e quando vi se' scorso,
se tu a le fïate
dicessi veritate,
non ti sarà creduta.
Ma se tu hai saputa
la verità d'un fatto,
e poi per dirla ratto
grave briga nascesse,
certo, se la tacesse,
se ne fossi ripreso,
sarai da me difeso.
E se tu hai parente
o caro benvogliente
cui la gente riprenda
d'una laida vicenda,
tu dê essere acorto
a diritto ed a torto
in dicer ben di lui,
e per fare a colui
discreder ciò che dice;
e poi, quando ti lice,
l'amico tuo gastiga
del fatto onde s'imbriga.
Cosa che tu promette,
non vo' che la dimette:

comando che s'atenga,
purché mal non n'avenga
Ben dicon buoni e rei:
"Se tu fai ciò che déi,
avegna ciò che puote";
ma poi, chi ti riscuote
s'un grave mal n'avene?
Foll' è chi teco tene:
ch'i' tegno ben leale
chi per un picciol male
fa schifare un maggiore,
se 'l fa per lo migliore,
sì che lo peggio resta.
E chi ti manofesta
alcuna sua credenza,
abbine retenenza,
e la lingua sì lenta
ch'un altro no la senta
sanza la sua parola:
ch'io già per vista sola
vidi manofestato
un fatto ben celato.
E chi ti dà in prestanza
sua cosa, o in serbanza,
rendila sì a punto
che non sie in fallo giunto.
E chi di te si fida,
sempre lo guarda e guida,
né già di tradimento
non ti vegna talento.
E vo' ch'al tuo Comune,
rimossa ogne cagione,
sie diritto e leale,
e già per nullo male
che ne poss' avenire
no•llo lasciar perire.
E quando se' 'n consiglio,
sempre ti tieni al meglio:
né prego né temenza
ti mova i•rria sentenza.
Se fai testimonianza,
sia piena di leanza;

e se giudichi altrui,
guarda sì abondui
che già da nulla parte
non falli l'una parte.
Ancor ti priego e dico,
quand' hai lo buono amico
e lo leal parente,
amalo coralmente:
non si' a sì grave stallo
che tu li facce fallo.
E voglio ch'am' e crede
Santa Chiesa e la fede;
e solo e infra la gente
innora lealmente
Geso Cristo e li santi,
sì che' vecchi e li fanti
abbian di te speranza
e prendan buon' usanza.
E va', che ben ti pigli
e che Dio ti consigli,
ché per esser leale
si cuopre molto male".

Il Tesoretto, XVIII

Allora il cavalero,
che 'n sì alto mestero
avea la mente misa,
se n'andò a distesa
e gìsene a Prodezza;
e quivi con pianezza
e con bel piacimento
e disse il suo talento.
Allor vid' io Prodezza
con viso di baldezza
sicuro e sanza risa
parlare in questa guisa:
"Dicoti apertamente
che tu non sie corrente
a far né a dir follia,
ché, per la fede mia,
non ha presa mi' arte

chi segue folle parte;
e chi briga mattezza
non fie di tale altezza
che non ruvini a fondo:
non ha grazia nel mondo.
E guàrdati ognora
che tu non facci ingiura
né forza a om vivente:
quanto se' più potente,
cotanto più ti guarda,
ché la gente non tarda
di portar mala boce
a om che sempre noce.
Di tanto ti conforto,
che, se t'è fatto torto,
arditamente e bene
la tua ragion mantene.
Ben ti consiglio questo:
che, se tu col ligisto
atartene potessi,
vorria che lo facessi,
ch'egli è maggior prodezza
rinfrenar la mattezza
con dolci motti e piani
che venire a le mani.
E non mi piace grido;
pur con senno mi guido;
ma se 'l senno non vale,
metti mal contra male,
né già per suo romore
non bassar tuo onore;
ma s'è di te più forte,
fai senno se 'l comporte
e da' loco a la mischia,
ché foll' è chi s'arischia
quando non è potente:
però cortesemente
ti parti di romore;
ma se per suo furore
non ti lascia partire,
vogliendoti ferire,
consiglioti e comando

no 'nde vada [da] bando:
abbie le mani acorte,
non dubbiar de la morte,
ché tu sai per lo fermo
che già di nullo schermo
si pote omo covrire,
che non vada al morire
quando lo punto vene.
Però fa grande bene
chi s'arischi' al morire
anzi che soferire
vergogna né grave onta:
ché 'l maestro ne conta
che omo teme sovente
tal cosa, che neente
li farà nocimento.
Né non mostrar pavento
a om ch'è molto folle,
ché, se ti truova molle,
piglierànne baldanza;
ma tu abbi membranza
di farli un ma•riguardo,
sì sarà più codardo.
Se tu hai fatto offesa
altrui, che sia ripresa
in grave nimistanza,
sì abbi per usanza
di ben guardarti d' esso,
ed abbi sempre apresso
e arme e compagnia
a casa e per la via;
e se tu vai atorno,
sl va' per alto giorno,
mirando d'ogne parte,
ché non ci ha miglior arte
per far guardia sicura
che buona guardatura:
l'occhio ti guidi e porti,
e lo cor ti conforti.
E un'altra ti dico:
se questo tuo nemico
fosse di basso afare,

non ce t'asecurare,
perché sie più gentile;
no•llo tenere a vile,
ch'ogn'omo ha qualch' aiuto:
e i' ho già veduto
ben fare una vengianza,
che quasi rimembranza
no 'nd' era tra la gente.
Però cortesemente
del nemico ti porta,
e abbie usanza acorta:
se 'l truovi in alcun lato,
paia l'abbie innorato;
se 'l truovi in alcun loco,
per ira né per gioco
no•lli mostrare asprezza
ne villana fierezza;
dà•lli tutta la via:
però che maestria
afina più l'ardire
che non fa pur ferire.
Chi fere bene ardito,
pò ben esser ferito;
e se tu hai coltello,
altri l'ha buono e bello:
ma maestria conchiude
la forza e la vertude,
e fa 'ndugiar vendetta
e alungar la fretta
e mettere in obria
e atutar follia.
E tu sia bene apreso:
che se ti fosse ofeso
di parole o di detto,
non rizzar lo tu' petto,
ne non sie più corrente
che porti 'l convenente.
Al postutto non voglio
ch'alcuno per suo orgoglio
dica né faccia tanto
che 'l gioco torni 'n pianto,
né che già per parola

si tagli mano o gola.
E i' ho già veduto
omo ch'è pur seduto,
non facendo mostranza,
far ben dura vengianza.
S'afeso t'è di fatto,
dicoti a ogne patto
che tu non sie musorno,
ma di notte e di giorno
pensa de la vendetta,
e non aver tal fretta
che tu ne peggior' onta,
ché 'l maestro ne conta
che fretta porta inganno,
e 'ndugio è par di danno;
e tu così digrada:
ma pur, come che vada
la cosa, lenta o ratta,
sia la vendetta fatta.
E se 'l tuo buono amico
ha guerra di nemico,
tu ne fa' quanto lui,
e guàrdati di plui:
non menar tal burbanza
ched elli a tua fidanza
coninciasse tal cosa
che mai non abbia posa.
E ancor non ti caglia
d'oste né di battaglia,
né non sie trovatore
di guerra o di romore.
Ma se pur avenisse
che 'l tuo Comun facesse
oste o cavalcata,
voglio che 'n quell'andata
ti porte con barnaggio
e dimostreti maggio
che non porta tuo stato;
e déi in ogne lato
mostrar tutta franchezza
e far buona prodezza.
Non sie lento né tardo,

ché già omo codardo
non aquistò onore
né divenne maggiore.
E tu per nulla sorte
non dubitar di morte,
ch'assai è più piacente
morire orratamente
ch'esser vituperato,
vivendo, in ogne lato.
Or torna in tuo paese,
e sie prode e cortese:
non sia lanier né molle
né corrente né folle".
Così noi due stranieri
ci ritornammo arrieri:
colui n'andò in sua terra
ben apreso di guerra,
e io presi carriera
per andar là dov' iera
tutto mio intendimento
e 'l final pensamento,
per esser veditore
di Ventur' e d'Amore.

Il Tesoretto, XIX

Or si ne va il maestro
per lo camino a destro,
pensando duramente
intorno al convenente
de le cose vedute:
e son maggior essute
ch'io non so divisare;
e ben si dee pensare
chi ha la mente sana
od ha sale 'n dogana
che 'l fatto è smisurato,
e troppo gran trattato
sarebbe a ricontare.
Or voglio intralasciare
tanto senno e savere
quant' io fui a vedere,

e contar mio vïaggio,
come 'n calen di maggio,
passati valli e monti
e boschi e selve e ponti,
io giunsi in un bel prato
fiorito d'ogne lato,
lo più ricco del monco.
Ma or parea ritondo,
ora avea quadratura;
ora avea l'aria scura,
ora e chiara e lucente;
or veggio molta gente,
or non veggio persone;
or veggio padiglione,
or veggio case e torre;
l'un giace e l'altro corre,
l'un fugge e l'altro caccia,
chi sta e chi procaccia,
l'un gode e l'altro 'mpazza,
chi piange e chi sollazza:
così da ogne canto
vedea gioco e pianto.
Però, s'io dubitai
o mi maravigliai,
be•llo dëon sapere
que' che stanno a vedere.
Ma trovai quel suggello
che da ogne rubello
m'afida e m'asicura:
così sanza paura
mi trassi più avanti,
e trovai quattro fanti
ch'andavan trabattendo.
E io, ch'ognora atendo
di saper veritate
de le cose trovate,
pregai per cortesia
che sostasser la via
per dirmi il convenente
de•luogo e de la gente.
E l'un, ch'era più saggio
e d'ogne cosa maggio,

mi disse in breve detto:
"Sappi, mastro Burnetto,
che qui sta monsegnore
ch'e capo e dio d'amore;
e se tu non mi credi,
passa oltra e sì 'l vedi;
e più non mi toccare,
ch'io non t'oso parlare".
Così furon spariti
e in un punto giti,
ch'i' non so dove o come,
né la 'nsegna né 'l nome.
Ma i' m'asicurai,
e tanto inanti andai
ch'i' vidi al postutto
e parte e mezzo e tutto;
e vidi molte genti,
cu' liete e cui dolenti;
e davanti al segnore
parea che gran romore
facesse un'altra schiera;
e 'n una gran chaiera
io vidi dritto stante
ignudo un fresco fante,
ch'avea l'arco e li strali
e avea penn' ed ali,
ma neente vedea,
e sovente traea
gran colpi di saette,
e là dove le mette
convien che fora paia,
chi che periglio n'aia;
e questi al buon ver dire
avea nome Piacere.
E quando presso fui,
io vidi intorno lui
quattro donne valenti
tener sopra le genti
tutta la segnoria;
e de la lor balìa
io vidi quanto e come,
e so di lor lo nome:

Paura e Disianza
e Amore e Speranza.
E ciascuna in disparte
adovera su' arte
e la forza e 'l savere,
quant' ella può valere:
ché Desïanza punge
la mente e la compunge
e sforza malamente
d'aver presentemente
la cosa disïata,
ed è sì disvïata
che non cura d'onore,
né morte né romore
né periglio ch'avegna
né cosa che sostegna;
se non che la Paura
la tira ciascun'ora,
sì che non osa gire
né solo u•motto dire
né far pur un semblante,
però che 'l fino amante
riteme a dismisura.
Ben ha la vita dura
chi così si bilanza
tra tema e disïanza;
ma Fino Amor solena
del gran disio la pena,
e fa dolce parere,
e leve a sostenere,
lo travaglio e l'afanno
e la doglia e lo 'nganno.
D'altra parte Speranza
aduce gran fidanza
incontro a la Paura,
e sempre l'asicura
d'aver buon compimento
di suo inamoramento.
E questi quattro stati
son di Piacere nati,
con essi sì congiunti
che già ora né punti

non potresti contare
tra•llor lo 'ngenerare:
ché, quando omo 'namora,
io dico che 'n quell'ora
disia ed ha temore
e speranza ed amore
di persona piaciuta;
ché la saetta aguta
che move di piacere
lo punge, e fa volere
diletto corporale,
tant'è l'amor corale.
Così ciascuno in parte
aòverar su' arte
divisa ed in comuno;
ma tutti son pur uno,
cui la gente ha temore,
sì 'l chiaman Dio d'Amore,
perciò che 'l nome e l'atto
s'acorda più al fatto.
Assai mi volsi intorno
e di notte e di giorno,
credendomi campire
del fante, che ferire
lo cor non mi potesse;
e s'io questo tacesse,
farei maggio savere,
ch'io fui messo in podere
e in forza d'Amore.
Però, caro segnore,
s'io fallo nel dettare,
voi dovete pensare
che l'om ch'è 'namorato
sovente muta stato.
Poi mi tornai da canto,
e in un ricco manto
vidi Ovidio maggiore,
che gli atti dell'amore,
che son così diversi,
rasembra 'n motti e versi.
E io mi trassi apresso,
e domandai lu' stesso

ched elli apertamente
mi dica il convenente
e lo bene e lo male
de l[o] fante dell'ale,
c'ha le saette e l'arco,
e onde tale incarco
li venne, che non vede.
Ed elli in buona fede
mi rispose 'n volgare
che la forza d'amare
non sa chi no lla prova:
"Perciò, s'a te ne giova,
cércati fra lo petto
del bene e del diletto,
del male e de l'errore
che nasce per amore".
E così stando un poco,
io mi mutai di loco,
credendomi fuggire;
ma non potti partire,
ch'io v'era sì 'nvescato
che già da nullo lato
potea mutar lo passo.
Così fui giunto, lasso,
e giunto in mala parte!
Ma Ovidio per arte
mi diede maestria,
sì ch'io trovai la via
com' io mi trafugai:
così l'alpe passai
e venni a la pianura.
Ma troppo gran paura
ed afanno e dolore
di persona e di core
m'avenne quel vïaggio:
ond'io pensato m'aggio,
anzi ch'io passi avanti,
a Dio ed a li santi
tornar divotamente,
e molto umilemente
confessar li peccati
a' preti ed a li frati.

E questo mio libretto
e ogn'altro mio detto
ch'io trovato avesse,
s'alcun vizio tenesse,
cometto ogni stagione
i•llor correzzïone,
per far l'opera piana
co la fede cristiana.
E voi, caro segnore,
prego di tutto core
che non vi sia gravoso
s'i' alquanto mi poso,
finché di penitenza
per fina conoscenza
mi possa consigliare
con omo che mi pare
ver' me intero amico,
a cui sovente dico
e mostro mie credenze,
e tegno sue sentenze.

Il Tesoretto, XX

Al fino amico caro,
a cui molto contraro
d'alegrezza e d'afanno
pare venuto ogn'anno:
io Burnetto Latino,
che nessun giorno fino
d'aver gioia e pena
(come Ventura mena
la rot' a falsa parte),
ti mando 'n queste carte
salute e 'ntero amore:
ch'i' non truovo migliore
amico che mi guidi,
né di cui più mi fidi
di dir le mie credenze,
ché troppo ben sentenze,
quando chero consiglio
intra 'l bene e 'l periglio.
Or m'è venuta cosa

ch'i' non poria nascosa
tener, ch'io non ti dica:
pur non ti sia fatica
d'udire infi•la fine,
amico mio, ch'afine
mie parole mondane
ch'io dissi ognora vane.
Per Dio merzé ti mova
la ragione, e la prova
che ciò che dire voglio
da buona parte acoglio.
Non sai tu che lo mondo,
si poria dir non mondo,
considerando quanto
ci ha no•mondezza e piant ?
Che truovi tu che vaglia?
Non vedi tu san' faglia
ch'ogne cosa terrena
porta peccato e pena,
né cosa ci ha sì crera
che non fallisca e pèra?
Or prendi un animale
più forte e che più vale:
dico che 'n poco punto
è disfatto e digiunto.
Ahi om, perché ti vante,
vecchio, mezzano e fante?
Di', che vai tu cercando?
Già non sai l'ora e quando
ven quella che ti porta,
quella che non comporta
oficio o dignitate:
ahi Deo, quante fïate
ne porta le corone
come basse persone!
Giulio Cesar maggiore,
lo primo imperadore,
già non campò di morte,
né Sanson lo più forte
non visse lungiamente;
Alesandro valente,
che conquistò lo mondo,

giace morto in fondo;
Assalon per bellezze,
Ettòr per arditezze,
Salamon per savere,
Attavian per avere
già non camparo un giorno
fora del suo ritorno.
Adunque, omo, che fai?
Già torne tutto in guai,
la mannaia non vedi
c'hai tuttora a li piedi.
Or guarda il mondo tutto:
foglia e fiore e frutto,
augel, bestia né pesce
di morte fuor non esce.
Dunque ben pe•ragione
provao Salamone
ch'ogne cosa mondana
è vanitate vana.
Amico, or movi guerra
e va' per ogne terra
e va' ventando il mare,
dona robe e mangiare,
guadagna argento ed oro,
amassa gran tesoro:
tutto questo che monta?
Ira, fatica ed onta
hai messo a l'aquistare,
poi non sai tanto fare
che non perde in un motto
te e l'aquisto tutto.
Ond' io, di ciò pensando
e fra me ragionando
quant' io aggio fallato
e come sono istato
omo reo peccatore,
sl ch'al mio Crëatore
non ebbi provedenza,
e nulla reverenza
portai a Santa Chiesa,
anzi l'ho pur offesa
di parole e di fatto,

ora mi tegno matto,
ch'i' veggio ed ho saputo
ch'i' son dal mal perduto.
E poi ch'io veggio e sento
ch'io vado a perdimento,
seria ben for di senso
s'i' non proveggio e penso
come per lo ben campi,
che lo mal non m'avampi.

Il Tesoretto, XXI

Così tutto pensoso
un giorno di nascoso
entrai in Mompuslieri,
e con questi pensieri
me n'andai a li frati,
e tutti mie' peccati
contai di motto in motto.
Ahi lasso, che corrotto
feci quand' ebbi inteso
com' io era compreso
di smisurati mali
oltre che criminali!
ch'io pensava tal cosa
che non fosse gravosa,
ched è peccato forte
più quasi che di morte.
Ond' io tutto a scoverto
al frate mi converto
che m'ha penitenziato;
e poi ch'i' son mutato,
ragion è che tu muti,
ché sai che sén tenuti
un poco mondanetti:
però vo' che t'afretti
di gire ai frati santi.
Ma pènsati davanti
se per modo d'orgoglio
enfiaste unque lo scoglio,
sì che 'l tuo Crëatore
non amassi di core

e non fossi ubidenti
a' Suoi comandamenti;
e se ti se' vantato
di ciò c'hai operato
in bene o in follia;
o per ipocresia
mostrave di ben fare
quando volei fallare;
o se tra le persone
vai movendo tencione
di fatto o di minacce,
tanto ch'oltraggio facce;
o se t'insuperbisti
o in greco salisti
per caldo di ricchezza
o per tua gentilezza
o per grandi parenti
o perché da le genti
ti par esser laudato;
o se ti se' sforzato
di parer per le vie
miglior che tu non sie;
o s'hai tenuto a schifo
la gente, o torto 'l grifo,
per tua grammatesia;
o se per leggiadria
ti se' solo seduto
quando non hai veduto
compagno che ti piaccia;
o s'hai mostrato faccia
crucciata per superba,
e la parola acerba,
vedendo altrui fallare,
e te stesso peccare;
o se ti se' vantato
o detto in alcun lato
d'aver ciò che non hai,
o saver che non sai.
Amico, e ben ti membra
se tu per belle membra
o per bel vestimento
hai preso orgogliamento:

queste cose contate
son di superbia nate,
di cui il savio dice
ched è capo e radice
del male e del peccato.
E 'l frate m'ha contato,
sed io ben mi ramento,
che per orgogliamento
fallio l'angel matto
ed Eva ruppe 'l patto,
e la morte d'Abèl
e la torre Babel
e la guerra di Troia:
così convien che muoia
superbia per soperchio
che spezza ogne coperchio.
Amico, or ti provedi,
ché tu conosci e vedi
che d'orgogliose pruove
invidia nasce e muove,
ch'è fuoco de la mente.
Vedi se se' dolente
dell'altrui beninanza;
o s'avesti allegranza
dell'altrui turbamento;
o per tuo trattamento
hai ordinata cosa
che sia altrui gravosa;
e se sotto mantello
hai orlato il cappello
ad alcun tu' vicino
per metterlo al dichino;
o se lo 'ncolpi a torto;
o se tu dài conforto
di male a' suo' guerreri,
e quando se' dirieri
ne parle laido male.
Ben mostri che ti cale
di metterlo in mal nome,
ma tu non pensi come
lo spregio ch'è levato
sì possa esser lavato,

né pur che mai s'amorti
lo blasmo, chi chi 'l porti:
ché tale il mal dire ode
che poi no•llo disode.
Invidia è gran peccato;
e ho scritto trovato
che prima coce e dole
a colui che la vuole.
E certo, chi ben mira,
d'invidia nasce l'ira:
ché, quando tu non puoi
diservire a colui
né metterlo al disotto,
lo cor s'imbrascia tutto
d'ira e di maltalento,
e tutto 'l pensamento
si gira di mal fare
e di villan parlare,
sì che batte e percuote
e fa 'l peggio che puote.
Perciò, amico, penza
se 'n tanta malvoglienza
ver' Cristo ti crucciasti,
o se Lo biastimiasti,
o se battesti padre
od afendesti a madre
o cherico sagrato
o segnore o parlato:
cui l'ira dà di piglio,
perde senno e consiglio.
In ira nasce e posa
accidia nighittosa:
ché, chi non puote in fretta
fornir la sua vendetta
néd afender cui vole,
l'odio fa come suole,
che sempre monta e cresce
né di mente non li esce;
ed è 'n tanto tormento
che non ha pensamento
di neun ben che sia,
ma tanto si disvia

che non sa megliorare
né già ben cominciare;
ma croio e neghittoso
e ver' Dio grorïoso.
Questi non va a messa,
né sa qual che si' essa,
né dicer paternostro
in chiesa né nel chiostro.
Così per mal' usanza
si gitta in disperanza
del peccato c'ha fatto,
ed è sì stolto e matto
che di suo mal non crede
trovare in Dio merzede;
o per falsa cagione
apiglia presenzione,
che 'l mette in mala via
di non creder che sia
per ben né per peccato
omo salv' o dannato;
e dice a tutte l'ore
che già giusto Segnore
no•ll'avrebbe crëato
perch' e' fosse dannato
ed un altro prosciolto.
Questi si scosta molto
da la verace fede:
forse che non s'avede
che 'l Misericordioso,
tutto che sia pietoso,
sentenza per giustizia
intra 'l bene e le vizia,
e dà merito e pene
secondo che s'aviene?
Or pens', amico mio,
se tu al vero Dio
rendesti grazia o grato
del ben che t'ha donato:
ché troppo pecca forte
ed è degno di morte
chi non conosce 'l bene
di là donde li viene.

E guarda s'hai speranza
di trovar perdonanza.
Hai alcun mal commesso?
Se non ne se' confesso,
peccato hai malamente
ver' l'alto Dio potente.
Di negghienza m'avisa
che nasce covitisa:
ché, quand' om per negghienza
non si trova potenza
di fornir sua dispensa,
immantenente pensa
come potesse avere
sì de l'altrui avere
che fornisca suo porto
a diritto ed a torto.
Ma colui c'ha divizia
sì cade in avarizia,
ché l'avere non spende
e già l'altrui non rende,
anz' ha paura forte
ch'anzi che vegna a morte
l'aver gli vegna meno,
e pu•ristringe freno.
Così rapisce e fura,
e dà mala misura
e peso frodolente
e novero fallente;
e non teme peccato
d'anstar suo mercato
né di cometter frode,
anzi 'l si tene i•llode;
di nasconderlo sòle,
e per bianche parole
inganna altrui sovente,
e molto largamente
promette di donare
quando no'l crede fare.
E un altro per impiezza
a la zara s'avezza
e giuoca con inganno,
e per far l'altrui danno

sovente pigna 'l dado,
e non vi guarda guado;
e ben presta a unzino
e mette mal fiorino;
e se perdesse un poco,
ben udiresti loco
biastemiare Dio e' santi
e que' che son davanti.
E un altr' è, che non cura
di Dio e di Natura,
sì doventa usoriere
e in molte maniere
ravolge suo' danari,
che li son molto cari;
non guarda dìe né festa,
né per pasqua non resta,
e non par che li 'ncresca,
pur che moneta cresca.
Altro per semonia
si getta in mala via
e Dio e' santi afende
e vende le profende
e' santi sagramenti,
e mette 'nfra le genti
esempro di malfare;
ma questo lascio stare,
ché tocca a ta' persone,
che non è mia ragione
di dirne lungiamente.
Ma dico apertamente
che l'om ch'è troppo scarso
credo c'ha 'l cor tutt' arso,
ché 'n puovere persone
e 'n on che si' in pregione
non ha nulla pietade:
tutto in inferno cade.
Per iscarsezza sola
vien peccato di gola,
ch'om chiama ghiottornia:
ché, quando l'om si svia
sì che monti i•rrichezza,
la gola sì s'avezza

a le dolce vivande
e far cocine grande
e mangiare anzi l'ora.
E molto ben divora
chi mangia più sovente
che non fa l'altra gente;
e talor mangia tanto
che pur da qualche canto
li duole corpo e fianco,
e stanne lasso e stanco;
e inebrïa di vino,
sì ch'ogne suo vicino
se ne ride d'intorno
e mettelo in iscorno:
ben è tenuto bacco
chi fa del corpo sacco
e mette tanto in epa
che talora ne crepa.
Certo per ghiottornia
s'aparecchia la via
in commetter lusura:
chi mangia a dismisura,
la lussura s'acende,
sì ch'altro non intende
se non a quel peccato,
e cerca d'ogne lato
come possa compiére
quel suo laido volere.
E vecchio che s'impaccia
di così laida taccia,
fa ben doppio peccato
ed è troppo blasmato.
Ben è gran vituperio
commettere avolterio
con donne o con donzelle,
quanto che paian belle;
ma chi 'l fa con parente,
pecca più agramente.
Ma tra questi peccati
son vie più condannati
que' che son soddomiti:
deh, come son periti

que' che contra natura
brigan cotal lusura!
Or vedi, caro amico,
e 'ntende ciò ch'i' dico:
vedi quanti peccati
io t'aggio nominati,
e tutti son mortali;
e sai che ci ha di tali
che ne curiamo poco.
Vedi che non è gioco
di cadere in peccato:
e però da buon lato
consiglio che ti guardi
che 'l mondo non t'imbardi.
Ora a Dio t'acomando,
ch'io non so l'or' né quando
ti debbia ritrovare:
ch'io credo pur andare
la via ch'io m'era messo;
ché ciò che m'e promesso
di veder le sett' arti
ed altre molte parti,
io le vo' pur vedere,
imparar e sapere;
ché, poi che del peccato
mi son penitenzato,
e sonne ben confesso
e prosciolto e dimesso,
io metto poca cura
d'andar a la Ventura.

Il Tesoretto, XXII

Così un dì di festa
tornai a la foresta,
e tanto cavalcai
che io mi ritrovai
una diman per tempo
in sul monte d'Olempo,
di sopra in su la cima.
E qui lascio la rima
per dir più chiaramente

ciò ch'i' vidi presente:
ch'io vidi tutto 'l mondo,
sì com'egli è ritondo,
e tutta terra e mare,
e 'l fuoco sopra l'ãre;
ciò son quattro aulimenti,
che son sostenimenti
di tutte crëature
secondo lor nature.
Or mi volsi da canto,
e vidi un bianco manto
così da la sinestra
dopp' una gran ginestra;
e io guatai più fiso,
e vidi un bianco viso
con una barba grande
che sul petto si spande.
Ond'io m'asicurai,
e 'nanti lui andai
e feci mio saluto
e fui ben ricevuto;
ond'io presi baldanza,
e con dolce contanza
lo domandai del nome,
chi elli era, e come
si stava sì soletto
sanza niuno ricetto.
E tanto 'l domandai
che nel suo dir trovai
che là dove fu nato
fu Tolomeo chiamato,
mastro di storlomia
e di fisolofia;
ed è a Dio piaciuto
che sia tanto vivuto,
qual che sia la cagione.
E io 'l misi a ragione
di que' quattro aulimenti
e di lor fondamenti,
e come son formati
e insieme legati.
E ei con belle risa

rispuose in questa guisa:

Liked This Book?

For More FREE e-Books visit Freeditorial.com

AF402765

Trabajos de Amor Perdidos

Por

William Shakespeare

Copyright del texto © 2023 Culturea ediciones
Sitio web : http://culturea.fr
Impresión: BOD - Books on Demand
(Norderstedt, Alemania)
Correo electrónico : infos@culturea.fr
ISBN :9791041813117
Depósito legal : abril 2023
Queda prohibido reproducir parte alguna de
esta publicación,
en cualquier forma material, sin el premiso
por escrito
de los dos titulares del copyright.

DRAMATIS PERSONÆ

FERNANDO, rey de Navarra.

BEROWNE, Señor del séquito del rey

LONGAVILLE, Señor del séquito del rey

DUMAINE, Señor del séquito del rey.

BOYET, Señor del séquito de la princesa de Francia.

MARCADE, Señor del séquito de la princesa de Francia

DON ADRIANO DE ARMADO, español excéntrico.

SIR NATANIEL, cura párroco.

HOLOFERNES, maestro de escuela.

DULL, alguacil.

COSTARD, gracioso.

MOTH, paje de Armado

UN GUARDABOSQUE

LA PRINCESA DE FRANCIA

ROSALINA, Dama del séquito de la princesa

MARÍA, Dama del séquito de la princesa.

CATALINA, Dama del séquito de la princesa

JAQUINETA, aldeana

OFICIALES y otras personas del cortejo del rey y de la princesa

ESCENA.- Navarra

Acto Primero

Escena Primera

Parque del rey de Navarra.

Entran EL REY, BEROWNE, LONGAVILLE y DUMAINE.

EL REY.- Que la fama, perseguida por todos después de su existencia, viva registrada en nuestras tumbas de bronce, y nos preste luego su gracia en la desgracia de la muerte; cuando, a despecho de este voraz devorador, el tiempo, adquiramos por el esfuerzo del soplo presente aquel honor que logre enervar el acerado filo de su guadaña, y nos convierta en herederos de la eternidad. Por consiguiente, bravos conquista- dores -pues sólo lo sois vosotros, que guerreáis contra vuestros propios sentimientos y el ejército enorme de anhelos del mundo-, observemos en toda la rudeza de sus cláusulas nuestro último edicto. Navarra será el asombro del universo. Nuestra corte, una pequeña academia, apacible y contemplativa, consagrada al arte. Vosotros tres, Berowne, Dumaine y Longaville, habéis jurado vivir conmigo por término de tres años, como camaradas de estudios, y guardar los estatutos contenidos en este documento. Formulasteis ya vuestros votos, y ahora sólo resta suscribirlos con vuestros nombres. ¡Que su propia mano prive de su honra al que viole el más pequeño artículo de los aquí trazados! Si tenéis el valor de cumplir vuestras promesas, como habéis tenido el de empeñar seriamente vuestras palabras, firmad y permaneced fieles.

LONGAVILLE.- Estoy resuelto; tres años transcurren con rapidez. El alma banqueteará, aunque el cuerpo ayune. Los vientres voluminosos poseen flacas molleras, y los bocados exquisitos enriquecen los miembros; mas el ingenio da en quiebra completamente.

DUMAINE.- Mi amado señor, Dumaine se halla afligido. Los groseros modales del deleite mundanal los abandona a los viles esclavos de este mundo grosero. Ante el amor, la riqueza y la pompa, desfallezco y sucumbo. Me comprometo a vivir con todos vosotros en la filosofía.

BEROWNE.- No puedo sino amplificar sus protestaciones, querido soberano, habiendo jurado ya vivir y estudiar aquí tres anualidades. Pero quedan otros estrechos compromisos, como no ver mujer alguna en este término, cláusula que espero no se habrá anotado; no tomar alimento un día a la semana y no hacer sino una comida al día, lo cual espero igualmente no se habrá anotado; y además, dormir tan sólo tres horas de noche y no cerrar los ojos en el curso de la jornada..., cuando tengo por costumbre dormir tranquilamente toda la noche y aun hacer una espesa noche de la mitad del día. ¡Espero que esto tampoco se habrá anotado! ¡Oh! ¡Serían rudas tareas, difíciles de cumplir, no ver mujeres, estudiar, ayunar, no dormir!

EL REY.- Vuestro juramento se acondicionó a las expresadas condiciones.

BEROWNE.- Permitidme contradeciros, mi soberano, si os place. He jurado únicamente estudiar con Vuestra Gracia y permanecer tres años en vuestra Corte.

LONGAVILLE.- Berowne, habéis jurado eso y lo demás.

BEROWNE.- Entonces, señor, sea como fuere, he jurado de broma. ¿Cuál es el objeto del estudio? Que lo sepa yo.

EL REY.- Conocer lo que, de otro modo, ignoraríamos.

BEROWNE.- ¿Os referís a las cosas ocultas y negadas al sentido común?

EL REY.- Sí, que es la divina recompensa del estudio.

BEROWNE.- Veamos, pues. Juro estudiar para saber lo que se me impide que conozca. Por ejemplo, estudiar dónde puedo almorzar bien, cuando se me prohíba expresadamente el festejarme; estudiar dónde encontrar una dama bonita, cuando, a despecho del sentido común, se escondan ellas; o, habiendo hecho un juramento demasiado difícil de guardar, estudiar el modo de quebrantarlo sin quebrantar mi fe. Si el beneficio del estudio consiste en conocer así lo que ignoramos, hacedme jurar, que nunca diré que no.

EL REY.- Citáis precisamente aquellas distracciones que se oponen al estudio y encadenan nuestro entendimiento a vanos deleites.

BEROWNE.- ¡ Cómo! Todos los deleites son vanos; pero el más vano es aquel que, adquirido con pena, no rinde sino pena, como investigar penosamente sobre un libro, en busca de la luz de la verdad, mientras esta verdad, en el propio instante, ciega pérfidamente la vista de su libro. La luz que busca la luz, hace lucir el engaño de la luz. Así, antes que halléis la luz en el seno de las tinieblas, vuestra luz se tornará obscura por la pérdida de vuestros ojos. Estudiad, más bien el medio de regocijar vuestros ojos fijándolos en otros más bellos, que aunque os deslumbren, al menos os servirán de gula y os devolverán la luz que os hayan robado. El estudio es semejante al sol glorioso del cielo, que no permite que le escudriñen a fondo con insolentes miradas. Poco han ganado nunca los estudiosos asiduos, salvo una ruin autoridad emanada de los libros de otros. Esos padrinos terrestres de las luces del cielo, que bautizan a cada estrella fija, no alcanzan más provecho de sus brillantes noches que los que se pasean sin conocer dichos astros. El exceso de estudio no sirve sino para daros un nombre, gloria que os pueden otorgar todos los padrinos.

EL REY.- ¡Qué sabio es, cuando trata de apostrofar a la ciencia!

DUMAINE.- ¡No se emplearía mejor procedimiento para detener el progreso!

LONGAVILLE.- ¡Arranca el trigo y deja crecer las malas hierbas!

BEROWNE.- ¡La primavera está próxima, cuando incuban los tiernos gansos!

DUMAINE.- ¿Qué se sigue de eso?

BEROWNE.- Que todas las cosas, en su tiempo y lugar.

DUMAINE.- Pierde el concepto.

BEROWNE.- Tanto mejor para la rima.

LONGAVILLE.- Berowne es semejante a la dañosa helada, cuyas ardientes mordeduras perjudican los primeros retoños de la primavera.

BEROWNE.- Bien; y digo yo: ¿por qué el orgulloso estío ha de envanecerse antes que los pájaros hallen causa para cantar? ¿Por qué he de regocijarme de un nacimiento abortivo? No apetezco en Navidad más una rosa, que deseo la nieve en las risueñas y presumidas festividades de mayo, sino que cada cosa la quiero en su estación. Así pues, ahora es demasiado tarde para que os dediquéis al estudio; tanto valdría escalar una casa para abrir una diminuta puerta.

EL REY.- Bien quedaos vosotros; marchaos vos, Berowne. Adiós.

BEROWNE.- No mi buen señor. He jurado permanecer con vos; y aunque haya hablado más sobre la ignorancia que podríais decir vos sobre la ciencia angélica, mantendré mi juramento y sufriré la penitencia cada uno de los días de estos tres años. Entregadme ese papel, que yo lo lea y firme con mi nombre los más vigorosos decretos.

EL REY.- ¡He aquí una sumisión que te levanta a nuestros ojos!

BEROWNE (Leyendo.).- «Item. Ninguna mujer se acercará a más de una milla de mi Corte.» ¿Se ha proclamado esto?

LONGAVILLE.- Hace cuatro días.

BEROWNE.- Veamos la penalidad. (Leyendo.) «Bajo pena de perder la lengua.» ¿Quién ha tomado esta decisión?

LONGAVILLE.- A fe mía, a mí se debe.

BEROWNE.- Y ¿por qué, distinguido señor?

LONGAVILLE.- Para atemorizarlas con esta terrible penalidad.

BEROWNE.- ¡Peligrosa ley para la galantería! (Leyendo.) «Item. Si es sorprendido un hombre conversando con una mujer en el transcurso de estos tres años, soportará la humillación pública que tenga a bien imponerle la Corte.» He aquí un artículo, mi soberano, que vos mismo infringís. Pues bien sabéis que viene en calidad de embajadora la hija del rey de Francia -joven doncella llena de gracia y majestad-, deseosa de conferenciar con vos respecto de la cesión de la Aquitania por su decrépito padre, que se encuentra enfermo y postrado. Por consiguiente, este artículo es inútil o en vano se aproxima la admirable princesa.

EL REY.- ¿Qué decís, señores? Había olvidado completamente esta circunstancia.

BEROWNE.- Tanto celo rebasa siempre los límites. Mientras busca poseer lo que desea, olvida lo que debiera saber; y cuando consigue la cosa a que aspiraba más vivamente, su conquista es a la manera de una ciudad tomada por el fuego, tan pronto ganada como perdida.

EL REY.- Forzosamente habremos de suprimir esa cláusula, pues es de toda necesidad que la princesa permanezca aquí.

BEROWNE.- La necesidad nos convertirá a todos en perjuros, tres mil veces en el espacio de tres años. Cada uno de los hombres nace con inclinaciones, que puede reprimir; mas no la voluntad, sino por especial privilegio. Si quebranto alguno de mis votos, yo también, por haber perjurado, alegaré la excusa de que era «de toda necesidad». ¡Suscribo, pues, con mi nombre estas leyes! (Firma.) ¡Y que el que las contravenga en el más ínfimo grado, quede bajo la humillación de un oprobio eterno! Las tentaciones son iguales para los demás que para mí; pero creo, aunque con cierta repugnancia, que seré el último en faltar a mi juramento. Y ahora, ¿no contamos con ninguna animada recreación?

EL REY.- Sí que la hay. Nuestra Corte, como sabéis, se halla frecuentada por un viajero español refinado. Un hombre al corriente de la moda universal, cuyo cerebro encierra una fábrica de frases, y que se complace en la música de sus insulseces como en la audición de una armonía encantadora; un caballero de alta prosapia, a quien la equidad y la injusticia han elegido como árbitro de sus contiendas. Este engendro de la fantasía, que se llama Armado, mientras reposemos de nuestros estudios, nos contará, en escogidas palabras, las proezas de muchos caballeros de la grande España, proezas que el mundo ha olvidado. Ignoro hasta qué extremo ha de divertiros, señores; pero afirmo que me placerá oírle mentir, y lo haré mi trovador.

BEROWNE.- Armado es el más ilustre de los seres; el hombre de las palabras modernistas, el caballero de su propia moda.

LONGAVILLE.- El bruto de Costard y él nos servirán de diversión; de suerte que, estudiar en estas condiciones, tres años parecerán cortos.

(Entran DULL, con una carta, y COSTARD.)

DULL.- ¿Cuál es la verdadera persona del duque?

BEROWNE.- Esta, camarada. ¿Qué deseas?

DULL.- Yo mismo represento su propia persona, pues soy «arguacil» de Su Gracia; pero quisiera ver su propia persona en carne y sangre.

BEROWNE.- Hela aquí.

DULL.- El signior Arm... Arm... os saluda. Suceden cosas villanas en público. Esta carta será más explícita.

COSTARD.- Señor, el contenido de esa carta me incumbe.

EL REY.- ¡Una carta del magnífico Armado!

BEROWNE.-Por fútil que sea la materia de que trate, espero en Dios que encierre grandes conceptos.

LONGAVILLE.- ¡Grande esperanza para bien poca sublimidad! ¡Dios nos otorgue paciencia!

BEROWNE.- ¿Para escuchar, o para abstenernos de reír?

LONGAVILLE.- Para escuchar convenientemente, señor; para reír con moderación, o para abstenernos de lo uno y de lo otro.

BEROWNE.- Bien, eso dependerá, señor, de la hilaridad que nos cause el trepar por la barrera de su estilo.

COSTARD.- La cuestión me atañe, señor, como concerniente a Jaquineta. El hecho es que he sido cogido en el hecho.

BEROWNE.- ¿En qué hecho?

COSTARD.- En el hecho y forma siguiente, señor, que vale por tres. Me han visto con ella en el palacio, sentado al lado suyo en forma, y he sido sorprendido siguiéndola los pasos en el parque. Todo lo cual ha dado lugar al hecho y forma que siguen. Ahora bien, señor; en cuanto al hecho, es el hecho de hablar un hombre con una mujer. En cuanto a la forma...

BEROWNE.- ¿Qué se seguirá?

COSTARD.- Se seguirá el castigo que se me impusiere. Y Dios defienda al derecho.

EL REY.- ¿Queréis escuchar esta carta con atención?

BEROWNE.- Como si oyéramos un oráculo.

COSTARD.- Con la misma ingenuidad con que el hombre da oídos a la voz de la carne.

EL REY (Leyendo.).- Gran rey, vicegerente del cielo y dominador único de Navarra, Dios terrestre de mi ánima y nutricio patrón de mi cuerpo...

COSTARD.- Todavía no ha mencionado a Costard.

EL REY.- He aquí el caso...

COSTARD.- En tal caso, si así lo dice acaso, hablando con franqueza, sólo es un caso...

EL REY.- ¡Silencio!

COSTARD.- Para mí y para todos aquellos que no se atrevan a batirse.

EL REY.- ¡No hables!

COSTARD.- Del secreto de los demás, os lo suplico.

EL REY.- He aquí el caso. Asediado por una sable melancolía, sometía mi oprimente humor negro al remedio salutífero de tu atmósfera reconfortante; y, como soy un hijodalgo, me decidí a dar un paseo. ¿A qué hora? Alrededor de las seis, cuando pacen mejor las bestias, picotean con mayor apetito las aves, y los hombres se sientan a la mesa para tomar ese refrigerio que vulgarmente se llama cena. Esto por lo que a la hora se refiere. En cuanto al terreno, quiero decir el sitio en que me paseaba, se denomina tu parque. En cuanto al emplazamiento, quiero decir el lugar donde fuí testigo del suceso más obsceno y trastrocado, que hace exprimir de mi nívea pluma esta tinta color de ébano que tú ves, miras, observas y distingues; en cuanto al lugar, continúo, se halla situado al Nornordeste y al Este del ángulo Oeste de tu jardín, tan curiosamente inextricable. Allí es donde he visto ese pastor de alma mezquina, ese miserable pichichán que te hace reír...

COSTARD.- ¡Yo!

EL REY.- Ese espíritu iletrado y romo...;

COSTARD.- ¡Yo!

EL REY.- Ese vasallo superficial...;

COSTARD.- ¡Todavía yo!

EL REY.- Que, si no me engaño, se llama Costard...

COSTARD.- ¡Oh! ¡Yo!

EL REY.- En conferencia secreta y a solas, contrariamente al edicto que proclamaste y promulgaste, de la ley de continencia, con... con... ¡Oh , no me atrevo a decir con quién...

COSTARD.- Con una muchacha.

EL REY.- Con una hija de nuestra abuela Eva, con una hembra, o, para hablar claro, con una mujer. Tal hombre es el que te envío -como mi inquebrantable deber me ordena- para que reciba el castigo a que se ha hecho acreedor, bajo la custodia del pundonoroso oficial de Vuestra Majestad, Antonio Dull, hombre de reputación, buena conducta, excelentes costumbres y estimación probada.

DULL.- Yo, si no lo habéis a mal. Yo soy Antonio Dull.

EL REY.- En cuanto a Jaquineta (que tal se llama este vaso frágil, a quien he sorprendido con el arriba mencionado bribón), la retengo como recipiente de la cólera de tu ley, y a la menor indicación tuya la conduciré ante tu presencia. Tuyo, con todas las expresiones de afecto de un corazón adicto, y ardiendo en el deseo de cumplir con su deber, Don Adriano de Armado.

BEROWNE.- No está tan bien como yo esperaba; pero, aun así, es de lo mejor que he oído.

EL REY.- En efecto, de lo mejor de lo peor. Y tú, belitre, ¿qué respondes a eso?

COSTARD.- Señor, reconozco lo de la muchacha.

EL REY.- ¿No te has enterado de la promulgación de nuestro edicto?

COSTARD.- Confieso haberme enterado; pero apenas paré atención en él.

EL REY.- Se ha impuesto la pena de un año de prisión a todo aquel que sea sorprendido con una moza.

COSTARD.- Yo no he sido sorprendido con una moza, señor, sino con una señorita.

EL REY.- Bien; el edicto dice: «una señorita».

COSTARD.- No era tampoco una señorita, señor; era una virgen.

EL REY.- También se halla eso especificado. En el edicto consta igualmente «una virgen».

COSTARD.- Si es así niego su virginidad. Fuí sorprendido con una doncella.

EL REY.- Esa doncella no te servirá de nada.

COSTARD.- Esa doncella me servirá, señor.

EL REY.- Voy a pronunciar tu sentencia. Por ocho días estarás a pan y agua.

COSTARD.- ¡Preferiría un mes a carnero y sopas!

EL REY.- Y don Armado será tu guardián. Señor Berowne, encargaos de que se le confíe. Y por lo que respecta a nosotros, señores, procedamos a poner en práctica lo que unos y otros hemos jurado solemnemente.

(Salen EL REY, LONGAVILLE y DUMAINE.)

BEROWNE.- Apostaría mi cabeza contra el sombrero de cualquier hombre de bien, a que no tardarán en violarse esos juramentos y esas leyes. ¡Vamos, pícaro!

COSTARD.- Padezco persecución por la verdad, señor; porque la verdad es que me han sorprendido con Jaquineta, y Jaquineta es una verdadera muchacha. ¡Saludo, por tanto, la amarga copa de la prosperidad! Tal vez la aflicción vuelva a sonreírme un día. ¡Hasta entonces, reposa, dolor! (Salen.)

Escena Segunda

El mismo lugar.

Entran ARMADO y MOTH.

ARMADO.- Muchacho, ¿qué significa que un hombre de gran talento se vuelva melancólico?

MOTH.- Es señal evidente, señor, de que mirará con aire triste.

ARMADO.- ¡Cómo! La tristeza y la melancolía son una y la misma cosa, querido pequeño.

MOTH.- ¡No, no! ¡Por Dios, señor, no!

ARMADO.- ¿En qué puedes distinguir la tristeza de la melancolía, mi tierno mozalbete?

MOTH.- En virtud de una demostración familiar de sus resultados, mi viejo coriáceo.

ARMADO.- ¿Por qué viejo coriáceo? ¿Por qué viejo coriáceo?

MOTH.- ¿Por qué tierno mozalbete? ¿Por qué tierno mozalbete?

ARMADO.- He empleado la expresión de tierno mozalbete como un epíteto congruo, conveniente a tus tempranos días, que podemos calificar de tiernos.

MOTH.- Y yo la de viejo coriáceo, como una denominación adecuada a vuestra edad, que podemos llamar coriácea.

ARMADO.- Gracioso y oportuno.

MOTH.- ¿Qué queréis decir, señor? ¿Que soy gracioso y mi respuesta oportuna? ¿O que soy oportuno y mi respuesta graciosa?

ARMADO.- Eres gracioso, porque eres pequeño.

MOTH.- Entonces soy un pequeño gracioso. Ahora, ¿por qué oportuno?

ARMADO.- Porque eres vivo.

MOTH.- ¿Decís eso para hacerme un elogio, señor?

ARMADO.- Un elogio que mereces.

MOTH.- El mismo elogio podría tributarse a una anguila.

ARMADO.- ¡Cómo! ¿Es ingeniosa una anguila?

MOTH.- Una anguila es viva.

ARMADO.- He querido decir que eres vivo en la réplica. ¡Me calientas la sangre!

MOTH.- Comprendido, señor.

ARMADO.- No me gusta que se me contraríe.

MOTH (Aparte.).- Se expresa mal; la falta de dinero es lo que le contraría.

ARMADO.- He prometido estudiar tres años con el duque.

MOTH.- Podríais hacerlo en una hora, señor.

ARMADO.- Imposible.

MOTH.- ¿Cuántos son tres por uno?

ARMADO.- Cuento mal. Eso se queda para un espíritu de mozo de taberna.

MOTH.- Vos sois hidalgo y jugador.

ARMADO.- Lo confieso. Ambos títulos constituyen la flor y nata de un cumplido caballero.

MOTH.- En ese caso estoy seguro de que sabréis cuánto valen un dos y un as.

ARMADO.- Dos más uno.

MOTH.- Lo que el bajo vulgo llama tres.

ARMADO.- Cierto.

MOTH.- ¿Y para eso es menester estudiar tanto, señor? Porque ved aquí el número tres estudiado en menos tiempo del que emplearíais en pestañear tres veces. Y en cuanto a añadir la palabra «años» al vocablo «tres», y estudiar tres años en dos palabras, el caballo danzante os lo enseñaría.

ARMADO.- ¡Es la más bella figura!

MOTH.- Para probar que sois un cero.

ARMADO.- Voy a confesarte que estoy enamorado; y, como es indigno en un soldado enamorarse, me he enamorado de una indigna doncella. Si desenvainando mi espada contra el capricho de una afección me librase del reprobado pensamiento de ella, haría cautivo al deseo y lo trocaría con cualquier cortesano francés por un saludo a la última moda. Estimo humillante el suspirar, y me parece que debiera renegar de Cupido. ¡Reconfórtame, muchacho! ¿Qué grandes hombres han estado enamorados?

MOTH.- Hércules, señor.

ARMADO.- ¡Gentilísimo Hércules! Cítame más autoridades, querido muchacho; adúceme otros nombres; que sean varones de buena reputación y conducta.

MOTH.- Sansón, señor, que era un hombre de buena reputación y agallas, pues transportó a hombros las puertas de una ciudad, como un mozo de cordel, y estaba enamorado.

ARMADO.- ¡Oh robusto Sansón! ¡Vigoroso Sansón! Tanta ventaja te llevo yo en el manejo de la tizona, como tú me hubieses llevado en el transporte de las puertas. ¡Yo también estoy enamorado! ¿Quién era la amada de Sansón, querido Moth?

MOTH.- Una mujer, mi amo.

ARMADO.- ¿De qué color?

MOTH.- De uno de los cuatro, de los tres, de los dos, o de todos ellos.

ARMADO.- Dime exactamente el color de su cara.

MOTH.- Verde mar, señor.

ARMADO.- ¿Es ése uno de los cuatro colores?

MOTH.- Así lo he leído, señor, y el más bello de todos.

ARMADO.- En efecto, el verde es el color de los enamorados; mas me parece que Sansón no tuvo razón alguna para enamorarse de este color

MOTH.- La tuvo, señor, pues ella tenía el espíritu verde.

ARMADO.- Mi amada es del blanco y rojo más inmaculado.

MOTH.- Los pensamientos más maculados, señor, disimúlanse bajo semejantes colores.

ARMADO.- Precisa, precisa, mozalbete instruido.

MOTH.- ¡Espíritu de mi padre, lengua de mi madre, venid en mi ayuda!

ARMADO.- ¡Dulce invocación de un niño! ¡Muy lindo y muy patético!

MOTH.- Si del blanco y del rojo está formada, nunca sus faltas mostrará su tez, pues son las que enrojecen a la amada, y el miedo es blanco por la palidez. Así, si tiembla o si ella es reprendida, en sus mejillas no hallaréis rubor, porque su cara brillará encendida en su propio matiz y en su color. ¡Peligrosos versos, amo mío, contra los fundamentos del blanco y del rojo!

ARMADO.- ¿No existe, muchacho, una balada de «El rey y la mendiga»?

MOTH.- El mundo ha cometido el pecado de inventar esa balada hará unas tres centurias. Pero creo que al presente no es posible descubrirla; o, de encontrarse, no se podría ya ni transcribir ni entonar.

ARMADO.- Yo haré que el tema torne a escribirse de nuevo, con objeto de justificar mi transgresión con algún precedente poderoso. ¡Paje, adoro a la joven aldeana que he sorprendido en el parque con ese rústico idiota de Costard! Lo merece en extremo.

MOTH (Aparte.).- Ser azotada, y después una amante mejor que mi amo.

ARMADO.- ¡Canta, paje! ¡El amor apesará mi espíritu!

MOTH.- ¡Es asombroso, cuando se ama a una beldad ligera!

ARMADO.- ¡Canta, digo!

MOTH.- Esperad a que se marche esta gente.

(Entran DULL, COSTARD y JAQUINETA.)

DULL.- Señor, es deseo del duque que re- tengáis a Costard bajo vuestra vigilancia y que no le permitáis deleite ni penitencia alguna; antes bien, quedará obligado a ayunar tres días a la semana. En cuanto a esta damisela, voy a guardarla en el parque. Se le autorizará a ejercer de lechera.

ARMADO.- El rubor me traiciona. ¡Niña!...

JAQUINETA.- ¿Hombre?...

ARMADO.- Iré a visitarte a tu vivienda.

JAQUINETA.- Próxima se halla.

ARMADO.- Sé donde está.

JAQUINETA.- ¡Qué sabio sois, señor!

ARMADO.- Te contaré cosas maravillosas.

JAQUINETA.- ¿Con esa facha?

ARMADO.- Te amo.

JAQUINETA.- Así os lo he oído decir.

ARMADO.- Y con esto, me despido.

JAQUINETA.- ¡Que el buen tiempo venga después de vos!

DULL.- ¡Vamos, Jaquineta! ¡Adelante!

(Salen DULL y JAQUINETA.)

ARMADO.- ¡Villano, ayunarás por tus ofensas, antes que se te perdone!

COSTARD.- Está bien, señor; confío en que, cuando lo haga, será con el estómago lleno.

ARMADO.- Te impondré un castigo pesado.

COSTARD.- Os deberé más agradecimiento que vuestros sirvientes, que sólo reciben un pago ligero.

ARMADO.- ¡Llévate a este tunante! ¡Y que se lo ponga a buen recaudo!

MOTH.- ¡Vamos, miserable transgresor! ¡En marcha!

COSTARD.- ¡No me encerréis, señor! ¡Permitidme ayunar libremente!

MOTH.- NO, señor; eso sería un ayuno libre. Ayunarás en prisión.

COSTARD.- Bien; si alguna vez vuelvo a ver los alegres días de infortunio que he presenciado, alguno verá...

MOTH.- ¿Qué verá?

COSTARD.- No, nada, maese Moth; únicamente lo que vea. No conviene a los presos ser demasiado silenciosos en palabras y, por consiguiente, punto en boca. A Dios gracias, tengo tan poca paciencia como otro cualquiera, y, por tanto, puedo estar tranquilo. (Salen MOTH y COSTARD.)

ARMADO.- ¡Adoro la tierra vil, cuando los zapatos de mi amada, más viles todavía, guiados por sus pies, más viles aunque la tierra y sus zapatos, la rozan suavemente! Si la amo seré perjuro, lo que es una gran prueba de falsedad. Y ¿cómo puede ser leal el amor, cuando sus orígenes son falsos? El amor es un espíritu familiar; el amor es un demonio; no hay más ángel malo que el amor. No obstante, Sansón fué tentado, y gozaba de prodigiosa fuerza. Salomón fué también seducido, y disfrutaba de gran sabiduría. La flecha de Cupido es demasiado dura para la maza de Hércules, y por ello harto desigual para la espada de un español. La primera y segunda causa no me servirán en el trance. No respeta el «passado» ni atiende al «duelo». Su vergüenza es llamarse niño; mas su gloria, someter a los hombres. ¡Adiós valor! ¡Enmohécete, espada! ¡No resuenes, tambor! ¡Vuestro amo está enamorado! ¡Sí, él ama! Inspíreme de repente algún numen de la rima. Porque, no cabe, duda, me convertiré en fabricante de sonetos. ¡Crea, imaginación! ¡Escribe, pluma! ¡Voy a producir volúmenes enteros en folio! (Sale.)

****

Acto Segundo

Escena Unica

Parque del rey de Navarra.- Un pabellón y algunas tiendas a cierta distancia.

Entran la PRINCESA DE FRANCIA, ROSALINA, MARÍA, CATALINA, BOYET, SEÑORES y otras PERSONAS DEL SÉQUITO.

BOYET.- Acumulad ahora, madama, los mejores recursos de vuestro talento. Considerad que os envía el rey vuestro padre, a quién os envía y cuál es el objeto de vuestra misión. Vos, que tan alto brilláis en la estima del universo, sois la encargada de parlamentar con el único heredero de cuantas perfecciones pueda poseer un hombre, el incomparable monarca navarro. El objeto de vuestra negociación, nada menos que la Aquitania, patrimonio digno de una reina. Sed en esta ocasión tan pródiga de vuestros caros atractivos como lo fué la naturaleza al modelar vuestras caras gracias, cuando, mostrándose avara con el resto de los mortales, os distribuyó todos sus dones.

LA PRINCESA.- Querido señor Boyet, mi hermosura, sea cual fuere, no necesita los flore- os afectados de vuestras alabanzas. La hermosura se aquilata por el juicio de los ojos, no se manifiesta por el anuncio vil de un traficante de mercado. Me enorgullece menos oiros ensalzar mis méritos que a vos pasar por inteligente derrochando vuestro ingenio en el elogio del mío. Mas ahora aconsejemos al consejero. Digno Boyet, no ignoráis, pues la fama voladora lo ha extendido por todas partes, que el rey de Navarra ha hecho el voto de no permitir hasta que pasen tres años, que dedicará a serios estudios, que mujer alguna se aproxime a su Corte silenciosa. Nos parece, por tanto, indispensable, antes de atravesar los umbrales de su residencia, conocer sus intenciones. Y a este respecto, confiada en vuestra prudencia, os designamos como nuestro mejor y más hábil solicitador. Decidle que la hija del rey de Francia, necesitando discutir de asuntos importantes, deseosa de obtener una pronta respuesta, le ruega se digne concederle una entrevista personal. Apresuraos a significarle todo esto; mientras esperamos, en actitud de humildes peticionarios, la decisión de su alta voluntad.

BOYET.- Orgulloso del cometido, parto lleno de celo.

LA PRINCESA.- El orgullo hace con celo cuanto le agrada, y el vuestro no digamos...

(Sale BOYET.)

¿Quiénes son, mis queridos señores, esos caballeros que han hecho voto de permanecer en compañía de este virtuoso duque?

PRIMER SEÑOR.- Uno de ellos es Longaville.

LA PRINCESA.- ¿Conocéis al personaje?

MARÍA.- Yo le conozco, señora. En las bodas del señor Perigorc y de la hermosa heredera de Jaime Falconbridge, celebradas en Normandía, vi a ese Longaville. Es hombre de excelente reputación y dotes, muy conocedor de las artes y glorioso en la carrera de las armas. No haya entuerto que no quisiera enderezar. La única mancha que empaña el brillo de su virtud acrisolada -si es que el resplandor de la virtud puede empañarse con mancha alguna- es su espíritu cáustico, combinado con una voluntad demasiado terca, espíritu cuyo acerado filo corta cuanto cae en su poder, y voluntad que no perdona nada de cuanto se ofrece bajo su acción.

LA PRINCESA.- Será alguno de esos tipos que se burlan a expensas del prójimo, ¿no es verdad?

MARÍA.- El chistoso más divertido que pueda darse, según sus íntimos.

LA PRINCESA.- Esos ingenios tan agudos se marchitan y mueren pronto. ¿Quiénes son los demás?

CATALINA.- El joven Dumaine, mozo Cortés, estimado de cuantos aprecian la virtud; de sumo poder para la ofensa, aunque sin conocer el mal, pues cuenta con el ingenio suficiente para embellecer una figura desagradable y la apariencia necesaria para obtener el favor, faltándole ingenio. Le vi una vez en casa del duque de Alençon, y cuanto pudiera decir de él quedaría por debajo de sus grandes merecimientos.

ROSALINA.- Por entonces le acompañaba otro de esos fervientes del estudio, el cual, si no me engaño, se llama Berowne. Nunca, por cierto, he empleado una hora de conversación con un individuo tan jovial, dentro de los límites de la alegría discreta. Sus ojos proporcionan ocasiones de ejercicio a su ingenio, pues en cada objeto que se fijan hallan tema para una alegre chanza. Con su verbosidad decidora, intérprete de sus locuciones, lanza chistes tan oportunos y graciosos, que los ancianos se perecen por escuchar sus historias, y los más jóvenes se quedan en completo éxtasis. Tan encantadores e ingeniosos son sus relatos.

LA PRINCESA.- ¡Dios bendiga a mis damas! Preciso es que todas estén enamoradas, para prodigar así a sus preferidos los ornamentos de sus elogios.

MARÍA.- Aquí viene Boyet.

(Vuelve a entrar BOYET.)

LA PRINCESA.- ¡Hola! ¿Cómo os ha recibido, señor?

BOYET.- El rey navarro tiene noticia de vuestra grata proximidad, gentil señora. Y él y todos sus asociados en competencia de voto, se preparaban a salir a vuestro encuentro antes de yo llegar. Y a fe que he sabido una cosa: que el príncipe prefiere alojaros en campo raso, como uno que viniera a asediar su Corte, antes que buscar dispensa de juramento para permitiros entrar en su solitario alcázar. Aquí viene el rey de Navarra. (Las damas se ponen antifaces.)

(Entran EL REY, LONGAVILLE, DUMAINE, BEROWNE y Acompañamiento.)

EL REY.- ¡Bella princesa, bienvenida seáis a la Corte de Navarra!

LA PRINCESA.- Lo de «bella» os lo devuelvo, y lo de «bienvenida» no lo soy aún. El techo de esta Corte es demasiado alto para que os pertenezca, y una hospitalidad en los campos desiertos, demasiado indigna para mí.

EL REY.- Señora, seréis bienvenida a mi Corte.

LA PRINCESA.- Sea bienvenida, pues. Conducidme a ella.

EL REY.- Escuchadme querida señora. Tengo empeñado un juramento.

LA PRINCESA.- Nuestra Señora ayude a mi señor. Será infringido.

EL REY.- Por nada del mundo, bella señora, a lo menos por mi voluntad.

LA PRINCESA.- ¡Bah! Lo violaréis por vuestra propia voluntad y sólo por ella.

EL REY.- Vuestra Señoría ignora en qué consiste.

LA PRINCESA.- Si mi señor lo ignorase como yo, su ignorancia se convirtiese en sabiduría; en tanto, ahora, su saber prueba hasta qué punto es ignorante. He oído decir que Vuestra Gracia ha jurado vivir en el retiro; sería pecado mortal observar semejante voto, mi señor, y pecado también romperlo. Mas perdonadme, soy demasiado atrevida. Enseñar a un maestro me parece presunción. Dignaos leer el motivo de mi venida, y resolved inmediatamente sobre mi demanda. (Le entrega un papel.)

EL REY.- Señora, lo haré inmediatamente, si está en mi mano.

LA PRINCESA.- Lo más pronto posible, para que pueda marcharme, pues os expondríais a perjurar, reteniéndome.

BEROWNE (A ROSALINA.).- ¿No he bailado una vez con vos en el ducado de Brabante?

ROSALINA (Remedándole.).- ¿No he bailado una vez con vos en el ducado de Brabante?

BEROWNE.- Estoy seguro de ello.

ROSALINA.- ¡Qué innecesario entonces preguntarlo!

BEROWNE.- No debéis ser tan rápida.

ROSALINA.- Vuestra es la culpa, que me espoleáis.

BEROWNE.- Tenéis un genio muy vivo; galopando tan aprisa, se fatigará pronto.

ROSALINA.- Pero no antes de arrojar el jinete a la charca.

BEROWNE.- ¿Qué hora es?

ROSALINA.- La que pidan los locos.

BEROWNE.- ¡Que lo pase bien vuestro antifaz!

ROSALINA.- ¡La cara que cubre!

BEROWNE.- ¡Y que os envíen muchos amantes!

ROSALINA.- ¡Amén, y que no seáis uno de ellos!

BEROWNE.- Pues, entonces, me retiro.

EL REY.- Señora, vuestro padre nos habla aquí de un pago de cien mil coronas, que no representan sino la mitad de la suma que por él desembolsó mi padre para sus guerras. Suponiendo que mi padre o yo hayamos recibido esta cantidad -y ni uno ni otro la hemos recibido-, restaría aún por pagar otras cien mil coronas, en garantía de las cuales nos fué cedida una parte de la Aquitania, aunque su valor sea mucho menor. En consecuencia, si el rey vuestro padre consiente en reembolsar la mitad de lo que resta en litigio, Nos renunciamos a nuestros derechos sobre la Aquitania y permanecemos amigos leales de Su Majestad. Pero no parece que sea esa su intención, pues pide que se le paguen cien mil coronas, en lugar de reintegrarlas para entrar en posesión de la Aquitania, que Nos hubiéramos preferido devolver, cobrando el dinero prestado por nuestro padre, antes que conservarla mutilada como está. Querida princesa, si sus exigencias no se hallasen tan desprovistas de fundamento, vuestra hemosura hubiera impulsado a mi corazón aceptar un convenio, así fuera contrario a nuestros intereses, y volveríais sumamente satisfecha a Francia

LA PRINCESA.- Estáis injuriando excesivamente a mi padre y dañando la reputación de vuestro nombre, al negar una suma que os ha sido lealmente satisfecha.

EL REY.- Os garantizo que nunca he oído hablar de ello. Probadme lo contrario, y yo os la restituyo u os devuelvo la Aquitania.

LA PRINCESA.- Os cogemos la palabra.-Boyet, podéis exhibirle las cartas de pago de esta suma, firmadas por los agentes debidamente autorizados de rey Carlos, su padre.

EL REY.- Dadme esa satisfacción.

BOYET.- Con permiso de Vuestra Gracia, aun no ha llegado el paquete donde están liadas esas y otras piezas comprobatorias. Mañana podréis echar una ojeada sobre ellas.

EL REY.- Eso me bastará. En esta entrevista me rendiré a todas las razones aceptables. Entretanto, recibid la hospitalidad que, sin faltar a mi honor, puedo ofrecer a vuestro digno mérito. No os es dado, bella princesa, franquear mis puertas; pero seréis recibida aquí, como si os alojarais en mi corazón, aunque os sea negado el dulce albergue de mi morada. Que vuestra indulgencia me excuse, y pasadlo bien. Mañana os visitaremos nuevamente.

LA PRINCESA.- ¡Acompañen a Vuestra Gracia la buena salud y los gratos deseos!

EL REY.- ¡Te devuelvo tu propio saludo! (Salen EL REY y su séquito.)

BEROWNE.- Señora, os encomendaré a los buenos recuerdos de mi corazón.

ROSALINA.- ¡Por favor, dadle expresiones de mi parte! ¡Me gustaría verle!

BEROWNE.- Quisiera que le oyeseis gemir.

ROSALINA.- ¿Está enfermo el pobrecito?

BEROWNE.- Padece del corazón.

ROSALINA.- ¡Ay! Hacedle una sangría.

BEROWNE.- ¿Le sentaría bien?

ROSALINA.- Mi medicina dice que sí.

BEROWNE.- ¿Queréis taladrarle con vuestros ojos?

ROSALINA.- De ningún modo; con mi puñal.

BEROWNE.- ¡Bueno; que Dios conserve tu vida!

ROSALINA.- ¡Y que El os guarde por mucho tiempo!

BEROWNE.- No puedo quedarme para agradecéroslo. (Se retira.)

DUMAINE (A BOYET.).- Una palabra, señor, os suplico. ¿Quién es aquella dama?

BOYET.- La heredera del ducado de Alençon. Catalina de nombre.

DUMAINE.- ¡Linda señora! Pasadlo bien, señor. (Sale.)

LONGAVILLE.- Una palabra os ruego. ¿Quién es esa que va de blanco?

BOYET.- Una mujer parece, si la miráis a buena luz.

LONGAVILLE.- ¡Tal vez la luz en medio de la luz! Desearía saber su nombre.

BOYET.- No tiene más que uno. Vuestro deseo es indiscreto.

LONGAVILLE.- Por favor, señor, ¿de quién es hija?

BOYET.- De su madre he oído decir.

LONGAVILLE.- ¡Bendiga Dios vuestras barbas!...

BOYET.- No os incomodéis, querido señor. Es la heredera de Falconbridge.

LONGAVILLE.- Ya se me fué mi enojo. Es una dama preciosa.

BOYET.- No es inverosímil, señor; puede ser. (Sale LONGAVILLE.)

BEROWNE.- ¿Cómo se llama la del sombrero?

BOYET.- Rosalina, si no me equivoco.

BEROWNE.- ¿Está casada o no?

BOYET.- Según su deseo, señor, o poco más o menos.

BEROWNE.- Bien venido seáis, señor. Adiós.

BOYET.- Para mí el adiós, señor, y para vos el bien venido.

(Sale BEROWNE.- Las damas se quitan los antifaces.)

MARÍA.- Ese último es Berowne, aquel alegre caballero bufón. No pronuncia una palabra que no sea un chiste.

BOYET.- Ni chiste que no se quede en una palabra.

LA PRINCESA.- Habéis hecho bien en no soltar prenda.

BOYET.- Tan dispuesto me hallaba yo al arpeo como él al abordaje.

MARÍA.- ¡Dos navíos en pugna, o más bien dos ardientes moruecos, a fe!

BOYET.- Y ¿por qué no dos navíos? Yo no soy ningún morueco, dulce cordera, a menos que me dejéis pacer en vuestros labios.

MARÍA.- Vos morueco y yo pastora: ¿será ése el fin de la chanza?

BOYET - (Intentando besarla.) -Con tal que me concedáis vuestro delicioso pasto.

MARÍA.- Eso no, gentil irracional. Mis labios no son de propiedad común aunque estén abiertos.

BOYET.- ¿A quién pertenecen?

MARÍA.- A mi fortuna y a mí.

LA PRINCESA.- Los ingenios agudos aman la discusión; pero los buenos caracteres concuerdan. Ese asalto civil de agudezas sería mejor enderezarlo contra el rey de Navarra y sus escolares, pues aquí es inútil.

BOYET.- Si mis observaciones -rara vez fallidas y que consisten en adivinar con los ojos lo que siente el corazón- no me engañan ahora, el rey de Navarra está tocado.

LA PRINCESA.- ¿De qué?

BOYET.- De lo que los enamorados llamamos pasión.

LA PRINCESA.- Pruebas.

BOYET.- Todo su modo de obrar refúgiase en la corte de sus ojos, que brillan de deseo. Su corazón, como un ágata en que estuviera esculpida vuestra imagen, hallábase tan ufano de vuestra impresión, que resplandecía el orgullo en sus ojos. Su lengua, impaciente por pronunciar las palabras que retenía vuestra mirada, apresurábase a dar fin, para dejar a los ojos el cuidado de expresarse. Todos sus sentidos concentrábanse en este sentido para saciarse y gozar únicamente con la contemplación de la más exquisita belleza. Dijérase que sus sensaciones todas se encerraban en sus ojos, como joyas en cristal para algún comprador principesco, que parecían más preciosas que lo están bajo el vidrio y que os invitan a adquirirlas en el tránsito. Su rostro era el margen, donde se inscribían tales sorpresas, que todos los ojos veían a sus ojos fulgurar de encantamiento. ¡Yo os entrego la Aquitania y cuanto le pertenezca, si me con- cedéis el placer de otorgarme un beso de amor!

LA PRINCESA.- Vamos a nuestro pabellón. Boyet está dispuesto...

BOYET.- A explicar únicamente lo que han descubierto sus ojos. No he hecho sino una boca de sus ojos, añadiendo una lengua que, bien lo sé, no sabría mentir.

ROSALINA.- Eres un viejo alcahuete y hablas con destreza.

MARÍA.- Es el abuelo de Cupido, y por él conoce las noticias.

ROSALINA.- Entonces Venus se parecería a su madre, pues su padre era más bien disforme.

BOYET.- ¿Oís, loquillas?

MARÍA.- No.

BOYET.- Qué, ¿veis entonces?

ROSALINA.- El camino para marcharnos.

BOYET.- Sois demasiado crueles conmigo.

(Salen.)

****

Acto Tercero

Escena Unica

Otro lugar del parque.

Entran ARMADO y MOTH.

ARMADO.- Gorjea, niño; halaga mis oídos.

MOTH (Cantando.).- Concolinel...

ARMADO.- ¡Lindo aire! Anda, pimpollo, toma esta llave, liberta a aquel patán, y tráele aquí a toda prisa. Voy a emplearle en llevar una carta a mi amor.

MOTH.- Amo mío, ¿queréis conquistar a vuestra amada con un rigodón francés?

ARMADO.- ¿Qué quieres decir? ¿Querellar con ella?

MOTH.- No, mi cumplido señor. Se trata simplemente de tararear una jiga con la punta de la lengua, bailar un canario y animarlo con los ojos en alto. Suspiráis una nota y cantáis otra, unas veces con la garganta, como si engulleseis el amor al cantarle; otras veces con la nariz, como si aspirarais el amor al olfatearlo. Hundís vuestro sombrero alicaído sobre la tienda de vuestros ojos; os cruzáis de brazos sobre vuestro estómago encogido, como conejo en asador, o sumergís las manos en vuestras faltriqueras, como personaje de cuadro antiguo. Y no guardéis mucho tiempo el mismo compás; sino una copla, y a otra. Esos son los procedimientos, ésa es la sal, ésa es la manera de seducir a las muchachas bonitas, que sin eso también se dejarían seducir, y lo que hace a los hombres que se les distinga -¿me oís?- cuando se les observa.

ARMADO.- ¿Cómo has adquirido esa experiencia?

MOTH.- Con medio penique de observación.

ARMADO.- Mas ¡ay!... Mas ¡ay!...

MOTH (Cantando.).- «... Del caballo de palo ya nadie se acuerda...»

ARMADO.- ¿Llamas a mi amada «caballo de palo»?

MOTH.- No, amo mío. El caballo de palo es solamente un potro, y vuestra amada quizá no pase de yegua. Pero ¿ya la habéis olvidado?

ARMADO.- Casi.

MOTH.- ¡Estudiante negligente! Aprendéosla de corazón.

ARMADO.- De corazón y por el corazón, muchacho.

MOTH.- Y a contra corazón, señor. Tres cosas que puedo demostrar.

ARMADO.- ¿Qué puedes demostrar?

MOTH.- Que llegaré a ser un hombre, si vivo. Y esto con la ayuda del por, del en y del sin. Por corazón la amáis, pues vuestro corazón no puede alcanzarla. En el corazón la amáis, porque vuestro corazón está prendado de ella. Y sin el corazón la amáis, porque es para vos un descorazonamiento no poder conseguirla.

ARMADO.- Estoy en los tres casos.

MOTH (Aparte.).- Y en muchos más que esos tres; pero, no obstante, como si no estuvierais en ninguno.

ARMADO.- Ve a buscar a ese pastor. Es preciso que me lleve una carta.

MOTH.- ¡Un mensajero bien simpático! ¡Un caballo servir de embajador a un burro!

ARMADO.- ¡Eh! ¡Eh! ¿Qué estás diciendo?

MOTH.- A fe, señor, que debierais enviar al burro a lomos del caballo, pues es de paso muy perezoso. Pero me voy.

ARMADO.- El camino no es largo. Muévete.

MOTH.- Tan ligero como el plomo, señor.

ARMADO.- ¿Qué quieres decir, preciosa criatura? ¿No es el plomo un metal pesado, macizo y lento?

MOTH.- Minime, mi honorable amo; o, más bien, amo a secas, no.

ARMADO.- Digo que el plomo es lento.

MOTH.- Sois demasiado ligero, señor, al hablar así. ¿Es lento el plomo que vomita una escopeta?

ARMADO.- ¡Ingeniosa humareda de la retórica! Yo soy el cañón y él la bala. Te tiro al pastor.

MOTH.- Pues ¡pum! ¡Y vuelo! (Sale.)

ARMADO.- ¡Agudísimo rapazuelo, ingenioso y de libre desparpajo! ¡Excúsame, cielo bendito, de que suspire en tu cara! ¡Ruda melancolía, el valor te cede su lugar!...Mi heraldo está de vuelta.

(Vuelve a entrar MOTH con COSTARD.)

MOTH.- ¡Un asombro, mi amo! Os traigo una manzana que se ha roto una tibia.

ARMADO.- ¡Algún enigma, alguna adivinanza! Vamos, dinos tu envoy; comienza.

COSTARD.- ¡Ni enigma, ni adivinanza, ni envío, ni ungüento en la malla, señor! ¡Oh, señor! Llantén, un simple llantén. Ni envío, nada de envío; ni ungüento, señor, sino un llantén.

ARMADO.- ¡Por la virtud! No se puede por menos de reír escuchándote. Tu estupidez es mi delicia. La agitación de los pulmones provoca en mí ridículas carcajadas. ¡Perdonadme, estrellas! ¡Este idiota toma el ungüento por un envío y el envío por un ungüento!

MOTH.- ¿El buen entendedor las toma por dos cosas distintas? ¿El envío no es un saludo?.

ARMADO.- No, paje, es un epílogo o discurso para explicar el sentido de algún pasaje obscuro que se ha enunciado antes. Voy a ponerte un ejemplo: El zorro, la mona y el gato formaban impares, pues sólo Esta es la moraleja. Ahora el envío.

MOTH.- Yo añadiré el «envío». Repetid la moraleja.

ARMADO.- El zorro, la mona y el gato formaban impares, pues

MOTH.- Hasta que a la puerta fué el ganso e hizo de ellos cuatro. Ahora repetiré vuestra moraleja y vos me acompañaréis con mi envío:

El zorro, la mona y el gato montés

formaban impares, pues sólo eran tres

ARMADO.-

Hasta que a la puerta fué el ganso

e hizo de ellos cuatro.

MOTH.- ¡Un buen envío, que da fin en el ganso! ¿Podéis desear más?

COSTARD.- El paje lo habrá adquirido en el mercado: un ganso gordo.

Señor, habéis hecho un gran negocio, si el ganso es de peso. ¡Realizar una buena compra es tan difícil como jugar al ganapierde! Permitidme que lo vea. ¡Sí, debe de ser un excelente envío, si el ganso está gordo!

ARMADO.- Venid acá, venid acá. ¿Cómo principió esta disertación?

MOTH.- Porque dije yo que esta manzana se había roto la tibia, y entonces vos pedisteis el envío.

COSTARD.- Es verdad, y yo el llantén. Entonces vino vuestra disertación, en seguida el envío gordo del paje, el ganso que ha comprado, y el mercado, con que dió fin.

ARMADO.- Pero decidme, ¿cómo una manzana puede romperse una tibia?

MOTH.- Voy a decíroslo de una manera sensible.

COSTARD.- ¡Tú no lo sientes como yo, Moth! Yo explicaré este envío:

Yo, Costard, saliendo de mi

me he roto la tibia al dar un tropiezo.

ARMADO.- No tratemos ya de esta materia.

COSTARD.- Tanto más cuanto que ya no quedará materia en mi tibia.

ARMADO.- Tunante Costard, quiero hacerte franco.

COSTARD.- ¡Oh! Casadme con una francesa. Husmeo en esto algún envío, algún ganso.

ARMADO.- Por mi buena alma, al decir que iba a ponerte en libertad quise significarte que emanciparía tu persona. Estabas emparedado, sujeto, cautivo, atado.

COSTARD.- Cierto, cierto, y ahora vais a ser mi purga, desatándome.

ARMADO.- Te devuelvo la libertad, te libro de la prisión; y, en trueque, no te impongo más que esto (Dándole una carta): que lleves la presente importante misiva a la aldeana Jaquineta. (Entregándole dinero.) Aquí tienes la remuneración, pues de lo que más me enorgullezco es de recompensar a los que dependen de mí. ¡Sígueme, Moth! (Sale.)

MOTH.- Como una consecuencia. ¡Adiós, signior Costard!

COSTARD.- ¡Mi querida onza de carne humana! ¡Mi delicada joya! (Sale MOTH.) Veamos ahora su remuneración. ¡Remuneración! ¡Oh! Es una palabra latina que vale tres ochavos. Remuneración, tres ochavos. «¿Cuánto vale esta cinta?» -«Un penique.» -«No, os daré una remuneración.» Y se la lleva uno. ¡Remuneración! ¡Cómo! Es un nombre más lindo que la corona de Francia. Jamás compraré nada sin servirme de este término. (Entra BEROWNE.)

BEROWNE.- ¡Oh! ¡Bien hallado, mi buen bribón Costard!

COSTARD.- Por favor, señor, ¿cuántas cintas color de carne puede comprar un hombre por una remuneración?

BEROWNE.- ¿A qué llamas una remuneración?

COSTARD.- Pardiez, señor, a un penique menos un ochavo.

BEROWNE.-Pues entonces podrás adquirir tres cuartos de penique de seda.

COSTARD.- Gracias a Vuestra Señoría. ¡Dios os guarde!

BEROWNE.- Espera, belitre. Voy a darte un encargo. Si quieres ganar mi favor, gran pícaro, hazme una cosa que voy a pedirte.

COSTARD.- ¿Cuándo queréis que la haga, señor?

BEROWNE.- ¡Oh! Esta tarde.

COSTARD.- Bien. ¡Contad conmigo, señor! Adiós.

BEROWNE.- ¡Pero si no sabes de qué se trata!

COSTARD.- Lo sabré cuando lo haya hecho, señor.

BEROWNE.- Pero, villano, es preciso que lo sepas antes.

COSTARD.- Vendré a preguntárselo a Vuestra Señoría mañana por la mañana.

BEROWNE.- Debe hacerse esta misma tarde. Escucha, bribón, de qué se trata. La princesa va a venir a cazar al parque. Entre las damas de su séquito hay una beldad encantadora. Cuando la lengua habla con dulzura, pronuncia insensiblemente su nombre y la llama Rosalina. Pregunta por ella y desliza en su blanca mano este billete cerrado. Ahí va la recompensa. (Entregándole un chelín.) Anda.

COSTARD.- ¡Recompensa! ¡Oh, dulce re- compensa! ¡Mejor que la remuneración! ¡Le aventajas en once peniques! ¡Oh, dulcísima recompensa! ¡Señor, cumpliré exactamente vuestro encargo! ¡Recompensa! ¡Remuneración! (Sale.)

BEROWNE.- ¡Oh! ¡Es posible! ¡Yo, enamorado! ¡Yo, azote del amor, corchete de los apasionados suspiros, censor austero, ¡qué más!, alguacil nocturno, pedante imperioso, que reprimía con mayor arrogancia que ningún mortal a ese niño vendado, a ese lloricón, a ese miope, a ese perverso, a ese joven anciano, a ese enano gigante Don Cupido; regente de las rimas amorosas, dueño de los brazos cruzados, soberano ungido de los suspiros y de los sollozos, señor feudal de los ociosos y descontentos, temible príncipe de los jubones, rey de las bragas, único emperador y capitán general de los procuradores que callejean! ¡Pobre corazoncito mío! Heme aquí su edecán de campo, llevando en mi escarapela sus colores como el aro de un saltimbanqui. ¡Cómo! ¡Yo! ¡Enamorado! ¡Haciendo la corte! ¡En busca de esposa! ¡De una mujer que, semejante a un reloj alemán necesitará continuamente composturas, siempre desarreglado, nunca bien, por cuidados que se tengan con su marcha! ¡Y luego, haber perjurado, que es lo peor de todo, y entre tres mujeres, amar la peor de las tres! Una frívola y blanca criatura con cejas de terciopelo y dos bolitas negras a guisa de ojos. ¡Y, por el cielo, una arrogante moza, que se pagará de ellos, aunque Argos fuera su eunuco y su guardián! ¡Y yo suspiro por ella! ¡Velo por ella! ¡Ruego por ella! ¡Vamos; es un tormento que me impone Cupido por haber ignorado el poder formidable de su débil poder! ¡Sea! ¡Amaré, escribiré, suspiraré, rogaré, cortejaré y exhalaré gemidos! Unos se encaprichan de una dama y otros de un marimacho. (Sale.)

****

Acto Cuarto

Escena Primera

Otro lugar del parque.

Entran LA PRINCESA, ROSALINA, MARÍA, CATALINA, BOYET, SEÑORES, personas del séquito y un GUARDABOSQUE.

LA PRINCESA.- ¿Era el rey el que espoleaba tan rudamente su caballo contra la escarpada colina de ese monte?

BOYET.- No lo sé; pero supongo que fuera.

LA PRINCESA.- Quien haya sido ha mostrado un alma anhelante de subir. Bien, señores; hoy se nos dará nuestra respuesta y el sábado retornaremos a Francia. Así, pues, guardabosque, amigo mío, ¿dónde se halla la maleza detrás de la cual debemos emboscarnos y representar el papel de asesinos?

EL GUARDABOSQUE.- Allá abajo, en la linde de aquel soto. Es un lugar donde podréis hacer vos la más hermosa caza.

LA PRINCESA.- Agradezco mi hermosura. Hermosa, y caza; por eso dices que soy una hermosa que caza.

EL GUARDABOSQUE.- Perdonadme, señora; no he querido decir eso.

LA PRINCESA.- ¿Cómo? ¿Cómo? ¡Comienzas por alabarme y ahora te desdices? ¡Vanidad de corta duración! ¡Ni hermosa! ¡Qué pena!

EL GUARDABOSQUE.- Sí, señora; sois hermosa.

LA PRINCESA.- ¡Quita, no hagas ahora mi retrato! Donde falta la hermosura, huelga el elogio de la cara. Toma, mi caro espejo. (Dándole dinero.) Ahí tienes, por haberme dicho la verdad. Un bello pago de un feo cumplido es más que cumplir con el deber.

EL GUARDABOSQUE.- Nada puede venir de vuestras manos que no sea bello.

LA PRINCESA.- ¡Ved, ved! Mi belleza se ha salvado por el mérito de mis dones. ¡Oh, herejía en el juicio de lo bello, que tan bien cuadra a los tiempos actuales! La mano que da, por fea que sea, tendrá siempre un bello elogio. ¡Dadme el arco! Ahora la bondad va a matar, y, en consecuencia, tirar bien será cumplir una mala acción. Heme aquí segura de salvar mi reputación de cazadora. Si yerro el golpe, se achacará a piedad. Si doy en el blanco, mi destreza se atribuirá más al deseo de atraerme cumplidos que al placer de matar. ¡Y esto es lo que, sin disputa, viene a acontecer en el mundo! La gloria engendra crímenes abominables, cuando, para alcanzar el renombre y conseguir el elogio, cosas bien vanas, nuestro corazón realiza esfuerzos imposibles. Así yo, únicamente para ser alabada, voy a esforzarme en verter la sangre de un pobre gamo al que mi corazón no profesa mal.

BOYET.- ¿No es asimismo cierto que, por amor a la gloria, las mujeres perversas tratan de asegurar su soberanía, esforzándose en ser señoras de sus señores?

LA PRINCESA.- Sólo por la gloria; y no podemos sino prodigar la gloria a toda mujer que domina a su señor.

(Entra COSTARD.)

BOYET.- He aquí un miembro de la república.

COSTARD.- ¡Buenas tardes os dé Dios! Por favor, ¿cuál es la dama más alta?

LA PRINCESA.- Tú lo sabrás, camarada, comparando la estatura de todas.

COSTARD.- Quiero decir la más grande, la más elevada.

LA PRINCESA.- La más alta y la más larga.

COSTARD.- La más larga y la más alta... Así es. La verdad es la verdad. Señora, si vuestro talle fuera tan fino como mi ingenio, la cintura de una de estas señoritas os iría perfectamente. ¿No sois vos la señora en jefe? Sois la más gruesa.

LA PRINCESA.- ¿Qué quieres, di, qué quieres?

COSTARD.- Traigo una carta del señor Berowne para una dama llamada Rosalina.

LA PRINCESA.- ¡Oh! Venga esa carta, venga esa carta. Es una de mis buenas amigas. Apártate un poco, excelente portador. Boyet, vos que sabéis trinchar, abrid este capón.

BOYET.- Estoy a vuestras órdenes.- Esta misiva trae la dirección equivocada. No es para nadie de aquí. Va dirigida a Jaquineta.

LA PRINCESA.- La leeremos, os juro. Romped el nema de cera, y que cada uno preste atención.

BOYET (Leyendo.).- Por el cielo que eres hermosa, lo cual es infalible; que eres bonita, lo cual es cierto; que eres amable, lo cual es la misma verdad. Más bella que lo bello, más bonita que lo bonito y más verdad que la misma verdad. Ten conmiseración de tu heroico vasallo. El magnánimo e ilustrísimo rey Cofétua fijó los ojos en la perversa e indubitable mendiga Zenelofonta, y él fué quien con razón pudo decir: veni, vidi, vinci, lo que, anatomizado en romance -¡oh, ruin y obscuro romance!-, significa videlicet: llegó, vió y venció. Llegó, uno; vió, dos; venció, tres. ¿Quién llegó? El rey. ¿Por qué llegó? Para ver. ¿Por qué vió? Para vencer. ¿Hacia quién llegó? Hacia la mendiga. ¿A quién vió? A la mendiga. ¿A quién venció? A la mendiga. El resultado es la victoria. ¿Para quién? Para el rey. El vencedor se ve enriquecido. ¿De parte de quién? De parte de la mendiga. La catástrofe es un matrimonio. ¿Para quién? Para el rey no; para los dos en uno, o para uno en los dos. Yo soy el rey, pues así lo exige la comparación. Tú la mendiga, pues tal lo atestigua tu condición humilde. ¿Mandaré en tu amor? Puedo. ¿Te obligaré a que me ames? Podría. ¿Te estimularé a que me adores? Podré. ¿Con qué cambiarás tus harapos? Con vestidos. ¿Tu indigencia? Con honores. ¿Y a ti misma? ¡Conmigo! Así, esperando tu contestación, profano mis labios en tus pies, mis ojos en tu imagen y mi corazón en cada una de las partes de tu ser. Tuyo, con la más cara perspectiva de galanteo.- Don Adriano de Armado. Ya oyes el león de Nemea rugir contra ti, corderilla, que permaneces como su presa. Póstrate humildemente a sus plantas augustas, y él, contra su furor, se inclinará a jugar contigo. Pero si te resistes, pobre alma, ¿qué va a ser luego de ti? Serás alimento de su cólera y provisión de su caverna.

LA PRINCESA.- ¿Qué pluma de ganso ha redactado esa carta? ¿Qué aspa de molino? ¿Qué veleta? ¿Habéis oído nunca cosa semejante?

BOYET.- Si no me engaño mucho, recuerdo ese estilo.

LA PRINCESA.- Tendríais, de lo contrario, mala memoria, acabando de darnos una idea de él.

BOYET.- Ese Armado es un español que vive aquí en la Corte. Un tipo grotesco, un monarco, que sirve de diversión al príncipe y a sus compañeros de estudio.

LA PRINCESA (A COSTARD.).- Tú, camarada, una palabra. ¿Quién te ha entregado esta misiva?

COSTARD.- Ya lo he dicho: mi señor.

LA PRINCESA.- ¿A quién debías entregarla?

COSTARD.- A mi señora, de parte de mi señor.

LA PRINCESA.- De parte de tu señor, ¿a qué señora?

COSTARD.- De parte de mi señor Berowne, mi excelente amo, a una dama de Francia que se llama Rosalina.

LA PRINCESA.- Has equivocado su carta.-¡Vamos, señores, marchemos! (A ROSALINA.) Toma, querida, de todos modos, esto. Otro día recibirás la tuya.

(Salen LA PRINCESA y su séquito.)

BOYET.- ¿Quién es quien caza? -¿Quién es quien caza?

ROSALINA.- ¿Habré yo de decíroslo?

BOYET.- Sí, mi continente de belleza.

ROSALINA.- Pues la que lleva el arco. ¡Volved por otra!

BOYET.- La princesa va a cazar animales cornudos. Pero como te cases, que me ahorquen si faltan cuernos aquel año. ¡Sóplate ésa!

ROSALINA.- Bueno, pues yo soy quien caza.

BOYET.- Y ¿quién es el gamo?.

ROSALINA.- Si lo elegimos por los cuernos, vos mismo. ¡No os acerquéis! ¡Volved ahora por otra!

MARÍA.- Disputáis siempre con ella, Boyet, y da en plena frente.

BOYET.- ¡Pero ella está herida más abajo! ¿Di en el blanco esta vez?

ROSALINA.- ¿Quieres que te traiga a cuento un antiguo refrán, que era ya mayorcito cuando el rey Pepino de Francia no pasaba de una criatura, y que viene a pelo?

BOYET.- Yo podré argüirte con una sátira tan vieja, que era ya mayorcita cuando la reina Genoveva de Bretaña no pasaba de moza.

ROSALINA (Cantando.)

No lo atinarás, atinarás, atinarás,

no lo atinarás, pobre infeliz.

BOYET.-   No lo atinaré, lo atinaré, lo

no lo atinaré; otro podrá.

(Salen ROSALINDA y CATALINA.)

COSTARD.- ¡Por mi fe, muy divertido! ¡Los dos han atinado!

MARÍA.- Han apuntado maravillosamente a la señal, pues la han alcanzado.

BOYET.- ¡Señal! No señalemos sino esa señal. ¡Señal la llama mi señora! Que se coloque una punta en esa señal, para ver si es posible asestarle el tiro.

MARÍA.- Os habéis desviado de la puntería, poniendo las manos fuera.

COSTARD.- Verdaderamente, debe tirar desde más cerca, o no dará nunca en el blanco.

BOYET (A MARÍA.) Si tengo las manos fuera, ponédmelas vos dentro.

COSTARD.- Entonces tocará el blanco, por arrimarse al clavo.

MARÍA.- Vamos, vamos, vuestras frases son de grueso calibre y ensucian vuestra boca.

COSTARD.- Es demasiado diestra para vos en el tiro, señor. Desafiadla a los bolos.

BOYET.- ¡Temo mucho tropezar en obstáculos! ¡Buenas noches, mi querido buho!

(Salen, BOYET y MARÍA.)

COSTARD.- ¡Por mi alma, qué rústico! ¡Qué solemne imbécil! ¡Señor, Señor! ¡Cómo le hemos aplastado esas damas y yo! ¡A fe que han sido finas bromas! ¡Qué delicadísimo es el ingenio vulgar, cuando viene tan llanamente, con tanta obscenidad, tan a propósito! ¡Armado por un lado! ¡Oh! ¡He aquí un hombre extraordinariamente cortés! ¡Hay que verle marchar delante de una dama y llevarle el abanico! ¡Hay que verle cómo le besa la mano! ¡Y cómo le jura tiernamente su amor! ¡Y su paje por otro lado! ¡El ingenio hecho carne! ¡Ah, cielos! ¡No conozco liendre más sensible! (Ruido de caza dentro.) ¡Hala, hala! (Sale corriendo.)

Escena Segunda

El mismo lugar.

Entran HOLOFERNES SIR NATANIEL y DULL.

NATANIEL.- Es una reverenda caza, en verdad, y hecha con el testimonio de una buena conciencia.

HOLOFERNES.- El ciervo, como sabéis, estaba nadando en sanguis, en sangre; maduro como una pera de agua, que cuelga, semejante a una joya, de la oreja del coelo, del cielo, del firmamento, y que en seguida cae, tal un fruto silvestre, sobre la faz de la terra, de la tierra, del continente, del suelo.

NATANIEL.- A decir bien, maese Holofernes, los epítetos no pueden estar más agradablemente variados, como verdadero sabio que sois. Pero, señor, os aseguro que era un gamo de primera leche.

HOLOFERNES.- Sir Nataniel, haud credo.

DULL.- No era un haud credo, sino un cervatillo.

HOLOFERNES.- ¡Oh, la más disparatada de las observaciones! Sin embargo, es una insinuación, como si dijéramos, in via, en camino, de explicación; para facere, por llamarlo así, una réplica, o, lo que es igual, para ostentare, esto es, mostrar, su opinión -aunque de una manera abrupta, impolítica, grosera, inculta, ineducada, o más bien iletrada, o todavía mejor, inexperta- por confundir mi haud credo con un cervato.

DULL.- Decía que el gamo no era un haud credo, sino un cervatillo.

HOLOFERNES.- ¡Simplicidad dos veces enfatuada! Bis coctus!. ¡Oh, monstruo de ignorancia, qué deforme pareces!

NATANIEL.- Señor, no ha gustado las delicadezas que se hallan en los libros. No ha comido papel ni bebido tinta, como si dijéramos. Su entendimiento no está abastecido. No es más que un animal sensible en sus partes groseras. Que tales plantas estériles se exponen a nuestras miradas, no sino para que nosotros, los hombres de gusto y sentimiento, nos mostremos agradecidos de poseer una fecundación de que ellas no gozan. Porque de la misma manera que a mí me sentaría mal el papel de imbécil, indiscreto o idiota, así también ese necio no pasaría de tal, aunque asistiese a la escuela para convertirse en sabio. Pero omne be- ne, digo yo, siguiendo la máxima de un padre de la Iglesia: «Muchos que pueden soportar la lluvia, no quieren el viento.»

DULL.- Los dos sois unos sabios; pero con vuestro talento y todo, ¿podríais decirme quién tenía un mes cuando nació Caín, y ahora, sin embargo, no cuenta cinco semanas?

HOLOFERNES.- ¡Dictina, mi bravo Dull; Dictina, mi bravo Dull!

DULL.- ¿Qué es Dictina?

NATANIEL.- Uno de los nombres de Febé, la hija de Urano, la Luna.

HOLOFERNES.- La Luna tenía un mes cuando Adán no tenía más, y no contaba cinco semanas cuando él tocaba ya cinco veintenas. Pueden cambiarse los nombres; la alusión no cambia.

DULL.- En efecto, la colisión no cambia.

HOLOFERNES.- ¡Dios venga en ayuda de tu capacidad! Digo que la alusión no cambia.

DULL.- Y yo digo también que la polución no cambia, pues la Luna no cambia nunca más de un mes, y añado que lo que la princesa ha muerto ha sido un cervatillo.

HOLOFERNES.- Sir Nataniel, ¿queréis oír un epitafio improvisado sobre la muerte del gamo? Para halagar el humor de este ignorante, llamaré cervatillo al gamo que ha matado la princesa.

NATANIEL.- Perge, buen maese Holofernes, perge. Plázcaos no incluir en él ninguna bufonería.

HOLOFERNES.- Me he permitido ciertas aliteraciones, lo que arguye facilidad. La multimatadora princesa ha traspasado y abatido. Unos le llaman sore; mas no es un sore, en tanto Ladran los perros. Añadid una L a sore, y entonces Gamo, sore o sorel, las gentes lanzan gritos. Si un sore es un sorel, una L agregada a sore hace cinco. Del pobre sore hago cien, adicionándole una L más.

NATANIEL.- ¡Raro talento!

DULL. (Aparte.)- Si el talento es una garra, ved cómo agarra con talento.

HOLOFERNES.- Es un don que poseo, simple, muy simple; un extravagante espíritu loco, lleno de formas, de figuras, de imágenes, de objetos, de ideas, de percepciones, de movimientos, de revoluciones: todo ello engendrado en el ventrículo de la memoria, nutrido en la matriz de lapia mater y dado a luz en la madurez de la ocasión. Pero este don es sobre todo agradable para aquellos en quienes el in- genio es agudo, y de esto me siento sumamente agradecido.

NATANIEL.- Sir, doy por vos las gracias al Señor, y otro tanto pueden hacer mis feligreses, ya que con tanto aprovechamiento educáis a sus hijos y que sus hijas adelantan notablemente bajo vuestra dirección. Sois un excelente miembro de la comunidad.

HOLOFERNES.- Mehercle! Si sus hijos están dotados de capacidad, no les faltará instrucción. Si sus hijas tienen disposiciones, yo les haré que germinen. Mas vir sapit qui pauca loquitur. Un alma femenina nos saluda. (Entran JAQUINETA y COSTARD.)

JAQUINETA.- Buenos días os dé Dios, padre cura.

HOLOFERNES.- ¡Padre cura! O uno u otro. Si uno de los dos hubiera de ser padre, ¿quién lo sería?.

COSTARD.- Pardiez, señor maestro de escuela, el cura es padre.

HOLOFERNES.- ¿Que es padre? Excelente chiste, como un diamante en bruto, fuego bastante para un pedernal, perla suficiente para un basurero. Admirable; está muy bien.

JAQUINETA.- Señor cura, ¿queréis ser tan bueno que me leáis esta carta? Me ha sido entregada por Costard y remitida por don Armado. (Dáncole una carta.) Os lo suplico, leédmela.

HOLOFERNES.- Fauste, precor, gelida quando pecus omne sub umbra. Rumina Et cœtera! ¡Ah, buen viejo mantuano! De ti puedo decir lo que el viajero de Venecia:

-Venetia, Venetia,

Chi non te vede, non te pretia.

¡Viejo mantuano! ¡Viejo mantuano! Quien

no te comprende no te ama. Ut, re, sol, la, mi, fa.

Con perdón, señor, ¿qué contiene esta carta; o más bien, como dice Horacio en su... ¡Cómo! ¡Por mi alma! ¿Versos?

NATANIEL.- Sí, señor; y muy doctos.

HOLOFERNES.- Recitadme una estrofa, una estancia, un verso. Lege, domine.

NATANIEL (Leyendo.)

Nunca obliga un juramento, si no se hace a la belleza

Si el amor me hace perjuro, ¿cómo amor puedo jurar?

Aun infiel conmigo mismo, fiel seré a tu gentileza

Mis ideas, que eran robles, mimbres son a mi pesar.

Yo abandono el arduo estudio, y en el libro de tus

tabernáculos que guardan mil ensueños de placer

Sin buscar otras materias, hallan siempre mis antojos

ciencia humana, hábil cariño, nuevas cosas que aprender

Gusta el alma del que ignora, contemplar sin asombrarse

y yo admiro, y es mi elogio, tus divinas perfecciones.

Igneos rayos son tus ojos, tu voz trueno al enojarse;

y, sin ira, llama célida, dulce lira de áureos sones.

¡Oh, perdona, amor, la audacia que en mis cláusulas

Voz celeste necesitas, no un acento de la tierra.

HOLOFERNES.- Saltáis el apóstrofo, y perdéis, por tanto, el acento. Permitidme revisar la cancioneta.- Aquí está observada rigurosamente la cantidad silábica; pero en cuanto a la elegancia, la facilidad y la cadencia de oro de la poesía, caret. ¡Ovidio Nasón era el hombre! Y ¿por qué, a decir verdad, se llamaba Nasón, sino porque sabía aspirar las flores odoríferas de la fantasía, los rasgos de la invención? Imitari no es nada. El perro imita a su amo, el mono a su guardián, el caballo enjaezado a su jinete. Pero, damisela virgen, ¿va esto dirigido a vos?

JAQUINETA.- Sí, señor; por cierto monsieur Berowne, uno de los señores de la reina extranjera.

HOLOFERNES.- Examinemos el sobrescrito. «A la mano, blanca como la nieve, de la bellísima dama Rosalina.» Veamos todavía el significado de la carta, para conocer la nominación de la parte escribiente a la persona escrita. «Señora, a las órdenes de Vuestra Señoría en todo lo que tenga a bien prescribirme, Berowne.» Sir Nataniel, este Berowne es uno de los que han hecho juramento con el rey; y aquí ha forjado esta carta para una del cortejo de la reina extranjera, carta que, por casualidad o por vía de adelanto, ha equivocado la dirección. Deslizaos y partid, querida. Entregad esta carta en las reales manos de Su Majestad. Puede concernirle en extremo. No te detengas en cumplidos. Te dispenso de ellos. Adiós.

JAQUINETA.- Buen Costard, acompáñame. Señor, Dios guarde vuestra vida.

COSTARD.- Soy contigo, muchacha.

(Salen COSTARD y JAQUINETA.)

NATANIEL.- Señor, habéis obrado en esto muy religiosamente y en el temor de Dios, y como dice cierto padre de la Iglesia...

HOLOFERNES.- No me habléis de padre alguno de la Iglesia, señor. Siento horror por toda perfección perfecta. Pero volviendo a los versos: ¿es que os gustan, sir Nataniel?

NATANIEL.- Se hallan maravillosamente escritos.

HOLOFERNES.- Estoy invitado a comer hoy en casa del padre de un discípulo mío, donde, si antes de la comida tenéis a bien bendecir la mesa con alguna gracia, podría yo, gracias al privilegio de que gozo cerca de los padres del susodicho niño o alumno, procuraros un ben venuto. Allí os demostraré que esos versos son muy indoctos, sin sabor poético, ingenio ni invención. Os suplico vuestra compañía.

NATANIEL.- Y yo os doy las gracias; que la compañía -dice el proverbio- es la felicidad de la vida.

HOLOFERNES.- Y, ciertamente, el proverbio concluye del modo más infalible. (A DULL.) Señor, vos también quedáis invitado. No me digáis que no: pauca verba(6). ¡Adelante! Los caballeros están en su caza y nosotros estaremos en nuestra recreación. (Salen.) El mismo lugar (Entra BEROWNE, con un papel.)

BEROWNE.- El rey está corriendo gamos; yo me estoy cazando a mí mismo. Ellos han tendido redes; yo me prendo en mi propia liga, una liga que embadurna, ¡Embadurnar! Fea palabra. ¡Bien; reposa, dolor! Dicen que el loco lo ha dicho. Yo, loco de mí, lo digo también. ¡Admirable deducción, ingenio! ¡Por el Señor! Este amor es tan furioso como Ayax. Mata a los corderos, y me mata a mí, como cordero que soy. ¡Todavía una admirable deducción del lado mío! ¡Yo no quiero amar! Ahórquenme si amo. A fe que no he de hacerlo. ¡Oh! A no ser por sus ojos..., ¡por esa luz!; a no ser por sus ojos, no la amaría. ¡Sí, por sus dos ojos! Bien; no hago en este mundo sino mentir y mentir por la gola. ¡Viven los cielos! Amo, y el amor me ha enseñado a versificar y a ponerme melancólico, y he aquí una muestra de mis rimas, he aquí una muestra de mi melancolía. Bien; ya la he remitido uno de mis sonetos. El rústico lo ha llevado, el loco lo ha enviado, la dama lo ha recibido. ¡Caro rústico! ¡Loco más caro aún! ¡Carísima dama! Por el mundo, que no me importaría un alfiler si los otros estuvieran igual- mente enamorados. Aquí llega uno con un papel. ¡Dios le otorgue la gracia de gemir! (Se encarama a un árbol.) (Entra EL REY, con un papel.)

EL REY.- ¡Ay de mí!

BEROWNE. (Aparte.).- ¡Tocado, por el cielo! ¡Prosigue, dulce Cupido! Le has señalado, con tu flecha de cazar gorriones, debajo de la tetilla izquierda. ¡De seguro, secretos!

EL REY (Leyendo.)

No da el sol con su llama beso tan riente

a la flor mañanera que unge el rocío,

como tus ojos, cuando su rayo hiriente,

brilla a través del iris del llanto mío.

Ni la luna con su aéreo cendal de plata

copia en la onda su mística triste hermosura,

como tu rostro altivo, si se retrata

en el húmedo espejo de mi amargura.

Perla que cae, refleja tu faz divina;

y, al rodar, fulge en ella radiosamente

la luz de esa mirada que me fascina,

o el oro de tu tersa pálida frente.

Trovador de tu gloria será mi duelo;

tu dádiva, la risa que me enamora;

tu desdén, acicate de mi desvelo.

¡Oh, reina de las reinas! ¡Hora tras hora

robaré al aire frases que él roba al cielo,

para cantar la pena que me devora!

¿Cómo le haría conocer mi tormento? Voy

a dejar caer el papel. ¡Dulces hojas, dad sombra

a mi locura! ¿Quién se acerca? (Se oculta detrás

de un árbol.) ¡Cómo! ¡Longaville! ¡Y leyendo!

¡Escucha, oído!

(Entra LONGAVILLE, con un papel.)

BEROWNE (Aparte.).- Bien; ¡he ahí venir un loco más, que se te asemeja!

LONGAVILLE (Aparte.).- ¡Ay de mí! Soy perjuro.

BEROWNE (Aparte.).- En efecto, se acerca llevando papeles como un perjuro.

EL REY (Aparte.).- Se halla enamorado, espero. ¡Feliz compañero de oprobio!

BEROWNE (Aparte.).- Un borracho ama a otro del mismo nombre.

LONGAVILLE (Aparte.).- ¿Soy yo el primero que así se ha hecho perjuro?

BEROWNE (Aparte.).- En cuanto a eso, podría tranquilizarte. Conozco a dos que te acompañan. Tú completas el triunvirato. Eres la piedra angular de nuestra compañía; una especie de Tyburn del amor, donde se balancea nuestra necedad.

LONGAVILLE.- Temo que estas incorrectas líneas se hallen faltas de poder para conmoverla. ¡Oh, dulce María, emperatriz de mi amor! Rasgaré estos versos y te escribiré en prosa.

BEROWNE (Aparte.).- Oh! Esas rimas son los ribetes de las bragas del travieso Cupido. No descompongas sus flojos calzones .

LONGAVILLE.- He aquí cómo la abordaré.

(Leyendo.)

¿No ha sido la retórica de tu febril mirada

la que incendió en perjurios mi corazón sediento?

Infiel por amor tuyo, la deserción me agrada,

si en homenaje admites mi roto juramento.

Por ti a un amor renuncio; mas ¿quién amar desea

no siendo de tus ojos el resplandor divino?

Su luz, celeste y pálida, destruye al par que crea.

Roto cayó a tus plantas el ídolo mezquino.

Bella mujer, que irradias insólita blancura,

sobre la tierra en que arde de amor el alma mía,

mi aliento es el perfume que acariciar procura,

humo de incienso, el mármol de tu hermosura fría.

¿Qué importan mis traiciones, si por traidor diviso

bañado en luz de gloria, tu dulce paraíso?

BEROWNE (Aparte.).- He aquí la obra del hígado, que hace de la carne una substancia divina y de una joven oca una deidad. ¡Pura, pura idolatría! ¡Dios nos corrija! ¡Dios nos corrija! Desbarramos.

LONGAVILLE.- ¿De quién me valdré para enviar esto?... ¡Gente! Ocultémonos. (Se esconde.)

BEROWNE (Aparte.).- ¡Orí, orí! ¡Antiguo juego de niños! Como un semidiós sentado sobre el Olimpo, contemplo cuidadosamente desde las alturas los secretos de estos malaventurados locos. ¡Más sacos al molino! ¡Oh cielos! Mis aspiraciones se realizan.

(Entra DUMAINE, con un papel.)

¡Dumaine transformado! ¡Cuatro chochas en una fuente!

DUMAINE.- ¡Oh, divinísima Cate!

BEROWNE (Aparte.).-¡Oh, profanísimo mequetrefe!

DUMAINE.- ¡Por los cielos! ¡La maravilla de los ojos mortales!

BEROWNE (Aparte.).- ¡Por la tierra! Es tan sólo una criatura corporal. Por lo tanto, mientes.

DUMAINE.- ¡Su cabellera de ámbar eclipsa al mismo ámbar!

BEROWNE (Aparte.).- ¡Un cuervo de color ámbar! ¡Cosa singular!

DUMAINE.- ¡Esbelta como el cedro!

BEROWNE (Aparte.).- ¡Cuidado, eh! Tiene las espaldas encinta.

DUMAINE.- ¡Hermosa como el día!

BEROWNE (Aparte.).- Sí, como algunos días en que brilla el sol por su ausencia.

DUMAINE.- ¡Oh, que no se realizaran mis deseos!

LONGAVILLE (Aparte.).- ¡Y los míos!

EL REY (Aparte.).- ¡Y los míos también, Altísimo Señor!

BEROWNE (Aparte.).- ¡Amén, igualmente para los míos! ¿No es éste un hermoso vocablo?

DUMAINE.- ¡Quisiera olvidarla; pero enfebrece mi sangre y no me abandona su recuerdo!

BEROWNE (Aparte.).- ¡Que enfebrece tu sangre! Una sangría podría ofrecérsela entonces en su cubilete. ¡Dulce equivocación!

DUMAINE.- Leamos una vez más la oda que le he compuesto.

BEROWNE (Aparte.).- Aquilatemos una vez más las diversas variaciones del amor.

DUMAINE (Leyendo.)

Un día, día funesto,

Amor, cuyo mes es mayo,

vió una flor bella en el aire

caprichoso jugueteando.

Entre sus hojas, la brisa,

invisible, se abría paso.

Enfermo, ansiaba el amante

ser en brisa transformado.

Brisa, decía, tus mejillas

triunfan, mas yo no lo alcanzo.

De tus espinas, mi diestra

no separarse ha jurados

Que se hizo la juventud

para coger lo que es bálsamo.

Si me convierto en perjuro,

no me acuses de pecado.

Júpiter, por ti jurara

que Juno era negra, acaso,

y negaría ser Júpiter

por ser mortal a tu lado.

Voy a remitirle esto y alguna cosa más clara, que exprese la dolorosa tortura de mi sincero amor. ¡Oh! ¡Que el rey, Berowne y Longaville no estuvieran también enamorados! El mal, sirviendo de ejemplo al mal, borraría de mi frente la tacha de perjurio, pues nadie es culpable cuando todos desatinan.

LONGAVILLE (Avanzando.).- Dumaine, tu amor no es caritativo cuando desea que sus tormentos los conlleven los demás. Podéis palidecer; pero yo me ruborizaría de haber sido sorprendido en una modorra así.

EL REY (Avanzando.).- Entonces, señor, enrojeced; vuestro caso es semejante. Reprimirle vos es ofenderle dos veces. Vos no amáis a María. Longaville no ha compuesto un soneto en su honor. Jamás ha cruzado los brazos sobre su pecho para contener los latidos de su corazón. Yo estaba oculto en esos zarzales; os he oído a los dos y por los dos he enrojecido. He escuchado vuestros versos culpables, he observado vuestras facciones, he advertido vuestros suspiros, he comprobado vuestra pasión. ¡Ay!, decía uno. ¡Por Júpiter!, exclamaba otro. ¡La una tenía los cabellos de oro, la otra los ojos de cristal! (A LONGAVILLE.) ¡Vos queríais violar vuestros juramentos por el paraíso! (A DU- MAINE.) ¡Por vuestro amor, Júpiter habría infringido sus votos! ¿Qué dirá Berowne cuando conozca vuestra deslealtad, tras haber mostrado tanto celo en jurar? ¡Cómo va a despreciaros! ¡Qué ingenio va a derrochar! ¡Qué triunfo el suyo! ¡Cómo ha de saltar, cómo ha de reír! Por todas las riquezas del mundo no quisiera que supiese de mí otro tanto.

BEROWNE.- Avancemos ahora, para flagelar la hipocresía. (Descendiendo del árbol.) ¡Ah, mi querido soberano! Perdóname, te suplico. ¡Buen corazón! ¿Con qué derecho reprochas a estos gusanos que amen, estando más enamorado que ellos? Vuestros ojos no son carros radiantes, ni en vuestras lágrimas resplandece cierta princesa. Vos no querríais ser perjuro, que es cosa aborrecible. ¡Vaya! Ni escribir sonetos, que sólo se queda para los menestrales. Pero ¿no estáis avergonzado? ¡Muy bien! ¿Todos tres no os ruborizáis de haber sido así sor- prendidos? (A LONGAVILLE.) Vos habéis visto una paja en el ojo de éste (Por DUMAINE.), y el rey otra en cada uno de los dos. Pero yo he descubierto la viga que os ciega a los tres. ¡Oh! ¡A qué escena de locura he asistido! ¡Qué de suspiros, de gemidos, de desesperanzas, de desolaciones! ¡Ay de mí! ¡Con qué reconcentrada paciencia he estado, para ver un rey transformado en mosquito! ¡Para contemplar a Hércules dándole al trompo, al profundo Salomón entonando una jiga, a Néstor jugando a los alfileres con los muchachos y a Timón, el crítico implacable, distrayéndose con nimias bagatelas! ¿Dónde reposa tu dolor? ¡Oh! ¡Cuéntamelo, querido Dumaine! Y tú, gentil Longaville, ¿dónde asientas tu pena? ¿Y vos, la vuestra, mi soberano? ¡Todos heridos en el corazón! ¡Un reconfortante, venga!

EL REY.- Tus bromas son demasiado amargas. ¿De suerte que hemos hecho traición en presencia tuya?

BEROWNE.- No, soy yo, y, no vosotros, el traicionado a mí mismo. Yo, el hombre honesto. Yo, que consideraba un pecado infringir un voto. Yo he sido el traicionado por aceptar como compañeros a hombres como vosotros, a hombres inconstantes. ¿Cuándo se me ha visto a mí escribir algo en verso, gemir por un mari- macho o malgastar un minuto de mi tiempo en alisar mis plumas? ¿Cuándo habéis oído decir que he hecho el elogio de una mano, de un pie, de una cara, de unos ojos, de un modo de andar, de una actitud, de una frente, de unos pechos, de un talle, de una pierna o de un miembro?

EL REY.- ¡Basta! ¿A qué correr tan aprisa? ¿Es un hombre honrado, o es un salteador el que galopa así?

BEROWNE.- ¡Huyo del amor! Ilustre enamorado, déjame correr.

(Entran JAQUINETA y COSTARD.)

JAQUINETA.- ¡Dios bendiga al rey!

EL REY.- ¿Qué presente nos traes?

COSTARD.- Una traición cierta.

EL REY.- ¿Qué viene a hacer aquí la traición?

COSTARD.- Nada, no viene a hacer nada, señor.

EL REY.- Entonces, la traición y vos podéis iros en paz.

JAQUINETA.- Suplico a Vuestra Gracia tenga a bien leer esta carta. Nuestro párroco sospecha de ella. Asegura que envuelve traición.

EL REY.- Leedla, Berowne. (Dándole la carta.) ¿De quien la has recibido?

JAQUINETA.- De Costard.

EL REY (A COSTARD.).- ¿Y tú?

COSTARD.- De Dun Adramadio, Dun Adramadio.

(BEROWNE rasga la carta.)

EL REY.- ¿Qué es eso? ¿Qué hacéis? ¿Por qué rasgáis esa carta?

BEROWNE.- Es una tontería, mi soberano, una tontería. No se inquiete por ello Vuestra Gracia.

LONGAVILLE.- Le ha emocionado demasiado para que no intentemos leerla.

DUMAINE (Juntando los pedazos de la carta.).- La letra es de Berowne, y aquí está su firma.

BEROWNE (A COSTARD.).- ¡Ah, zopenco hideputa! ¡Has nacido para consumar mi vergüenza! Soy culpable, señor; soy culpable; lo confiesc, lo confieso.

EL REY.- ¿Qué?

BEROWNE.- Que siendo tres los insensatos, sólo faltaba yo para la mesa completa. Este, ése, aquél y vos, mi soberano, y yo, todos somos cortabolsas del amor y merecemos morir. ¡Oh! Alejad este auditorio y seré más explícito.

DUMAINE.- Ahora el número es par.

BEROWNE.- En efecto, en efecto; somos cuatro.

EL REY.- ¡Fuera vosotros! ¡Salid!

COSTARD.- Que las gentes honradas formen rancho aparte y abandonen a los traidores.

(Salen COSTARD y JAQUINETA.)

BEROWNE.- ¡Queridos señores, queridos señores! ¡Oh! Abracémonos. Somos tan fieles como pueden serlo la carne y la sangre. La mar tendrá siempre flujo y reflujo, el sol mostrará su cara; la sangre ardiente no puede obedecer los preceptos de la vejez. No podemos suprimir la causa por que hemos nacido. ¡Era de toda necesidad que fuéramos perjuros!

EL REY.- ¡Cómo! ¿Esas líneas que acabas de rasgar atestiguaban algún amor por tu parte?

BEROWNE.- ¿Y lo preguntáis? ¿Quién podría ver a la celestial Rosalina sin, como el indio rudo y salvaje ante el primer rayo de sol de la espléndida aurora, inclinar la cabeza en señal de vasallaje, y ciego de deslumbramiento, besar la indigna tierra con el corazón rendido? ¿Qué ojos de águila dominadores, con vista resistente para mirar el sol, osarían contemplar el cielo de su frente, sin quedar cegados por su majestad?

EL REY.- ¿Qué celo, qué furor te inspiran ahora? Mi amada, señora de la tuya, es una luna, llena de gracia, en tanto Rosalina no es más que un astro que gravita en torno y cuyo resplandor apenas es visible.

BEROWNE.- ¡Mi S ojos, entonces, no son ojos, ni yo soy Berowne! ¡Oh! Si no fuera para esclarecer a mi amada, el día se cambiaría en noche. Los más exquisitos matices de excelencia suprema se han dado cita en sus lindas mejillas, donde diversos atractivos forman un solo portento y donde nada falta de lo que el deseo pueda apetecer. Prestadme el lenguaje florido de todos los idiomas sonoros... ¡Fuera, retórica afectada! ¡Oh! Ella no la necesita. Las alabanzas de los mercaderes no convienen sino a las cosas por vender. Ella está por encima de toda alabanza y, por consiguiente, los elogios demasiado sucintos la empañarían. Un eremita cubierto de arrugas, estropeado por cien inviernos, rejuvenecería cincuenta años contemplando su rostro. Su belleza reanima al anciano, y, como si acabara de nacer, da a su edad provecta la infancia de la cuna. ¡Oh! ¡Es el sol que alumbra a todas las cosas!

EL REY.- ¡Por el cielo, tu amada es tan negra como el ébano!

BEROWNE.- ¿Es que el ébano se le parece? ¡Oh madera divina! ¡Una mujer tallada en esta madera sería la felicidad! ¡Oh! ¿Quién puede recibir un juramento? ¿Dónde hay una Biblia? ¡Que jure que la hermosura carece de hermosura si no toma las miradas de sus ojos, y que ninguna cara es hermosa si no es morena como la suya.

EL REY.- ¡Oh paradoja! Lo negro es atributo del infierno, el color de las mazmorras, el ceño sombrío de la noche, y la hermosura debe parecerse a la diurna claridad.

BEROWNE.- Los demonios, para tentarnos más pronto, preséntanse bajo la apariencia de ángeles de luz. ¡Oh! Si la frente morena de mi dama se viste de obscuro, es porque está de duelo al ver los afeites y usurpados cabellos seducir a los enamorados con fingidos disfraces. ¡Ella ha venido al mundo para decidir que la belleza sea morena! ¡Sus atractivos cambiarán la moda del día! ¡Los colores naturales pasarán ahora por postizos, y el sonrosado, evitando la afrenta del desdén, se teñirá de negro para imitar su cutis!

DUMAINE.- ¡Por asemejarse a ella son negros los deshollinadores

LONGAVILLE.- ¡Como que, desde su nacimiento, los carboneros pasan por hermosos!

EL REY.- ¡Y los etíopes se jactan de la finura de tu tez!

DUMAINE.- ¡La obscuridad no necesita ya candelas, porque lo obscuro es la luz!

BEROWNE.- Vuestras amadas no se atreverían a salir en tiempo de lluvia, por miedo a quedar lavadas y despintarse sus colores.

EL REY.- La vuestra debía escoger ese tiempo, pues siguiendo vuestra deducción, yo mismo tendría una cara más bella de no haberme lavado hoy.

BEROWNE.- Sostendré su hermosura, aunque tuviera que estar hablando hasta el día del juicio.

EL REY.- No hallarás en ese día demonio más espantable que ella.

DUMAINE.- Nunca he visto a un hombre pregonar hasta ese extremo una mala mercancía.

LONGAVILLE (Enseñando su calzado.).- Mira, he aquí a tu amor. Compara mi pie y su rostro.

BEROWNE.- ¡Oh! Si las calles estuvieran empedradas con tus ojos, sus pies serían lo bastante delicados para no dejar huellas.

DUMAINE.- ¡Oh infeliz! Si hollase tal pavimento, las calles reflejarían todo, como si ella marchara con los pies en alto.

EL REY.- Pero ¿a qué seguir? ¿No estamos todos enamorados?

BEROWNE.- Nada más cierto, y, por consiguiente, todos somos perjuros.

EL REY.- Entonces dejemos la charla; y tú, querido Berowne, demuéstranos ahora que nuestro amor es legítimo y que no hemos quebrantado nuestra fe.

DUMAINE.- Eso es; ve el modo de excusar nuestra falta.

LONGAVILLE.- ¡Oh! Alega algún argumento que nos permita proseguir; alguna ingeniosidad, algún subterfugio, con ayuda de los cuales podamos embaucar al mismo diablo.

DUMAINE.- ¡Algún remedio al perjurio!

BEROWNE.- ¡Oh! Tenemos más de lo que necesitamos. Atención, pues, soldados del amor. Considerad primeramente lo que debíais hacer. ¡Ayunar, estudiar y no ver mujeres! Traición inmensa contra el real Estado de la juventud. Decidme: ¿podéis ayunar? Vuestros estómagos son demasiado mozos, y la abstinencia engendra enfermedades. Cuando jurasteis entregaros al estudio, cada uno de vosotros, señores, abjuró de su libro. ¿Os halláis en disposición de soñar siempre, de investigar siempre, de reflexionar en todo momento? Pues entonces, ¿os sería dado a vos, señor, o a vos, o a vos, descubrir los fundamentos de la excelencia del estudio sin la hermosura de un rostro de mujer? De los ojos de las mujeres obtengo esta doctrina. Ellas son la base, los libros, las academias de donde brota el verdadero fuego de Prometeo. El trabajo durante largo tiempo sostenido, aprisiona las energías ágiles en las arterias, como el constante ajetreo y la acción de una marcha prolongada fatigan el vigor nervioso del viajero. Ahora, al jurar no ver el rostro de mujer alguna, habéis abjurado del uso de los ojos e incluso del estudio, que era el objeto más serio de vuestro juramento. Porque ¿existe en el mundo un autor capaz de enseñar la belleza como los ojos de una mujer? La ciencia no es más que un aditamento de nuestra individualidad. Allí donde estamos, nuestra ciencia reside también. Pues cuando nos contemplamos en los ojos de una mujer, ¿no vemos en ellos, asi- mismo, nuestra ciencia? ¡Oh! Hemos hecho voto de estudiar, señores, y por el mismo voto hemos repudiado nuestros verdaderos libros. Porque ¿cuándo, soberano mío, o vos, o vos, habéis hallado nunca en la meditación fría las ardientes estrofas con que os han enriquecido, a fuer de maestros, los incitantes ojos de una bel- dad? Las restantes disciplinas serias permanecen del todo inactivas en el cerebro, y estéril- mente prácticas, apenas recogen cosecha de su duro trabajo. Mientras que el amor, aprendido primero en los ojos de una dama, no sólo no vive encerrado en el cerebro, sino que, con la movilidad de todos los elementos, se propaga tan rápidamente como el pensamiento en cada una de nuestras facultades y las infunde un doble poder, multiplicando sus funciones y sus oficios. Añade a los ojos una segunda vista de valor inestimable. Los ojos de un enamorado penetran más que los del águila; sus oídos perciben el murmullo más ligero, que escapa al oído receloso del ladrón; su tacto es más fino, más sensible que las tiernas antenas del caracol en su concha en espiral; su lengua, más refina- da que la del goloso Baco. Y en cuanto a su valor, ¿no es Amor un Hércules, encaramándose de continuo a los árboles de las Hespérides? Sutil como una esfinge; tan acariciador y musical como el laúd del brillante Apolo, que tiene por cuerdas sus cabellos. Cuando habla el Amor, enmudecen todos los dioses para escuchar la armonía de su voz. Jamás poeta alguno osó tomar la pluma para escribir, antes que a su tinta se mezclasen las lágrimas del Amor. ¡Oh! Entonces es cuando sus cánticos embelesan los oídos más duros e infunden a los tiranos una dulce humildad. Tal es la doctrina que extraigo de los ojos de las mujeres, que centellean siempre como el fuego de Prometeo. Ellas son los libros, las artes, las academias; que enseñan, contienen y nutren al universo entero. Sin ellas nadie puede sobresalir en nada. Por eso erais unos insensatos al abjurar de las mujeres, y lo seríais más aun si mantuvierais vuestro juramento. En nombre de la sabiduría, palabra que todos aman; en nombre del amor, vocablo que a todos gusta; en nombre de los hombres, auto- res de las mujeres; en nombre de las mujeres, por quienes han sido engendrados los hombres, olvidemos una vez más nuestros juramentos para acordarnos de nosotros mismos, si no queremos olvidarnos, guardando nuestros votos. La religión pide que perjuremos de esta suerte. La caridad colma la ley. Y ¿quién podría separar el amor de la caridad?

EL REY.- ¡Por San Cupido, pues! ¡Soldados, al campo de batalla!

BEROWNE.- ¡Avancemos los estandartes, señores! ¡Y ¡sus! a nuestros adversarios! ¡Sembremos el desorden y abajo con ellos! ¡Pero en el conflicto, tengamos antes buen cuidado de evitar su sol!

LONGAVILLE.- Hablemos ahora razonablemente. Dejemos a un lado las glosas. ¿Estamos decididos a galantear a esas hijas de Francia?

EL REY.- Y a conquistarlas también. Por consiguiente, es preciso imaginar algo que las distraiga en sus tiendas.

BEROWNE.- Primero conduzcámoslas desde el parque hasta allá. En seguida, durante el camino, tome cada uno la mano de su bella adorada. A la tarde inventaremos alguna diversión interesante para su regocijo, de las que nos permita la brevedad del tiempo; que las galas, los bailes, las mascaradas y las horas alegres, precursores del bello Amor, riegan su camino de flores.

EL REY.- ¡Adelante! ¡Adelante! No perdamos un tiempo que debemos aprovechar.

BEROWNE.- Allons! Allons! El que siembra cizaña no coge trigo, y la justicia equilibra siempre con medida igual. Las mujeres veleidosas pueden ser un azote para los hombres perjuros. Si eso sucede, nuestro cobre no adquirirá mejor tesoro. (Salen.)

****

Acto Quinto

Escena Primera

Parque del rey de Navarra.

Entran HOLOFERNES, SIR NATANIEL y DULL.

HOLOFERNES.- Satis quod sufficit.

NATANIEL.- Ruego a Dios por vos, señor. Las razones que nos habéis dado en la mesa han sido agudas y sentenciosas; agradables sin grosería, ingeniosas sin afectación, audaces sin imprudencia, sabias sin pretensión y originales sin herejía. He conversado cierto día, quondam, con uno de los favoritos del rey, que se titula, llama o apellida don Adriano de Armado.

HOLOFERNES.- Novi hominem tanquam te. Su temple es altivo, su palabra concluyente, su lengua cortante, su mirada ambiciosa, su porte majestuoso y sus maneras, en general, vanas, ridículas y jactanciosas. Es demasiado hinchado, demasiado emperifollado, demasiado extravagante, como si dijéramos, demasiado peregrinesco, si puedo expresarme así.

NATANIEL.- ¡Epíteto singular y escogido! (Sacando su libro de notas.)

HOLOFERNES.- Devana el hilo de su verbosidad más finamente que la hebra de su argumentación. Detesto a esos fanáticos caprichosos, a esos tipos insociables y de extraordinaria precisión; a esos verdugos de la ortografía, que pronuncian a pedacitos, por ejemplo, dout en lugar de doubt; det, en vez de debt, d, e, b, t, y no d, e, t; que por calf dicen cauf, por half, hauf; que a neighbour «vocatur» nebour, y que abrevian neigh en ne. Es «abhominable» (ellos articularían abominable). ¡Esto me trae loco! Anne intelligis, domine? ¡Es para volverse frenético, lunático!

NATANIEL.- Laus Deo, bone intelligo.

HOLOFERNES.- Bone? Bone, por bene. Rascáis un poco prisciano; pero no importa.

(Entran ARMADO, MOTH y COSTARD.)

NATANIEL.- Videsne quis venit?.

HOLOFERNES.- Video, et gaudeo.

ARMADO (A MOTH.).- «¡Pelitre!»

HOLOFERNES.- ¿Quare «pelitre», y no belitre?

ARMADO.- ¡Bien hallados, hombres de paz!

HOLOFERNES.- ¡Salud el más militar de los señores!

MOTH (Aparte a COSTARD.).- ¡Han asistido a un gran festín de lenguas, y han robado las sobras!

COSTARD.- ¡Oh! ¡Desde hace mucho tiempo viven de la limosna de las palabras! Me asombra que tu amo no haya comido todavía, como si fueses tú una palabra, pues de pies a cabeza no pareces más largo que honorificabilitudinitatibus. Eres más fácil de engullir que un flap-dragon.

MOTH.- ¡Silencio! El chisporroteo principia.

ARMADO (A HOLOFERNES.).- Monsieur, ¿no sois hombre de letras?

MOTH.- Sí, sí, enseña a los niños el alfabeto. ¿Qué es lo que hacen e y b, deletreadas al revés, con un cuerno sobre la cabeza?

HOLOFERNES.- Be, pueritia, con un cuerno añadido.

MOTH.- ¡Be! ¡Un be... cerro con un cuerno, impertinente be... litre! ¡Ya veis lo que sabe!

HOLOFERNES.- Quis, quis, tú, ¿consuena?

MOTH.- Con la tercera de las cinco vocales, si las repetís; o con la quinta, si soy yo.

HOLOFERNES.- Voy a repetirlas: a..., e...,i...

MOTH.- ¡El becerro! Las otras dos terminan: o.., u...

ARMADO.- ¡Bien! ¡Por las ondas saladas del Mediterráneo! ¡Un magnífico golpe! ¡Un vivo botonazo de ingenio! Snip, snap, rápido y a fondo. ¡Esto regocija mi entendimiento! ¡Espíritu puro!

MOTH.- Presentado por un niño a un carcamal, cuyo espíritu es viejo.

HOLOFERNES.- ¿Cuál es la figura retórica? ¿Cuál es la figura retórica?

MOTH.- Cuernos.

HOLOFERNES.- Disputas como niño que eres. Vete a jugar al trompo.

MOTH.- Prestadme vuestro cuerno para fabricar uno, y yo daré un trompazo a vuestra infamia, circum circa ¡Hacer un trompo del cuerno de un cornudo!

COSTARD.- Aunque no tuviera en el mundo más que un penique, te lo daría para que te comprases una torta de jenjibre. ¡Toma, ahí va la remuneración que recibí de tu amo, bolsa de medio maravedí de ingenio, huevo de paloma de discreción! ¡Oh! ¡Que te hubiese forjado el cielo no más que mi bastardo! ¡Qué dichoso padre habrías hecho de mí! Anda; tienes ingenio ad dunghill, hasta la punta de los dedos, como vulgarmente se dice

HOLOFERNES.- ¡Oh! Eso hiede a mal latín. ¡Dunghill por unguem!

ARMADO.- Bachiller en artes, præambula. No tratemos con los bárbaros. ¿No educáis a la juventud en la escuela gratuita de lo alto de la montaña?

HOLOFERNES.- O del mons, el monte.

ARMADO.- Con vuestro amable permiso, de la montaña.

HOLOFERNES.- Sí, sin disputa.

ARMADO.- Señor, es deseo augusto y afectuosa del rey, que se felicite hoy a la princesa en su pabellón durante la parte trasera del día, o lo que la zafia muchedumbre denomina tarde.

HOLOFERNES.- La parte trasera del día, generoso señor, es una expresión adecuada, congrua y conveniente para la tarde; vocablo bien escogido, selecto, sonoro y apto, os lo aseguro, señor, os lo aseguro.

ARMADO.- Caballero, el rey es un noble hidalgo, mi familiar, os lo garantizo, y mi excelente amigo. La razón de esta familiaridad entre nosotros, quédese aquí. «Te ruego que apees todo tratamiento... Suplícote que te cubras...» Esto es lo que me dice, entre otras cosas más importantes más serias, más graves, en verdad. Pero no hablemos de eso. Porque todavía debo decirte que place a Su Gracia (lo juro por el universo) apoyarse algunas veces en mis pobres hombros y juguetear con sus reales dedos en mi excrecencia, es decir, en mi mostacho. Pero, querido mío, no adelantemos más. Por el universo, que no cuento ninguna fábula. Su Majestad se digna dar determinadas muestras de deferencia honrosa, eminentemente especial, a Armado, a un soldado, a un viajero que ha visto el mundo. Pero pasemos eso. Lo cierto del caso es (mas os imploro el secreto, apreciable amigo) que él quisiera que ofreciese yo a la princesa, a esa dulce paloma, algún espectáculo delicioso: pantomima, mascarada, farsa burlesca o fuegos artificiales. Ahora, sabiendo que el cura y vuestra distinguida persona sois diestros en esta clase de improvisaciones y súbitas explosiones de hilaridad, por decirlo así, os lo he comunicado al propio tiempo, para solicitar, por último, vuestra cooperación.

HOLOFERNES.- Señor, podemos representar ante la princesa Los nueve paladines. Maese Nataniel: se trata de nuestra cooperación en algún entremés a la moda, en cierto espectáculo que en la parte trasera de hoy ejecutaremos ante la princesa por orden del rey y de este apuesto, ilustrado y sapientísimo caballero. Yo digo que no hay nada tan a propósito como representar Los nueve paladines.

NATANIEL.- ¿Dónde hallaréis intérpretes dignos de semejante representación?

HOLOFERNES.- Vos mismo haréis de Josué. Yo, o este galante hidalgo, de Judas Macabeo. Ese patán, en atención a sus largos miembros y junturas, personificará a Pompeyo el Grande. El paje se encargará de Hércules...

ARMADO.- Perdón, señor, os equivocáis. No tiene proporción bastante para el pulgar de ese paladín; ni es tan grueso como la extremidad de su clava.

HOLOFERNES.- ¿Puedo ser oído? Representará a Hércules en su minoridad. Sus enter y sus exit consistirán en estrangular a una serpiente, a cuyo fin compondré yo una apología.

MOTH.- ¡Excelente recurso! De este modo, si alguien del auditorio silba, podéis exclamar: «¡Bravo, Hércules! ¡Ahoga ahora a la serpiente!» He ahí el medio de hacer graciosa una ofensa, aunque tengan pocos la gracia de inventarla.

ARMADO.- ¿Y de los demás paladines?...

HOLOFERNES.- Yo solo me encargo de tres.

MOTH.- ¡Triplemente digno caballero!

ARMADO.- ¿Puedo deciros una cosa?

HOLOFERNES.- Atendemos.

ARMADO.- Si esto no resulta, representaremos una farsa burlesca. Seguidme, os suplico.

HOLOFERNES.- ¡Via, bravo Dull! Durante este tiempo no has abierto la boca.

DULL.- No he entendido nada absolutamente, señor.

HOLOFERNES.- Allons! Nosotros te emplearemos.

DULL.- Podré figurar en algún baile o cosa así, o tocaré el tambor a los paladines para que dancen una ronda.

HOLOFERNES.- Honrado Dull, obtuso Dull, a nuestra representación. ¡Adelante! (Salen.)

Escena Segunda

Otro lugar del parque.- Frente al pabellón de LA PRINCESA.

Entran LA PRINCESA, CATALINA, ROSALINA y MARÍA.

LA PRINCESA.- Queridos corazones: vamos a ser ricas antes de partir, si continúan los regalos con tanta abundancia. ¡Ved una dama fortificada de diamantes! Mirad lo que me ha remitido el rey enamorado.

ROSALINA.- Señora, ¿es que no acompañaba nada a ese regalo?

LA PRINCESA.- ¡Nada más que esto! ¡Ya lo creo! Cuanto amor en rimas puede contener una hoja de papel, escrita por ambos lados, con márgenes incluso, y todo lo que ha deseado firmar con el nombre de Cupido.

ROSALINA.- Era el medio de que creciera Su Deidad, después de haber permanecido cinco mil años hecho un niño.

CATALINA.- ¡Sí, y también un astuto desventurado que merece la horca!

ROSALINA.- Nunca seréis amiga suya; dio muerte a vuestra hermana.

CATALINA.- La convirtió en melancólica, triste y apesarada, hasta que murió. De haber sido tan ligera como vos, de un humor tan alegre, vivo y revoltoso, no hubiera muerto sin ser abuela. Lo que os sucederá a vos, pues un corazón encendido vive mucho tiempo.

ROSALINA.- ¿Qué significación obscura, ratoncito, dais a la palabra encendido?

CATALINA.- La de un corazón encendido en una belleza obscura.

ROSALINA (Un tanto molesta.).- Necesitamos más luz para entenderos.

CATALINA.- Apagaréis la luz soplando en ella. Por consiguiente, acabaré el argumento a la sombra.

ROSALINA.- Es natural; todo lo que hacéis es siempre en la sombra.

CATALINA.- No podéis vos decir lo mismo, pues sois una muchacha de ligereza encendida.

ROSALINA.- Verdaderamente, pero menos que vos; por eso soy ligera.

CATALINA.- Nunca me habéis pesado. ¡Oh! De ello deduzco que no sabéis cuánto peso.

ROSALINA.- Por una razón mayor: sois demasiado pesada.

LA PRINCESA.- Las dos os devolvéis bien la pelota. He aquí un tennis admirablemente jugado. Pero Rosalina, vos también habéis recibido un obsequio. ¿Quién os lo ha enviado? Y ¿en qué consiste?

ROSALINA.- Voy a decíroslo. Si mi cara hubiese sido tan linda como la de vosotras, mi regalo habría sido más importante. Esto lo ates- tigua. Mirad: he recibido también versos, que debo agradecer a Berowne. La medida es justa, y si el contenido lo fuera igualmente, sería la más hermosa divinidad de la tierra. Se me compara a veinte mil bellezas. ¡Oh! Ha hecho mi retrato en su carta.

LA PRINCESA.- ¿Se te parece?

ROSALINA.- Mucho en las letras, nada en los elogios.

LA PRINCESA.- «¡Hermosa como la tinta!» La conclusión es chistosa.

CATALINA.- ¡Bella como la B mayúscula de un cuaderno!

ROSALINA.- ¡Cuidado con los pinceles! ¡Cómo! ¡Que no muera deudora de vos, mi dominical encarnada, mi letra de oro! ¡Oh! ¡Lástima que tengáis la cara llena de la O!

CATALINA.- ¡Sea la viruela de la chanza! ¡Y que granice a todas las bravías!

LA PRINCESA.- Pero ¿qué os ha enviado el apuesto Dumaine?

CATALINA.- Este guante, señora.

LA PRINCESA.- ¿Y no os ha remitido el compañero?

CATALINA.- Sí, señora, y por añadidura algunos millares de versos, atestiguando la fidelidad de su amor: enorme traducción de hipocresía, compilación servil, profunda necedad.

MARÍA.- Longaville me ha enviado la presente, con estas perlas. La carta tiene más de media milla de larga.

LA PRINCESA.- No lo creo menos. ¿No hubieras deseado de todo corazón que fuera el collar más largo y la carta más corta?

MARÍA.- Sí, o que no puedan nunca desprenderse estas manos.

LA PRINCESA.- Seamos muchachas prudentes para burlarnos así de nuestros amantes.

ROSALINA.- Peores que locos son ellos, al comprar de este modo nuestras burlas. Quiero hacerle rabiar a ese Berowne antes de partir. ¡Oh, si lo tuviera a mi servicio, aunque no fuese más que una semana! ¡Cómo le domaría y lo convertiría en sumiso y débil; le haría esperar la ocasión, observar el momento, derrochar su ingenio pródigo en rimas inútiles, modelar su servicio totalmente a mi antojo y envanecerme de sus halagos para mofarme de ellos! Quisiera influenciar su vida como un mal augurio, para que se convirtiese en mi Loco y yo en su Destino.

LA PRINCESA.- Nada tan fácil de manejar, cuando cae en el lazo, como el sabio convertido en loco. Su locura, encerrada en el seno de la sabiduría, ofrece la autoridad de la sabiduría; y los auxilios de la educación y la gracia misma del ingenio agracian sus extravíos.

ROSALINA.- La sangre de la juventud no arde con tanta inmoderación como la de la gravedad cuando, amotinada, se entrega a la impudicia.

MARÍA.- La locura es menos visible en los locos que en los sabios que desatinan, pues éstos no tienen entonces más que una idea, dedicarse a hacer resaltar su estupidez.

(Entra BOYET.)

LA PRINCESA.- He aquí venir a Boyet, con la cara radiante de alegría.

BOYET.- ¡Oh! ¡Estoy desternillado de risa! ¿Dónde está Su Gracia?

LA PRINCESA.- ¿Qué noticias traes, Boyet?

BOYET.- ¡Preparaos, señora preparaos!... ¡A las armas, muchachas, a las armas! ¡Se aprestan a atentar contra vuestro reposo! ¡El amor se aproxima disfrazado y armado de argumentos! ¡Vais a ser sorprendidas! ¡Apelad a todos los recursos de vuestro ingenio; poneos en defensa, o inclinad la cerviz como cobardes, y emprended la fuga!

LA PRINCESA.- ¡San Dionisio nos defienda de San Cupido! ¿Quiénes son los que se disponen a entablar con nosotras un asalto de palabras? Habla, explorador, habla.

BOYET.- Hallábame tendido a la fresca sombra de un sicomoro, invocando las delicias de media hora de sueño, cuando ¡ved!, para interrumpir mis proyectos de sopor, distingo al rey y a sus compañeros que se dirigían hacia aquella sombra. Me oculto prudentemente en un matorral vecino y oigo lo que vais a escuchar, o sea que dentro de breves momentos se presentarán aquí disfrazados. Su heraldo es un lindo bribonzuelo de paje, que ha aprendido de memoria los términos de su embajada. Le han enseñado allí el gesto y el acento. «Así es como debes hablar, y de esta manera como debes conducirte.» Y como, acto seguido, recelasen que la presencia de Vuestra Majestad le hiciera perder su aplomo, le dice el rey. «Es un ángel lo que vas a ver; por tanto, no tengas miedo, antes bien, habla audazmente.» Y replica el paje: «Un ángel no es un diablo; yo la temería si fuera un demonio.» Con lo cual todos aplaudieron y le prodigaron unas palmaditas en el hombro, haciendo al desenvuelto farsante más desenvuelto aún con sus alabanzas. Uno se frotaba así los codos, dibujando una mueca y jurando no haberse pronunciado jamás un discurso mejor. Otro castañeteando el pulgar y el índice, exclamaba: «¡Via, ya está decidido! ¡Suceda lo que quiera!» Un tercero hizo una cabriola y repuso: «¡Todo va bien!» Y el cuarto, queriendo girar sobre sus talones, se cayó al suelo. Hecho lo cual, todos han rodado por tierra, desatándose en risotadas tan ridículas, tan intensas que, para moderar su extravagancia, vierten tristes lágrimas de emoción.

LA PRINCESA.- Pero qué, ¿vienen a visitarnos?

BOYET.- Sí, sí, y disfrazados de moscovitas o de rusos, según sospecho. Su intención es charlar con vosotras, cortejaros y bailar. Y cada uno declarará su amor a su respectiva amada, que reconocerá por el respectivo regalo que le ha conferido.

LA PRINCESA.- ¿Y van a proceder así? Pues ya les doy trabajo a esos galanes; porque, damas, vamos a ponernos todas antifaz, y, no obstante su reiterado cortejo, ninguno de esos señores gozará del placer de contemplar el rostro de su dama. Rosalina, toma, lleva tú este regalo y el rey te cortejará creyendo dirigirse a su preferida. Tómalo, querida, y dame el tuyo. De esta suerte, Berowne me confundirá con Rosalina. Y cambiad vosotras también vuestros regalos, de manera que nuestros galanes se equivoquen de galanteo, engañados por estos trueques.

ROSALINA.- ¡A la obra, pues! Llevemos los regalos de modo bien visible.

CATALINA.- Pero ¿qué pretendéis con este cambio?

LA PRINCESA.- El objeto de mi intención es atormentar la suya. Proceden por pura mofa, y mi idea es devolverles chanza por chanza. Revelarán sus secretos a sus supuestas enamoradas, y nosotros nos burlaremos de ellos, a nuestra vez, en la primera ocasión que se presente de mostrar la cara descubierta, hablar y cumplimentarles.

ROSALINA.- Pero ¿bailaremos si nos lo piden?

LA PRINCESA.- No, ni por la muerte moveremos un pie, ni les felicitaremos por sus discursos escritos, sino que mientras nos hablen, les volveremos la espalda.

BOYET.- ¡Bravo! Ese menosprecio matará la intrepidez del orador, que ha de sentir el abandono de su memoria.

LA PRINCESA.- Tanto mejor. Si uno de ellos enmudece, los otros no se atreverán a hablar. No hay juego más divertido que el de destruir juego con juego, para hacer de los su- yos y de los nuestros el nuestro propio. De esta suerte, nos mofaremos de sus proyectados ardides, y, chasqueados por nosotras, allá se las hayan con su vergüenza. (Suenan trompetas dentro.)

BOYET.- Suena la trompeta. Enmascaraos, pues se aproximan las máscaras. (Las damas se ponen los antifaces.)

(Entran Moritos con música; MOTH, EL REY, BEROWNE, LONGAVILLE y DUMAINE, en trajes rusos y enmascarados.)

MOTH (Recitando.).- ¡Salve, a las más ricas bellezas de la tierra!

BOYET.- Bellezas no más ricas que el rico tafetán de sus antifaces.

MOTH.- ¡Sagrada compañía de las más hermosas criaturas! (Las damas le vuelven la espalda.) Que hayan vuelto las... espaldas... a los ojos mortales.

BEROWNE.- ¡Las pupilas, villano, las pupilas!

MOTH.- ¡Que hayan vuelto las pupilas a los ojos mortales! Fuera...

BOYET.- Está bien; «fuera» es que ha terminado.

MOTH.-Fuera concedernos vuestros favores. No mirar...

BEROWNE.- Mirar,¡animal!

MOTH.- Mirar con vuestros ojos asoleados.

BOYET.- Ellas no responderán a este epíteto. Mejor haríais en decir «ojos de jóvenes asoleadas».

MOTH.- No me miran, y esto me desconcierta.

BEROWNE.- ¿Es ésa tu habilidad?¡Retírate, miserable! (Sale MOTH.)

ROSALINA.- ¿Qué desean estos extranjeros? Informaos de sus intenciones, Boyet. Si hablan nuestro idioma, es voluntad nuestra que exponga alguno llanamente el objeto de su visita. Tratad de saber qué quieren.

BOYET.- ¿Qué deseáis de la princesa?

BEROWNE.- Nada, sino la paz y unos instantes de amable conversación.

ROSALINA.- ¿Qué desean, dicen?

BOYET.- Nada, sino la paz y unos instantes de amable conversación.

ROSALINA.- Bien; ya los tienen. Decidles que pueden retirarse.

BOYET.- Dice que ya los tenéis y que podéis retiraros.

EL REY.- Decidle que hemos medido muchas millas para bailar una medida con ella en este césped.

BOYET.- Dicen que han medido muchas millas para bailar una medida con vos sobre este césped.

LA PRINCESA.- No le entendemos. Preguntadle cuántas pulgadas hay en una milla. Si han medido tantas, fácilmente podrán decir la medida de una sola.

BOYET.- Si para llegar aquí habéis medido tantas y tantas millas, la princesa os pide que digáis cuántas pulgadas entran en una sola milla.

BEROWNE.- Decidle que las hemos medido con la fatiga de nuestros pasos.

BOYET.- Os oye por sí sola.

ROSALINA.- ¿Cuántos pasos fatigosos, en el número de millas fatigosas, habéis recorrido en el viaje de una milla?

BEROWNE.- No contamos los sacrificios que nos costáis. Nuestro deber es tan rico, tan infinito, que podemos dar todo género de pruebas sin contarlas. Dignaosmostrarnos el sol resplandeciente de vuestro rostro, y, como salvajes, lo adoraremos.

ROSALINA.- Mi rostro no es más que una luna, y aun cubierta de nubes.

EL REY.- ¡Benditas nubes! ¡Gloria la de esas nubes! ¡Dignaos, brillante luna, y vosotras también, estrellas, reflejaros, disipadas las nubes, en nuestros húmedos ojos!

ROSALINA.- ¡Oh, vano peticionario! Solicita alguna cosa más importante. ¡Tu demanda se circunscribe a un reflejo de luna sobre las aguas!

EL REY.- Concedednos entonces una medida. Tú quieres que formule una demanda, y ésta no encierra nada de extraordinario.

ROSALINA.- ¡Tocad, pues, músicos! ¡Pronto! (Toca la música.) ¡Aguardaos! ¡Todavía no! ¡No quiero bailar! ¡Ya veis, varío como la luna!

EL REY.- ¿No queréis bailar? ¿Por qué ese cambio súbito?

ROSALINA.- Cogisteis la luna en su plenilunio. Ahora ha cambiado.

EL REY.- Pero siempre es la luna y yo el hombre... La música toca; permitid que sigamos su compás.

ROSALINA.- Es un cuidado que dejamos a los oídos.

EL REY.- Preciso es que lo confiéis a vuestras piernas.

ROSALINA.- Pues que sois extranjeros, y venidos aquí por azar, no nos hacemos las desdeñosas. Tomad nuestras manos... Nosotras no queremos bailar.

EL REY.- ¿A qué viene entonces tendernos las manos?

ROSALINA.- Sólo para quedar amigos.-Una reverencia, queridos corazones, y acabe así la medida.

EL REY.- ¡Más medidas de esta medida! ¡No seáis tan cruel!

ROSALINA.- No podemos ofrecer más a ese precio.

EL REY.- ¿Os evaluáis a vos misma? ¿A cuánto estimáis vuestra compañía?

ROSALINA.- Al precio de vuestra ausencia.

EL REY.- Eso no puede ser.

ROSALINA.- Entonces no hay modo de cerrar trato; y así, adiós. ¡Dos adioses para vuestro disfraz y la mitad de uno para vos!

EL REY.- Ya que rehusáis bailar, charlemos, al menos, un poco.

ROSALINA.- Aparte, entonces.

EL REY.- Prefiero eso. (Conversan aparte.)

BEROWNE.- Bella de níveas manos, cambiemos una palabra dulce.

LA PRINCESA.- Miel leche y azúcar. He aquí tres.

BEROWNE.- Doblemos, pues, las tres, ya que sois tan golosa; aguamiel, mosto de cerveza y malvasía. ¡Bien corrido, dado! ¡Ahí tenéis media docena de dulzuras!

LA PRINCESA.- ¡Séptima dulzura, adiós! Desde que cargáis los dados, no jugaré más con vos!

BEROWNE.- Una palabra en secreto.

LA PRINCESA.- A condición de que no sea dulce.

BEROWNE.- ¡Revuelves mi bilis!

LA PRINCESA.- ¡Bilis! Palabra amarga.

BEROWNE.- A propósito, por tanto. (Conversan aparte.)

DUMAINE.- ¿Os dignáis cambiar una palabra conmigo?

MARÍA.- Decidla.

DUMAINE.- Bella dama...

MARÍA.- ¿Eso? Entonces: bello señor»... Tomadlo por vuestra «bella dama».

DUMAINE.- Permitidme que os hable bajo, y me despediré de vos. (Conversan aparte.)

CATALINA.- ¡Cómo! ¿Vuestro disfraz ha perdido la lengua?

LONGAVILLE.- Ya sé por qué razón me lo preguntáis, señora.

CATALINA.- ¡Oh! Venga esa razón; en seguida, señor, me impaciento.

LONGAVILLE.- Tenéis una doble lengua bajo vuestra máscara, y querríais ceder la mitad de ella a mi mudo disfraz.

CATALINA.- Veal, como dice el holandés. ¿Un veal no es un becerro?

LONGAVILLE.- ¡Un becerro, bella señora!

CATALINA.- No; un, bello señor, becerro.

LONGAVILLE.- Dividamos la palabra.

CATALINA.- No, yo no quiero ser vuestra mitad. Tomad la palabra entera y destetadla. ¡Puede convertirse en buey!

LONGAVILLE.- ¡Ved cómo vos misma os topáis con esas agudas mofas! ¿Queréis darme cuernos, casta dama? ¡No lo hagáis!

CATALINA.- En ese caso, morid becerro, antes de que crezcan vuestros cuernos.

LONGAVILLE.- ¡Una palabra en secreto con vos, antes de morir!

CATALINA.- Mugid entonces bajito, no sea que os oiga el carnicero. (Conversan aparte.)

BOYET.- La lengua de las doncellas burlonas es tan aguda como el filo invisible de la navaja de afeitar, que corta, sin que se advierta, el más pequeño cabello. Son indefinibles; todo lo que expresan, escapa al análisis; sus dardos tienen alas más rápidas que la flecha, la bala, el viento, el pensamiento y las cosas más veloces.

ROSALINA.- ¡Ni una palabra más, mis damas; cesemos, cesemos!

BEROWNE.- ¡Por el cielo! ¡Nos han abrumado con sus desdenes!

EL REY.- ¡Adiós, locas muchachas! ¡Tenéis el ingenio un poco simple!

LA PRINCESA.- ¡Veinte veces adiós, helados moscovitas!

(Salen EL REY, los señores, los músicos y el séquito.)

¿Y es ésa la casta de talentos que tanto nos ponderaban?

BOYET.- Son bujías que ha extinguido vuestro dulce aliento.

ROSALINA.- Tienen un ingenio rollizo, grueso, grueso, gordo, gordo.

LA PRINCESA.- ¡Oh, pobreza de ingenio! ¡Réplicas poco dignas de un rey! ¿No les suponéis capaces de ahorcarse esta noche? ¿Creéis que volverán a aparecer nunca, sino bajo sus disfraces? ¡Ese despierto Berowne ha cambiado completamente de fisonomía!

ROSALINA.- ¡Oh! ¡Se hallaban todos en un estado lamentable! ¡El rey, apuntándole las lágrimas, mendigaba una palabra de consuelo!

LA PRINCESA.- Berowne, no sabiendo ya qué decir, juraba y perjuraba.

MARÍA.- Dumaine ponía a mi servicio su persona y su espada. «No point», le he contestado. Y mi servidor se ha quedado inmediatamente mudo.

CATALINA.- ¡El señor Longaville pretendía que le devolviera el corazón! Y ¿sabéis cómo me ha llamado?

LA PRINCESA.- Mal de corazón, quizá.

CATALINA.- ¡Justo, a fe!

LA PRINCESA.- ¡Anda, cómo estás, enfermedad!

ROSALINA.- ¡Jesús! Mejores cerebros se hallarían bajo simples gorros estatutarios. Pero ¿queréis oírlo? ¡El rey es mi amante jurado!

LA PRINCESA.- ¡El vivaracho Berowne me ha prometido fidelidad!

CATALINA.- ¡Y Longaville ha nacido para servirme!

MARÍA.- ¡Dumaine me pertenece, tan seguro como la corteza al árbol!

BOYET.- Madama, y vosotras, lindas señoritas, escuchad bien. Volverán pronto en su traje habitual, pues es imposible que digieran su agria afrenta.

LA PRINCESA.- ¿Creéis que tornarán?

BOYET.- Volverán, volverán, bien lo sabe Dios, y saltarán de júbilo, aunque estén cojos por vuestros golpes. Así, pues, descambiad los regalos y cuando reaparezcan, floreced como rosas fragantes en este aire veraniego.

LA PRINCESA.- ¿Florecer? ¿Cómo florecer? ¿Habláis para que se os entienda?

BOYET.- Las damas bonitas, cuando van enmascaradas, son rosas en capullo; en desenmascarándose, despliegan su dulce complexión, y son ángeles que bajan de las nubes o rosas eflorescientes.

LA PRINCESA.- ¡Atrás, perplejidad! ¿Qué haremos si nos cortejan en su verdadera forma?

ROSALINA.- Buena señora, si os queréis guiar por mí, burlémonos de ellos cuando aparezcan en su verdadera forma, como lo hemos hecho cuando estaban disfrazados. Lamenté- monos en su presencia de los locos que han venido aquí, bajo disfraces moscovitas, en la más extravagante apostura. Preguntémosles quiénes pueden ser y con qué objeto han llega- do a nuestras tiendas, a ofrecernos el espectácu- lo de una mala comedia, de un prólogo mal escrito y en un ridículo disfraz.

BOYET.- Apartaos, señoras. Los galanes están a la vista.

LA PRINCESA.- ¡Corramos a nuestras tiendas, como corzas por la llanura!

(LA PRINCESA, ROSALINA, CATALINA y MARÍA.) (Entran EL REY, BEROWNE, LONGAVILLE y DUMAINE, en su traje ordinario.)

EL REY.- ¡Dios os guarde, amable señor! ¿Dónde está la princesa?

BOYET.- Ha marchado a su tienda. ¿Place a Vuestra Majestad ordenarme algún servicio cerca de ella?

EL REY.- Que se digne concederme audiencia para tina palabra.

BOYET.- Voy a transmitírselo, y tengo la seguridad de que accederá, señor. (Sale.)

BEROWNE.- Ese tipo picotea el ingenio como los pichones los granos, para expelerlos después, cuando a Dios le place. Es un buhonero del ingenio, que vende al por menor su mercancía en romerías y jaranas, reuniones, mercados y ferias; y nosotros, que vendemos al por mayor, como el Señor sabe, no tenemos la gracia de agraciar con tales mercancías. Ese galán prende de su manga con alfileres a las jóvenes. Si hubiese sido Adán, habría tentado a Eva. Sabe también trinchar y cecear. ¡Ahí es nada! ¡Un hombre que se besa a sí mismo la mano en señal de cortesía! El mono de las buenas formas, el monsieur elegante, que, cuando juega al chaquete, regaña a los dados en términos pulidos. Además, posee una voz media, con la que canta muy medianamente, y en el arte de ceremonias le aventajaría quien quisiera. Las damas le llaman precioso. Cuando baja las escaleras, los peldaños le besan los pies. Es la flor que sonríe a todos para ostentar sus dientes, tan blancos como las barbas de la ballena; y las conciencias que no quieren morir siéndole deudoras, le pagan el título de melifluo Boyet.

EL REY.- Deseo de todo corazón que se llene de ampollas esa lengua meliflua, que ha impedido representar su papel al paje de Armado.

(Entran LA PRINCESA, precedida de BOYET; ROSALINA, MARÍA, CATALINA y gentes de su séquito.)

BEROWNE.- ¡Mirad, ya viene! Ceremonial, ¿qué eras tú antes de que este hombre te practicase? Y ¿qué eres ahora?

EL REY.- Salud, bella dama. Os granizo de buenos días.

LA PRINCESA.- ¿Buenos días con granizo? Serán malos días, supongo.

EL REY.- Entended mejor mis frases, si tenéis a bien.

LA PRINCESA.- Hacedme mejores saludos, y os será concedido.

EL REY.- Venimos a visitaros y a proponeros que vengáis ahora con nosotros a la Corte. Dignaos acceder.

LA PRINCESA.- Este campo nos guardará, y de esta suerte guardaréis vos vuestro juramento. Ni a Dios ni a mí nos gustan los hombres perjuros.

EL REY.- No me reprochéis lo que vos misma habéis provocado. La virtud de vuestros ojos me ha impelido a infringir mi juramento.

LA PRINCESA.- No os equivoquéis acerca del sentido de la palabra virtud. Debierais haberla reemplazado por la de vicio, pues jamás la virtud ha tenido por norma quebrantar los juramentos de los hombres. Ahora, por mi honor virginal, tan puro todavía como el lirio inmaculado, protesto, aun cuando se me hiciera sufrir un mundo de torturas, que jamás acep- taré la hospitalidad de vuestra mansión. ¡Tanto es mi odio a tener que reprocharme haber sido la causa de la ruptura de un juramento presta- do con sinceridad!

EL REY.- ¡Oh! Bastante tiempo habéis permanecido aquí en la desolación, sin ver a nadie ni recibir visitas, de lo que nos avergonzamos en gran extremo.

LA PRINCESA.- Nada de eso, señor. Juro que os equivocáis. Hemos disfrutado aquí de regocijos y agradables diversiones. No hace mucho que acaba de irse una caterva de rusos.

EL REY.- ¡Cómo, señora! ¿Rusos?

LA PRINCESA.- Cierto que sí, señor. Galanes bien ataviados, llenos de cortesía y de majestad.

ROSALINA.- Decid la verdad, señora. No ha sido así, señor. Madama, como es moda hoy, les tributa por cortesía inmerecidos elogios. Nosotras cuatro, en efecto, nos hemos visto afrontadas por cuatro individuos vestidos a usanza rusa. Han permanecido aquí una hora, han hablado durante el tiempo, y en el transcurso de ella, señor, no nos han recompensado con una palabra feliz. No me atrevo a llamarles imbéciles; pero creo que cuando tienen sed, hay imbéciles que desean beber.

BEROWNE.- Esa chanza me parece dura. Queridísima amiga, vuestro ingenio convierte en imbecilidades las cosas más discretas. Cuando miramos con los mejores ojos el brillante ojo del cielo, perdemos la luz por exceso de luz. Es de tal naturaleza vuestra capacidad, que ante vuestra opulencia intelectiva la sabiduría os parece imbecilidad y la riqueza indigencia.

ROSALINA.- Eso prueba que vos sois sabio y rico, pues a mis ojos...

BEROWNE.- Soy un imbécil cargado de pobreza.

ROSALINA.- Pues tomáis lo que os pertenece, fuera una falta arrancar palabras a mi lengua.

BEROWNE.- ¡Oh! Soy de vos con todo cuanto poseo.

ROSALINA.- ¿Es mío por entero el loco?

BEROWNE.- Es lo menos que puedo daros.

ROSALINA.- ¿Qué disfraz llevabais?

BEROWNE.- ¿Dónde? ¿Cuándo? ¿Qué disfraz? ¿Por qué me preguntáis eso?

ROSALINA.- Aquí, no hace mucho. Aquel disfraz, aquella envoltura superflua, que ocultaba la más fea cara y permitía ver la más hermosa.

EL REY.- ¡Estamos descubiertos! ¡Van a burlarse lindamente de nosotros!

DUMAINE.- Confesémoslo todo, y tomemos la cosa a chanza.

LA PRINCESA.- ¿Os quedáis estupefacto, señor? ¿Por qué mira Vuestra Alteza con aire tan triste?

ROSALINA.- ¡Socorro! ¡Frotadle las sienes! ¡Va a perder el conocimiento! ¿Por qué palidecéis? Creo que os habéis mareado viniendo de Moscovia.

BEROWNE.- Cuando las estrellas vierten su maleficio sobre un perjuro, ¿qué rostro de bronce resistiría? Heme aquí, señora. Hazme la víctima de tu numen, agobiame a desdenes; destrúyeme a escarnios; taladra mi ignorancia con tu agudo ingenio; córtame en pedazos con tu juicio mordaz. Y yo te prometo no invitarte nunca a bailar, ni jamás acompañarte en traje ruso. ¡Oh! Nunca jamás confiaré en discursos escritos o en palabras de un escolar. Nunca se me ocurrirá la idea de ir en busca de mi amiga con un disfraz, ni hacer la corte en rimas, como la copla de un menestral ciego. ¡Frases de tafetán, términos precisos de seda, hipérboles superfinas, afectaciones pulidas, figuras pedantescas, moscas de estío que me han inflado de espectaculares antojos, os detesto! Hago aquí el juramento por este guante blanco (¡Dios sabe cuánto más blanca es la mano que le lleva!), de que en adelante mis cumplimientos de amor serán formulados por un sí burdo o por un honrado no casero. Y para comenzar, doncella - ¡que Dios me asista, eh!-, te amo con un amor sans raja ni grieta.

ROSALINA.- Sin sans, os lo suplico.

BEROWNE.- Queda todavía un resto de mi antiguo furor. Toleradme, estoy enfermo. Desaparecerá por grados... ¡Basta! Veamos. Escribid sobre estos tres: «El Señor se apiade de nosotros». Están infectados. En su corazón acude el mal. Tienen la peste, y de vuestros ojos se les ha contagiado. Examíneseles. Vosotras mismas no estáis exentas, pues reconozco en vosotras mismas las marcas del Señor.

LA PRINCESA.- No, los que nos han dado esas marcas están sanos.

BEROWNE.- Nuestro proceso va a prescribir. No consuméis nuestra ruina.

ROSALINA.- Eso es imposible. Porque ¿cómo puede prescribir un proceso que no ha comenzado?

BEROWNE.- ¡Silencio! No quiero tener negocios con vos.

ROSALINA.- Ni yo tampoco, si puedo hacer mi voluntad.

BEROWNE.- (Al REY, DUMAINE y LONGAVILLE.) Hablad por cuenta propia, que mi ingenio ha terminado.

EL REY.- Enseñadnos, dulce dama, alguna bella excusa que dulcifique nuestra grosera transgresión.

LA PRINCESA.- La más bella es una confesión leal. ¿No estabais aquí, hace unos momentos, disfrazado?

EL REY.- Sí, señora, estaba.

LA PRINCESA.- ¿Y os hallabais bien prevenido?

EL REY.- Hallábame, bella madama.

LA PRINCESA.- Cuando estabais aquí, ¿qué es lo que susurrabais al oído de vuestra amada?

EL REY.- Que la respetaba más que al universo entero.

LA PRINCESA.- Cuando ella os coja la palabra, la repudiaréis.

EL REY.- ¡No, por mi honor!

LA PRINCESA.- ¡Silencio! ¡Silencio! ¡Deteneos! Habiendo violado ya un voto, no os arredrará ser perjuro.

EL REY.- ¡Despreciadme, si quebranto éste!

LA PRINCESA.- Sea, y mantenedlo, pues. Rosalina, ¿qué fué lo que el ruso os cuchicheó al oído?

ROSALINA.- Señora, juró que me quería tanto como a su preciada vista, y que me prefería al mundo entero. Y acto seguido añadió que se casaría conmigo o, de lo contrario, moriría siendo mi pretendiente.

LA PRINCESA.- ¡Que Dios te otorgue la alegría de ser su mujer! El noble señor mantendrá honorablemente su palabra.

EL REY.- ¿Qué queréis decir, señora? Por mi vida y por mi fe, que jamás he hecho a esta dama semejante juramento.

ROSALINA.- ¡Por el cielo, que lo habéis pronunciado! Y en garantía de fidelidad me entregasteis este recuerdo. Pero tomadlo nuevamente, señor.

EL REY.- Mi fe y ese regalo fué a la princesa a quien los entregué. Y la reconocí por esa misma joya prendida en su manga.

LA PRINCESA.- Perdonadme, señor. Esta joya era ella quien la llevaba. En cuanto a mí, Berowne, y se lo agradezco, es mi amado. Qué ¿me queréis u os devuelvo vuestra perla?

BEROWNE.- Ni una cosa ni otra. Renuncio a las dos. Adivino la treta. Aquí ha habido una conspiración. Conociendo de antemano nuestro divertimiento, se han burlado de él como de una comedia de Navidad. Algún soplón, algún chocarrero, algún zani estúpido, algún farfulla- noticias, algún capigorrón, algún Dick que sonríe a sus mejillas quintañonas, que conoce las tretas de hacer reír a madama cuando está dispuesta, ha revelado nuestras intenciones, y, descubiertas, estas señoras han trocado sus regalos. Con ello nosotros, guiados por los signos bajo los cuales creíamos reconocerlas, a ellos solos hemos hecho la corte. Para que nuestro perjurio sea más horrible todavía, hemos perjurado dos veces, la primera voluntariamente, la segunda por error. Bien empleado nos está. (A BOYET.) ¿Y no habéis tenido otra cosa que hacer sino prevenir nuestro proyecto para convertirnos a este extremo en desleales? ¿No conocéis la medida del pie de madama y reís al menor movimiento de las pupilas de sus ojos? ¿No os ponéis entre sus espaldas y el fuego, con un tajadero en la mano y chanceándoos regocijadamente, señor? Le hicisteis perder la cabeza a nuestro paje. Andad; decid cuanto se os antoje. Morid cuando os plazca, que no faltarán enaguas para amortajaros. ¿Me estás mirando de reojo, verdad? ¡Hay ojos que hieren como una espada de plomo!

BOYET.- ¡Ufana y valientemente habéis recorrido este bravo galope, esta carrera!

BEROWNE.- ¡Mirad! ¡Está justando todavía! Silencio. He terminado. (Entra COSTARD.) ¡Bien venido, ingenio simple! Entras a tiempo de separar a dos famosos campeones.

COSTARD.- ¡Oh Dios! Señor, desearían saber si han de venir o no los tres paladines.

BEROWNE.- ¡Cómo! ¿No son más que tres?

COSTARD.- No, señor; pero será cosa «mu» fina, pues cada uno representa tres.

BEROWNE.- Tres por tres hacen nueve.

COSTARD.- No, señor; salvo error, señor, espero que no sea así. No podéis probarnos que somos idiotas, señor, os aseguro. Sabemos lo que sabemos. Me parece, señor, que tres por tres, señor...

BEROWNE.- Son nueve.

COSTARD.- Salvo error, señor. Nosotros sabemos cuánto montan.

BEROWNE.- ¡Por Júpiter! Siempre he creído que tres por tres eran nueve.

COSTARD.- ¡Oh Dios, señor! Sería una desgracia si tuvierais que ganaros la vida echando cuentas.

BEROWNE.- Pues ¿cuánto hacen?

COSTARD.- ¡Oh Dios, señor! Ya os harán ver las partes mismas, los actores, cuánto hacen, señor. Respecto de mi parte, soy, como ellos dicen, el único para perfeccionar un hombre en un pobre hombre, Pompeyo el Grande.

BEROWNE.- ¿Eres uno de los Paladines?

COSTARD.- Les ha placido suponerme digno de Pompeyo el Grande. Por mi parte, desconozco la condición del Paladín; pero debo representarlo.

BEROWNE.- Anda a decirles que se preparen.

COSTARD.- Vamos a salir finamente airosos de nuestro cometido, señor. Pondremos algún cuidado. (Sale.)

EL REY.- Berowne, van a cubrirnos de vergüenza. No les dejéis acercarse.

BEROWNE.- Estamos a prueba de vergüenza, señor; y parece político dar a estas damas un espectáculo peor que el del rey y sus compañeros.

EL REY.- Digo que no quiero que vengan.

LA PRINCESA.- Vamos, señor, permitid- me ahora que os domine. Con frecuencia agrada una- diversión más que otra, sin que se sepa por qué. Cuando se pone el mayor interés en agradar y la obra sucumbe a causa del interés de los que la representan, la confusión de caracteres provoca generalmente la risa, en el instante en que abortaban todos los esfuerzos.

BEROWNE.- Una descripción justa de nuestra mascarada, señor.

(Entra ARMADO.)

ARMADO.- ¡Ungido! Imploro de tu real y caro hálito la venia para emitir un par de palabras.

(ARMADO conversa con EL REY y le entrega un papel.)

LA PRINCESA.- ¿Está ese hombre al servicio de Dios?

BEROWNE.- ¿Por qué lo preguntáis?

LA PRINCESA.- Porque no habla como un hombre creado por Dios.

ARMADO.- Es igual, bello, dulce, meloso monarca; porque, os lo juro, el maestro de escuela es excesivamente excéntrico, extraordinariamente vacuo, infinitamente vacuo; pero arriesguémoslo todo, como se dice, a la fortuna de la guerra; os deseo la paz del alma, mi muy real pareja. (Sale.)

EL REY.- Creo que vamos a ver una soberbia reunión de paladines. Él representa a Héctor de Troya; el patán, a Pompeyo el Gran- de; el cura párroco, a Alejandro; el paje de Armado, a Hércules, y el dómine, a Judas Macabeo. Y si los cuatro paladines fracasan en sus primeras muestras, cambiarán de indumentaria y representarán los cinco restantes.

BEROWNE.- En la primera parte entran cinco.

EL REY.- Os equivocáis; nada de eso.

BEROWNE.- El dómine, el fanfarrón, el cura de aldea, el bufón y el paje...

Abatid de un golpe al novum, y el universo mundo no volverá a abasteceros de cinco semejantes, cada uno en su estilo.

EL REY.- El navío se ha dado a la vela, y hele avanzar vigorosamente.

(Entra COSTARD, armado, en figura de Pompeyo.)

COSTARD.- Yo soy Pompeyo...

BOYET.- ¡Mentís, que no lo sois!

COSTARD.- Yo soy Pompeyo...

BOYET.- ¡Con una cabeza de leopardo en las rodillas!

BEROWNE.- ¡Bien dicho, viejo zumbón! Es necesario que entre en amistad contigo.

COSTARD.- Yo soy Pompeyo, Pompeyo llamado el Gordo...

DUMAINE.- El Grande.

COSTARD.- El «Grande», en efecto, señor. Pompeyo llamado el Grande. Si Vuestra Señoría quiere decirme: «Gracias, Pompeyo», he terminado.

LA PRINCESA.- ¡Grandes gracias, gran Pompeyo!

COSTARD.- No merezco tanta honra, aunque, si bien se mira, he estado superior. Corre a mi cuenta una leve falta en lo de «Grande».

BEROWNE.- Mi sombrero contra medio penique a que Pompeyo resulta el mejor paladín.

(Entra SIR NATANIEL, en armas, representando a ALEJANDRO.)

NATANIEL.- Cuando vivía en el mundo, De Este a Oeste, Norte y Sur esparcí mi poder. Mi escudo muestra que soy Alejandro...

BOYET.- Vuestra nariz dice que no; vos no lo sois, pues es demasiado recta.

BEROWNE.- Vuestra nariz huele en esto el «no», caballero de olfato sensitivo.

LA PRINCESA.- El conquistador se ha cortado. Continuad, buen Alejandro.

NATANIEL.- Cuando vivía en el mundo fui dueño del universo.

BOYET.- Certísimo, es la verdad; lo fuisteis, Alejandro.

BEROWNE.- Pompeyo el Grande...

COSTARD.- Vuestro servidor, y Costard para lo que mandéis.

BEROWNE.- Llevaos al conquistador, conducid a Alejandro.

COSTARD.- (A NATANIEL.) ¡Oh señor! Acabáis de hacer sufrir una derrota a Alejandro el Conquistador. En castigo de ello se os va a arrebatar vuestro traje de representación. Vuestro león, que conserva su hacha de armas, sentado sobre un asiento horadado, le será conferido a Ayax, que se transformará en el noveno paladín. ¡Un conquistador, y ha perdido el habla! ¡Retiraos con vuestra vergüenza, Alejandro! (NATANIEL se retira.) Es, si no lo tomáis a mal, un pobre diablo sin malicia, un hombre honrado, ya lo veis, que en seguida se acobarda. Un vecino incomparable, a fe, y un excelente jugador de bolos, pero que para Alejandro - ¡ay, ya habéis sido testigos!- está por debajo de su papel. Los demás paladines se expresarán de otra manera.

LA PRINCESA.- Poneos a un lado, buen Pompeyo.

Entran HOLOFERNES, armado, en figura de Judas, y MOTH, también armado, representando a Hércules.

HOLOFERNES.- Esta criatura cuya clava mató a Cerbero, aquel canis de tres cabezas, y que siendo un bebé, un niño, un pigmeo, estranguló así serpientes en su manos, quoniam aparece aquí en su menoridad. Ergo, me adelanto con esta apología. Muestra cierta gravedad en tu exit y desaparece.

(MOTH se aparta.)

HOLOFERNES (Prosiguiendo).- Yo soy Judas…

DUMAINE.- ¡Un Judas!

HOLOFERNES.- No Iscariote, señor. Yo soy Judas, sobrenombrado Macabeo.

DUMAINE.- ¡Un Judas Macabeo esquilado es un verdadero Judas!

BEROWNE.- ¡Un besucador traidor! ¿Cómo te has convertido en Judas?

HOLOFERNES.- Yo soy Judas...

DUMAINE.- ¡Debiera darte más vergüenza, Judas!

HOLOFERNES.- ¿Qué queréis decir, señor?

BOYET.- ¡Queremos que Judas vaya a ahorcarse!

HOLOFERNES.- ¡Comenzad, señor; servidme de primero!

BEROWNE.- Bien contestado. Judas se ahorcó en un saúco.

HOLOFERNES -No he de cambiar de color.

BEROWNE.- Porque no tienes cara.

HOLOFERNES- Y esto, ¿qué es?

BOYET.- ¡El mástil de una cítara!

DUMAINE.- ¡La cabeza de un alfiler!

BEROWNE.- ¡El cráneo de muerto de una sortija!

LONGAVILLE.- ¡La cara de una antigua moneda romana medio visible!

BOYET.- ¡El pomo de la espada corva de César!

DUMAINE.- ¡La figura de hueso que se esculpe en un frasco de pólvora!

BEROWNE.- ¡El perfil de San Jorge en un broche!

DUMAINE.- ¡Sí, en un broche de plomo!

BEROWNE.- ¡Y colocado en el sombrero de un sacamuelas! Ahora continúa, pues te hemos puesto en fisonomía.

HOLOFERNES.- Me habéis hecho perder la fisonomía.

BEROWNE.- Falso; te hemos dado caras.

HOLOFERNES.- Pero os habéis descarado.

BEROWNE.- ¡Si fueras un león no obraríamos así!

BOYET.- Y como es un asno, puede marcharse. De suerte que, ¡adiós, dulce Judas! -Pero, ¿por qué te quedas?

DUMAINE.- Aguarda el fin de su nombre. Es un as.

BEROWNE.- ¿El as de Judas? Dádselo. ¡Judas..., as... no es! ¡Márchate!

HOLOFERNES.- Eso no es ni generoso, ni cortés, ni respetuoso.

BOYET.- ¡Una luz para monsieur Judas! Comienza a obscurecer y puede tropezar.

LA PRINCESA.- ¡Ay, pobre Macabeo! ¡Cómo ha sido tratado!

(Entra ARMADO, en armas, representando a Héctor.)

BEROWNE.- ¡Oculta tu cabeza, Aquiles! ¡He aquí a Héctor en armas!

DUMAINE.- Aun cuando mis chanzas cayeran sobre mí, quiero divertirme ahora.

EL REY.- Héctor no era más que un troyano, comparado con éste.

BOYET.- ¿Pero éste es Héctor?

EL REY.- Creo que Héctor no era tan membrudo.

LONGAVILLE.- Sus pantorrillas son demasiado abultadas para Héctor.

DUMAINE.- Demasiado abultadas, ciertamente.

BOYET.- Debiera habérselas adelgazado.

BEROWNE.- ¡Este no puede ser Héctor!

DUMAINE.- Es un dios o un pintor, pues hace caras.

ARMADO.-	El armipotente Marte le ha dado un regalo a Héctor...

DUMAINE.- ¡Una nuez moscada de oro!

BEROWNE.- ¡Un limón!

LONGAVILLE.- ¡Relleno de clavos de especia!

DUMAINE.- ¡No, hendido!

ARMADO.- ¡Silencio! Yo soy la flor...

DUMAINE.- ¡De la menta!

LONGAVILLE.- ¡De la columbina!

ARMADO.- Querido señor Longaville, refrenad la lengua.

LONGAVILLE.- Más bien necesito aflojar el freno, pues se precipita contra Héctor.

DUMAINE.- Sí, porque Héctor es un buen lebrel.

ARMADO.- El bravo guerrero está ya muerto y podrido. ¡Queridos pollos, no remováis los huesos de los difuntos! Cuando respiraba, era todo un hombre. Pero prosigo con mi papel. (A la PRINCESA.) Dulce tallo real, prestad a mis palabras el sentido del oído.

LA PRINCESA.- Hablad, bravo Héctor, os escuchamos con placer.

ARMADO.- Adoro los chapines de tu dulce gracia.

BOYET (Aparte a DUMAINE.).- La ama por el pie.

DUMAINE (Aparte a BOYET.).- No puede amarla por la yarda.

ARMADO.- Este Héctor aventajaba a Aníbal...

COSTARD.- Camarada Héctor, tenéis a vuestra compañera en estado interesante. Se halla encinta de dos meses.

ARMADO.- ¿Qué quieres decir?

COSTARD.- ¡A fe que si no representáis el papel del honesto troyano, la pobre doncella está perdida! ¡Siente agitarse su fruto! ¡La criatura hace ya cabriolas en su vientre!¡Es de vos!

ARMADO.- ¿Pretendes difamarme en presencia de los potentados? ¡Morirás!

COSTARD.- Entonces Héctor será azotado, por haber embarazado a Jaquineta, y ahorcado por dar muerte a Pompeyo.

DUMAINE.- ¡Incomparable Pompeyo!

BOYET.- ¡Renombrado Pompeyo!

BEROWNE.- ¡Más grande que el grande, grande, grande, grande Pompeyo! ¡Inmenso Pompeyo!

DUMAINE.- Héctor tiembla.

BEROWNE.- Pompeyo está conmovido. Todavía más, Até; todavía más, Até! ¡Excítale! ¡Excítale!

DUMAINE.- Héctor le provocará.

BEROWNE.- ¡Sí, aunque no tuviera más sangre varonil en su barriga que la que necesita una pulga para su cena.

ARMADO.- ¡Por el Polo Norte! ¡Te desafío!

COSTARD.- ¡No me batiré con un polo como un hombre del Norte! ¡Quiero tajar a derecha e izquierda! ¡Quiero batirme con una espada! ¡Os lo suplico, permitidme recabar mis armas!

DUMAINE.- ¡Sitio a los irritados paladines!

COSTARD.- ¡Me batiré en mangas de camisa!

DUMAINE.- ¡Intrépido Pompeyo!

MOTH.- Maese, permitidme desabotonaros. ¿No veis que Pompeyo se desnuda para combatir? ¿Qué intentáis? ¡Vais a perder la reputación!

ARMADO.- Gentiles hombres y soldados, perdonadme. No combatiré en mangas de camisa.

DUMAINE.- No podéis negaros a ello. Ha sido Pompeyo quier os ha provocado.

ARMADO.- Amables hidalgos, puedo y quiero.

BEROWNE.- ¿Qué razón alegáis?

ARMADO.- Voy a deciros la verdad desnuda. No tengo camisa. Llevo la lana por penitencia.

BOYET.- Cierto, se la han impuesto en Roma por carecer de ropa blanca. Desde entonces puedo jurar que no ha usado más que el paño de cocina de Jaquineta, que lleva junto al corazón como una reliquia.

(Entra MONSIEUR MARCADE, mensajero.)

MARCADE.- ¡Dios os guarde, madama!

LA PRINCESA.- ¡Bien venido, Marcade! Pero ¿a qué obedece el que interrumpas nuestra diversión?

MARCADE.- Estoy desolado, señora, porque las noticias que traigo me pesan en la lengua. El rey vuestro padre...

LA PRINCESA.- ¡Muerto! ¡Por mi vida!

MARCADE.- En efecto. Es cuanto tenía que comunicaros.

BEROWNE.- Alejaos, paladines. La escena comienza a quedarse sombría.

ARMADO.- En lo que a mí respecta, respiro más libremente. He visto el día del ultraje a través del agujero reducido de la discreción, y me conduciré como un soldado. (Salen los PALADINES.)

EL REY.- ¿Cómo se encuentra Vuestra Majestad?

LA PRINCESA.- Boyet, disponed los preparativos. Deseo partir esta noche.

EL REY.- No, señora. Os suplico que os quedéis.

LA PRINCESA.- Disponed los preparativos, repito. Gracias, amables señores, por todas vuestras atenciones, y os ruego, en medio del dolor que me aflige, que os dignéis excusar o disimular, en vuestra discreción, las excesivas libertades que nos hemos tomado. Si hemos rebasado los límites con nuestras bromas, atribuid la culpa a vuestra amabilidad. ¡Adiós, digno señor! Un corazón apenado rehúsa extenderse en largas explicaciones. Dispensadme si con tanta brevedad os doy las gracias por haber accedido tan fácilmente a mi solicitación.

EL REY.- El tiempo, en su rapidez, modifica el curso le las cosas, y con frecuencia al abandonarnos es cuando decide lo que un largo proceso no pudo arbitrar. Y aunque la frente en duelo de una hija se oponga al sonreír cortés del amor, tiene una corte sagrada que quisiera triunfar de sus pesares. Sin embargo, ya que el amor ha podido hacer valer sus argumentos, que las nubes de la aflicción no le desvíen del objeto que se propone. Llorar los amigos perdidos es menos saludable que congratularse de los nuevamente hallados.

LA PRINCESA.- No os comprendo; duplícase mi dolor.

BEROWNE.- Las palabras en que la honestidad iguala a la franqueza son las que más fácilmente horadan los oídos del dolor. Y digo esto para que se comprendan las intenciones del rey. En aras de vuestra belleza hemos derrochado el tiempo y faltado a nuestros votos. Vuestra hermosura, señoras, nos ha transformado en otros hombres, modelando nuestro humor al extremo de separarlo del objeto que nos proponíamos. Si os hemos parecido ridículos, obedece a que el amor está lleno de extra- vagancias; que es caprichoso como un niño altarín y frívolo. Creado por los ojos, es semejante a los ojos, henchidos de apariciones, de atavíos y de formas extrañas. Varía sus visiones como los ojos que divagan posándose de un objeto en otro. Si nos hemos revestido de los abigarramientos del amor, y si a vuestros ojos celestiales han comprometido nuestra fidelidad y nuestra gravedad, impútesele la falta a esos mismos ojos celestiales que, testigos de la transgresión, nos han invitado a cometerla. Por consiguiente, señoras, como responsables de nuestro amor, sedlo también de los errores en que nos ha hecho incurrir. Traidores para con nosotros mismos, lo hemos sido para permanecer fieles a las que nos han convertido a la vez en fieles y en traidores, es decir, a vosotras mismas. De donde resulta que una traición, que es un pecado, puede purificarse en sí y transformarse en una virtud.

LA PRINCESA.- Hemos recibido vuestras cartas llenas de amor, y vuestros regalos, embajadores de este amor. Y en nuestro consejo virginal no hemos hallado sino una galantería, una broma de buen tono, una cortesía, una hinchazón retórica para pasar el rato. Pero nunca habíamos sospechado nada serio en nuestra opinión, y hemos acogido vuestro amor, tal como parecía ser, como una chanza.

DUMAINE.- Nuestras cartas, señora,.prueban que se trataba de más que de una chanza.

LONGAVILLE.- Y nuestras miradas también.

ROSALINA.- No es así como nosotras las habíamos interpretado.

EL REY.- Ahora que ha llegado el instante supremo, concedednos vuestro amor.

LA PRINCESA.- Nos parece todavía muy breve el tiempo para pactar un contrato a perpetuidad. No, no, señor. Vuestra Gracia ha per- jurado en demasía; ha cometido un delito grave; que ella me escuche, pues. Si por mi amor (aunque de él ignoro la causa) estáis dispuesto a hacer alguna cosa, he aquí mi proposición. No fiándome de vuestros juramentos, iréis con la mayor premura a alguna ermita solitaria y renunciaréis a todos los placeres del mundo. Permaneceréis allí hasta que los doce signos del Zodíaco hayan satisfecho el tributo de su evolución anual. Si esta vida austera, lejos de la sociedad, no cambia vuestra resolución, prometida en el ardor de la sangre; si los hielos y los ayunos, las incomodidades del alojamiento y lo grosero de los vestidos no marchitan las frágiles flores de vuestro amor, sino que resisten y sobreviven a su prueba, entonces, al expirar el año, venid a reclamarme en nombre de vuestros merecimientos, y por esta palma virginal, que ahora besa la tuya, te perteneceré. Hasta este instante, irá a sepultar mi triste existencia en una casa en duelo, a verter lágrimas de desolación en recuerdo de la muerte de mi padre. Si rehúsas aceptar estas condiciones, sepárense nuestras manos, que nada se deberán uno a otro nuestros corazones.

EL REY.- ¡Si renuncio a esa prueba o a otra más dura, para devolver el descanso a mi alma agitada, que la mano de la muerte cierre al punto mis ojos! Desde ahora mismo mi corazón reside en tu pecho.

BEROWNE.- ¿Y vos, mi amor? ¿Qué me decís?

ROSALINA.- Que es menester también purificaros, pues vuestros pecados son enormes. Os halláis manchado con faltas y perjurios. Por tanto, si queréis obtener mi cariño, pasaréis doce meses consecutivos en visitar a los enfermos en sus lechos.

DUMAINE.- ¿Y vos, mi amor? ¿Qué exigís de mí?

CATALINA.- ¿A vos, que sois una mujer? ¡Barbas, salud y lealtad! He aquí lo que os deseo, con un triple amor.

DUMAINE.- ¡Oh! ¿Puedo deciros gracias, gentil esposa?

CATALINA.- Todavía no, señor. Durante doce meses y un día cerraré mis oídos a las proposiciones de los galanes almibarados. Venid cuando el rey venga por mi señora, y si en ese momento tengo mucho amor, os daré un poco.

DUMAINE.- Hasta entonces te permaneceré fiel y leal.

CATALINA.- No juréis, no obstante, de miedo a que volváis a perjurar.

LONGAVILLE.- ¿Qué dice María?

MARÍA.- A la terminación del duodécimo mes cambiaré mis vestidos de luto por un amigo fiel.

LONGAVILLE.- Esperaré con paciencia, pero el tiempo me parecerá largo.

MARÍA.- A semejanza de vos, pues pocos jóvenes tienen vuestra talla.

BEROWNE.- ¿Medita mi dama? Miradme, señora. ¡Mirad en mis ojos, esas ventanas de mi corazón, con qué humilde paciencia espero tu respuesta! Imponme algún servicio para merecer tu amor.

ROSALINA.- Frecuentes veces he oído hablar de vos, señor Berowne, antes de conoceros. La dilatada boca del mundo os proclama como hombre repleto de sarcasmos, henchido de comparaciones y de rasgos injuriosos, que hacéis llover sobre cuanto se halla a merced de vuestro ingenio. Para desarraigar esa mala hierba de vuestro cerebro fértil, y, si vos lo de- seáis, para obtener al mismo tiempo mi corazón (de otro modo habréis de renunciar a él), durante doce meses, día por día, visitaréis a los enfermos que ya no tengan habla, y conversaréis con los desgraciados que gimen. Vuestra ocupación consistirá en emplear todos los re- cursos de vuestro ingenio en excitar la risa en los labios del dolor.

BEROWNE.- ¡Excitar la risa en la garganta de la muerte! ¡Eso no puede ser! ¡Es imposible! ¡El regocijo no sabrá conmover un alma en la agonía!

ROSALINA.- ¡Bah! Ese es el medio de contener un espíritu mordaz, cuyo influjo no es debido sino a la complacencia con que los tontos lo animan. El éxito de un chiste depende más del que lo escucha que del que lo hace. Por consiguiente, si los enfermos, ensordecidos por sus lamentos propios, consienten en escuchar vuestras detestables chuscadas, en ese caso proseguid, y yo os aceptaré aún con ese defecto. Pero si ellos lo rehúsan, renunciad a esa clase de ingenio, y al hallaros curado de esa falta, me alegraré de vuestra mejoría.

BEROWNE.- ¿Doce meses? Bien. ¡Suceda lo que quiera! ¡Estaré de broma todo un año en un hospital!

LA PRINCESA (Al REY.).- Sí, mi querido señor; y con esto me despido.

EL REY.- No, señora; os acompañaremos en vuestro camino.

BEROWNE.- Nuestros amores no acaban como las antiguas comedias. Juan no se casa con Juana. Estas damas podrían ser tan obsequiosas que diesen a nuestra diversión el desenlace de una comedia.

EL REY.- Vamos, señor; el desenlace será de aquí a doce meses y un día.

BEROWNE.- Que es demasiado largo para una comedia.

(Entra ARMADO.)

ARMADO.- Dulce Majestad, permitidme...

LA PRINCESA.- ¿No era Héctor ése?

DUMAINE.- El digno caballero de Troya.

ARMADO.- Vengo a besar vuestros reales dedos y a despedirme. He hecho un voto. He prometido a Jaquineta guiar el arado durante tres años para merecer su amor. Pero, estimables Grandezas, ¿queréis escuchar el canto dialogado que han compuesto dos sabios en elogio del buho y del cuclillo? Eso debería servir de final a nuestra representación.

EL REY.- Llamadles lo más pronto posible; los escucharemos.

ARMADO.- ¡Hola! ¡Acercaos!

(Vuelven a entrar HOLOFERNES, NATANIEL, MOTH, COSTARD y otros.)

Este lado es el Hiems, el Invierno. Este es Ver, la Primavera. El uno está simbolizado por el buho. El otro, por el cuclillo. Comenzad, Ver.

La Primavera

I

Cuando las margaritas multicolores y las vio

Las cardaminas blancas como la plata,

Y los cucos en capullo, de color amarillo,

Esmaltan con delicia las praderas,

Entonces el cuclillo, sobre cada árbol,

Se burla de los hombres casados, pues canta:

¡Cu-cu!

¡Cu-cu! ¡Cu-cu! - ¡Palabra terrible,

A los oídos de un esposo, desapacible!

II

Cuando los pastores modulan sobre una caña de av

Y las alegres alondras despiertan a los labradores;

Cuando las tórtolas, las cornejas y las grullas se apare

Y las muchachas tienden al sol sus refajos de estío,

Entonces el cuclillo, sobre cada árbol,

Se burla de los hombres casados, pues canta:

¡Cu-cu!

¡Cu-cu! ¡Cu-cu! - ¡Palabra terrible,

A los oídos de un esposo, desapacible!

El Invierno

III

Cuando los témpanos penden de los muros,

Y Dick, el pastor, se sopla las uñas, Y Tom lleva los le

Y la leche se hiela por completo en el cubo,

Cuando la sangre se quema y los caminos son malos,

Entonces, a la noche, el buho de ojos fijos canta:

¡Tu-juó!

¡Tu-juit! ¡Tu-juó! - Son placentero,

Mientras la gordinflona Juana espuma el puchero.

IV

Cuando el viento sopla fuerte

Y la tos impide oír el sermón del cura;

Cuando los pájaros buscan su alimento en la nieve,

Cuando la nariz de Mariana está roja y excoriada,

Y las manzanas silvestres silban al cocerse en la calde

Entonces, a la noche, el buho de ojos fijos canta:

¡Tu-juó!

¡Tu-juit! ¡Tu-juó! - Son placentero,

Mientras la gordinflona Juana espuma el pucher

ARMADO.- ¡Las palabras de Mercurio parecen chillonas después de lcs cantos de Apolo! Salgamos. Vosotros, por aquí; nosotros, por allá.

(Salen.)

AF402767

Una Habitación Propia

Por

Virginia Woolf

Copyright del texto © 2023 Culturea ediciones
Sitio web : http://culturea.fr
Impresión: BOD – Books on Demand
(Norderstedt, Alemania)
Correo electrónico : infos@culturea.fr
ISBN :9791041813285
Depósito legal : abril 2023
Queda prohibido reproducir parte alguna de
esta publicación,
en cualquier forma material, sin el premiso
por escrito
de los dos titulares del copyright.

CAPÍTULO 1

Pero, me diréis, le hemos pedido que nos hable de las mujeres y la novela. ¿Qué tiene esto que ver con una habitación propia? Intentaré explicarme. Cuando me pedisteis que hablara de las mujeres y la novela, me senté a orillas de un río y me puse a pensar qué significarían esas palabras. Quizás implicaban sencillamente unas cuantas observaciones sobre Fanny Burney; algunas más sobre Jane Austen; un tributo a las Brontë y un esbozo de la rectoría de Haworth bajo la nieve; algunas agudezas, de ser posible, sobre Miss Mitford; una alusión respetuosa a George Eliot; una referencia a Mrs. Gaskell y esto habría bastado. Pero, pensándolo mejor, estas palabras no me parecieron tan sencillas. El título las mujeres y la novela quizá significaba, y quizás era éste el sentido que le dabais, las mujeres y su modo de ser; o las mujeres y las novelas que escriben; o las mujeres y las fantasías que se han escrito sobre ellas; o quizás estos tres sentidos estaban inextricablemente unidos y así es como queríais que yo enfocara el tema. Pero cuando me puse a enfocarlo de este modo, que me pareció el más interesante, pronto me di cuenta de que esto presentaba un grave inconveniente. Nunca podría llegar a una conclusión. Nunca podría cumplir con lo que, tengo entendido, es el deber primordial de un conferenciante: entregaros tras un discurso de una hora una pepita de verdad pura para que la guardarais entre las hojas de vuestros cuadernos de apuntes y la conservarais para siempre en la repisa de la chimenea. Cuanto podía ofreceros era una opinión sobre un punto sin demasiada importancia: que una mujer debe tener dinero y una habitación propia para poder escribir novelas; y esto, como veis, deja sin resolver el gran problema de la verdadera naturaleza de la mujer y la verdadera naturaleza de la novela. He faltado a mi deber de llegar a una conclusión acerca de estas dos cuestiones; las mujeres y la novela siguen siendo, en lo que a mí respecta, problemas sin resolver. Mas para compensar un poco esta falta, voy a tratar de mostraros cómo he llegado a esta opinión sobre la habitación y el dinero. Voy a exponer en vuestra presencia, tan completa y libremente como pueda, la sucesión de pensamientos que me llevaron a esta idea. Quizá si muestro al desnudo las ideas, los prejuicios que se esconden tras esta afirmación, encontraréis que algunos tienen alguna relación con las mujeres y otros con la novela. De todos modos, cuando un tema se presta mucho a controversia —y cualquier cuestión relativa a los sexos es de este tipo— uno no puede esperar decir la verdad. Sólo puede explicar cómo llegó a profesar tal o cual opinión. Cuanto puede hacer es dar a su auditorio la oportunidad de sacar sus propias conclusiones observando las limitaciones, los prejuicios, las idiosincrasias del conferenciante. Es probable que en este caso la fantasía contenga más verdad que el hecho. Os propongo, por tanto, haciendo uso de todas las libertades y licencias de una novelista, contaros la historia de los dos días que han precedido a esta conferencia; contaros cómo, abrumada por el peso del tema que habíais colocado sobre mis hombros, lo he meditado e incorporado a mi vida cotidiana. Huelga decir que cuanto voy a describir carece de existencia; Oxbridge es una invención; lo mismo Fernham; «yo» no es más que un término práctico que se refiere a alguien sin existencia real. Manarán mentiras de mis labios, pero quizás un poco de verdad se halle mezclada entre ellas; os corresponde a vosotras buscar esta verdad y decidir si algún trozo merece conservarse. Si no, la echáis entera a la papelera, naturalmente, y os olvidáis de todo esto.

Me hallaba yo, pues (llamadme Mary Beton, Mary Seton, Mary Carmichael o cualquier nombre que os guste, no tiene la menor importancia), sentada a orillas de un río, hará cosa de una o dos semanas, un bello día de octubre, perdida en mis pensamientos. Este collar que me habíais atado, las mujeres y la novela, la necesidad de llegar a una conclusión sobre una cuestión que levanta toda clase de prejuicios y pasiones, me hacía bajar la cabeza. A derecha e izquierda, unos arbustos de no sé qué, dorados y carmesíes, ardían con el color, hasta parecían despedir el calor del fuego. En la otra orilla, los sauces sollozaban en una lamentación perpetua, el cabello desparramado sobre los hombros. El río reflejaba lo que le placía de cielo, puente y arbusto ardiente y cuando el estudiante en su bote de remos hubo cruzado los reflejos, volviéronse a cerrar tras él, completamente, como si nunca hubiera existido. Uno hubiera podido permanecer allí sentado horas y horas, perdido en sus pensamientos. El pensamiento —para darle un nombre más noble del que merecía— había hundido su caña en el río. Oscilaba, minuto tras minuto, de aquí para allá, entre los reflejos y las hierbas, subiendo y bajando con el agua, hasta —ya conocéis el pequeño tirón— la súbita conglomeración de una idea en la punta de la caña; y luego el prudente tirar de ella y el tenderla cuidadosamente en la hierba. Pero, tendido en la hierba, qué pequeño, qué insignificante parecía este pensamiento mío; la clase de pez que un buen pescador vuelve a meter en el agua para que engorde y algún día valga la pena cocinarlo y comerlo. No os molestaré ahora con este pensamiento, aunque, si observáis con cuidado, quizá lo descubráis vosotras mismas entre todo lo que voy a decir.

Pero, por pequeño que fuera, no dejaba de tener la misteriosa propiedad característica de su especie: devuelto a la mente, en seguida se volvió muy emocionante e importante; y al brincar y caer, y chispear de un lado a otro, levantaba tales remolinos y tal tumulto de ideas que era imposible permanecer sentado. Así fue cómo me encontré andando con extrema rapidez por un cuadro de hierba. Irguióse en el acto la silueta de un hombre para interceptarme el paso. Y al principio no comprendí que las gesticulaciones de un objeto de aspecto curioso, vestido de chaqué y camisa de etiqueta, iban dirigidas a mí. Su cara expresaba horror e indignación. El instinto, más que la razón, acudió en mi ayuda: era un bedel; yo era una mujer. Esto era el césped; allí estaba el sendero. Sólo los «fellows» y los «scholars» pueden pisar el césped; la grava era el lugar que me correspondía. Estos pensamientos fueron obra de un momento. Al volver yo al sendero, cayeron los brazos del bedel, su rostro recuperó su serenidad usual y, aunque el césped es más agradable al pie que la grava, el daño ocasionado no era mucho. El único cargo que pude levantar contra los «fellows» y los «scholars» de aquel colegio, fuera cual fuere, es que en su afán de proteger su césped, regularmente apisonado desde hace trescientos años, habían asustado mi pececillo.

Qué idea fue la causa de tan audaz violación de propiedad, ahora no puedo acordarme. El espíritu de la paz descendió como una nube de los cielos, porque si el espíritu de la paz mora en alguna parte es en los patios y céspedes de Oxbridge en una bella mañana de octubre. Paseando despacio por aquellos colegios, por delante de aquellas salas antiguas, la aspereza del presente parecía suavizarse, desaparecer; el cuerpo parecía contenido en un milagroso armario de cristal que no dejara penetrar ningún sonido, y la mente, liberada de todo contacto con los hechos (a menos que uno volviera a pisar el césped), se hallaba disponible para cualquier meditación que estuviera en armonía con el momento. Por una de esas cosas, me acordé de un antiguo ensayo sobre una visita a Oxbridge durante las vacaciones de verano y esto me hizo pensar en Charles Lamb. (San Carlos, dijo Thackeray, poniendo una carta de Lamb sobre su frente). En efecto, de todos los muertos (os cuento mis pensamientos tal como me vinieron), Lamb es uno de los que me son más afines; a quien a quien me hubiera gustado decir: «Cuénteme, pues, ¿cómo escribió usted sus ensayos?». Porque sus ensayos son superiores aún, pese a la perfección de éstos, a los de Max Beerbohm, pensé, por ese relampagueo de la imaginación desatada, ese fulgurante estallido del genio que los marca, dejándolos defectuosos, imperfectos, pero constelados de poesía. Lamb vino a Oxbridge hará cosa de cien años. Escribió, estoy segura, un ensayo —no caigo en su nombre— sobre el manuscrito de uno de los poemas de Milton que vio aquí. Era Licidas quizás, y Lamb escribió cuánto le chocaba la idea de que una sola palabra de Licidas hubiera podido ser distinta de lo que es. Imaginar a Milton cambiando palabras de aquel poema le parecía una especie de sacrilegio. Esto me hizo tratar de recordar cuanto pude de Licidas y me entretuve haciendo conjeturas sobre qué palabras habría Milton cambiado y por qué. Se me ocurrió entonces que el mismísimo manuscrito que Lamb había mirado se encontraba sólo a unos cientos de yardas, de modo que se podían seguir los pasos de Lamb por el patio hasta la famosa biblioteca que encierra el tesoro. Además, recordé, poniendo el plan en ejecución, también es en esta famosa biblioteca donde se preserva el manuscrito del Esmond de Thackeray. Los críticos a menudo dicen que Esmond es la novela más perfecta de Thackeray.

Pero la afectación del estilo, que imita el del siglo XVIII, estorba, me parece recordar; a menos que el estilo del siglo XVIII le fuera natural a Thackeray, cosa que se podría comprobar examinando el manuscrito y viendo si las alteraciones son de estilo o de sentido. Pero entonces uno tendría que decidir qué es estilo y qué es significado, cuestión que... Pero me encontraba ya ante la puerta que conduce a la biblioteca misma. Sin duda la abrí, pues instantáneamente surgió, como un ángel guardián, cortándome el paso con un revoloteo de ropajes negros en lugar de alas blancas, un caballero disgustado, plateado, amable, que en voz queda sintió comunicarme, haciéndome señal de retroceder, que no se admite a las señoras en la biblioteca más que acompañadas de un «fellow» o provistas de una carta de presentación.

Que una famosa biblioteca haya sido maldecida por una mujer es algo que deja del todo indiferente a una famosa biblioteca. Venerable y tranquila, con todos sus tesoros encerrados a salvo en su seno, duerme con satisfacción y así dormirá, si de mí depende, para siempre. Nunca volveré a despertar estos ecos, nunca solicitaré de nuevo esta hospitalidad, me juré bajando furiosa las escaleras. Me quedaba todavía una hora hasta el almuerzo. ¿Qué podía hacer? ¿Pasear por las praderas? ¿Sentarme junto al río? Era realmente una mañana de otoño preciosa; las hojas caían, rojas, lentas, hasta el suelo; ni una cosa ni otra hubiera sido un gran sacrificio. Pero alcanzó mi oído el sonido de la música. Se estaba llevando a cabo algún servicio o celebración. El órgano se quejó con magnificencia cuando crucé el umbral de la capilla. Hasta la tristeza del cristianismo sonaba en aquel aire sereno más como el recuerdo de la tristeza que como verdadera tristeza; hasta los lamentos del órgano antiguo parecían bañados de paz. No sentía deseos de entrar, aun en el supuesto de que tuviera el derecho de hacerlo, y esta vez quizá me hubiera detenido el pertiguero para exigirme la fe de bautismo o una carta de presentación del deán. Pero el exterior de estos magníficos edificios es a menudo tan hermoso como su interior. Además, ya era una diversión ver a los fieles reunirse, entrar y volver a salir, afanarse en la puerta de la capilla como abejas en la boca de una colmena. Muchos llevaban birrete y toga; otros unos trozos de piel en los hombros; algunos entraban en cochecillos de inválido; otros, aunque apenas de edad madura, parecían arrugados y aplastados en formas tan singulares como los cangrejos de mar y de río que se arrastran dificultosamente por la arena de los acuarios. Me apoyé en la pared, diciéndome que la Universidad era un santuario donde se preservaban tipos extraños que no tardarían en pasar a la Historia si se les dejaba en la acera del Strand para que lucharan por la existencia. Acudieron a mi mente viejas historias de viejos decanos y viejos profesores, pero antes de que reuniera bastante valor para silbar —solían decir que al oír un silbido un viejo catedrático echaba inmediatamente a galopar— la venerable asamblea desapareció dentro de la capilla. Su exterior estaba intacto. Como sabéis, de noche pueden verse, iluminados y visibles desde millas y millas de distancia por encima de los montes, sus altos comos y pináculos, siempre viajando y nunca llegando a puerto, como barco en la mar. Antiguamente, supongo, también este patio, con sus lisos céspedes y sus edificios macizos, era, y lo mismo la capilla, un pantano, donde ondulaba la hierba y escarbaban los cerdos. Grupos de caballos y bueyes, pensé, debían de haber arrastrado la piedra en carretas desde lejanos condados y luego, con infinito esfuerzo, habíanse posado en orden, uno encima de otro, los bloques grises a cuya sombra me encontraba en aquel momento, y luego los pintores habían traído sus vidrieras para las ventanas y los albañiles se habían afanado durante siglos en el tejado con masilla y cemento, palas y paletas. Cada sábado, el oro y la plata debían de haber manado de un monedero de cuero y llenado sus puños antiguos, pues sin duda aquella noche no les faltaba su cerveza ni su partida de bolos. Un arroyo inacabable de oro y plata, pensé, debía de haber fluido a perpetuidad hasta aquel patio para que las piedras no dejaran de llegar ni los albañiles de trabajar; para allanar, zanjar, cavar, secar. Pero era la edad de la fe y el dinero manó con liberalidad para dar a estas piedras profundos cimientos, y cuando las piedras se hubieron erigido, siguió manando el dinero de los cofres de los reyes, las reinas y los grandes nobles para que allí pudieran cantarse himnos y se pudiera instruir a los «scholars». Se concedieron tierras, se pagaron diezmos. Y cuando terminó la edad de la fe y llegó la edad de la razón, siguieron fluyendo el oro y la plata; se crearon becas, se fundaron cátedras con recursos provistos por dotaciones; sólo que el oro y la plata no fluían ahora de los cofres del rey, sino de las arcas de los mercaderes y los fabricantes, de los bolsillos de hombres que habían hecho dinero, por ejemplo, en la industria y devolvían en sus testamentos una generosa porción para financiar más cátedras, más auxiliarías, más becas en la Universidad donde habían aprendido su oficio. De ahí salieron las bibliotecas y los laboratorios; de ahí los observatorios; el espléndido equipo de instrumentos caros y delicados que reposan en estantes de cristal en ese lugar donde hace siglos ondulaba la hierba y escarbaban los cerdos. Di la vuelta al patio y los cimientos de oro y plata me parecieron desde luego lo bastante profundos y el pavimento sólidamente colocado sobre las hierbas silvestres. Hombres con bandejas sobre la cabeza iban muy atareados de una escalera a otra. Ostentosas flores crecían en las ventanas. De las habitaciones interiores llegaba el estridente sonido del gramófono. No se podía dejar de pensar… La reflexión, fuera cual fuere, quedó interrumpida. Sonó el reloj. Era hora de dirigirse al comedor.

Hecho curioso, los novelistas suelen hacernos creer que los almuerzos son memorables, invariablemente, por algo muy agudo que alguien ha dicho o algo muy sensato que se ha hecho. Raramente se molestan en decir palabra de lo que se ha comido. Forma parte de la convención novelística no mencionar la sopa, el salmón ni los patos, como si la sopa, el salmón y los patos no tuvieran la menor importancia, como si nadie fumara nunca un cigarro o bebiera un vaso de vino. Voy a tomarme, sin embargo, la libertad de desafiar esta convención y de deciros que aquel día el almuerzo empezó con lenguados, servidos en fuente honda y sobre los que el cocinero del colegio había extendido una colcha de crema blanquísima, pero marcada aquí y allá, como los flancos de una gama, de manchas pardas. Luego vinieron las perdices, pero si esto os hace pensar en un par de pájaros pelados y marrones en un plato os equivocáis. Las perdices, numerosas y variadas, llegaron con todo su séquito de salsas y ensaladas, la picante y la dulce; sus patatas, delgadas como monedas, pero no tan duras; sus coles de Bruselas, con tantas hojas como los capullos de rosa, pero más suculentas. Y en cuanto hubimos terminado con el asado y su séquito, el hombre silencioso que nos servía, quizás el mismo bedel en una manifestación más moderada, colocó ante nosotros, rodeada de una guirnalda de servilletas, una composición que se elevaba, azúcar toda, de las olas. Llamarla pudín y relacionarla así con el arroz y la tapioca sería un insulto. Entretanto, los vasos de vino habían tomado una coloración amarilla, luego un rubor carmesí; habían sido vaciados; habían sido llenados. Y así, gradualmente, se encendió, a media espina dorsal, que es la sede del alma, no esta dura lucecita eléctrica que llamamos brillantez, que centellea y se apaga sobre nuestros labios, sino este resplandor más profundo, sutil y subterráneo que es la rica llama amarilla de la comunión racional. No es necesario apresurarse. No es necesario brillar. No es necesario ser nadie más que uno mismo. Todos iremos al paraíso y Van Dyck se halla con nosotros: en otras palabras, qué agradable le parecía a uno la vida, qué dulces sus recompensas, qué trivial este rencor o aquella queja, qué admirable la amistad y la compañía de la gente de su propia especie mientras encendía un buen cigarrillo y se hundía en los cojines de un sillón junto a la ventana.

Si por suerte hubiera habido un cenicero a mano, si a falta de él uno no hubiera tenido que echar la ceniza por la ventana, sin duda no hubiera visto un gato sin cola. La visión de aquel animal abrupto y truncado cruzando suavemente el patio con su andar acolchado cambió para mí, por una carambola de la inteligencia subconsciente, la luz emocional. Era como si alguien hubiera dejado caer una sombra. Quizás el excelente vino del Rin estaba aflojando su presa. Lo cierto es que, viendo al gato detenerse en medio del césped como si también él se interrogara sobre el universo, me pareció que faltaba algo, que algo era diferente. Pero ¿qué faltaba?, ¿qué era lo que era diferente?, me pregunté a mí misma, escuchando la conversación. Y para contestar aquella pregunta, tuve que imaginarme a mí misma fuera de aquella habitación, de nuevo en el pasado, antes de la guerra, y colocar ante mis ojos la imagen de otro almuerzo celebrado en habitaciones no muy distantes de aquéllas, pero diferentes. Todo era diferente. Mientras tanto, iban charlando los huéspedes, que eran numerosos y jóvenes, unos de un sexo, otros del otro;

la charla fluía como el agua, agradable, libre, divertida. Y detrás de esta charla coloqué entonces la otra, como un telón de fondo, y, comparando las dos, no me cupo duda de que la una era la descendiente, la heredera legítima de la otra. Nada había cambiado; nada era diferente, salvo… Aquí escuché con toda atención, no exactamente lo que se estaba diciendo, sino el murmullo, la corriente que fluía detrás de las palabras. Sí, era eso, allí estaba el cambio. Antes de la guerra, en un almuerzo como éste, la gente hubiera dicho exactamente las mismas cosas, pero hubieran sonado distintas, porque en aquellos días las acompañaba una especie de canturreo, no articulado, sino musical, emocionante, que cambiaba el valor mismo de las palabras. ¿Hubiera podido ponerle letra a aquel canturreo? Quizá con ayuda de los poetas. Había un libro a mi lado y al abrirlo me encontré con que, por casualidad, era de Tennyson. Y he aquí que Tennyson cantaba:

There has fallen a splendid tear

From the passion-flower at the gate.

She is coming, my dove, my dear;

She is coming, my life, my fate;

The red rose cries, «She is near, she is near»;

And the white rose weeps, «She is late»;

The larkspur listens, «I hear, I hear»;

And the lily whispers, «I wait».

¿Era esto lo que los hombres canturreaban en los almuerzos antes de la guerra? ¿Y las mujeres?

My heart is like a singing bird

Whose nest is in a water'd shoot;

My heart is like an apple tree

Whose boughs are bent with thick-set fruit;

My heart is like a rainbow shell

That paddles in a halcyon sea;

My heart is gladder than all these

Because my love is come to me.

¿Era esto lo que las mujeres canturreaban en los almuerzos antes de la guerra? Resultaba tan absurdo imaginar a alguien canturreando estas cosas, aun por lo bajo, en los almuerzos de antes de la guerra que me eché a reír y tuve que explicar mi risa señalando el gato, que efectivamente tenía un aire un poco absurdo, pobre bicho, sin cola, en medio del césped. ¿Había nacido así o habría perdido su cola en un accidente? El gato sin cola, aunque dicen que hay algunos en la isla de Man, es un animal más raro de lo que suele creerse. Es un animal extraño, más pintoresco que hermoso. Es curioso lo que lo cambia a uno una cola. Ya sabéis la clase de cosas que se dicen hacia el final de un almuerzo, cuando la gente anda en busca de sus abrigos y sombreros.

Éste, gracias a la hospitalidad del anfitrión, había durado hasta avanzada la tarde. El hermoso día de octubre se iba desvaneciendo y las hojas caían de los árboles cubriendo la avenida por la que yo andaba. Una tras otra, las verjas parecían cerrarse detrás de mí con suave finalidad. Innumerables bedeles iban introduciendo innumerables llaves en cerraduras bien engrasadas; se estaba resguardando la casa del tesoro para una noche más. Al final de la avenida se llega a una calle —no recuerdo su nombre— que conduce, si se tuerce donde se debe, hasta Fernham. Pero me sobraba tiempo. La cena no era hasta las siete y media. Uno casi hubiera podido pasarse de cenar después de aquel almuerzo. Es curioso cómo una pizca de poesía obra en la mente y hace mover las piernas a su ritmo por la calle. Estas palabras

There has fallen a splendid tear

From the passion-tree at the gate.

She is coming, my dove, my dear

cantaban en mi sangre mientras andaba a paso rápido hacia Headingley. Y luego, cambiando de compás, canté, en ese lugar donde las aguas espumean al pie de la presa:

My heart is like a singing bird

Whose nest is in a water'd shoot;

My heart is like an apple tree...

¡Qué poetas!, grité en voz alta, como suele hacerse en el atardecer. ¡Qué poetas eran!

Con una especie de celos por nuestros tiempos, supongo, por tontas y absurdas que sean estas comparaciones, me puse a pensar si, honradamente, se podía nombrar a dos poetas vivientes tan grandes como Tennyson y Christina Rossetti lo habían sido en su tiempo. Evidentemente, era imposible compararles, pensé mirando aquellas aguas espumosas. Si esta poesía incita a tal abandono, provoca en uno tal transporte, es sólo porque celebra un sentimiento que uno solía experimentar (en los almuerzos de antes de la guerra quizá), de modo que se reacciona fácilmente, familiarmente, sin molestarse en analizar el sentimiento o compararlo con alguno de los actuales. Pero los poetas vivientes expresan un sentimiento en formación, que está siendo arrancado de nosotros en este momento. Primero uno no lo reconoce; a menudo, por algún motivo, lo teme; lo observa con atención y lo compara celosamente, con desconfianza, con el viejo sentimiento que le era familiar. De ahí la dificultad de la poesía moderna; y es esta dificultad lo que le impide a uno recordar más de dos versos seguidos de ningún buen poeta moderno. Por este motivo —que me falló la memoria— la argumentación quedó colgando por falta de material. Pero ¿por qué hemos dejado de canturrear por lo bajo en los almuerzos?, proseguí, caminando hacia Headingley. ¿Por qué ha cesado Alfred de cantar

She is coming, my dove, my dear?

¿Por qué ha cesado Christina de contestar

My heart is gladder than all these

Because my love is come to me?

¿Echaremos las culpas a la guerra? Cuando se dispararon las armas en agosto de 1914, ¿se encontraron los hombres y las mujeres tan feos los unos a los otros que murió la fantasía? Sin duda fue un duro golpe (sobre todo para las mujeres, con sus ilusiones sobre la educación y demás) ver las caras de nuestros gobernantes al resplandor de los bombardeos. Parecían tan feas —alemanas, inglesas, francesas—, tan estúpidas… Pero, sea de quien fuere la culpa, échese a quien se quiera, la ilusión que inspiró a Tennyson y Christina Rossetti y les hizo cantar tan apasionadamente la venida de sus amores es ahora menos frecuente que entonces. Basta leer, mirar, escuchar, recordar. Pero ¿por qué decir «culpa»? Si era una ilusión, ¿por qué no celebrar la catástrofe, fuese cual fuese, que destruyó la ilusión y puso la verdad en su lugar? Porque, la verdad… Estos puntos suspensivos marcan el momento en que, en busca de la verdad, olvidé torcer hacia Fernham. Sí, éste era el problema: ¿qué era la verdad y qué era la ilusión?, me pregunté. ¿Cuál era la verdad sobre aquellas casas, por ejemplo, oscuras y festivas con sus ventanas rojas al atardecer, pero crudas, y rojas, y escuálidas, con sus dulces y sus cordones de bota, a las nueve de la mañana? Y los sauces, y el río, y los jardines que bajaban en pendiente hasta el río, vagos ahora, con la neblina que se deslizaba por encima de ellos, pero dorados y rojos a la luz del sol, ¿cuál era la verdad sobre ellos?, ¿cuál era la ilusión? Os ahorraré las vueltas y revueltas de mis razonamientos, pues no llegué a ninguna conclusión yendo hacia Headingley, y os pido que supongáis que pronto advertí mi error de dirección y volví atrás para corregirlo.

Puesto que he dicho ya que era un día de octubre, no me atrevo a arriesgar vuestro respeto y poner en peligro la límpida fama de la novela cambiando de estación y describiendo lilas colgando por encima de las paredes de los jardines, azafranes, tulipanes y otras flores de primavera. La obra de imaginación debe atenerse a los hechos y cuanto más ciertos los hechos, mejor la obra de imaginación. Eso dicen, por lo menos. Seguía, pues, siendo otoño y las hojas seguían siendo amarillas y cayendo, si acaso un poco más aprisa que antes, porque atardecía (eran las siete y veintitrés, para ser exactos) y se había levantado una brisa (del Sudoeste, para ser exactos). A pesar de todo, algo extraño ocurría.

My heart is like a singing bird

Whose nest is in a water'd shoot;

My heart is like an apple tree

Whose boughs are bent with thick-set fruit.

Quizá las palabras de Christina Rossetti eran en parte responsables de aquella loca ilusión —no era, claro está, más que una ilusión— de que las lilas sacudían sus flores por encima de las paredes de los jardines, y las mariposas de azufre se deslizaban de aquí para allá, y había polvo de polen en el aire. Soplaba un viento, de qué dirección no lo sé, pero levantaba las hojas medio crecidas y había en el aire un centelleo gris plata. Era la hora entre dos luces en que los colores se intensifican y los púrpuras y los dorados arden en los cristales de las ventanas como el latido de un corazón excitable; en que, por algún motivo, la belleza del mundo, revelada y, sin embargo, a punto de perecer (en este momento me metí en el jardín, pues una mano imprudente había dejado la puerta abierta y no andaba ningún bedel por allí), la belleza del mundo que tan pronto perecerá tiene dos filos, uno de risa, otro de angustia, partiendo el corazón en dos. Los jardines de Fernham se extendían ante mí en el crepúsculo primaveral, silvestres y abiertos, y los narcisos y las campanillas salpicaban la alta hierba, cuidadosamente desparramados, no muy ordenados quizás en sus días mejores, agitados ahora por el viento, tirando de sus raíces. Las ventanas del edificio se encorvaban como las de un barco entre generosas olas de ladrillo rojo, mudando del limón al plateado al paso de las rápidas nubes de primavera. Había alguien en una hamaca, alguien, pero en aquella luz todo eran fantasmas, medio adivinados, medio visibles, que huían por la hierba —¿no iba alguien a detenerla?— y luego apareció en la terraza, quizá para respirar el aire, para echar una mirada al jardín, una silueta encorvada, impresionante y, sin embargo, humilde, con una ancha frente y un vestido raído. ¿Sería quizá la famosa erudita J… H… en persona? Todo era sombrío y, sin embargo, intenso, como si el pañuelo que el atardecer había echado sobre el jardín lo hubiera rasgado en dos una estrella o una espada —el relámpago de una realidad terrible que estalla, como ocurre siempre, en el corazón de la primavera. Porque la juventud…

Aquí estaba mi sopa. Estaban sirviendo la cena en el gran comedor. Lejos de ser primavera, era en realidad una noche de octubre. Todo el mundo estaba reunido en el gran comedor. La cena estaba lista. Aquí estaba mi sopa. Era un simple caldo de carne. Nada en ella que inspirara la fantasía. A través del líquido transparente hubiera podido verse cualquier dibujo que hubiera tenido la vajilla. Pero la vajilla no tenía dibujo. El plato era liso. Luego trajeron carne de vaca con su acompañamiento de verdura y patatas, trinidad casera que evocaba ancas de ganado en un mercado fangoso y pequeñas coles rizadas con bordes amarillentos, y regateos y rebajas, y mujeres con redes de compra un lunes por la mañana. No había motivo para quejarse de la comida cotidiana del género humano, puesto que la cantidad era suficiente y sin duda alguna los mineros tenían que contentarse con menos. Siguieron ciruelas en almíbar con flan. Y si alguien objeta que las ciruelas, aun mitigadas por el flan, son una legumbre ingrata (fruta no lo son), llenas de hilos como el corazón de un avaro, y que rezuman un líquido como el que sin duda corre por las venas de los avaros que durante ochenta años se han privado de vino y calor y, sin embargo, no han dado nada a los pobres, debe pensar que hay gente cuya caridad alcanza hasta la ciruela. Sirvieron luego galletas y queso y circuló con liberalidad el jarro del agua, pues las galletas son secas por naturaleza y éstas eran galletas hasta lo más hondo de su ser. Eso fue todo. La cena había terminado. Todo el mundo se levantó arrastrando su silla; la puerta de golpe osciló violentamente hacia adelante y hacia atrás; pronto se hizo desaparecer del comedor todo rastro de comida y, sin duda, se lo dispuso para el desayuno de la mañana siguiente. Por los corredores y las escaleras se fue la juventud inglesa, dando portazos y cantando. ¿Correspondía a un huésped, a una extraña (pues no tenía más derecho de estar allí en Fernham que en Trinity, Somerville, Girton, Newham o Christchurch) decir: «La cena no era buena» o decir (nos hallábamos ahora, Mary Seton y yo, en su salita): «¿No hubiéramos podido cenar aquí a solas?». Decir algo así hubiera sido fisgonear y tratar de enterarse de las economías secretas de aquella casa, que ante un extraño presenta una cara tan agradable de buen humor y coraje. No, no se podía decir nada por el estilo. Y la conversación, por un momento, languideció. La constitución humana siendo lo que es, corazón, cuerpo y cerebro mezclados, y no contenidos en compartimentos separados como sin duda será el caso dentro de otro millón de años, una buena cena es muy importante para una buena charla. No se puede pensar bien, amar bien, dormir bien, si no se ha cenado bien. La lámpara de la espina dorsal no se enciende con carne de vaca y ciruelas pasas. Todos iremos probablemente al Cielo y Van Dyck se halla, confiamos, entre nosotros, esperándonos a la vuelta de la esquina. Éste es el estado de ánimo dudoso y crítico que la carne de vaca y las ciruelas pasas, tras un día de trabajo, engendran juntas. Felizmente, mi amiga, que era profesora de ciencias, guardaba en un armario una botella rechoncha y unos vasitos —(pero hubiéramos tenido que empezar con lenguado y perdices)

— de modo que pudimos acercarnos al fuego y reparar algunos de los daños del día. Al cabo de un minuto más o menos, nos deslizábamos fácilmente por entre todos estos objetos de curiosidad e interés que se forman en la mente durante la ausencia de una persona determinada y que se discuten naturalmente al volverla a ver: que si fulano se ha casado, zutano no; fulano piensa esto, mengano lo otro; el uno ha mejorado increíblemente, el otro, por extraordinario que parezca, se ha echado a perder. Y pasamos luego a estas especulaciones sobre la naturaleza humana y el carácter del mundo sorprendente en que vivimos que son la consecuencia natural de estos comienzos. Mientras decíamos estas cosas, sin embargo, fui dándome cuenta tímidamente de que una corriente surgida por su propia voluntad iba arrastrando la conversación hacia un fin determinado. Por más que habláramos de España o Portugal, de un libro o una carrera de caballos, el interés real de la conversación no era ninguna de estas cosas, sino una escena de albañiles que transcurría en un tejado alto unos cinco siglos atrás. Reyes y nobles traían tesoros en enormes sacos y los vaciaban en la tierra. Una y otra vez esta escena cobraba vida en mi mente y se colocaba junto a otra en que figuraban unas vacas delgadas y un mercado fangoso, y verduras pasadas, y corazones fibrosos de ancianos. Estas dos imágenes, aunque descoyuntadas, sin conexión y absurdas, no cesaban de encontrarse y de combatirse y me tenían por completo a su merced. Lo mejor, para que no se deformara toda la conversación, era exponer al aire lo que tenía en la mente y con un poco de suerte se marchitaría y se convertiría en polvo como la cabeza del difunto rey cuando habían abierto su ataúd en Windsor. Brevemente, pues, le hablé a Miss Seton de los albañiles que habían estado trabajando todos aquellos años en el tejado de la capilla y de los reyes, reinas y nobles cargados de oro y plata que echaban a paladas en la tierra; y le conté que más tarde habían venido los grandes magnates de nuestro tiempo y habían enterrado cheques y obligaciones donde los otros habían enterrado lingotes y toscos pedazos de oro. Todo esto se halla enterrado debajo de los colegios de la otra parte de la ciudad, dije, pero debajo del colegio en que nos encontramos ahora, ¿qué hay debajo de sus valientes ladrillos rojos y de la hierba sin cuidar de sus jardines? ¿Qué fuerza se esconde tras la vajilla sencilla en que hemos cenado y (esto se me escapó antes de que pudiera impedirlo) tras la carne de vaca, el flan y las ciruelas pasas?

Hacia el año 1860, dijo Mary Seton… Oh, pero ya conoces la historia, dijo, aburrida, supongo, del recital. Y me contó que habían alquilado habitaciones. Habían reunido comités. Habían escrito sobres. Habían redactado circulares. Habían celebrado reuniones; habían leído cartas; fulano prometía tanto; en cambio el señor Tal no quería dar ni un penique. La Saturday Review había sido muy descortés. ¿Cómo recaudar fondos para unas oficinas? ¿Organizaríamos una tómbola? ¿No podríamos encontrar a una chica bonita que se sentara en la primera fila? Miremos qué dice John Stuart Mill de la cuestión. ¿Podría alguien persuadir al director de... de que publique una carta? ¿Quizá Lady... accedería a firmarla? Lady... está fuera de la ciudad. Así es como se hacían las cosas hace sesenta años; era un esfuerzo prodigioso que costaba horas y horas. Y fue sólo tras una larga lucha y las peores dificultades que lograron reunir treinta mil libras.

Salta pues a la vista, dijo Mary, que no tenemos para vino ni perdices, ni criados que nos lleven las bandejas encima de la cabeza. No podemos tener sofás ni habitaciones individuales. «Las amenidades, dijo citando un pasaje de algún libro, tendrán que esperar».

Pensando en todas estas mujeres que habían trabajado año tras año y encontrado difícil reunir dos mil libras y no habían logrado recaudar, como gran máximo, más que treinta mil, prorrumpimos en ironías sobre la pobreza reprensible de nuestro sexo. ¿Qué habían estado haciendo nuestras madres para no tener bienes que dejarnos? ¿Empolvarse la nariz? ¿Mirar los escaparates? ¿Lucirse al sol en Montecarlo? Había unas fotografías en la repisa de la chimenea. La madre de Mary —si es que la fotografía era de ella — quizás había sido una juerguista en sus horas libres (su marido, un ministro de la Iglesia, le había dado trece hijos), pero en tal caso su vida alegre y disipada había dejado muy pocas huellas de placer en su cara. Era una persona corriente: una vieja señora con un chal de cuadros abrochado con un gran camafeo; estaba sentada en una silla de paja e invitaba a un sabueso a mirar hacia la máquina, con la mirada divertida y, sin embargo, cansada de alguien que sabe por seguro que el perro se moverá en cuanto se haya disparado la bombilla. Ahora bien, si hubiera montado un negocio, si se hubiera convertido en fabricante de seda o magnate de la Bolsa, si hubiera dejado dos o trescientas mil libras a Fernham, aquella noche hubiéramos podido estar sentadas confortablemente y el tema de nuestra charla quizás hubiera sido arqueología, botánica, antropología, física, la naturaleza del átomo, matemáticas, astronomía, relatividad o geografía. Si por fortuna Mrs. Seton y su madre y la madre de ésta hubieran aprendido el gran arte de hacer dinero y hubieran dejado su dinero, como sus padres y sus abuelos antes que éstos, para fundar cátedras y auxiliarías, y premios, y becas apropiadas para el uso de su propio sexo, quizás hubiéramos cenado muy aceptablemente allí arriba un ave y una botellita de vino; quizás hubiéramos esperado, sin una confianza exagerada, disfrutar una vida agradable y honorable transcurrida al amparo de una de las profesiones generosamente financiadas. Quizás en aquel momento hubiéramos estado explorando o escribiendo, vagando por los lugares venerables de la tierra, sentadas en contemplación en los peldaños del Partenón o yendo a una oficina a las diez y volviendo cómodamente a las cuatro y media para escribir un poco de poesía. Ahora bien, si Mrs. Seton y las mujeres como ella se hubieran metido en negocios a la edad de quince años,

Mary —éste era el punto flaco del argumento— no hubiera existido. ¿Qué pensaba Mary de esto?, pregunté. Allí entre las cortinas estaba la noche de octubre, con una estrella o dos enganchada en los árboles amarillentos. ¿Estaba Mary dispuesta a renunciar a la parte que de aquella noche le correspondía y al recuerdo (porque habían sido una familia feliz, aunque numerosa) de los juegos y las peleas allá en Escocia, lugar que nunca cesaba de alabar por lo agradable de su aire y la calidad de sus pasteles, para que de un plumazo le hubieran llovido a Fernham cincuenta mil libras? Porque financiar un colegio requeriría la supresión total de las familias. Hacer una fortuna y tener trece hijos, ningún ser humano hubiera podido aguantarlo. Considérense los hechos, dijimos. Primero hay nueve meses antes del nacimiento del niño. Luego nace el niño. Luego se pasan tres o cuatro meses amamantando al niño. Una vez amamantado el niño, se pasan unos cinco años cuando menos jugando con él. No se puede, según parece, dejar corretear a los niños por las calles. Gente que les ha visto vagar en Rusia como pequeños salvajes dice que es un espectáculo poco grato. La gente también dice que la naturaleza humana cobra su forma entre el año y los cinco años. Si Mrs. Seton hubiera estado ocupada haciendo dinero, dije, ¿dónde estaría tu recuerdo de los juegos y las peleas? ¿Qué sabrías de Escocia, y de su aire agradable, y de sus pasteles, y de todo el resto? Pero es inútil hacerte estas preguntas, porque nunca habrías existido. Y también es inútil preguntar qué hubiera ocurrido si Mrs. Seton y su madre y la madre de ésta hubieran amasado grandes riquezas y las hubieran enterrado debajo de los cimientos del colegio y de su biblioteca, porque, en primer lugar, no podían ganar dinero y, en segundo, de haber podido, la ley les denegaba el derecho de poseer el dinero que hubieran ganado. Hace sólo cuarenta y ocho años que Mrs. Seton posee un solo penique propio. Porque en todos los siglos anteriores su dinero hubiera sido propiedad de su marido, consideración que quizás había contribuido a mantener a Mrs. Seton y a sus madres alejadas de la Bolsa. Cada penique que gane, dijéronse, me será quitado y utilizado según las sabias decisiones de mi marido, quizá para fundar una beca o financiar una auxiliaría en Balliol o Kings, de modo que no me interesa demasiado ganar dinero. Mejor que mi marido se encargue de ello.

De todos modos, fuera o no la culpa de la vieja señora del sabueso, no cabía duda de que, por algún motivo, nuestras madres habían administrado sumamente mal sus asuntos. Ni un penique para dedicar a «amenidades»: a perdices y vino, bedeles y céspedes, libros y cigarros puros, bibliotecas y pasatiempos. Levantar paredes desnudas de la desnuda tierra es cuanto habían sabido hacer.

Así hablábamos, de pie junto a la ventana, mirando, como tantos millares miran cada noche, los domos y las torres de la famosa ciudad extendida a nuestros pies. Yacía muy hermosa, muy misteriosa bajo el claro de luna otoñal.

Las viejas piedras parecían muy blancas y venerables. Uno pensaba en todos los libros juntados allá abajo, en los cuadros de viejos prelados y hombres famosos que colgaban en las habitaciones artesonadas, en las ventanas pintadas que sin duda proyectaban extraños globos y medias lunas en las aceras; en las fuentes y la hierba; y en las habitaciones tranquilas que daban a los patios tranquilos. Y (perdóneseme el pensamiento) pensé también en el admirable fumar y la bebida, y los hondos sillones, y las alfombras agradables; en la urbanidad, la genialidad, la dignidad, que son hijas del lujo, del recogimiento y del espacio. Desde luego nuestras madres no nos habían proporcionado nada por el estilo, nuestras madres que se habían visto negras para reunir treinta mil libras, nuestras madres que habían dado trece hijos a ministros de la Iglesia de St. Andrews.

Así es que volví a mi fonda y, andando por las calles oscuras, medité sobre esto y aquello como suele hacerse tras un día de trabajo. Medité sobre por qué motivo Mrs. Seton no había tenido dinero para dejarnos; y sobre el efecto de la pobreza en la mente; y pensé en los extraños ancianos que había visto por la mañana con trocitos de pieles sobre los hombros; y me acordé de que si se silbaba uno de ellos echaba a correr; y pensé en el órgano que bramaba en la capilla y en las puertas cerradas de la biblioteca; y pensé en lo desagradable que era que le dejaran a uno fuera; y pensé que quizás era peor que le encerraran a uno dentro; y tras pensar en la seguridad y la prosperidad de que disfrutaba un sexo y la pobreza y la inseguridad que achacaban al otro y en el efecto en la mente del escritor de la tradición y la falta de tradición, pensé finalmente que iba siendo hora de arrollar la piel arrugada del día, con sus razonamientos y sus impresiones, su cólera y su risa, y de echarla en el seto. Un millar de estrellas relampagueaban por los desiertos azules del cielo. Se sentía uno solo en medio de una sociedad inescrutable. Todos los humanos yacían dormidos: echados, horizontales, mudos. En las calles de Oxbridge nadie parecía moverse. Hasta la puerta del hotel se abrió por obra de una mano invisible; ni un mozo sentado allí esperando para encenderme las luces. Tan tarde era.

CAPÍTULO 2

EL escenario, si tenéis la amabilidad de seguirme, ahora había cambiado. Las hojas seguían cayendo, pero ahora en Londres, no en Oxbridge; y os pido que imaginéis una habitación como millares de otras, con una ventana que daba, por encima de los sombreros de la gente, los camiones y los coches, a otras ventanas, y encima de la mesa de la habitación una hoja de papel en blanco, que llevaba el encabezamiento LAS MUJERES Y LA NOVELA escrito en grandes letras, pero nada más. La continuación inevitable de aquel almuerzo y aquella cena en Oxbridge parecía ser, desafortunadamente, una visita al British Museum. Debía colar cuanto había de personal y accidental en todas aquellas impresiones y llegar al fluido puro, al óleo esencial de la verdad. Porque aquella visita a Oxbridge, y el almuerzo, y la cena habían levantado un torbellino de preguntas. ¿Por qué los hombres bebían vino y las mujeres agua? ¿Por qué era un sexo tan próspero y el otro tan pobre? ¿Qué efecto tiene la pobreza sobre la novela? ¿Qué condiciones son necesarias a la creación de obras de arte? Un millar de preguntas se insinuaban a la vez. Pero necesitaba respuestas, no preguntas; y las respuestas sólo podían encontrarse consultando a los que saben y no tienen prejuicios, a los que se han elevado por encima de las peleas verbales y la confusión del cuerpo y han publicado el resultado de sus razonamientos e investigaciones en libros que ahora se encuentran en el British Museum. Si no se puede encontrar la verdad en los estantes del British Museum, ¿dónde, me pregunté tomando un cuaderno de apuntes y un lápiz, está la verdad?

Así provista, con esta confianza y esta ansia de saber, me fui en busca de la verdad. El día, aunque no llovía exactamente, era lóbrego y en las calles de las cercanías del British Museum las bocas de las carboneras estaban abiertas y por ellas iba cayendo una lluvia de sacos; coches de cuatro ruedas se arrimaban a la acera y depositaban unas cajas atadas con cordeles que contenían, supongo, toda la ropa de alguna familia suiza o italiana que buscaba fortuna o refugio, o algún otro provecho interesante que puede encontrarse en invierno en las casas de huéspedes de Bloomsbury. Como de costumbre, hombres con voz ronca recorrían las calles empujando carretones de plantas. Algunos gritaban, otros cantaban. Londres era como un taller. Londres era como una máquina. A todos nos empujaban hacia adelante y hacia atrás sobre esta base lisa para formar un dibujo. El British Museum era un departamento más de la fábrica. Las puertas de golpe se abrían y cerraban y allí se quedaba uno en pie bajo el vasto domo, como si hubiera sido un pensamiento en aquella enorme frente calva que tan magníficamente ciñe una guirnalda de nombres famosos. Se dirigía uno al mostrador, tomaba una hoja de papel, abría un volumen del catálogo y…, Los cinco puntos suspensivos indican cinco minutos separados de estupefacción, sorpresa y asombro. ¿Tenéis alguna noción de cuántos libros se escriben al año sobre las mujeres? ¿Tenéis alguna noción de cuántos están escritos por hombres? ¿Os dais cuenta de que sois quizás el animal más discutido del universo? Yo había venido equipada con cuaderno y lápiz para pasarme la mañana leyendo, pensando que al final de la mañana habría transferido la verdad a mi cuaderno. Pero tendría yo que ser un rebaño de elefantes y una selva llena de arañas, pensé recurriendo desesperadamente a los animales que tienen fama de vivir más años y tener más ojos, para llegar a leer todo esto. Necesitaría garras de acero y pico de bronce para penetrar esta cáscara. ¿Cómo voy a llegar nunca hasta los granos de verdad enterrados en esta masa de papel?, me pregunté, y me puse a recorrer con desesperación la larga lista de títulos. Hasta los títulos de los libros me hacían reflexionar. Era lógico que la sexualidad y su naturaleza atrajera a médicos y biólogos; pero lo sorprendente y difícil de explicar es que la sexualidad —es decir, las mujeres— también atrae a agradables ensayistas, novelistas de pluma ligera, muchachos que han hecho una licencia, hombres que no han hecho ninguna licencia, hombres sin más calificación aparente que la de no ser mujeres. Algunos de estos libros eran, superficialmente, frívolos y chistosos; pero, muchos, en cambio, eran serios y proféticos, morales y exhortadores. Bastaba leer los títulos para imaginar a innumerables maestros de escuela, innumerables clérigos subidos a sus tarimas y púlpitos y hablando con una locuacidad que excedía de mucho la hora usualmente otorgada a discursos sobre este tema. Era un fenómeno extrañísimo y en apariencia — llegada a este punto consulté la letra H— limitado al sexo masculino. Las mujeres no escriben libros sobre los hombres, hecho que no pude evitar acoger con alivio, porque si hubiera tenido que leer primero todo lo que los hombres han escrito sobre las mujeres, luego todo lo que las mujeres hubieran escrito sobre los hombres, el álec que florece una vez cada cien años hubiera florecido dos veces antes de que yo pudiera empezar a escribir. Así es que, haciendo una selección perfectamente arbitraria de una docena de libros, envié mis hojitas de papel a la cesta de alambre y aguardé en mi asiento, entre los demás buscadores del óleo esencial de la verdad. ¿Cuál podía ser pues el motivo de tan curiosa disparidad?, me pregunté, dibujando ruedas de carro en las hojitas de papel provistas por el pagador de impuestos inglés para otros fines. ¿Por qué atraen las mujeres mucho más el interés de los hombres que los hombres el de las mujeres? Parecía un hecho muy curioso y mi mente se entretuvo tratando de imaginar la vida de los hombres que se pasaban el tiempo escribiendo libros sobre las mujeres; ¿eran viejos o jóvenes?, ¿casados o solteros?, ¿tenían la nariz roja o una joroba en la espalda? De todos modos, halagaba, vagamente, saberse el objeto de semejante atención, mientras no estuviera enteramente dispensada por cojos e inválidos. Así fui reflexionando hasta que todos estos frívolos pensamientos se vieron interrumpidos por una avalancha de libros que cayó encima del mostrador enfrente de mí. Ahí empezaron mis dificultades. El estudiante que ha aprendido en Oxbridge a investigar sabe, no cabe duda, cómo conducir como buen pastor su pregunta, haciéndole evitar todas las distracciones, hasta que se mete en su respuesta como un cordero en su redil. El estudiante que tenía al lado, por ejemplo, que copiaba asiduamente fragmentos de un manual científico, extraía, estaba segura, pepitas de mineral puro cada diez minutos más o menos. Así lo indicaban sus pequeños gruñidos de satisfacción. Pero si, por desgracia, no se tiene una formación universitaria, la pregunta, lejos de ser conducida a su redil, brinca de un lado a otro, desordenadamente, como un rebaño asustado perseguido por toda una jauría. Catedráticos, maestros de escuela, sociólogos, sacerdotes, novelistas, ensayistas, periodistas, hombres sin más calificación que la de no ser mujeres persiguieron mi simple y única pregunta —¿por qué son pobres las mujeres?— hasta que se hubo convertido en cincuenta preguntas; hasta que las cincuenta preguntas se precipitaron alocadamente en la corriente y ésta se las llevó. Había garabateado notas en cada hoja de mi cuaderno. Para mostrar mi estado mental, voy a leeros unas cuantas; encabezaba cada página el sencillo título LAS MUJERES Y LA POBREZA escrito en mayúsculas, pero lo que seguía venía a ser algo así:

Condición en la Edad Media de,

Hábitos de............de las Islas Fidji,

Adoradas como diosas por,

Sentido moral más débil de,

Idealismo de,

Mayor rectitud de,

Habitantes de las islas del Sur, edad de la pubertad entre,

Atractivo de,

Ofrecidas en sacrificio a,

Tamaño pequeño del cerebro de,

Subconsciente más profundo de,

Menos pelo en el cuerpo de,

Inferioridad mental, moral y física de,

Amor a los niños de,

Vida más larga de,

Músculos más débiles de,

Fuerza afectiva de,

Vanidad de,

Formación superior de,

Opinión de Shakespeare sobre,

Opinión de Lord Birkenhead sobre,

Opinión del Deán Inge sobre,

Opinión de La Bruyère sobre,

Opinión del Dr. Johnson sobre,

Opinión de Mr. Oscar Browning sobre,

Aquí tomé aliento y añadí en el margen: ¿Por qué dice Samuel Butler: «Los hombres sensatos nunca dicen lo que piensan de las mujeres»? Los hombres sensatos nunca hablan de otra cosa, por lo visto. Pero, proseguí, reclinándome en mi asiento y mirando el vasto domo donde yo era un pensamiento único, pero acosado ahora por todos lados, lo triste es que todos los hombres sensatos no opinan lo mismo de las mujeres. Dice Pope:

La mayoría de las mujeres carecen de carácter.

Y dice La Bruyère:

Les femmes sont extrêmes; elles sont meilleures ou pires que les hommes.

Una contradicción directa entre dos observadores atentos que eran contemporáneos. ¿Se las puede educar o no? Napoleón pensaba que no. El doctor Johnson pensaba lo contrario.

¿Tienen alma o no la tienen? Algunos salvajes dicen que no tienen ninguna. Otros, al contrario, mantienen que las mujeres son medio divinas y las adoran por este motivo.

Algunos sabios sostienen que su inteligencia es más superficial; otros que su conciencia es más profunda. Goethe las honró; Mussolini las desprecia. Mirara uno donde mirara, los hombres pensaban sobre las mujeres y sus pensamientos diferían. Era imposible sacar nada en claro de todo aquello, decidí, echando una mirada de envidia al lector vecino, que hacía limpios resúmenes, a menudo encabezados por una A, una B o una C, en tanto que por mi cuaderno se amotinaban locos garabateos de observaciones contradictorias. Era penoso, era asombroso, era humillante. Se me había escurrido la verdad por entre los dedos. Se había escapado hasta la última gota.

De ningún modo me podía ir a casa y pretender hacer una contribución seria al estudio de las mujeres y la novela escribiendo que las mujeres tienen menos pelo en el cuerpo que los hombres o que la edad de la pubertad entre las habitantes de las islas del Sur es los nueve años. ¿O era los noventa? Hasta mi letra, en su confusión, se había vuelto indescifrable. Era una vergüenza no tener nada más sólido o respetable que decir tras una mañana de trabajo. Y si no podía encontrar la verdad sobre M (así es como, para abreviar, había dado en llamarla) en el pasado, ¿por qué molestarme en indagar sobre M en el futuro? Parecía una pérdida total de tiempo consultar a todos aquellos caballeros especializados en el estudio de la mujer y de su efecto sobre lo que sea —la política, los niños, los sueldos, la moralidad— por numerosos y entendidos que fueran. Mejor dejar sus libros cerrados.

Pero mientras meditaba, había ido haciendo, en mi apatía, mi desesperación, un dibujo en la parte de hoja donde, como mi vecino, hubiera debido estar escribiendo una conclusión. Había dibujado una cara, una silueta. Eran la cara y la silueta del Profesor Von X entretenido en escribir su obra monumental titulada La inferioridad mental, moral y física del sexo femenino. No era, en mi dibujo, un hombre que hubiera atraído a las mujeres. Era corpulento; tenía una gran mandíbula y, para contrarrestar, ojos muy pequeños; tenía la cara muy roja. Su expresión sugería que trabajaba bajo el efecto de una emoción que le hacía clavar la pluma en el papel, como si hubiera estado aplastando un insecto nocivo mientras escribía; pero cuando lo hubo matado todavía no se dio por satisfecho; tuvo que seguir matándolo; y aun así parecía quedarle algún motivo de cólera e irritación. ¿Se trataba quizá de su mujer?, me pregunté mirando el dibujo. ¿Estaría enamorada de un oficial de caballería? ¿Era el oficial de caballería delgado y elegante e iba vestido de astracán? ¿Acaso se había burlado del profesor cuando se hallaba en la cuna, pensé adoptando la teoría freudiana, alguna chica bonita? Porque ni en la cuna podía haber sido el profesor un niño atractivo. Fuese cual fuese el motivo, el profesor aparecía en mi dibujo muy encolerizado y muy feo, ocupado en escribir su gran obra sobre la inferioridad mental, moral y física de las mujeres. Hacer dibujitos era un modo ocioso de terminar una mañana de trabajo infructuosa. Sin embargo, es a veces en nuestro ocio, nuestros sueños, cuando la verdad sumergida sube a la superficie. Un esfuerzo psicológico muy elemental, al que no puedo dar el digno nombre de psicoanálisis, me mostró, mirando mi cuaderno, que el dibujo del profesor era obra de la cólera. La cólera me había arrebatado el lápiz mientras soñaba. Pero ¿qué hacía allí la cólera? Interés, confusión, diversión, aburrimiento, todas estas emociones se habían ido sucediendo durante el transcurso de la mañana, las podía recordar y nombrar. ¿Acaso la cólera, la serpiente negra, se había estado escondiendo entre ellas? Sí, decía el dibujo, así había sido. Me indicaba sin lugar a dudas el libro exacto, la frase exacta que había hostigado al demonio: era la afirmación del profesor sobre la inferioridad mental, moral y física de las mujeres. Mi corazón había dado un brinco. Mis mejillas habían ardido. Me había ruborizado de cólera. No había nada de particularmente sorprendente en esta reacción, por tonta que fuera. A una no le gusta que le digan que es inferior por naturaleza a un hombrecito —miré al estudiante que estaba a mi lado— que respira ruidosamente, usa corbata de nudo fijo y lleva quince días sin afeitarse. Una tiene sus locas vanidades. Es la naturaleza humana, medité, y me puse a dibujar ruedas de carro y círculos sobre la cara del encolerizado profesor, hasta que pareció un arbusto ardiendo o un cometa llameante, en todo caso una imagen sin apariencia o significado humano. Ahora el profesor no era más que un haz de leña que ardía en la cima de Hampstead Heath.

Pronto estuvo explicada y eliminada mi propia cólera; pero quedó la curiosidad. ¿Cómo explicar la cólera de los profesores? ¿Por qué estaban furiosos? Porque cuando me puse a analizar la impresión que me habían dejado aquellos libros, me pareció presente en todos un elemento de acaloramiento. Este acaloramiento tomaba formas muy diversas; se expresaba en sátira, en sentimiento, en curiosidad, en reprobación. Pero a menudo había presente otro elemento, que no pude identificar inmediatamente. Cólera, lo llamé. Pero era una cólera que se había hecho subterránea y se había mezclado con toda clase de otras emociones. A juzgar por sus extraños efectos, era una cólera disfrazada y compleja, no una cólera simple y declarada.

Por algún motivo, todos aquellos libros, pensé pasando revista en la pila que había en el mostrador, no me servían. Carecían de valor científico, quiero decir, aunque desde el punto de vista humano rebosaban cultura, interés, aburrimiento y relataban hechos la mar de curiosos sobre los hábitos de las habitantes de las Islas Fidji. Habían sido escritos a la luz roja de la emoción, no bajo la luz blanca de la verdad. Por tanto debía devolverlos al mostrador central y cada uno debía ser restituido a la celdilla que le correspondía en el enorme panal. Cuanto había rescatado de aquella mañana de trabajo era aquel hecho de la cólera. Los profesores —hacía con todos ellos un solo paquete— estaban furiosos. Pero ¿por qué?, me pregunté después de devolver los libros. ¿Por qué?, repetí en pie bajo la columnata, entre las palomas y las canoas prehistóricas. ¿Por qué están furiosos? Y haciéndome esta pregunta me fui despacio en busca de un sitio donde almorzar. ¿Cuál es la verdadera naturaleza de lo que llamo de momento su cólera? Tenía allí un rompecabezas que tardaría en resolver el rato que tardan en servirle a uno en un pequeño restaurante de las cercanías del British Museum. El cliente anterior había dejado en una silla la edición del mediodía del periódico de la noche y, mientras esperaba que me sirvieran, me puse a leer distraídamente los titulares. Un renglón de letras muy grandes iba de una punta a otra de página. Alguien había alcanzado una puntuación muy alta en Sudáfrica. Titulares menores anunciaban que Sir Austen Chamberlain se hallaba en Ginebra. Se había encontrado en una bodega un hacha de cortar carne con cabello humano pegado. El juez X… había comentado en el Tribunal de Divorcios la desvergüenza de las Mujeres. Desparramadas por el periódico había otras noticias. Habían descendido a una actriz de cine desde lo alto de un pico de California y la habían suspendido en el aire. Iba a haber niebla. Ni el más fugaz visitante de este planeta que cogiera el periódico, pensé, podría dejar de ver, aun con este testimonio desperdigado, que Inglaterra se hallaba bajo un patriarcado. Nadie en sus cinco sentidos podría dejar de detectar la dominación del profesor. Suyos eran el poder, el dinero y la influencia. Era el propietario del periódico, y su director, y su subdirector. Era el ministro de Asuntos Exteriores y el juez. Era el jugador de criquet; era el propietario de los caballos de carreras y de los yates. Era el director de la compañía que paga el doscientos por ciento a sus accionistas. Dejaba millones a sociedades caritativas y colegios que él mismo dirigía. Era él quien suspendía en el aire a la actriz de cine. Él decidiría si el cabello pegado al hacha era humano; él absolvería o condenaría al asesino, él le colgaría o le dejaría en libertad. Exceptuando la niebla, parecía controlarlo todo. Y, sin embargo, estaba furioso. Me había indicado que estaba furioso el signo siguiente: al leer lo que escribía sobre las mujeres, yo no había pensado en lo que decía, sino en él personalmente. Cuando un razonador razona desapasionadamente, piensa sólo en su razonamiento y el lector no puede por menos de pensar también en el razonamiento. Si el profesor hubiera escrito sobre las mujeres de modo desapasionado, si se hubiera valido de pruebas irrefutables para establecer su razonamiento y no hubiera dado la menor señal de desear que el resultado fuera éste de preferencia a aquél, tampoco el lector se hubiera sentido furioso. Hubiera aceptado el hecho, como uno acepta el hecho de que los guisantes son verdes o los canarios amarillos. Así sea, hubiera dicho yo. Pero me había sentido furiosa porque él estaba furioso. Y, sin embargo, parecía absurdo, pensé hojeando el periódico de la noche, que un hombre con semejante poder estuviese furioso. ¿O acaso la cólera, me pregunté, es el duendecillo familiar, el ayudante del poder? Los ricos, por ejemplo, a menudo están furiosos porque sospechan que los pobres quieren apoderarse de sus riquezas. Los profesores o patriarcas, para darles un nombre más exacto, quizás estén en parte furiosos por este motivo; pero en parte lo están por otro, que se advierte en la superficie pero de modo menos evidente. Posiblemente, no estaban «furiosos» en absoluto; sin duda, más de uno era en sus relaciones privadas un hombre capaz de admiración, leal, ejemplar. Posiblemente, cuando el profesor insistía con demasiado énfasis sobre la inferioridad de las mujeres, no era la inferioridad de éstas lo que le preocupaba, sino su propia superioridad. Era esto lo que protegía un tanto acaloradamente y con demasiada insistencia, porque para él era una joya del precio más incalculable. Para ambos sexos —y los miré pasar por la acera dándose codazos— la vida es ardua, difícil, una lucha perpetua. Requiere un coraje y una fuerza de gigante. Más que nada, viviendo como vivimos de la ilusión, quizá lo más importante para nosotros sea la confianza en nosotros mismos. Sin esta confianza somos como bebés en la cuna. Y ¿cómo engendrar lo más de prisa posible esta cualidad imponderable y no obstante tan valiosa? Pensando que los demás son inferiores a nosotros. Creyendo que tenemos sobre la demás gente una superioridad innata, ya sea la riqueza, el rango, una nariz recta o un retrato de un abuelo pintado por Rommey, porque no tienen fin los patéticos recursos de la imaginación humana. De ahí la enorme importancia que tiene para un patriarca, que debe conquistar, que debe gobernar, el creer que un gran número de personas, la mitad de la especie humana, son por naturaleza inferiores a él. Debe de ser, en realidad, una de las fuentes más importantes de su poder. Pero apliquemos la luz de esta observación a la vida real, pensé. ¿Ayuda acaso a resolver algunos de estos rompecabezas psicológicos que uno anota en el margen de la vida cotidiana? ¿Explica el asombro que sentí el otro día cuando Z, el más humano, más modesto de los hombres, al coger un libro de Rebecca West y leer un pasaje, exclamó: «¡Esta feminista acabada…! ¡Dice que los hombres son esnobs!»? Esta exclamación que me había sorprendido tanto —¿por qué era Miss West una feminista acabada por el simple hecho de hacer una observación posiblemente correcta, aunque poco halagadora, sobre el otro sexo?— no era el mero grito de la vanidad herida; era una protesta contra una violación del derecho de Z de creer en sí mismo. Durante todos estos siglos, las mujeres han sido espejos dotados del mágico y delicioso poder de reflejar una silueta del hombre de tamaño doble del natural. Sin este poder, la tierra sin duda seguiría siendo pantano y selva. Las glorias de todas nuestras guerras serían desconocidas. Todavía estaríamos grabando la silueta de ciervos en los restos de huesos de cordero y trocando pedernales por pieles de cordero o cualquier adorno sencillo que sedujera nuestro gusto poco sofisticado. Los Superhombres y Dedos del Destino nunca habrían existido. El Zar y el Káiser nunca hubieran llevado coronas o las hubieran perdido. Sea cual fuere su uso en las sociedades civilizadas, los espejos son imprescindibles para toda acción violenta o heroica. Por eso, tanto Napoleón como Mussolini insisten tan marcadamente en la inferioridad de las mujeres, ya que si ellas no fueran inferiores, ellos cesarían de agrandarse. Así queda en parte explicado que a menudo las mujeres sean imprescindibles a los hombres. Y también así se entiende mejor por qué a los hombres les intranquilizan tanto las críticas de las mujeres; por qué las mujeres no les pueden decir este libro es malo, este cuadro es flojo o lo que sea sin causar mucho más dolor y provocar mucha más cólera de los que causaría y provocaría un hombre que hiciera la misma crítica. Porque si ellas se ponen a decir la verdad, la imagen del espejo se encoge; la robustez del hombre ante la vida disminuye. ¿Cómo va a emitir juicios, civilizar indígenas, hacer leyes, escribir libros, vestirse de etiqueta y hacer discursos en los banquetes si a la hora del desayuno y de la cena no puede verse a sí mismo por lo menos de tamaño doble de lo que es? Así meditaba yo, desmigajando mi pan y revolviendo el café, y mirando de vez en cuando a la gente que pasaba por la calle. La imagen del espejo tiene una importancia suprema, porque carga la vitalidad, estimula el sistema nervioso. Suprimidla y puede que el hombre muera, como el adicto a las drogas privado de cocaína. La mitad de las personas que pasan por la acera, pensé mirando por la ventana, se van a trabajar bajo el sortilegio de esta ilusión. Se ponen el sombrero y el abrigo por la mañana bajo sus agradables rayos. Empiezan el día llenas de confianza, fortalecidas, creyendo su presencia deseada en la merienda de Miss Smith; se dicen a sí mismas al entrar en la habitación: «Soy superior a la mitad de la gente que está aquí». Y así se explica sin duda que hablen con esta confianza, esta seguridad en sí mismas que han tenido consecuencias tan profundas en la vida pública y dado origen a tan curiosas notas en el margen de la mente privada.

Pero estas contribuciones al tema peligroso y fascinante de la psicología del otro sexo —tema que estudiaréis, espero, cuando contéis con quinientas libras al año— se vieron interrumpidas por la necesidad de pagar la cuenta. Subía a cinco chelines y nueve peniques. Le di al camarero un billete de diez chelines y se marchó a buscar cambio. Había otro billete de diez chelines en mi monedero; lo observé, porque este poder que tiene mi monedero de producir automáticamente billetes de diez chelines es algo que todavía me quita la respiración. Lo abro y allí están. La sociedad me da pollo y café, cama y alojamiento, a cambio de cierto número de trozos de papel que me dejó mi tía por el mero motivo de que llevaba su nombre.

Mi tía, Mary Beton —dejadme que os lo cuente—, murió de una caída de caballo un día que salió a tomar el aire en Bombay. La noticia de mi herencia me llegó una noche, más o menos al mismo tiempo que se aprobaba una ley que les concedía el voto a las mujeres. Una carta de un notario cayó en mi buzón y al abrirla me encontré con que mi tía me había dejado quinientas libras al año hasta el resto de mis días. De las dos cosas —el voto y el dinero —, el dinero, lo confieso, me pareció de mucho la más importante. Hasta entonces me había ganado la vida mendigando trabajillos en los periódicos, informando sobre una exposición de asnos o una boda; había ganado algunas libras escribiendo sobres, leyendo a ratos para viejas señoras, haciendo flores artificiales, enseñando el alfabeto a niños pequeños en un kindergarten. Éstas eran las principales ocupaciones permitidas a las mujeres antes de 1918. No necesito, creo, describir en detalle la dureza de esta clase de trabajo, pues quizá conozcáis a mujeres que lo han hecho, ni la dificultad de vivir del dinero así ganado, pues quizá lo hayáis intentado. Pero lo que sigo recordando como un yugo peor que estas dos cosas es el veneno del miedo y de la amargura que estos días me trajeron. Para empezar, estar siempre haciendo un trabajo que no se desea hacer y hacerlo como un esclavo, halagando y adulando, aunque quizá no siempre fuera necesario; pero parecía necesario y la apuesta era demasiado grande para correr riesgos; y luego el pensamiento de este don que era un martirio tener que esconder, un don pequeño, quizá, pero caro al poseedor, y que se iba marchitando, y con él mi ser, mi alma. Todo esto se convirtió en una carcoma que iba royendo las flores de la primavera, destruyendo el corazón del árbol. Pero, como decía, mi tía murió; y cada vez que cambio un billete de diez chelines, desaparece un poco de esta carcoma y de esta corrosión; se van el temor y la amargura. Realmente, pensé, guardando las monedas en mi bolso, es notable el cambio de humor que unos ingresos fijos traen consigo, Ninguna fuerza en el mundo puede quitarme mis quinientas libras. Tengo asegurados para siempre la comida, el cobijo y el vestir. Por tanto, no sólo cesan el esforzarse y el luchar, sino también el odio y la amargura. No necesito odiar a ningún hombre; no puede herirme. No necesito halagar a ningún hombre; no tiene nada que darme. De modo que, imperceptiblemente, fui adoptando una nueva actitud hacia la otra mitad de la especie humana. Era absurdo culpar a ninguna clase o sexo en conjunto. Las grandes masas de gente nunca son responsables de lo que hacen. Las mueven instintos que no están bajo su control. También ellos, los patriarcas, los profesores, tenían que combatir un sinfín de dificultades, tropezaban con terribles escollos. Su educación había sido, bajo algunos aspectos, tan deficiente como la mía propia. Había engendrado en ellos defectos igual de grandes. Tenían, es cierto, dinero y poder, pero sólo a cambio de albergar en su seno un águila, un buitre que eternamente les mordía el hígado y les picoteaba los pulmones: el instinto de posesión, el frenesí de adquisición, que les empujaba a desear perpetuamente los campos y los bienes ajenos, a hacer fronteras y banderas, barcos de guerra y gases venenosos; a ofrecer su propia vida y la de sus hijos. Pasad por debajo del Admiralty Arch (había llegado a este monumento) o recorred cualquier avenida dedicada a los trofeos y al cañón y reflexionad sobre la clase de gloria que allí se celebra. O ved en una soleada mañana de primavera al corredor de Bolsa y al gran abogado encerrándose en algún edificio para hacer más dinero, cuando es sabido que quinientas libras le mantendrán a uno vivo al sol. Estos instintos son desagradables de abrigar, pensé. Nacen de las condiciones de vida, de la falta de civilización, me dije mirando la estatua del duque de Cambridge y en particular las plumas de su sombrero de tres picos con una fijeza de la que raramente habrían sido objeto antes. Y al ir dándome cuenta de estos escollos, el temor y la amargura se fueron transformando poco a poco en piedad y tolerancia; y luego, al cabo de un año o dos, desaparecieron la piedad y la tolerancia y llegó la mayor liberación de todas, la libertad de pensar directamente en las cosas. Aquel edificio, por ejemplo, ¿me gusta o no? ¿Es bello aquel cuadro o no? En mi opinión, ¿este libro es bueno o malo? Realmente, la herencia de mi tía me hizo ver el cielo al descubierto y sustituyó la grande e imponente imagen de un caballero, que Milton me recomendaba que adorara eternamente, por una visión del cielo abierto.

Sumida en estos pensamientos, estas especulaciones, regresé hacia mi casa a la orilla del río. Se estaban encendiendo las lámparas y se había operado en Londres desde la mañana un cambio indescriptible. Parecía como si la gran máquina, después de trabajar todo el día, hubiera hecho con nuestra ayuda unas cuantas yardas de algo muy emocionante y hermoso, una tela de fuego en que fulguraban ojos rojos, un monstruo leonado que gruñía despidiendo aire caliente. Hasta el viento parecía latir como una bandera, azotando las casas y sacudiendo las empalizadas.

En mi pequeña calle, sin embargo, prevalecía la domesticidad. El pintor de paredes bajaba de su escalera; la niñera empujaba el cochecillo sorteando con cuidado a la gente, de regreso hacia casa para dar la cena a los niños; el repartidor de carbón doblaba sus sacos vacíos uno encima de otro; la mujer del colmado sumaba las entradas del día con sus manos cubiertas de mitones rojos. Pero tan absorta me hallaba yo en el problema que habíais colocado sobre mis hombros que no pude ver estas escenas corrientes sin relacionarlas con un tema único. Pensé que ahora es mucho más difícil de lo que debió de ser hace un siglo decir cuál de estos empleos es el más alto, el más necesario. ¿Es mejor ser repartidor de carbón o niñera? ¿Es menos útil al mundo la mujer de limpiezas que ha criado ocho niños que el abogado que ha hecho cien mil libras? De nada sirve hacer estas preguntas, que nadie puede contestar. No sólo sube y baja de una década a otra el valor relativo de las mujeres de limpiezas y de los abogados, sino que ni siquiera tenemos módulos para medir su valor del momento. Había sido una tontería de mi parte pedirle al profesor que me diera «pruebas irrefutables» de este o aquel razonamiento sobre las mujeres. Aunque se pudiera valorar un talento en un momento dado, estos valores están destinados a cambiar; dentro de un siglo es muy posible que hayan cambiado totalmente. Además, dentro de cien años, pensé llegando a la puerta de mi casa, las mujeres habrán dejado de ser el sexo protegido. Lógicamente, tomarán parte en todas las actividades y esfuerzos que antes les eran prohibidos. La niñera repartirá carbón. La tendera conducirá una locomotora. Todas las suposiciones fundadas en hechos observados cuando las mujeres eran el sexo protegido habrán desaparecido, como, por ejemplo (en este momento pasó por la calle un pelotón de soldados), la de que las mujeres, los curas y los jardineros viven más años que la demás gente. Suprimid esta protección, someted a las mujeres a las mismas actividades y esfuerzos que los hombres, haced de ellas soldados, marinos, maquinistas y repartidores y ¿acaso las mujeres no morirán mucho más jóvenes, mucho antes que los hombres y uno dirá: «Hoy he visto a una mujer», como antes solía decir: «Hoy he visto un aeroplano»? No se sabe lo que ocurrirá cuando el ser mujer ya no sea una ocupación protegida, pensé abriendo la puerta. Pero ¿qué tiene todo esto que ver con el tema de mi conferencia, las mujeres y la novela?, me pregunté entrando en casa.

CAPÍTULO 3

Me decepcionaba no haber vuelto a casa por la noche con alguna afirmación importante, algún hecho auténtico. Las mujeres son más pobres que los hombres por esto o aquello. Quizás ahora valdría más renunciar a ir en busca de la verdad y recibir en la cabeza una avalancha de opiniones caliente como la lava y descolorida como el agua de lavar platos. Sería mejor correr las cortinas, dejar afuera todas las distracciones, encender la lámpara, limitar la búsqueda y pedirle al historiador, que no registra opiniones, sino hechos, que describiera las condiciones en que habían vivido las mujeres, no en todas las épocas pasadas, sino en Inglaterra en el tiempo de Isabel I, pongamos.

Realmente, es un eterno misterio el porqué ninguna mujer escribió una palabra de aquella literatura extraordinaria cuando un hombre de cada dos, parece, tenía disposición para la canción o el soneto. ¿En qué condiciones vivían las mujeres?, me pregunté; porque la novela, es decir, la obra de imaginación, no cae al suelo como un guijarro, como quizás ocurra con la ciencia. La obra de imaginación es como una tela de araña: está atada a la realidad, leve, muy levemente quizá, pero está atada a ella por las cuatro puntas. A veces la atadura es apenas perceptible; las obras de Shakespeare, por ejemplo, parecen colgar, completas, por sí solas. Pero al estirar la tela por un lado, engancharla por una punta, rasgarla por en medio, uno se acuerda de que estas telas de araña no las hilan en el aire criaturas incorpóreas, sino que son obra de seres humanos que sufren y están ligadas a cosas groseramente materiales, como la salud, el dinero y las casas en que vivimos.

Fui, pues, al estante donde guardaba los libros de Historia y cogí uno de los más recientes, la Historia de Inglaterra del profesor Trevelyan. Una vez más busqué Mujeres en el índice, encontré «posición de» y abrí el libro en la página indicada. «El pegar a su mujer —leí— era un derecho reconocido del hombre y lo practicaban sin avergonzarse tanto las clases altas como las bajas... De igual modo —seguía diciendo el historiador— la hija que se negaba a casarse con el caballero que sus padres habían elegido para ella, se exponía a que la encerraran bajo llave, le pegaran y la zarandearan por la habitación, sin que la opinión pública se escandalizara. El matrimonio no era una cuestión de afecto personal, sino de avaricia familiar, en particular entre las clases altas de «caballeros»... El noviazgo a menudo se formalizaba cuando ambas partes se hallaban en la cuna y la boda se celebraba cuando apenas habían dejado sus niñeras. Esto ocurría en 1470, poco después del tiempo de Chaucer. La referencia siguiente es sobre la posición de las mujeres unos doscientos años más tarde, en la época de los Estuardo. «Seguían siendo excepción las mujeres de la clase alta o media que elegían a sus propios maridos, y cuando el marido había sido asignado, era el amo y señor, cuando menos dentro de lo que permitían la ley y la costumbre». «A pesar de ello —concluye el profesor Trevelyan—, ni las mujeres de las obras de Shakespeare, ni las mencionadas en las Memorias auténticas del siglo diecisiete como las Verneys y las Hutchinsons, parecen carecer de personalidad o carácter». Desde luego, si nos paramos a pensarlo, sin duda Cleopatra sabía ir sola; Lady Macbeth, se siente uno inclinado a suponer, tenía una voluntad propia;

Rosalinda, concluye uno, debió de ser una muchacha atractiva. El profesor Trevelyan no dice más que la verdad cuando observa que las mujeres de las obras de Shakespeare no parecen carecer de personalidad ni de carácter. No siendo historiador, quizá podría uno ir un poco más lejos y decir que las mujeres han ardido como faros en las obras de todos los poetas desde el principio de los tiempos: Clitemnestra, Antígona, Cleopatra, Lady Macbeth, Fedra, Gessida, Rosalinda, Desdémona, la duquesa de Malfi entre los dramaturgos; luego, entre los prosistas, Millamant, Clarisa, Becky Sharp, Ana Karenina, Emma Bovary, Madame de Guermantes. Los nombres acuden en tropel a mi mente y no evocan mujeres que «carecían de personalidad o carácter». En realidad, si la mujer no hubiera existido más que en las obras escritas por los hombres, se la imaginaría uno como una persona importantísima; polifacética: heroica y mezquina, espléndida y sórdida, infinitamente hermosa y horrible a más no poder, tan grande como el hombre, más según algunos.

Pero ésta es la mujer de la literatura. En la realidad, como señala el profesor Trevelyan, la encerraban bajo llave, le pegaban y la zarandeaban por la habitación.

De todo esto emerge un ser muy extraño, mixto. En el terreno de la imaginación, tiene la mayor importancia; en la práctica, es totalmente insignificante. Reina en la poesía de punta a punta de libro; en la Historia casi no aparece. En la literatura domina la vida de reyes y conquistadores; de hecho, era la esclava de cualquier joven cuyos padres le ponían a la fuerza un anillo en el dedo. Algunas de las palabras más inspiradas, de los pensamientos más profundos salen en la literatura de sus labios; en la vida real, sabía apenas leer, apenas escribir y era propiedad de su marido.

Era desde luego un monstruo extraño lo que resultaba de la lectura de los historiadores primero y de los poetas después: un gusano con alas de águila, el espíritu de la vida y la belleza en una cocina cortando sebo. Pero estos monstruos, por mucho que diviertan la imaginación, carecen de existencia real. Lo que debe hacerse para que la mujer cobre vida es pensar al mismo tiempo en términos poéticos y prosaicos, sin perder de vista los hechos —la mujer es Mrs. Martin, de treinta y seis años, va vestida de azul, lleva un sombrero negro y zapatos marrones—, pero sin perder de vista la literatura tampoco —la mujer es un recipiente donde fluyen y relampaguean perpetuamente toda clase de espíritus y fuerzas. Sin embargo, si se aplica este método a la mujer de la época de Isabel I, una rama de la iluminación falla; le detiene a uno la escasez de conocimientos. No se sabe nada detallado, nada estrictamente verdadero y sólido sobre ella. La Historia escasamente la menciona. Y de nuevo acudí al profesor Trevelyan para ver qué entendía él por Historia. Leyendo los títulos de los capítulos, vi que entendía:

«El Tribunal del Señorío y los Métodos de Cultivo en Campo Abierto... Los Cistercienses y la Cría de Corderos... Las Cruzadas... La Universidad... La Cámara de los Comunes... La Guerra de los Cien Años... Las Guerras de las Rosas... Los Humanistas del Renacimiento... La Disolución de los Monasterios... La Lucha Agraria y Religiosa... El Origen del Poder Marítimo de Inglaterra... La Armada...», etcétera. De vez en cuando se menciona a alguna mujer determinada, alguna Elizabeth o alguna Mary; una reina o una gran dama. Pero de ningún modo hubieran podido las mujeres de la clase media, sin más en su haber que inteligencia y carácter, tomar parte en los grandes movimientos que constituyen, reunidos, la visión que tiene el historiador del pasado. Tampoco la encontraremos en ninguna colección de anécdotas. Aubrey apenas la menciona. Ella apenas habla de su propia vida y raramente escribe un Diario; no existen más que un puñado de sus cartas. No dejó obras de teatro ni poemas que nos permitan juzgarla. Lo que se necesita —¿y por qué no la reúne alguna estudiante de Newham o Girton?— es una masa de información: a qué edad se casaba la mujer; cuántos hijos solía tener; cómo era su casa; si tenía o no una habitación para sí sola; si cocinaba ella misma; si era probable que tuviera una sirvienta. Todos estos hechos deben de encontrarse en alguna parte, me imagino, en los registros de las parroquias y los libros de cuentas; la vida de la mujer corriente de la época de Isabel I se encontraría dispersa en algún sitio, si alguien se quisiera molestar en reunir los datos y escribir un libro sobre este tema. Sería ambicioso a más no poder, pensé buscando en los estantes libros que no estaban allí, sugerir a las estudiantes de aquellos colegios famosos que reescribieran la Historia, aunque confieso que, tal como está escrita, a menudo me parece un poco rara, irreal, desequilibrada; pero ¿por qué no podrían añadir un suplemento a la Historia, dándole, por ejemplo, un nombre muy discreto para que las mujeres pudieran figurar en él sin impropiedad? Se las entrevé un instante en las vidas de los grandes hombres, desapareciendo en seguida en la distancia, escondiendo a veces, creo, un guiño, una risa, quizás una lágrima. Y, después de todo, contamos con bastantes biografías de Jane Austen; parece apenas necesario volver a estudiar la influencia de las tragedias de Joanna Baillie sobre la poesía de Edgar Allan Poe; y, en lo que a mí respecta, no me importaría que cerraran al público durante un siglo al menos las casas que habitó y visitó Mary Russel Mitford. Pero lo que encuentro deplorable, proseguí pasando de nuevo revista por los estantes, es que no se sepa nada de la mujer antes del siglo dieciocho. No dispongo en mi mente de ningún modelo al que pueda considerar bajo todos sus aspectos. Pregunto por qué las mujeres no escribían poesía en la época de Isabel I y no estoy segura de cómo las educaban; de si les enseñaban a escribir; de si tenían salitas para su uso particular; no sé cuántas mujeres tenían hijos antes de cumplir los veintiún años ni, resumiendo, lo que hacían de las ocho de la mañana a las ocho de la noche. No tenían dinero, de esto no cabe duda; según el profesor Trevelyan, las casaban, les gustara o no, antes de que dejaran sus niñeras, a los quince o dieciséis años a lo más tardar. Hubiera sido sumamente raro que una mujer hubiese escrito de pronto, pese a esta situación, las obras de Shakespeare, concluí. Y pensé en aquel anciano caballero, que ahora está muerto, pero que era un obispo, creo, y que declaró que era imposible que ninguna mujer del pasado, del presente o del porvenir tuviera el genio de Shakespeare. Escribió a los periódicos acerca de ello. También le dijo a una señora, que le pidió información, que los gatos, en realidad, no van al paraíso, aunque tienen, añadió, almas de cierta clase. ¡Cuántas cavilaciones le ahorraban a uno estos ancianos caballeros! ¡Cómo retrocedían, al acercarse ellos, las fronteras de la ignorancia! Los gatos no van al cielo. Las mujeres no pueden escribir las obras de Shakespeare.

A pesar de todo no pude dejar de pensar, mirando las obras de Shakespeare en el estante, que el obispo tenía razón cuando menos en esto: le hubiera sido imposible, del todo imposible, a una mujer escribir las obras de Shakespeare en la época de Shakespeare. Dejadme imaginar, puesto que los datos son tan difíciles de obtener, lo que hubiera ocurrido si Shakespeare hubiera tenido una hermana maravillosamente dotada, llamada Judith, pongamos. Shakespeare, él, fue sin duda —su madre era una heredera— a la escuela secundaria, donde quizás aprendió el latín —Ovidio, Virgilio y Horacio— y los elementos de la gramática y la lógica. Era, es sabido, un chico indómito que cazaba conejos en vedado, quizá mató algún ciervo y tuvo que casarse, quizás algo más pronto de lo que hubiera decidido, con una mujer del vecindario que le dio un hijo un poco antes de lo debido. A raíz de esta aventura, marchó a Londres a buscar fortuna. Sentía, según parece, inclinación hacia el teatro; empezó cuidando caballos en la entrada de los artistas. Encontró muy pronto trabajo en el teatro, tuvo éxito como actor, y vivió en el centro del universo, haciendo amistad con todo el mundo, practicando su arte en las tablas, ejercitando su ingenio en las calles y hallando incluso acceso al palacio de la reina. Entretanto, su dotadísima hermana, supongamos, se quedó en casa. Tenía el mismo espíritu de aventura, la misma imaginación, la misma ansia de ver el mundo que él. Pero no la mandaron a la escuela. No tuvo oportunidad de aprender la gramática ni la lógica, ya no digamos de leer a Horacio ni a Virgilio. De vez en cuando cogía un libro, uno de su hermano quizás, y leía unas cuantas páginas. Pero entonces entraban sus padres y le decían que se zurciera las medias o vigilara el guisado y no perdiera el tiempo con libros y papeles. Sin duda hablaban con firmeza, pero también con bondad, pues eran gente acomodada que conocía las condiciones de vida de las mujeres y querían a su hija; seguro que Judith era en realidad la niña de los ojos de su padre. Quizá garabateaba unas cuantas páginas a escondidas en un altillo lleno de manzanas, pero tenía buen cuidado de esconderlas o quemarlas. Pronto, sin embargo, antes de que cumpliera veinte años, planeaban casarla con el hijo de un comerciante en lanas del vecindario. Gritó que esta boda le era odiosa y por este motivo su padre le pegó con severidad. Luego paró de reñirla. Le rogó en cambio que no le hiriera, que no le avergonzara con el motivo de esta boda. Le daría un collar o unas bonitas enaguas, dijo; y había lágrimas en sus ojos. ¿Cómo podía Judith desobedecerle? ¿Cómo podía romperle el corazón? Sólo la fuerza de su talento la empujó a ello. Hizo un paquetito con sus cosas, una noche de verano se descolgó con una cuerda por la ventana de su habitación y tomó el camino de Londres. Aún no había cumplido los diecisiete años. Los pájaros que cantaban en los setos no sentían la música más que ella. Tenía una gran facilidad, el mismo talento que su hermano, para captar la musicalidad de las palabras. Igual que él, sentía inclinación al teatro. Se colocó junto a la entrada de los artistas; quería actuar, dijo. Los hombres le rieron a la cara. El director —un hombre gordo con labios colgantes— soltó una risotada. Bramó algo sobre perritos que bailaban y mujeres que actuaban. Ninguna mujer, dijo, podía en modo alguno ser actriz. Insinuó… ya suponéis qué. Judith no pudo aprender el oficio de su elección. ¿Podía siquiera ir a cenar a una taberna o pasear por las calles a la medianoche? Sin embargo, ardía en ella el genio del arte, un genio ávido de alimentarse con abundancia del espectáculo de la vida de los hombres y las mujeres y del estudio de su modo de ser. Finalmente — pues era joven y se parecía curiosamente al poeta, con los mismos ojos grises y las mismas cejas arqueadas—, finalmente Nick Greene, el actor-director, se apiadó de ella; se encontró encinta por obra de este caballero y —¿quién puede medir el calor y la violencia de un corazón de poeta apresado y embrollado en un cuerpo de mujer?— se mató una noche de invierno y yace enterrada en una encrucijada donde ahora paran los autobuses, junto a la taberna del «Elephant and Castle».

Ésta vendría a ser, creo, la historia de una mujer que en la época de Shakespeare hubiera tenido el genio de Shakespeare. Pero por mi parte estoy de acuerdo con el difunto obispo, si es que era tal cosa: es impensable que una mujer hubiera podido tener el genio de Shakespeare en la época de Shakespeare. Porque genios como el de Shakespeare no florecen entre los trabajadores, los incultos, los sirvientes. No florecieron en Inglaterra entre los sajones ni entre los britanos. No florecen hoy en las clases obreras. ¿Cómo, pues, hubieran podido florecer entre las mujeres, que empezaban a trabajar, según el profesor Trevelyan, apenas fuera del cuidado de sus niñeras, que se veían forzadas a ello por sus padres y el poder de la ley y las costumbres? Sin embargo, debe de haber existido un genio de alguna clase entre las mujeres, del mismo modo que debe de haber existido en las clases obreras. De vez en cuando resplandece una Emily Brontë o un Robert Burns y revela su existencia. Pero nunca dejó su huella en el papel. Sin embargo, cuando leemos algo sobre una bruja zambullida en agua, una mujer poseída de los demonios, una sabia mujer que vendía hierbas o incluso un hombre muy notable que tenía una madre, nos hallamos, creo, sobre la pista de una novelista malograda, una poetisa reprimida, alguna Jane Austen muda y desconocida, alguna Emily Brontë que se machacó los sesos en los páramos o anduvo haciendo muecas por las carreteras, enloquecida por la tortura en que su don la hacía vivir. Me aventuraría a decir que Anon, que escribió tantos poemas sin firmarlos, era a menudo una mujer. Según sugiere, creo, Edward Fitzgerald, fue una mujer quien compuso las baladas y las canciones folklóricas, canturreándolas a sus niños, entreteniéndose mientras hilaba o durante las largas noches de invierno.

Quizás esto sea cierto, quizá sea falso —¿quién lo sabe?—, pero lo que sí me pareció a mí, repasando la historia de la hermana de Shakespeare tal como me la había imaginado, definitivamente cierto, es que cualquier mujer nacida en el siglo dieciséis con un gran talento se hubiera vuelto loca, se hubiera suicidado o hubiera acabado sus días en alguna casa solitaria en las afueras del pueblo, medio bruja, medio hechicera, objeto de temor y burlas. Porque no se necesita ser un gran psicólogo para estar seguro de que una muchacha muy dotada que hubiera tratado de usar su talento para la poesía hubiera tropezado con tanta frustración, de que la demás gente le hubiera creado tantas dificultades y la hubieran torturado y desgarrado de tal modo sus propios instintos contrarios que hubiera perdido la salud y la razón. Ninguna muchacha hubiera podido marchar a pie a Londres, colocarse junto a la entrada de los artistas y obtener a toda costa que la recibiera el actor-director sin que ello le representara una gran violencia y sin sufrir una angustia quizás irracional —pues es posible que la castidad sea un fetiche inventado por ciertas sociedades por algún motivo desconocido—, pero aun así inevitable. La castidad tenía entonces, sigue teniendo hoy día, una importancia religiosa en la vida de una mujer y se ha envuelto de tal modo de nervios e instintos que para liberarla y sacarla a la luz se requiere un coraje muy poco corriente. Vivir una vida libre en Londres en el siglo dieciséis hubiera representado para una mujer que hubiese escrito poesía y teatro una tensión nerviosa y un dilema tales que posiblemente la hubiesen matado. De haber sobrevivido, cuanto hubiese escrito hubiese sido retorcido y deformado, al proceder de una imaginación tensa y mórbida. Y, sin duda alguna, pensé mirando los estantes en que no había ninguna obra de teatro escrita por una mujer, no hubiera firmado sus obras. Este refugio lo hubiera indudablemente buscado. Un residuo del sentido de castidad es lo que dictó la anonimidad a las mujeres hasta fecha muy tardía del siglo diecinueve. Currer Bell, George Eliot, George Sand, víctimas todas ellas de una lucha interior como revelan sus escritos, trataron sin éxito de velar su identidad tras un nombre masculino. Así honraron la convención, que el otro sexo no había implantado, pero sí liberalmente animado (la mayor gloria de una mujer es que no hablen de ella, dijo Pericles, un hombre, él, del que se habló mucho) de que la publicidad en las mujeres es detestable. La anonimidad corre por sus venas. El deseo de ir veladas todavía las posee. Ni siquiera ahora las preocupa tanto como a los hombres la salud de su fama y, hablando en general, pueden pasar cerca de una lápida funeraria o una señal de carretera sin sentir el deseo irresistible de grabar en ellos su nombre como Alf, Bert o Chas se ven forzados a hacer en obediencia a su instinto, que les murmura cuando ve pasar a una bella mujer o a un simple perro: Ce chien est à moi. Y, naturalmente, puede no ser un perro, pensé acordándome de Parliament Square, la Sieges Allee y otras avenidas; puede ser un trozo de tierra o un hombre con pelo negro y rizado. Una de las grandes ventajas del ser mujer es el poder cruzarse en la calle hasta con una hermosa negra sin desear hacer de ella una inglesa.

Esta mujer, pues, nacida en el siglo dieciséis con talento para la poesía era una mujer desgraciada, una mujer en lucha contra sí misma. Todas las circunstancias de su vida, todos sus propios instintos eran contrarios al estado mental que se necesita para liberar lo que se tiene en el cerebro. Pero ¿cuál es el estado mental más propicio al acto de creación?, me pregunté. ¿Puede uno formarse una idea del estado mental que favorece y hace posible esta extraña actividad? Aquí abrí el volumen que contenía las tragedias de Shakespeare. ¿Cuál era el estado mental de Shakespeare cuando escribió, por ejemplo, El Rey Lear o Antonio y Cleopatra? Sin duda era el estado mental más favorable a la poesía en que jamás nadie se ha hallado. Pero el propio Shakespeare nunca dijo nada de su estado mental. Sólo sabemos por una feliz casualidad que «jamás tachaba un verso». De hecho, el artista nunca dijo nada de su propio estado mental hasta el siglo dieciocho. Rousseau quizá fue el primero. En todo caso, allá por el siglo diecinueve la costumbre del autoanálisis se había generalizado de tal modo que los hombres de letras solían describir sus estados mentales en confesiones y autobiografías. También se escribían sus vidas y después de su muerte se publicaban sus cartas. Por tanto, aunque no sepamos por qué experiencias pasó Shakespeare al escribir El Rey Lear, sí sabemos por cuáles pasó Carlyle al escribir La revolución francesa y Flaubert al escribir Madame Bovary, y qué tormentos sufrió Keats tratando de escribir poesía pese a la cercanía de la muerte y la indiferencia del mundo.

Y así se da uno cuenta, gracias a esta abundantísima literatura moderna de confesión y autoanálisis, que escribir una obra genial es casi una proeza de una prodigiosa dificultad. Todo está en contra de la probabilidad de que salga entera e intacta de la mente del escritor. Las circunstancias materiales suelen estar en contra. Los perros ladran; la gente interrumpe; hay que ganar dinero; la salud falla. La notoria indiferencia del mundo acentúa además estas dificultades y las hace más pesadas aún de soportar. El mundo no le pide a la gente que escriba poemas, novelas, ni libros de Historia; no los necesita. No le importa nada que Flaubert encuentre o no la palabra exacta ni que Carlyle verifique escrupulosamente tal o cual hecho. Naturalmente, no pagará por lo que no quiere. Y así el escritor —Keats, Flaubert, Carlyle— sufre, sobre todo durante los años creadores de la juventud, toda clase de perturbaciones y desalientos. Una maldición, un grito de agonía sube de estos libros de análisis y confesión. «Grandes poetas muertos en su tormento»: ésta es la carga que lleva su canción. Si algo sale a la luz a pesar de todo, es un milagro y es probable que ni un solo libro nazca entero y sin deformidades, tal como fue concebido.

Pero, para la mujer, pensé mirando los estantes vacíos, estas dificultades eran infinitamente más terribles. Para empezar, tener una habitación propia, ya no digamos una habitación tranquila y a prueba de sonido, era algo impensable aun a principios del siglo diecinueve, a menos que los padres de la mujer fueran excepcionalmente ricos o muy nobles. Ya que sus alfileres, que dependían de la buena voluntad de su padre, sólo le alcanzaban para el vestir, estaba privada de pequeños alicientes al alcance hasta de hombres pobres como Keats, Tennyson o Carlyle: una gira a pie, un viajecito a Francia o un alojamiento independiente que, por miserable que fuera, les protegía de las exigencias y tiranías de su familia. Estas dificultades materiales eran enormes; peores aún eran las inmateriales. La indiferencia del mundo, que Keats, Flaubert y otros han encontrado tan difícil de soportar, en el caso de la mujer no era indiferencia, sino hostilidad. El mundo no le decía a ella como les decía a ellos: «Escribe si quieres; a mí no me importa nada». El mundo le decía con una risotada: «¿Escribir? ¿Para qué quieres tú escribir?». En este asunto las estudiantes de psicología de Newham y Girton podrían sernos de alguna ayuda, pensé mirando de nuevo los estantes vacíos. Porque sin duda va siendo hora de que alguien mida el efecto del desaliento sobre la mente del artista, del mismo modo que he visto una compañía de productos lácteos medir el efecto de la leche corriente y de la leche de grado A sobre el cuerpo de la rata. Pusieron dos ratas juntas en una jaula y de las dos, una era furtiva, tímida y pequeña y la otra lustrosa, resuelta y grande. Ahora bien, ¿qué les damos de comer a las mujeres artistas?, pregunté, acordándome, me imagino, de aquella cena a base de ciruelas pasas y flan. Para contestar esta pregunta me bastó abrir el periódico de la noche y leer que Lord Birkenhead opina que... Pero, bien mirado, no me voy a molestar en copiar lo que opina Lord Birkenhead de lo que escriben las mujeres. Lo que dice el Deán Inge lo voy a dejar de lado. El especialista de Harley Street puede despertar si quiere los ecos de Harley Street con sus vociferaciones, no levantará un solo pelo de mi cabeza. Citaré, sin embargo, a Mr. Oscar Browning, porque Mr. Oscar Browning fue en un tiempo una gran autoridad en Cambridge y solía examinar a las estudiantes de Girton y Newham. Mr. Oscar Browning dijo, según parece, que «la impresión que le quedaba en la mente tras corregir cualquier clase de exámenes era que, dejando de lado las notas que pudiera poner, la mujer más dotada era intelectualmente inferior al hombre menos dotado». Tras decir esto, Mr. Browning volvió a sus habitaciones y —lo que sigue es lo que hace tomarle cariño y le convierte en una personalidad humana de cierta categoría y majestad— volvió, digo, a sus habitaciones y encontró a un mozo de establo acostado en su sofá: «un puro esqueleto; sus mejillas eran cavernosas y de color enfermizo, sus dientes negros y no parecía poder valerse de sus miembros... "Es Arturo —dijo Mr. Browning—, un chico realmente encantador y muy inteligente"». Siempre me parece que estos dos cuadros se completan. Y, por suerte, en esta época de biografías, los dos cuadros a menudo se completan, efectivamente, y podemos interpretar las opiniones de los grandes hombres basándonos no sólo en lo que dicen, sino también en lo que hacen.

Pero si bien esto es posible ahora, semejantes opiniones salidas de los labios de gente importante cincuenta años atrás debieron de sonar terribles. Supongamos que un padre, por los mejores motivos, no deseara que su hija se marchara de casa para ser escritora, pintora o dedicarse al estudio. «Ve lo que dice Mr. Oscar Browning», hubiera dicho; y Mr. Oscar Browning no era el único; había la Saturday Review; había Mr. Greg: «la esencia de la mujer —dice Mr. Greg con énfasis— es que el hombre la mantiene y ella le sirve». Eran legión los hombres que opinaban que, intelectualmente, no podía esperarse nada de las mujeres. Y aunque su padre no le leyera en voz alta estas opiniones, cualquier chica podía leerlas por su propia cuenta; y esta lectura, aun en el siglo diecinueve, debió de mermar su vitalidad y tener un profundo efecto sobre su trabajo. Siempre estaría oyendo esta afirmación: «No puedes hacer esto, eres incapaz de lo otro», contra la que tenía que protestar, que debía refutar. Probablemente este germen no tiene ya mucho efecto en una novelista, porque ha habido mujeres novelistas de mérito. Pero para las pintoras sin duda sigue teniendo cierta virulencia; y para las compositoras, me imagino, todavía hoy día debe de ser activo y venenoso en extremo. La compositora se halla en la situación de la actriz en la época de Shakespeare. Nick Greene, pensé recordando la historia que había inventado sobre la hermana de Shakespeare, dijo que una mujer que actuaba le hacía pensar en un perro que bailaba. Johnson repitió esta frase doscientos años más tarde refiriéndose a las mujeres que predicaban. Y aquí tenemos, dije, abriendo un libro sobre música, las mismísimas palabras usadas de nuevo en este año de gracia de 1928, aplicadas a las mujeres que tratan de escribir música. «Acerca de Mlle. Germaine Tailleferre, sólo se puede repetir la frase del Dr. Johnson acerca de las predicadoras, trasladándola a términos musicales. Señor, una mujer que compone es como un perro que anda sobre sus patas traseras. No lo hace bien, pero ya sorprende que pueda hacerlo en absoluto.»

Con tal exactitud se repite la historia.

Así, pues, concluí cerrando la biografía de Mr. Oscar Browning y empujando a un lado los demás libros, está bien claro que ni en el siglo diecinueve se alentaba a las mujeres a ser artistas. Al contrario, se las desairaba, insultaba, sermoneaba y exhortaba. La necesidad de hacer frente a esto, de probar la falsedad de lo otro, debe de haber puesto su mente en tensión y mermado su vitalidad. Porque aquí nos acercamos de nuevo a este interesante y oscuro complejo masculino que ha tenido tanta influencia sobre el movimiento feminista; este deseo profundamente arraigado en el hombre no tanto de que ella sea inferior, sino más bien de ser él superior, este complejo que no sólo le coloca, mire uno por donde mire, a la cabeza de las artes, sino que le hace interceptar también el camino de la política, incluso cuando el riesgo que corre es infinitesimal y la peticionaria humilde y fiel. Hasta Lady Bessborough, recordé, pese a toda su pasión por la política, debe inclinarse humildemente y escribir a Lady Granville Leveson-Gower: «... pese a toda mi violencia en asuntos políticos y a lo mucho que charlo sobre este tema, estoy perfectamente de acuerdo con usted en que no corresponde a una mujer meterse en esto o en cualquier otro asunto serio, salvo para dar su opinión (si se la piden)». Y pasa a dar rienda suelta a su entusiasmo en un terreno donde no tropieza con ningún obstáculo, el tema importantísimo del primer discurso de Lord Granville en la Cámara de los Comunes. Es un espectáculo realmente raro, pensé. La historia de la oposición de los hombres a la emancipación de las mujeres es más interesante quizá que el relato de la emancipación misma. Podría escribirse sobre ello un libro divertido si alguna estudiante de Girton o Newham reuniera ejemplos y dedujera una teoría; pero necesitaría gruesos guantes para cubrir sus manos y barras de oro solido para protegerse.

Pero lo que hoy nos divierte, pensé cerrando el libro de Lady Bessborough, en un tiempo tuvo que tomarse desesperadamente en serio. Opiniones que ahora uno pega en un cuaderno titulado «kikirikú» y guarda para leerlas a selectos auditorios una noche de verano, un día arrancaron lágrimas, os lo aseguro. Muchas de vuestras abuelas, de vuestras bisabuelas, lloraron hasta saciarse. Florence Nightingale gritó de angustia.

Además, os cuesta poco a vosotras, que habéis logrado ir a la Universidad y contáis con salitas particulares —¿o son sólo salitas-dormitorio?—, decir que el genio no debe tener en cuenta esta clase de opiniones; que el genio debe estar por encima de lo que dicen de él. Por desgracia, es precisamente a los hombres y mujeres geniales a quienes más pesa lo que dicen de ellos. Pensad en Keats. Pensad en las palabras que hizo grabar en su tumba. Pensad en Tennyson. Pensad... Pero no necesito multiplicar los ejemplos del hecho innegable, por desafortunado que sea, de que por naturaleza al artista le importa excesivamente lo que dicen de él. Siembran la literatura los naufragios de hombres a quienes importaron más de lo razonable las opiniones ajenas.

Y esta susceptibilidad del artista es doblemente desafortunada, pensé, volviendo a mi encuesta original sobre el estado mental más propicio al trabajo creador, porque la mente del artista, para lograr realizar el esfuerzo prodigioso de liberar entera e intacta la obra que se halla en ella, debe ser incandescente, como la mente de Shakespeare, pensé, mirando el libro que estaba abierto en Antonio y Cleopatra. No debe haber obstáculos en ella, ningún cuerpo extraño inconsumido.

Porque aunque digamos que no sabemos nada del estado mental de Shakespeare, al decir esto ya decimos algo del estado mental de Shakespeare. Si sabemos tan poco de Shakespeare —comparado con Donne, Ben Jonson o Milton— es porque nos esconde sus rencores, sus hostilidades, sus antipatías. No nos detiene ninguna «revelación» que nos recuerde al escritor. Todo deseo de protestar, predicar, pregonar un insulto, sentar una cuenta, hacer al mundo testigo de una dificultad o una queja, todo esto ha ardido en su mente y se ha consumido. Su poesía mana, pues, de él libremente, sin obstáculos. Si algún ser humano ha logrado dar expresión completa a su obra, ha sido Shakespeare. Si ha habido jamás alguna mente incandescente, que no conociera los obstáculos, pensé, mirando de nuevo los estantes, ha sido la mente de Shakespeare.

CAPÍTULO 4

Encontrar en el siglo dieciséis a una mujer en este estado mental era evidentemente imposible. Basta pensar en las tumbas isabelinas, con todos aquellos niños arrodillados con las manos juntas, y en sus muertes prematuras, y ver sus casas con aquellas habitaciones oscuras y estrechas para comprender que ninguna mujer hubiera podido escribir poesía en aquellos tiempos Pero sí cabía esperar que algo más tarde, alguna gran dama aprovechara su relativa libertad y confort para publicar alguna cosa en su nombre, arriesgándose a que la tomaran por un monstruo. Los hombres, naturalmente, no son esnobs, continué, evitando con cuidado el «feminismo acabado» de Miss Rebecca West, pero por lo general acogen con simpatía los intentos poéticos de una condesa. Ya se supone que una dama con título se vería más alentada de lo que se hubiera visto en aquella época una Miss Austen o una Miss Brontë, desconocidas de todos. Pero también cabe suponer que debieron de perturbar su mente emociones impropias como el temor o el odio y que huellas de estas perturbaciones deben de advertirse en sus poemas. Aquí tenemos a Lady Winchilsea, por ejemplo, pensé, tomando el libro de sus poemas. Nació en el año 1661; era noble tanto de cuna como por su matrimonio; no tuvo hijos; escribió poesía y basta abrir el libro de sus poemas para verla hervir de indignación acerca de la posición de las mujeres.

How are we fallen! fallen by mistaken rules,

And Education's more than Nature's fools;

Debarred from all improvements of the mind,

And to be dull expected and designed;

And if someone would soar above the rest,

With warmer fancy, and ambition pressed,

So strong the opposing faction still appears,

The hopes to thrive can ne'er outweigh the fears.

Claramente, su mente dista de «haber consumido todos los obstáculos y haberse vuelto incandescente». Al contrario, toda clase de odios y motivos de queja la hostigan y la perturban. Ve a la especie humana dividida en dos bandos. Los hombres son la «facción de la oposición»; odia a los hombres y les teme porque tienen el poder de impedirle hacer lo que quiere, que es escribir.

Alas! a woman that attempts the pen,

Such a presumptuous creature is esteemed,

The fault can by no virtue be redeemed.

They tell us we mistake our sex and way;

Good breeding, fashion, dancing, dressing, play,

Are the accomplishments we should desire;

To write, or read, or think, or to inquire,

Would cloud our beauty, and exhaust our time,

And interrupt the conquests of our prime,

Whilst the dull manage of a servile house

Is held by some our utmost art and use.

Tiene que animarse a escribir suponiendo que lo que escribe nunca se publicará, apaciguar su espíritu con el triste canto:

To some few friends, and to thy sorrows sing,

For groves of laurel thou wert never meant;

Be dark enough thy shades, and be thou there content.

Y sin embargo es evidente que si hubiese podido liberar su mente del odio y del miedo y no hubiese acumulado en ella la amargura y el resentimiento, el fuego ardería con calor dentro de ella. De vez en cuando brotan palabras de poesía pura:

Nor will in fading silks compose,

Faintly the inimitable rose.

Mr. Murry las alaba con razón y Pope, se cree, recordó y se apropió de estas otras:

Now the jonquille o'ercomes the feeble brain;

We faint beneath the aromatic pain.

Es una lástima tremenda que una mujer capaz de escribir así, con una mente que la naturaleza hacía vibrar y dada a la reflexión, se viera empujada a la cólera y la amargura. Pero ¿cómo hubiera podido evitarlo?, me pregunté, imaginando las burlas y las risas, las alabanzas de los aduladores, el escepticismo del poeta profesional. Debió de encerrarse en una habitación en el campo para escribir, desgarrada por la amargura y los escrúpulos, aunque su marido era la bondad en persona y su vida matrimonial una perfección. Digo «debió de», pues si se trata de encontrar datos sobre Lady Winchilsea, resulta, como de costumbre, que no se sabe casi nada de ella. Padeció terrible melancolía, cosa que nos podemos explicar al menos en parte, cuando nos cuenta cómo, presa de ella, imaginaba

My lines decried, and my employment thought

An useless folly or presumptuous fault.

Esta ocupación que la gente censuraba no parece haber sido más que la inofensiva actividad de vagabundear por los campos y soñar:

My hand delights to trace unusual things,

And deviates from the known and common way,

Nor will in fading silks compose,

Faintly the inimitable rose.

Naturalmente, si ésta era su costumbre y su felicidad, ya podía esperar que se burlarían de ella; y, en efecto, Pope o Gay parece haberla satirizado llamándola «una marisabidilla con la manía de garabatear». Según parece, ella a su vez ofendió a Gay burlándose de él. Su Trivia, dijo, mostraba que era «más apto a andar delante de una silla de manos que a viajar en una». Pero todo esto no son más que «chismorreos dudosos» y, según Mr. Murry, «sin interés». Pero en lo segundo no estoy de acuerdo con él, pues a mí me hubiera gustado poder leer todavía más chismorreos dudosos para obtener o forjarme una imagen de esta melancólica dama que se deleitaba vagabundeando por los campos y pensando en cosas inusuales y que de modo tan tajante e insensato desdeñó «la aburrida administración de una casa con criados». Pero no supo concentrarse, dice Mr. Murry. Invadieron su talento las malas hierbas y lo cercaron los rosales silvestres. No tuvo ocasión de manifestarse como el don notable, distinguido que era. Y así, poniendo de nuevo su libro en el estante, me volví hacia aquella otra dama, la duquesa que Lamb amó, la vivaz, caprichosa Margaret of Newcastle, mayor que ella, pero de su tiempo. Eran muy distintas, pero hay entre ellas puntos de semejanza: ambas eran nobles, ninguna de las dos tuvo hijos y ambas contaban con excelentes maridos. En ambas ardió la misma pasión por la poesía y cuanto ambas escribieron está deformado y desfigurado por las mismas causas. Abrid el libro de la duquesa y hallaréis la misma explosión de cólera: «Las mujeres viven como Murciélagos o Búhos, trabajan como Bestias y mueren como Gusanos...». También Margaret hubiera podido ser una poetisa; en nuestros tiempos toda aquella actividad hubiera hecho girar una rueda de alguna clase. En los suyos, ¿qué hubiera podido constreñir, amaestrar, o civilizar para uso humano aquella inteligencia indómita, generosa, sin guía? Brotó desordenadamente, en torrentes de rima y prosa, de poesía y filosofía, hoy congelados en cuartillas y folios que nadie lee. Le hubieran tenido que poner un microscopio en la mano. Le hubieran tenido que enseñar a mirar las estrellas y razonar científicamente. La soledad y la libertad le hicieron perder la razón. Nadie la controló. Nadie la instruyó. Los profesores la adulaban. En la Corte se burlaban de ella. Sir Egerton Brydges se quejaba de su tosquedad, «impropia de una hembra de alto rango educada en la Corte». Se encerró sola en Welbeck.

¡Qué espectáculo de soledad y rebelión ofrece el pensamiento de Margaret Cavendish! Parece como si un pepino gigante hubiera invadido las rosas y los claveles del jardín y los hubiera ahogado. Es una lástima que la mujer que escribió: «Las mujeres mejor educadas son aquellas cuya mente es más refinada» perdiera el tiempo garabateando tonterías y hundiéndose cada vez más en la oscuridad y la locura, hasta el punto que la gente se agrupaba alrededor de su carroza cuando salía. Naturalmente, la loca duquesa se convirtió en el coco con que se asustaba a las chicas inteligentes. Por ejemplo, recordé, volviendo a poner a la duquesa en el estante y abriendo las cartas de Dorothy Osborne, aquí estaba Dorothy escribiendo a Temple sobre un nuevo libro de la duquesa. «No cabe duda de que la pobre mujer está un poco trastornada, si no, no caería en la ridiculez de aventurarse a escribir libros, y en verso además. Aunque me pasara semanas sin dormir no llegaría yo a hacer tal cosa».

Y así, puesto que las mujeres sensatas y modestas no podían escribir libros, Dorothy, que era sensible y melancólica, el polo opuesto de la duquesa en temperamento, no escribió nada. Las cartas no contaban. Una mujer podía escribir cartas sentada a la cabecera de su padre enfermo. Podía escribirlas junto al fuego mientras los hombres charlaban sin estorbarles. Lo extraño, pensé hojeando las cartas de Dorothy, es el talento que tenía esta muchacha inculta y solitaria para componer frases, evocar escenas. Escuchadla:

«Después de comer nos sentamos y charlamos hasta que se toca el tema de Mr. B y entonces me voy. Las horas calurosas las paso leyendo o trabajando, y allá a las seis o las siete salgo a pasear por unos prados que hay junto a la casa y donde muchas mozuelas que guardan corderos y vacas se sientan a la sombra a cantar baladas. Voy hacia ellas y comparo su voz y su belleza con las de las antiguas pastoras sobre las que he leído cosas y encuentro una gran diferencia, pero creo sinceramente que éstas son tan inocentes como pudieron serlo aquéllas. Hablo con ellas y me entero de que para ser las muchachas más felices del mundo sólo necesitan saber que lo son. Muy a menudo, mientras conversamos, una de ellas mira a su alrededor y ve que sus vacas se meten en el campo de trigo y todas ellas echan a correr como si tuvieran alas en los talones. Yo, que no soy tan ágil, me quedo atrás y cuando las veo llevar su ganado a casa, pienso que va siendo hora de retirarme también. Después de cenar me voy al jardín o al borde de un riachuelo que pasa cerca y allí me siento y deseo que estés conmigo…».

Juraría que había en ella tela de escritora. Pero «aunque se pasara dos semanas sin dormir no llegaría ella a hacer tal cosa». El que una mujer con mucho talento para la pluma hubiera llegado a convencerse de que escribir un libro era una ridiculez y hasta una señal de perturbación mental, permite medir la oposición que flotaba en el aire a la idea de que una mujer escribiera. Y así llegamos, proseguí, volviendo a colocar en el estante las cartas de Dorothy Osborne, a Aphra Behn.

Y con Mrs. Behn doblamos una vuelta muy importante del camino. Dejamos atrás, encerradas en sus parques, en medio de sus cuartillas, a estas grandes damas solitarias que escribieron sin auditorio ni crítica, para su propio deleite. Llegamos a la ciudad y nos mezclamos en las calles con la gente corriente. Mrs. Behn era una mujer de la clase media con todas las virtudes plebeyas de humor, vitalidad y coraje, una mujer obligada por la muerte de su marido y algunos infortunios personales a ganarse la vida con su ingenio. Tuvo que trabajar con los hombres en pie de igualdad. Logró, trabajando mucho, ganar bastante para vivir. Este hecho sobrepasa en importancia cuanto escribió, hasta su espléndido «Mil mártires he hecho» o «Sentado estaba el amor en fantástico triunfo», porque de entonces data la libertad de la mente, o mejor dicho, la posibilidad de que, con el tiempo, la mente llegue a ser libre de escribir lo que quiera. Porque ahora que Aphra Behn lo había hecho, las jóvenes podían ir y decir a sus padres: «No necesitáis darme dinero, puedo ganarlo con mi pluma». Naturalmente, durante años, la respuesta fue: «Sí, llevando la vida de Aphra Behn. ¡Mejor la muerte!». Y la puerta se cerraba más de prisa que nunca. Este tema de interés profundo, el valor que le dan los hombres a la castidad femenina y su efecto sobre la educación de las mujeres, se ofrece aquí a la discusión y sin duda podría ser la base de un libro interesante si a alguna estudiante de Girton o Newham le interesara la empresa. Lady Dudley, sentada cubierta de diamantes entre los mosquitos de un páramo escocés, podría figurar en la portada. Lord Dudley, dijo The Times el otro día cuando murió Lady Dudley, «hombre de gustos refinados y realizador de importantes obras, era benevolente y generoso, pero caprichosamente despótico. Insistía en que su mujer vistiera siempre traje largo, hasta en el pabellón de caza más escondido de los Highlands; la cubrió de hermosas joyas», etcétera, «le dio cuanto quiso, salvo el menor grado de responsabilidad». Luego Lord Dudley tuvo un ataque y ella le cuidó y de ahí en adelante administró sus propiedades con suprema competencia.

Pero volvamos a lo que nos ocupa. Aphra Behn probó que era posible ganar dinero escribiendo, mediante el sacrificio quizá de algunas cualidades agradables; y así, poco a poco, el escribir dejó de ser señal de locura y perturbación mental y adquirió importancia práctica. Podía morirse el marido o algún desastre podía sobrecoger a la familia. Al ir avanzando el siglo dieciocho, cientos de mujeres se pusieron a aumentar sus alfileres o a ayudar a sus familias apuradas haciendo traducciones o escribiendo innumerables novelas malas que no han llegado siquiera a incluirse en los libros de texto, pero que todavía pueden encontrarse en los puestos de libros de lance de Charing Cross Road. La extrema actividad mental que se produjo entre las mujeres a finales del siglo dieciocho —las charlas y reuniones, los ensayos sobre Shakespeare, la traducción de los clásicos— se basaba en el sólido hecho de que las mujeres podían ganar dinero escribiendo. El dinero dignifica lo que es frívolo si no está pagado. Quizá seguía estando de moda burlarse de las «marisabidillas con la manía de garabatear», pero no se podía negar que podían poner dinero en su monedero. Así, pues, a finales del siglo dieciocho se produjo un cambio que yo, si volviera a escribir la Historia, trataría más extensamente y consideraría más importante que las Cruzadas o las Guerras de las Rosas. La mujer de la clase media empezó a escribir. Porque si Orgullo y prejuicio tiene alguna importancia, si Middlemarch y Cumbres borrascosas tienen alguna importancia, entonces tiene más importancia que lo que es posible demostrar en un discurso de una hora el hecho de que las mujeres en general, no sólo la aristócrata solitaria encerrada en su casa de campo, se pusieran a escribir. Sin estas predecesoras, ni Jane Austen, ni las Brontë, ni George Eliot hubieran podido escribir, del mismo modo que Shakespeare no hubiera podido escribir sin Marlowe, ni Marlowe sin Chaucer, ni Chaucer sin aquellos poetas olvidados que pavimentaron el camino y domaron el salvajismo natural de la lengua. Porque las obras maestras no son realizaciones individuales y solitarias; son el resultado de muchos años de pensamiento común, de modo que a través de la voz individual habla la experiencia de la masa. Jane Austen hubiera debido colocar una corona sobre la tumba de Fanny Burney, y George Eliot rendir homenaje a la robusta sombra de Eliza Carter, la valiente anciana que ató una campana a la cabecera de su cama para poder despertarse temprano y estudiar griego. Todas las mujeres juntas deberían echar flores sobre la tumba de Aphra Behn, que se encuentra, escandalosa pero justamente, en Westminster Abbey, porque fue ella quien conquistó para ellas el derecho de decir lo que les parezca. Es gracias a ella —pese a su fama algo dudosa y su inclinación al amor— que no resulta del todo absurdo que yo os diga esta tarde: «Ganad quinientas libras al año con vuestra inteligencia».

Llegamos pues a los comienzos del siglo diecinueve. Y por primera vez hallé estantes enteros de libros escritos por mujeres. Pero ¿por qué eran todos, salvo muy pocas excepciones, novelas?, no pude dejar de preguntarme, recorriéndolos con los ojos. El impulso original era hacia la poesía. El «jefe supremo de la canción» era una poetisa. Tanto en Francia como en Inglaterra las poetisas preceden a las novelistas. Además, pensé, mirando los cuatro nombres famosos, ¿qué tenía George Eliot en común con Emily Brontë? ¿No es acaso sabido que Charlotte Brontë no entendió en absoluto a Jane Austen? Salvo por el hecho, sin duda importante, de que ninguna de ellas tuvo hijos, no hubieran podido reunirse en una habitación cuatro personajes más incongruentes, hasta el punto que siente uno la tentación de inventar una reunión y un diálogo entre ellas. Sin embargo, alguna fuerza extraña las empujó a todas, cuando escribieron, a escribir novelas. ¿Tenía esto algo que ver con ser de la clase media, me pregunté, y con el hecho, que Miss Davies debía demostrar tan brillantemente algo más tarde, de que a principios del siglo diecinueve las familias de la clase media no contaban más que con una sola sala de estar, común a todos los miembros de la familia? Una mujer que escribía tenía que hacerlo en la sala de estar común. Y, como lamentó con tanta vehemencia Miss Nightingale, «las mujeres nunca disponían de media hora… que pudieran llamar suya». Siempre las interrumpían. De todos modos, debió de ser más fácil escribir prosa o novelas en tales condiciones que poemas o una obra de teatro. Requiere menos concentración. Jane Austen escribió así hasta el final de sus días. «Que pudiera realizar todo esto, escribe su sobrino en sus memorias, es sorprendente, pues no contaba con un despacho propio donde retirarse y la mayor parte de su trabajo debió de hacerlo en la sala de estar común, expuesta a toda clase de interrupciones. Siempre tuvo buen cuidado de que no sospecharan sus ocupaciones los criados, ni las visitas, ni nadie ajeno a su círculo familiar.»

Jane Austen escondía sus manuscritos o los cubría con un secante. Por otro lado, toda la formación literaria con que contaba una mujer a principios del siglo diecinueve era práctica en la observación del carácter y el análisis de las emociones. Durante siglos habían educado su sensibilidad las influencias de la sala de estar. Los sentimientos de las personas se grababan en su mente, las relaciones entre ellas siempre estaban ante sus ojos. Por tanto, cuando la mujer de la clase media se puso a escribir, naturalmente escribió novelas, aunque, según se advierte fácilmente, dos de las cuatro mujeres famosas que hemos nombrado no eran novelistas por naturaleza. Emily Brontë hubiera debido escribir teatro poético y el sobrante de energía de la amplia mente de George Eliot hubiera debido emplearse, una vez gastado el impulso creador, en obras históricas o biográficas. Sin embargo, estas cuatro mujeres escribieron novelas; podría irse más lejos aún, dije, tomando en el estante Orgullo y prejuicio, y sostener que escribieron buenas novelas. Sin alardear ni tratar de herir al sexo opuesto, puede decirse que Orgullo y prejuicio es un buen libro. En todo caso, a uno no le hubiera avergonzado que le sorprendieran escribiendo Orgullo y prejuicio. No obstante, Jane Austen se alegraba de que chirriara el gozne de la puerta para poder esconder su manuscrito antes de que entrara nadie. A los ojos de Jane Austen había algo vergonzoso en el hecho de escribir Orgullo y prejuicio. Y, me pregunto, ¿hubiera sido Orgullo y prejuicio una novela mejor si a Jane Austen no le hubiera parecido necesario esconder su manuscrito para que no lo vieran las visitas? Leí una página o dos para ver, pero no pude encontrar señal alguna de que las circunstancias en que escribió el libro hubieran afectado en absoluto su trabajo. Éste es, quizás, el mayor milagro de todos. Había, alrededor del año 1880, una mujer que escribía sin odio, sin amargura, sin temor, sin protestas, sin sermones. Así es como escribió Shakespeare, pensé mirando Antonio y Cleopatra; y cuando la gente compara a Shakespeare y a Jane Austen, quizá quiere decir que las mentes de ambos habían quemado todos los obstáculos; y por este motivo no conocemos a Jane Austen ni conocemos a Shakespeare, y por este motivo Jane Austen está presente en cada palabra que escribe y Shakespeare también. Si Jane Austen sufrió en algún modo por culpa de las circunstancias, fue de la estrechez de la vida que le impusieron. Una mujer no podía entonces ir sola por las calles. Nunca viajó; nunca cruzó Londres en ómnibus ni almorzó sola en una tienda. Pero quizá por carácter Jane Austen no solía desear lo que no tenía. Su talento y su modo de vida se acoplaron perfectamente. Pero dudo de que éste fuera el caso de Charlotte Brontë, dije abriendo Jane Eyre y posándolo al lado de Orgullo y prejuicio.

Lo abrí en el capítulo doce y detuvo mi mirada la frase: «Quien quiera censurarme que lo haga». ¿Qué le reprochaban a Charlotte Brontë?, me pregunté. Y leí que Jane Eyre solía subir al tejado cuando Mrs. Fairfax estaba haciendo jaleas y miraba por encima de los campos hacia las lejanías. Y entonces suspiraba —y esto es lo que le reprochaban.

Entonces suspiraba por tener un poder de visión que sobrepasara aquellos límites; que alcanzara el mundo activo, las ciudades, las regiones llenas de vida de las que había oído hablar, pero que nunca había visto; deseaba más experiencia práctica de la que poseía; más contacto con la gente de mi especie, trato con una variedad de caracteres mayor de la que se hallaba allí a mi alcance. Valoraba lo que había de bueno en Mrs. Fairfax y lo que había de bueno en Adela, pero creía en la existencia de formas distintas y más vívidas de bondad y aquello en lo que creía deseaba tenerlo.

¿Quién me censura? Muchos, no cabe duda, y me llamarán descontenta. No podía evitarlo: la inquietud formaba parte de mi carácter; me agitaba a veces hasta el dolor…

Es vano decir que los humanos deberían estar satisfechos con la quietud: necesitan acción; y si no la encuentran, la fabrican. Son millones los que se hallan condenados a un destino más tranquilo que el mío y millones los que se rebelan en silencio contra su suerte. Nadie sabe cuántas rebeliones fermentan en las aglomeraciones humanas que pueblan la tierra. Se da por descontado que en general las mujeres son muy tranquilas; pero las mujeres sienten lo mismo que los hombres; necesitan ejercitar sus facultades y disponer de terreno para sus esfuerzos lo mismo que sus hermanos; sufren de las restricciones demasiado rígidas, de un estancamiento demasiado absoluto, exactamente igual que sufrirían los hombres en tales circunstancias. Y denota estrechez de miras por parte de sus semejantes más privilegiados el decir que deberían limitarse a hacer postres y hacer calcetines, a tocar el piano y bordar bolsos. Es necio condenarlas o burlarse de ellas cuando tratan de hacer algo más o aprender más cosas de las que la costumbre ha declarado necesarias para su sexo.

Cuando me encontraba así sola, más de una vez oía la risa de Grace Poole…

Una interrupción un poco abrupta, pensé. Es penoso tropezar de pronto con Grace Poole. Perturba la continuidad. Se diría, proseguí, posando el libro junto a Orgullo y prejuicio, que la mujer que escribió estas páginas era más genial que Jane Austen, pero si uno las lee con cuidado, observando estas sacudidas, esta indignación, comprende que el genio de esta mujer nunca logrará manifestarse completo e intacto. En sus libros habrá deformaciones, desviaciones. Escribirá con furia en lugar de escribir con calma. Escribirá alocadamente en lugar de escribir con sensatez. Hablará de sí misma en lugar de hablar de sus personajes. Está en guerra contra su suerte. ¿Cómo hubiera podido evitar morir joven, frustrada y contrariada?

Me entretuve un momento, no pude impedírmelo, con la idea de lo que hubiera ocurrido si Charlotte Brontë hubiese tenido, pongamos, trescientas libras al año —pero la insensata vendió de una sola vez sus novelas por mil quinientas libras—, si hubiera tenido más conocimiento del mundo activo, y de las ciudades, y de las regiones llenas de vida, más experiencia práctica, si hubiera tenido contacto con gente de su tipo y tratado a una variedad de caracteres. Con estas palabras señala ella misma no sólo, exactamente, sus propios defectos de novelista, sino los de su sexo en aquella época. Sabía mejor que nadie cuantísimo se hubiese beneficiado su genio si no lo hubiese desperdiciado en contemplaciones solitarias de los campos distantes; si le hubieran sido otorgados la experiencia, el contacto con el mundo y los viajes. Pero no le fueron otorgados, le fueron negados; y debemos aceptar el hecho de que estas buenas novelas, Villette, Emma, Cumbres borrascosas, Middlemarch, las escribieron mujeres sin más experiencia de la vida de la que podía entrar en la casa de un respetable sacerdote; que las escribieron además en la sala de estar común de esta respetable casa y que estas mujeres eran tan pobres que no podían comprar más que unas cuantas manos de papel a la vez para escribir Cumbres borrascosas o Jane Eyre. Una de ellas, es cierto, George Eliot, escapó tras muchas tribulaciones, pero sólo a una villa apartada de St. John's Wood. Y allí se estableció, a la sombra de la desaprobación del mundo. «Deseo que quede bien claro, escribió, que nunca invitaré a venir a verme a nadie que no me pida que le invite»; porque ¿acaso no vivía en el pecado con un hombre casado y el verla no hubiera dañado la castidad de Mrs. Smith o de cualquiera a quien se le hubiera ocurrido ir a visitarla? Una debía someterse a las convenciones sociales y «apartarse de lo que se suele llamar el mundo». Al mismo tiempo, en la otra punta de Europa, un joven vivía libremente con esta gitana o aquella gran dama, iba a la guerra, recogía sin obstáculos ni críticas toda esta experiencia variada de la vida humana que tan espléndidamente debía servirle más tarde, cuando se puso a escribir sus libros. Si Tolstoi hubiese vivido encerrado en The Priory con una dama casada, «apartado de lo que se suele llamar el mundo», por edificante que hubiera sido la lección moral, difícilmente, pensé, hubiera podido escribir Guerra y paz.

Pero quizá podríamos profundizar un poco la cuestión de escribir novelas y del efecto del sexo sobre el novelista. Si cerramos los ojos y pensamos en la novela en conjunto, se nos aparece como una visión de la vida en un espejo, aunque, naturalmente, con innumerables simplificaciones y deformaciones. En todo caso, es una estructura que imprime una forma en el ojo de la mente, una forma construida, ora con cuadrados, ora en forma de pagoda, ora con alas y arcos, ora sólidamente compacta y con un domo como la catedral de Santa Sofía de Constantinopla. Esta forma, pensé, recordando algunas novelas famosas, suscita en nosotros el tipo de emoción que le es adecuada. Pero esta emoción en seguida se funde con otras, pues la «forma» no se basa en la relación entre piedra y piedra, sino en la relación entre seres humanos. Una novela suscita pues en nosotros una serie de emociones antagónicas y opuestas. La vida entra en conflicto con algo que no es la vida. De ahí la dificultad de llegar a acuerdo alguno sobre las novelas y la influencia inmensa que nuestros prejuicios personales tienen sobre nosotros. Por un lado, sentimos que Tú —Juan, el héroe— debes vivir o caeré en la desesperación más honda. Por otro lado sentimos que, pobre Juan, debes morir, pues la forma del libro lo requiere. La vida se halla en conflicto con algo que no es la vida. Por tanto, ya que en parte es la vida, como la vida lo juzgamos. Jaime es la clase de hombre que más odio, dice uno. O, esto es un fárrago absurdo, nunca podría sentir algo parecido yo mismo. Toda la estructura, es evidente, si se piensa en las novelas famosas, es de una complejidad infinita, porque está hecha de muchos juicios, muchas distintas clases de emoción. Lo sorprendente es que un libro así compuesto se aguante en pie más de un año o dos, o le diga al lector inglés lo que le dice al lector ruso o chino. Pero algunos se aguantan de modo notable. Y lo que los aguanta en pie, en estos raros casos de supervivencia (pensaba en Guerra y paz), es algo que llamamos integridad, aunque no tiene nada que ver con el pagar las facturas o el comportarse honorablemente en una emergencia. Lo que entendemos por integridad, en el caso de un novelista, es la convicción que experimentamos de que nos dice la verdad. Sí, piensa uno, nunca hubiera creído que esto pudiera ser cierto, nunca he conocido a gente que se comportara así, pero me ha convencido usted de que la hay, de que así ocurren las cosas. Mientras leemos, ponemos cada frase, cada escena bajo la luz, pues la Naturaleza, cosa muy curiosa, parece habernos dotado de una luz interior que nos permite juzgar la integridad o la falta de integridad del novelista. O, mejor dicho, quizá la Naturaleza, en su humor más irracional, ha trazado con tinta invisible en las paredes de la mente un presentimiento que estos grandes artistas confirman; un esbozo que basta acercar al fuego del genio para que se vuelva visible. Cuando lo exponemos al fuego y lo vemos cobrar vida, exclamamos extasiados: «¡Pero si esto es lo que siempre he sentido, y sabido, y deseado!». Y uno rebosa excitación y cerrando el libro con una especie de reverencia como si fuera algo muy precioso, un refugio al que podrá recurrir mientras viva, vuelve a ponerlo en el estante, dije, tomando Guerra y paz y volviendo a ponerlo en su sitio. Si, por el contrario, estas pobres frases que escogemos y sometemos a la prueba suscitan primero una reacción rápida y ávida con su brillante colorido y sus gestos vivos, pero luego se paran, como si algo detuviera su desarrollo; o si lo único que vemos es un garabateo impreciso en un rincón y un borrón en otro y nada aparece entero e intacto, suspiramos defraudados y decimos: otro fracaso. Esta novela falla en algún sitio.

Y la mayoría de las novelas, naturalmente, fallan en algún sitio. La imaginación vacila bajo la enorme presión. La percepción se nubla; deja de distinguir entre lo verdadero y lo falso; no tiene fuerzas para proseguir la enorme tarea, que en todo momento requiere el uso de tan diversas facultades. Pero ¿de qué modo puede afectar todo esto el sexo del novelista?, me pregunté, mirando Jane Eyre y los demás libros. ¿Puede el sexo del novelista influir en su integridad, esta integridad que considero la columna vertebral del escritor? Ahora bien, en los fragmentos de Jane Eyre que he citado se ve claramente que la cólera empañaba la integridad de Charlotte Brontë novelista. Abandonó la historia, a la que debía toda su devoción, para atender una queja personal. Se acordó de que la habían privado de la parte de experiencia que le correspondía, de que la habían hecho estancarse en una rectoría remendando medias cuando ella hubiera querido andar libre por el mundo. La indignación hizo desviar su imaginación y la sentimos desviarse. Pero muchas otras influencias aparte de la cólera tiraban de su imaginación y la apartaban de su sendero. La ignorancia, por ejemplo. El retrato de Rochester está trazado a ciegas. Sentimos en él la influencia del temor; del mismo modo que percibimos constantemente en la obra de Charlotte Brontë una acidez, resultado de la opresión, un sufrimiento enterrado que late bajo la pasión, un rencor que contrae aquellos libros, por espléndidos que sean, con un espasmo de dolor.

Y puesto que las novelas tienen esta analogía con la vida real, sus valores son hasta cierto punto los de la vida real. Pero muy a menudo, es evidente, los valores de las mujeres difieren de los que ha implantado el otro sexo; es natural que sea así. No obstante, son los valores masculinos los que prevalecen. Hablando crudamente, el fútbol y el deporte son «importantes»; la adoración de la moda, la compra de vestidos, «triviales». Y estos valores son inevitablemente transferidos de la vida real a la literatura. Este libro es importante, el crítico da por descontado, porque trata de la guerra. Este otro es insignificante porque trata de los sentimientos de mujeres sentadas en un salón. Una escena que transcurre en un campo de batalla es más importante que una que transcurre en una tienda. En todos los terrenos y con mucha más sutileza persiste la diferencia de valores. Por tanto, toda la estructura de las novelas de principios del siglo diecinueve escritas por mujeres la trazó una mente algo apartada de la línea recta, una mente que tuvo que alterar su clara visión en deferencia a una autoridad externa. Basta hojear aquellas viejas novelas olvidadas y escuchar el tono de voz en que están escritas para adivinar que el autor era objeto de críticas; decía tal cosa con fines agresivos, tal otra con fines conciliadores. Admitía que era «sólo una mujer» o protestaba que «valía tanto como un hombre». Según su temperamento, reaccionaba ante la crítica con docilidad y modestia o con cólera y énfasis. No importa cuál; estaba pensando en algo que no era la obra en sí. Desciende su libro sobre nuestras cabezas. En su centro hay un defecto. Y pensé en todas las novelas escritas por mujeres que se hallaban desparramadas, como manzanas picadas en un vergel, por las librerías de lance londinenses. Las había podrido este defecto que tenían en el centro. Su autor había alterado sus valores en deferencia a la opinión ajena.

Pero debió de serles imposible a las mujeres no oscilar hacia la derecha o la izquierda. Qué genio, qué integridad debieron de necesitar, frente a tantas críticas, en medio de aquella sociedad puramente patriarcal, para aferrarse, sin apocarse, a la cosa tal como la veían. Sólo lo hicieron Jane Austen y Emily Brontë. Esto añade una pluma, quizá la mejor, a su tocado. Escriben como escriben las mujeres, no como escriben los hombres. De todos los miles de mujeres que escribieron novelas en aquella época, sólo ellas desoyeron por completo la perpetua amonestación del eterno pedagogo: escribe esto, piensa lo otro. Sólo ellas fueron sordas a aquella voz persistente, ora quejosa, ora condescendiente, ora dominante, ora ofendida, ora chocada, ora furiosa, ora avuncular, aquella voz que no puede dejar en paz a las mujeres, que tiene que meterse con ellas, como una institutriz demasiado escrupulosa, conjurándolas, como Sir Egerton Brydges, de que sean refinadas, mezclando hasta en la crítica poética la crítica sexual, invitándolas, si quieren ser buenas y generosas y ganar, supongo, un premio reluciente, a no sobrepasar ciertos límites que al caballero en cuestión le parecían adecuados: «... Las mujeres novelistas deberían sólo aspirar a la excelencia reconociendo valientemente las limitaciones de su sexo.»

Esto resume el asunto, y si os digo ahora, lo que sin duda os sorprenderá, que esta frase no fue escrita en agosto de 1828 sino en agosto de 1928, estaréis de acuerdo conmigo en que, por deliciosa que ahora nos parezca, no deja de representar un sector de la opinión —no voy a remover viejas aguas, me limito a recoger lo que se ha venido flotando casualmente hasta mis pies— que era mucho más vigoroso y ruidoso hace un siglo. En 1828 una joven hubiera tenido que ser muy valiente para no prestar atención a estos desdenes, estas repulsas y estas promesas. Hubiera tenido que ser un elemento algo rebelde para decirse a sí misma: Oh, pero no podéis comprar hasta la literatura. La literatura está abierta a todos. No te permitiré, por más bedel que seas, que me apartes de la hierba. Cierra con llave tus bibliotecas, si quieres, pero no hay barrera, cerradura, ni cerrojo que puedas imponer a la libertad de mi mente.

Pero fuese cual fuese el efecto del desaliento y de la crítica sobre su obra —y creo que debió de ser muy grande—, tenía poca importancia junto a la otra dificultad con que tropezaban (sigo pensando en las novelistas de principios del siglo diecinueve) cuando se decidían a transcribir al papel sus pensamientos, la de que no tenían tras de sí ninguna tradición o una tradición tan corta y parcial que les era de poca ayuda. Porque, si somos mujeres, nuestro contacto con el pasado se hace a través de nuestras madres. Es inútil que acudamos a los grandes escritores varones en busca de ayuda, por más que acudamos a ellos en busca de deleite. Lamb, Browne, Thackeray, Newman, Sterne, Dickens, De Quincey —cualquiera— nunca han ayudado hasta ahora a una mujer, aunque es posible que le hayan enseñado algunos trucos que ella ha adoptado para su uso. El peso, el paso, la zancada de la mente masculina son demasiado distintos de los de la suya para que pueda recoger nada sólido de sus enseñanzas. El mono queda demasiado lejos para ser de alguna ayuda.

Quizá lo primero que descubrió la mujer al coger la pluma es que no existía ninguna frase común lista para su uso. Todos los grandes novelistas como Thackeray, Dickens y Balzac han escrito una prosa natural, rápida sin ser descuidada, expresiva sin ser afectada, adoptando su propio matiz sin dejar de ser propiedad común. La basaron en la frase que era corriente en su tiempo. La frase corriente a principios del siglo diecinueve venía a ser, diría, algo así: «La grandeza de sus obras era a sus ojos un argumento en favor, no de detenerse, sino de proseguir. No podía conocer mayor emoción ni satisfacción que el ejercicio de su arte y la generación inacabable de la verdad y la belleza. El éxito impulsa al esfuerzo; el hábito facilita el éxito». Esto es una frase de hombre; detrás de ella asoman Johnson, Gibbon y todo el resto. Era una frase inadecuada para una mujer. Charlotte Brontë, pese a sus espléndidas dotes de prosista, con esta arma torpe en las manos se tambaleó y cayó. George Eliot cometió con ella atrocidades imposibles de describir. Jane Austen la miró, se rio de ella e inventó una frase perfectamente natural, bien formada, que le era adecuada, y nunca se apartó de ella. Así pues, con menos genio literario que Charlotte Brontë, logró decir muchísimo más. No cabe duda que, siendo la libertad y la plenitud de expresión parte de la esencia del arte, esa falta de tradición, esa escasez e impropiedad de los instrumentos deben de haber pesado enormemente sobre las obras femeninas. Además, los libros lio están hechos de frases colocadas unas tras otras, sino de frases construidas, valga la imagen, en arcos y domos. Y también esta forma la han instituido los hombres de acuerdo con sus propias necesidades y para sus propios usos. No hay más motivo para creer que les conviene a las mujeres la forma del poema épico o de la obra de teatro poética que para creer que les conviene la frase masculina. Pero todos los géneros literarios más antiguos ya estaban plasmados, coagulados cuando la mujer empezó a escribir. Sólo la novela era todavía lo bastante joven para ser blanda en sus manos, otro motivo quizá por el que la mujer escribió novelas. Y aun ¿quién podría afirmar que «la novela» (lo escribo entre comillas para indicar mi sentido de la impropiedad de las palabras), quién podría afirmar que esta forma más flexible que las otras sí tiene la configuración adecuada para que la use la mujer? No cabe duda que algún día, cuando la mujer disfrute del libre uso de sus miembros, le dará la configuración que desee y encontrará igualmente un vehículo, no forzosamente en verso, para expresar la poesía que lleva dentro. Porque la poesía sigue siendo la salida prohibida. Y traté de imaginar cómo escribiría hoy en día una mujer una tragedia poética en cinco actos. ¿Usaría el verso? ¿O más bien usaría la prosa?

Pero éstas son preguntas difíciles que yacen en la penumbra del futuro. Debo dejarlas de lado, aunque sólo sea porque me incitan a apartarme de mi tema y adentrarme en bosques sin sendero donde me perdería y donde, muy probablemente, me devorarían las fieras. No quiero lanzarme, y estoy segura de que vosotras tampoco queréis que me lance, en este tema lúgubre, el porvenir de la novela, de modo que sólo me detendré un momento, para haceros reparar en el papel importante que, en lo que respecta a las mujeres, las condiciones físicas deberán desempeñar en este porvenir. El libro tiene que adaptarse en cierto modo al cuerpo y, hablando al azar, diría que los libros de las mujeres deberían ser más cortos, más concentrados que los de los hombres y construidos de modo que no requieran largos ratos de trabajo regular e ininterrumpido. Porque interrupciones siempre las habrá. También, los nervios que alimentan el cerebro parecen ser diferentes en el hombre y la mujer y si queréis que la mujer trabaje lo mejor y lo más que pueda, hay que encontrar qué trato le conviene, saber si estas horas de clase, por ejemplo, que establecieron los monjes, supongo, hace cientos de años, les convienen, cómo alternar el trabajo y el descanso, y por descanso no entiendo el no hacer nada, sino el hacer algo distinto. Y ¿cuál debería ser esta diferencia? Habría que discutir y descubrir todo esto; todo ello forma parte del tema las mujeres y la novela. Y, sin embargo, proseguí acercándome de nuevo a los estantes, ¿dónde encontraré este estudio detallado de la psicología femenina hecho por una mujer? Si porque las mujeres no pueden jugar al fútbol no les van a permitir que practiquen la medicina…

Afortunadamente, mis pensamientos tomaron aquí otro rumbo.

CAPÍTULO 5

Había llegado por fin, en mi recorrido, a los estantes en que se hallaban los libros de autores vivientes, de autores de uno y otro sexo; porque ahora hay casi tantos libros escritos por mujeres como libros escritos por hombres. O, si esto no es del todo cierto todavía, si el varón sigue siendo el sexo locuaz, sí es cierto que las mujeres ya no escriben exclusivamente novelas. Hay los libros de Jane Harrison sobre arqueología griega, los de Vernon Lee sobre estética, los de Gertrude Bell sobre Persia. Hay libros sobre toda clase de temas que hace una generación ninguna mujer hubiera podido tocar. Hay libros de poemas, y obras de teatro, y libros de crítica; hay libros de historia y biografías, libros de viajes y libros de alta erudición e investigación; hay incluso algunos libros de filosofía y algunos de ciencias y economía. Y aunque las novelas predominan, también las novelas, posiblemente, han cambiado al codearse con libros de otras categorías. La simplicidad natural, la fase épica de la literatura femenina quizás haya tocado a su fin. La lectura y la crítica han abierto posiblemente a la mujer nuevos horizontes, le han dado mayor sutileza. El impulso hacia la autobiografía quizá ya se haya consumido. Quizás ahora la mujer está empezando a utilizar la escritura como un arte, no como un medio de autoexpresión. Entre estas nuevas novelas quizá se pueda encontrar respuesta a varias de estas preguntas.

Tomé un libro al azar. Se encontraba al final del estante, se llamaba La aventura de la vida o algo por el estilo, estaba escrito por Mary Carmichael y había salido este mismo mes de octubre. Parece ser su primer libro, me dije, pero debe leerse como si fuera el último volumen de una serie bastante larga, la continuación de todos los demás libros que había hojeado: los poemas de Lady Winchilsea, las obras teatrales de Aphra Behn y las novelas de las cuatro grandes novelistas. Porque los libros se siguen los unos a los otros, pese a nuestra costumbre de juzgarlos separadamente. Y también debo considerarla a ella —esta mujer desconocida— como la descendiente de todas estas mujeres sobre cuya vida he echado una breve ojeada y ver cuáles de sus características y de las restricciones que les fueron impuestas ha heredado. Así, pues, con un suspiro, porque tan a menudo las novelas constituyen un anodino más bien que un antídoto y nos hacen caer poco a poco en su sueño letárgico en lugar de excitarnos como una tea encendida, me dispuse, provista de lápiz y cuaderno, a juzgar la primera novela de Mary Carmichael, La aventura de la vida. Para empezar, recorrí rápidamente la página de arriba abajo con la mirada. Voy a familiarizarme primero con el ritmo de su frase, dije, antes de cargarme la memoria de ojos azules y marrones y de la relación que une a Chloe y Roger. Ya me quedará tiempo para esto cuando haya decidido si la autora tiene en la mano una pluma o un zapapico. Leí en voz alta una o dos frases. Pronto me di cuenta de que algo fallaba. El suave deslizarse de una frase tras otra se interrumpía. Algo se rasgaba, algo arañaba; alguna palabra aislada encendía su antorcha ante mis ojos. La autora «se soltaba», como dicen en las viejas comedias. Parece una persona que frota una cerilla que no quiere encenderse, pensé. Pero ¿por qué no tienen las frases de Jane Austen la forma adecuada para ti?, le pregunté como si hubiera estado presente. ¿Deben suprimirse todas porque Emma y Mr. Woodhouse están muertos? Lástima que así sea, suspiré. Pues así como Jane Austen boga de melodía en melodía como Mozart de canción en canción, leer esta escritura era como hallarse en la mar en una barca descubierta. Ahora subíamos, ahora nos hundíamos. Esta concisión, esta brevedad, quizás indicaban que la autora estaba asustada de algo; asustada de que la llamaran sentimental, quizás; o quizá se acuerda de que el estilo femenino ha sido tachado de florido y añade espinas superfluas; pero hasta que no haya leído una escena con cuidado no podré estar segura de si es ella misma o trata de ser otra persona. En todo caso, no debilita la vitalidad del lector, pensé leyendo más atentamente. Pero acumula demasiados hechos. No podrá utilizar ni la mitad en un libro de este tamaño. (Venía a ser la mitad de Jane Eyre). No obstante, se las arregló para embarcarnos a todos —Roger, Chloe, Tony y Mr. Bigham— en una canoa que subía el río. Espera un momento, dije reclinándome en la silla, debo considerar la cosa con más cuidado antes de proseguir.

Estoy casi segura de que Mary Carmichael nos está haciendo una jugarreta. Porque siento lo que se siente en las montañas rusas cuando el vagón, en lugar de caer como se espera, de pronto gira y sube. Mary nos está descomponiendo la serie de efectos esperada. Primero rompió la frase; ahora ha roto la secuencia. Muy bien, está en su pleno derecho de hacer ambas cosas, mientras no las haga con la mera intención de romper, sino con la de crear. De cuál se trata no voy a estar segura hasta que no se haya enfrentado con una situación. La dejaré del todo libre de escoger esta situación, dije; la puede fabricar con latas de conservas o viejos calderos, si quiere; pero debe convencerme de que cree que es una situación; y luego, cuando la haya fabricado, debe enfrentarse con ella. Debe dar el salto. Y, decidida a cumplir para con ella con mi deber de lectora si ella cumplía para conmigo con su deber de escritora, volví la página y leí… Siento interrumpirme de modo tan abrupto. ¿No hay ningún hombre presente? ¿Me prometéis que detrás de aquella cortina roja no se esconde la silueta de Sir Chartres Biron? ¿Me aseguráis que somos todas mujeres? Entonces, puedo deciros que las palabras que a continuación leí eran exactamente éstas: «A Chloe le gustaba Olivia…». No os sobresaltéis. No os ruboricéis. Admitamos en la intimidad de nuestra propia sociedad que estas cosas ocurren a veces. A veces a las mujeres les gustan las mujeres.

«A Chloe le gustaba Olivia», leí. Y entonces me di cuenta de qué inmenso cambio representaba aquello. Era quizá la primera vez que en un libro a Chloe le gustaba Olivia. A Cleopatra no le gustaba Octavia. ¡Y qué diferente hubiera sido Antonio y Cleopatra si le hubiese gustado! Tal como fue escrita la obra, pensé, dejando, lo admito, que mi pensamiento se apartase de La aventura de la vida, todo queda simplificado, absurdamente convencionalizado, si me atrevo a decir tal cosa. El único sentimiento que Octavia le inspira a Cleopatra son celos. ¿Es más alta que yo? ¿Cómo se peina? La obra quizá no requería más. Pero qué interesante hubiera sido si la relación entre las dos mujeres hubiera sido más complicada. Todas las relaciones entre mujeres, pensé recorriendo rápidamente la espléndida galería de figuras femeninas, son demasiado sencillas. Se han dejado tantas cosas de lado, tantas cosas sin intentar. Y traté de recordar entre todas mis lecturas algún caso en que dos mujeres hubieran sido presentadas como amigas. Se ha intentado vagamente en Diana of the Crossways. Naturalmente, hay las confidentes del teatro de Racine y de las tragedias griegas. De vez en cuando hay madres e hijas Pero casi sin excepción se describe a la mujer desde el punto de vista de su relación con hombres. Era extraño que, hasta Jane Austen, todos los personajes femeninos importantes de la literatura no sólo hubieran sido vistos exclusivamente por el otro sexo, sino desde el punto de vista de su relación con el otro sexo. Y ésta es una parte tan pequeña de la vida de una mujer… Y qué poco puede un hombre saber siquiera de esto observándolo a través de las gafas negras o rosadas que la sexualidad le coloca sobre la nariz. De ahí, quizá, la naturaleza peculiar de la mujer en la literatura; los sorprendentes extremos de su belleza y su horror; su alternar entre una bondad celestial y una depravación infernal. Porque así es cómo la veía un enamorado, según su amor crecía o menguaba, según era un amor feliz o desgraciado. Esto no se aplica a las novelas del siglo diecinueve, naturalmente. La mujer adquiere entonces más matices, se hace complicada. De hecho, quizá fue el deseo de escribir sobre las mujeres lo que impulsó a los hombres a abandonar gradualmente el teatro poético, que con su violencia podía hacer poco uso de ellas, y a inventar la novela como receptáculo más adecuado. Aun así, es evidente, hasta en la obra de Proust, que a los hombres les cuesta mucho conocer a la mujer y la miran con parcialidad, tal como les ocurre a las mujeres con los hombres.

Además, proseguí, volviendo de nuevo los ojos hacia la página, se está viendo cada vez más claramente que las mujeres tienen, como los hombres, otros intereses, aparte de los intereses perennes de la domesticidad. «A Chloe le gustaba Olivia. Compartían un laboratorio…». Seguí leyendo y descubrí que estas dos jóvenes se ocupaban de machacar hígado, que es, según parece, una cura para la anemia perniciosa; aunque una de ellas estaba casada y tenía —no creo equivocarme— dos niños de corta edad. Ahora bien, todo esto antes se tuvo que dejar de lado, naturalmente, y el espléndido retrato literario de la mujer resulta extremadamente sencillo y monótono. Supongamos, por ejemplo, que en la literatura se presentara a los hombres sólo como los amantes de mujeres y nunca como los amigos de hombres, como soldados, pensadores, soñadores; ¡qué pocos papeles podrían desempeñar en las tragedias de Shakespeare! ¡Cómo sufriría la literatura! Quizá nos quedase la mayor parte de Otelo y buena parte de Antonio; pero no tendríamos a César, ni a Bruto, ni a Hamlet, ni a Lear, ni a Jaques. La literatura se empobrecería considerablemente, de igual modo que la ha empobrecido hasta un punto indescriptible el que tantas puertas les hayan sido cerradas a las mujeres. Casadas en contra de su voluntad, forzadas a permanecer en una sola habitación, a hacer una única tarea, ¿cómo hubiera podido un dramaturgo hacer de ellas una descripción completa, interesante y verdadera? El amor era el único intérprete posible. El poeta se veía obligado a ser apasionado o amargo, a menos que decidiera «odiar a las mujeres», lo que muy a menudo era señal de que tenía poco éxito con ellas.

Ahora bien, si a Chloe le gusta Olivia y comparten un laboratorio, lo que en sí ya hará su amistad más variada y duradera, pues será menos personal; si Mary Carmichael sabe escribir, y yo empezaba a saborear cierta calidad en su estilo; si cuenta con una habitación propia, de lo que no estoy del todo segura; si cuenta con quinientas libras al año —esto falta probarlo—, entonces creo que ha sucedido algo muy importante.

Porque si a Chloe le gusta Olivia y Mary Carmichael sabe expresarlo, encenderá una antorcha en esta gran cámara donde nadie ha penetrado todavía. Allí todo son medias luces y sombras profundas, como en estas cavernas tortuosas en que uno avanza con una vela en la mano, escudriñando por todos lados, sin saber dónde pisa. Y me puse de nuevo a leer el libro y leí que Chloe miraba a Olivia colocar un tarro en un estante y decía que era hora de volver a casa, donde la esperaban los niños. Visión así jamás se ha visto desde que empezó el mundo, exclamé. Y yo también miré, con mucha curiosidad. Porque quería ver cómo se las arreglaba Mary Carmichael para captar estos gestos jamás plasmados, estas palabras jamás dichas o dichas a medias, que se forman, no más palpables que las sombras de las polillas en el techo, cuando las mujeres están solas y no las ilumina la luz caprichosa y colorada del otro sexo. Para lograrlo tendrá que contener un momento la respiración, dije prosiguiendo mi lectura; porque las mujeres desconfían tanto de cualquier interés que no justifiquen motivos muy visibles, están tan terriblemente acostumbradas a vivir escondidas y refrenadas que se esfuman a la primera ojeada observadora que les echan. El único medio, pensé, dirigiéndome a Mary Carmichael como si hubiera estado allí, sería hablar de alguna otra cosa, mirando fijamente por la ventana, y anotar, no con un lápiz en un cuaderno, sino con la más breve de las taquigrafías, con palabras que todavía no tienen sílabas, casi, lo que ocurre cuando Olivia —este organismo que ha estado aproximadamente un millón de años bajo la sombra de la roca— queda expuesta a la luz y ve llegar hacia ella un extraño manjar: el conocimiento, la aventura, el arte. Y alarga la mano para cogerlo, pensé, levantando de nuevo la vista del libro, y tiene que encontrar una combinación enteramente nueva de sus recursos, tan altamente desarrollados para otros fines, para incorporar lo nuevo a lo viejo sin perturbar el equilibrio infinitamente complejo y sabio del total.

Pero, ay de mí, había hecho lo que estaba decidida a no hacer: había caído sin pensar en la alabanza de mi propio sexo. «Altamente desarrollados, infinitamente complejos» eran, innegablemente, términos de alabanza, y el alabar al propio sexo es siempre sospechoso y a menudo tonto; además, en este caso, ¿cómo justificarlo? No podía coger un mapa y decir que Colón había descubierto América y que Colón era una mujer; o tomar una manzana y decir que Newton había descubierto las leyes de la gravitación y que Newton era una mujer; o mirar el cielo y decir que pasaban unos aviones y que los aviones habían sido inventados por una mujer. No hay ninguna marca en la pared que mida la altura exacta de las mujeres. No hay medidas con yardas limpiamente divididas en pulgadas que permitan medir las cualidades de una buena madre o la devoción de una hija, la fidelidad de una hermana o la eficiencia de un ama de casa. Son pocas, incluso hoy día, las mujeres que han sido valoradas en las universidades; apenas se han sometido a las grandes pruebas de las profesiones libres, del Ejército, de la Marina, del comercio, de la política y de la diplomacia. Siguen, todavía hoy día, casi sin clasificar. Pero si quiero saber cuánto puede decirme un ser humano sobre Sir Hawley Butts, por ejemplo, no tengo más que abrir los almanaques de Burke o Debrett y sabré que se graduó en tal y cual especialidad, posee una propiedad, tiene un heredero, fue secretario de una junta, representó a la Gran Bretaña en el Canadá y que se le han otorgado un cierto número de títulos, cargos, medallas y otras distinciones que imprimen en él de modo indeleble sus méritos. Sólo la Providencia puede saber más cosas sobre Sir Hawley Butts.

Por tanto, cuando digo «altamente desarrollados», «infinitamente complejos» refiriéndome a las mujeres, no puedo comprobar la exactitud de mis palabras en los almanaques de Whitaker o Debrett o el Almanaque de la Universidad. ¿Qué hacer en tal situación? Y miré de nuevo los estantes. Había las biografías: Johnson, Goethe, Carlyle, Sterne, Cowper, Shelley, Voltaire, Browning y muchos más. Y me puse a pensar en todos aquellos grandes hombres que, por un motivo u otro, han admirado, suspirado por, vivido con, hecho confidencias a, hecho el amor a, escrito sobre, confiado en y dado muestras de lo que sólo puede describirse como cierta necesidad y dependencia de algunas personas del sexo opuesto. Que todas estas relaciones fueran estrictamente platónicas no me atrevería a afirmarlo y Sir William Joynson Hicks probablemente lo negaría. Pero cometeríamos una injusticia muy grande hacia estos hombres ilustres insistiendo en que cuanto sacaron de estas alianzas fue consuelo, halago y placer físico. Lo que sacaron, es evidente, es algo que su propio sexo no podía darles; y quizá no fuera precipitado definirlo con más precisión, absteniéndonos de citar las palabras sin duda ditirámbicas de los poetas, como cierto estímulo, cierta renovación del poder creador que sólo el sexo opuesto tiene el don de proporcionar. El hombre abría la puerta del salón o del cuarto de los niños, pensé, y encontraba a la mujer rodeada de sus hijos quizás, o con un bordado en las manos, centro en todo caso de un orden y un sistema de vida diferentes, y el contraste entre este mundo y el suyo, que quizás era los tribunales o la Cámara de los Comunes, inmediatamente refrescaba su mente y le daba nuevo vigor; y sin duda se manifestaba, como es natural, aun en la charla más sencilla, tal diferencia de opiniones, que las ideas que en él se habían secado eran de nuevo fertilizadas y el verla a ella crear en un ambiente diferente del suyo debía vivificar de tal modo su poder creador que insensiblemente su mente estéril empezaba de nuevo a discurrir y encontraba la frase o la escena que le faltaba al ponerse el sombrero para ir a visitarla. Cada Johnson tiene su Mrs. Thrale y se aferra a ella por motivos de esta clase y cuando la Thrale se casa con su profesor de música italiano, Johnson se vuelve loco de rabia e indignación, no sólo porque echará de menos sus agradables veladas en Streatham, sino porque será como si la luz de su vida «se hubiera apagado».

Y sin ser el Dr. Johnson, Goethe, Carlyle o Voltaire, uno puede percibir, aunque de modo muy distinto de como la percibieron estos grandes hombres, la naturaleza de este hecho complejo y el poder creador de esta facultad altamente desarrollada en la mujer. Una mujer entra en una habitación... Pero los recursos del idioma inglés serían duramente puestos a prueba y bandadas enteras de palabras tendrían que abrirse camino ilegítimamente a alazos en la existencia para que la mujer pudiera decir lo que ocurre cuando ella entra en una habitación. Las habitaciones difieren radicalmente: son tranquilas o tempestuosas; dan al mar o, al contrario, a un patio de cárcel; en ellas hay la colada colgada o palpitan los ópalos y las sedas; son duras como pelo de caballo o suaves como una pluma. Basta entrar en cualquier habitación de cualquier calle para que esta fuerza sumamente compleja de la feminidad le dé a uno en la cara. ¿Cómo podría no ser así? Durante millones de años las mujeres han estado sentadas en casa, y ahora las paredes mismas se hallan impregnadas de esta fuerza creadora, que ha sobrecargado de tal modo la capacidad de los ladrillos y de la argamasa que forzosamente se engancha a las plumas, los pinceles, los negocios y la política. Pero este poder creador difiere mucho del poder creador del hombre. Y debe concluirse que sería una lástima terrible que le pusieran trabas o lo desperdiciaran, porque es la conquista de muchos siglos de la más dura disciplina y no hay nada que lo pueda sustituir. Sería una lástima terrible que las mujeres escribieran como los hombres, o vivieran como los hombres, o se parecieran físicamente a los hombres, porque dos sexos son ya pocos, dada la vastedad y variedad del mundo; ¿cómo nos las arreglaríamos, pues, con uno solo? ¿No debería la educación buscar y fortalecer más bien las diferencias que no los puntos de semejanza? Porque ya nos parecemos demasiado, y si un explorador volviera con la noticia de otros sexos atisbando por entre las ramas de otros árboles bajo otros cielos, nada podría ser más útil a la Humanidad; y tendríamos además el inmenso placer de ver al profesor X ir corriendo a buscar sus cintas de medir para probar su «superioridad».

Bastante atareada estará Mary Carmichael con sólo observar, pensé, flotando todavía a cierta distancia de la página. Por ello me temo que sienta la tentación de convertirse en lo que es, en mi opinión, la rama menos interesante de la especie, la novelista naturalista, en lugar de la novelista contemplativa. Tiene ante los ojos tantos hechos nuevos que observar. No tendrá que limitarse más a las casas respetables de la clase media acomodada. Entrará sin amabilidad ni condescendencia, pero con espíritu de camaradería, en estas habitaciones pequeñas y perfumadas donde están sentadas la cortesana, la prostituta o la dama con el perrito faldero. Todavía están allí, con los vestidos toscos y de confección que el escritor varón no tuvo más remedio que ponerles. Pero Mary Carmichael sacará las tijeras y se los ajustará a cada hueco y ángulo. Será un espectáculo curioso, cuando llegue, ver a todas estas mujeres tal como son, pero debemos esperar un poco, porque todavía detendrá a Mary Carmichael aquella timidez en presencia del «pecado» que es el legado de nuestra barbarie sexual. Todavía llevará en los pies las viejas cadenas de pacotilla de la clase.

Sin embargo, la mayoría de las mujeres no son ni prostitutas ni cortesanas; ni se pasan las tardes de verano acariciando perritos falderos sobre terciopelos polvorientos. Pero ¿qué hacen entonces? Y apareció ante los ojos de mi mente una de estas largas calles de algún lugar al sur del río, cuyas infinitas hileras de casas contienen una población innumerable. Con los ojos de la imaginación vi a una dama muy anciana cruzando la calle del brazo de una mujer de media edad, su hija quizás, ambas tan respetablemente embotadas y cubiertas de pieles que cada tarde el vestirse debía de ser un ritual y sin duda guardaban los trajes en alcanfor año tras año en los armarios durante los meses de verano. Cruzan la calle cuando se encienden las lámparas (porque el atardecer es su hora favorita), como sin duda han venido haciendo año tras año. La más anciana raya en los ochenta; pero si alguien le preguntara qué ha significado su vida para ella diría que recuerda las calles iluminadas para celebrar la batalla de Balaclava, o que oyó los cañonazos disparados en Hyde Park con motivo del nacimiento del rey Eduardo II. Y si alguien le preguntara, ansioso de precisar el momento con fecha y estación: «Pero ¿qué hacía usted el 5 de abril de 1868 o el 2 de noviembre de 1875?», pondría una expresión vaga y diría que no se acuerda de nada. Porque todas las cenas están cocinadas, todos los platos y tazas lavados; los niños han sido enviados a la escuela y se han abierto camino en el mundo. Nada queda de todo ello. Todo se ha desvanecido. Ni las biografías ni los libros de Historia lo mencionan. Y las novelas, sin proponérselo, mienten.

Y todas estas vidas infinitamente oscuras todavía están por contar, dije dirigiéndome a Mary Carmichael como si hubiera estado allí; y seguí andando por las calles de Londres sintiendo en imaginación la presión del mutismo, la acumulación de vidas sin contar: la de las mujeres paradas en las esquinas, con los brazos en jarras y los anillos hundidos en sus dedos hinchados de grasa, hablando con gesticulaciones parecidas al ritmo de las palabras de Shakespeare, la de las violeteras, la de las vendedoras de cerillas, la de las viejas brujas estacionadas bajo los portales, o la de las muchachas que andan a la deriva y cuyo rostro señala, como oleadas de sol y nube, la cercanía de hombres y mujeres y las luces vacilantes de los escaparates. Todo esto lo tendrás que explorar, le dije a Mary Carmichael, asiendo con fuerza tu antorcha. Por encima de todo, debes iluminar tu propia alma, sus profundidades y frivolidades, sus vanidades y generosidades, y decir lo que significa para ti tu belleza y tu fealdad, y cuál es tu relación con el mundo siempre cambiante y rodante de los guantes, y los zapatos, y los chismes que se balancean hacia arriba y hacia abajo entre tenues perfumes que se evaden de botellas de boticario y descienden por entre arcos de tela para vestidos hasta un suelo de mármol fingido. Porque en imaginación había entrado en una tienda; estaba pavimentada de negro y blanco; colgaban en ella, con un efecto de sorprendente belleza, cintas de colores. Mary Carmichael podría echar un vistazo a esta tienda al pasar, porque era un espectáculo que se prestaba a la descripción tanto como una cumbre nevada o una garganta rocosa de los Andes. Y hay una muchacha detrás del mostrador; me gustaría más leer su historia verdadera que la centésima quincuagésima vida de Napoleón o el septuagésimo estudio sobre Keats y su uso de la inversión miltoniana que el viejo Profesor Z y sus colegas están escribiendo en este momento. Y luego procedí con cautela, de puntillas (tan cobarde soy, tanto miedo tengo del látigo que una vez casi azotó también mis hombros), a murmurar que también debería aprender a reírse, sin amargura, de las vanidades —digamos más bien peculiaridades, es palabra menos ofensiva— del otro sexo. Porque todos tenemos detrás de la cabeza un punto del tamaño de un chelín que nosotros mismos no podemos ver. Es uno de los favores que un sexo podría hacerle al otro: el describir este punto del tamaño de un chelín que todos tenemos detrás de la cabeza. Pensad qué útiles les han sido a las mujeres los comentarios de Juvenal, las críticas de Strindberg. ¡Recordad con cuánta caridad y brillantez, desde los tiempos más antiguos, los hombres les han indicado a las mujeres este punto oscuro que tienen detrás de la cabeza! Y si Mary fuera muy valiente y muy honrada se colocaría detrás del otro sexo y nos diría qué ve allí. No se podrá pintar un auténtico retrato de conjunto del hombre hasta que una mujer no haya descrito este punto del tamaño de un chelín. Mr. Woodhouse y Mr. Casaubon son puntos de este tamaño y tipo. No quiero decir, naturalmente, que nadie en sus cinco sentidos le aconsejase nunca a Mary que se decidase a burlarse o a ridiculizar, la literatura muestra la futilidad de cuanto se ha escrito con este espíritu. Di la verdad, podríamos sugerirle, y el resultado será forzosamente de un interés sorprendente. Forzosamente se enriquecerá la comedia. Forzosamente se descubrirán nuevos hechos.

Sin embargo, iba siendo hora de que volviera a posar mis ojos en el libro. Más valdría, en lugar de especular sobre lo que Mary Carmichael podría y debería escribir, ver qué escribía de hecho Mary Carmichael. Así es que me puse de nuevo a leer. Recordé que tenía algunos reproches que hacerle. Había quebrado la frase de Jane Austen, negándome así la oportunidad de jactarme de mi gusto impecable, de mi oído crítico. Porque de nada servía decir: «Sí, sí, todo esto es muy bonito; pero Jane Austen escribió mejor que tú», cuando tenía que admitir que no había entre ellas el menor punto de semejanza. Luego, Mary Carmichael había ido más lejos y habría quebrado la secuencia, el orden esperado. Quizá lo había hecho inconscientemente, limitándose a dar a las cosas su orden natural, como lo haría una mujer si escribiera como una mujer. Pero el efecto era un tanto desconcertante; no se podía ver como se acumulaba la ola, cómo aparecía la crisis a la vuelta de la esquina. No podía, pues, jactarme de la profundidad de mis sentimientos ni de mi hondo conocimiento del corazón humano. Porque cada vez que estaba a punto de sentir las cosas usuales en los lugares usuales, acerca del amor, de la muerte, la fastidiosa mujer tiraba de mí, como si el punto importante hubiera estado justo un poquito más lejos. Y así no me dejó desplegar mis frases sonoras sobre «sentimientos elementales», «la tela de que estamos hechos», «las profundidades del corazón humano» y todas aquellas otras expresiones que apoyan nuestra creencia de que, por muy ingeniosos que seamos por encima, por debajo somos muy serios, muy profundos y muy humanos. Me hizo sentir, al contrario, que en lugar de serios, profundos y humanos, quizá seamos, simplemente —y este pensamiento era mucho menos seductor— mentalmente perezosos y por añadidura convencionales.

Pero seguí leyendo y observé algunos hechos más. Mary Carmichael no era «un genio», esto era evidente. No tenía ni mucho menos el amor a la Naturaleza, la imaginación ardiente, la poesía salvaje, el ingenio brillante, la sabiduría meditativa de sus grandes predecesoras, Lady Winchilsea, Charlotte Brontë, Emily Brontë, Jane Austen y George Eliot; no sabía escribir con la melodía y la dignidad de Dorothy Osborne; no era, realmente, más que una chica lista cuyos libros, sin duda alguna, los editores convertirían en pasta dentro de diez años. No obstante, tenía ciertos puntos a su favor que mujeres con mucho más talento no poseían hace apenas medio siglo. A sus ojos, los hombres habían dejado de ser la «facción de la oposición»; no necesitaba perder tiempo prorrumpiendo en invectivas contra ellos; no necesitaba subirse al tejado y turbar la paz de su espíritu suspirando por viajes, experiencia y un conocimiento del mundo y de la gente que le era denegado. El temor y el odio habían casi desaparecido o sólo se observaban trazas de ellos en una ligera exageración de la alegría de la libertad, en una tendencia al comentario cáustico o satírico, más que al romántico, cuando se refería al otro sexo. Tampoco cabía duda de que, como novelista, poseía ciertas dotes de alta categoría. Tenía una sensibilidad muy amplia, ávida y libre, que reaccionaba prácticamente al toque más imperceptible. Se recreaba, como una planta recién brotada, con cada visión y sonido que le salía al paso. También se movía, de modo muy sutil y curioso, por entre cosas desconocidas o nunca registradas; se encendía al contacto de pequeñas cosas y mostraba que quizá no eran tan pequeñas después de todo. Sacaba a la luz cosas enterradas y le hacía a uno preguntarse qué necesidad había habido de enterrarlas. Pese a su brusquedad y a no ser portadora inconsciente de una larga herencia, de esa clase de herencia que hace que la menor frase de un Thackeray o un Lamb sea una pura delicia al oído, había asimilado —empezaba yo a creer— la primera lección importante: escribía como una mujer, pero como una mujer que ha olvidado que es una mujer, de modo que sus páginas estaban llenas de esta curiosa cualidad sexual que sólo se logra cuando el sexo es inconsciente de sí mismo.

Todo esto estaba muy bien. Pero ni la abundancia de sus sensaciones, ni la delicadeza de su percepción le valdrían para nada si no sabía construir con lo pasajero y lo personal el edificio duradero que permanece en pie. Yo había dicho que esperaría hasta que se enfrentase con «una situación». Entendía por ahí hasta que me demostrase, llamándome, haciéndome señas y reuniéndose conmigo, que no era una mera rozadora de superficies, sino que había mirado debajo, en las profundidades. Ha llegado la hora, se diría a sí misma en cierto momento, de mostrar sin hacer nada violento el significado de todo esto. Y empezaría —¡qué inconfundible es esta aceleración!— a llamar y hacer señas, y se despertarían en nuestra memoria cosas medio olvidadas, quizá del todo triviales, aparecidas en otros capítulos y dejadas de lado. Y haría sentir la presencia de estas cosas mientras alguien cosía o fumaba una pipa con la mayor naturalidad posible y a uno le parecería, a medida que ella iba escribiendo, como si hubiera ascendido a la cumbre del mundo y lo viera extendido, muy majestuosamente, a sus pies.

En todo caso lo estaba intentando. Y mientras la miraba preparándose para la prueba, vi, pero esperé que ella no viera, a los obispos y los deanes, a los doctores y los profesores, a los patriarcas y los pedagogos gritándole todos advertencias y consejos. ¡No puedes hacer esto y no debes hacer aquello! ¡Sólo los «fellows» y los «scholars» pueden pisar la hierba! ¡No se admite a las señoras sin una carta de presentación! ¡Gráciles doncellas aspirantes a novelistas, por aquí! Así le gritaban, como la muchedumbre agolpada ante una valla en una carrera de caballos, y su éxito dependía de que saltara la valla sin mirar a la derecha o a la izquierda. Si te paras para maldecir estás perdida, le dije; lo mismo si te paras para reír. Titubea o da un traspié y será el fin. Piensa en el salto, le imploré, como si hubiera apostado en ella todo mi dinero; y salvó el obstáculo como una gacela. Pero había otra valla después de ésta, y después otra. De si tendría la resistencia suficiente no estaba yo muy segura, pues las palmadas y los gritos ponían los nervios de punta. Pero hizo lo que pudo. Teniendo en cuenta que Mary Carmichael no era un genio, sino una muchacha desconocida que escribía su primera novela en su salita-dormitorio, sin bastante cantidad de estas cosas deseables, tiempo, dinero y ocio, no salía mal de la prueba, pensé.

Démosle otros cien años, concluí, leyendo el último capítulo —narices y hombros descubiertos se dibujaban desnudos contra un cielo estrellado, pues alguien había descorrido a medias las cortinas del salón—, démosle una habitación propia y quinientas libras al año, dejémosle decir lo que quiera y omitir la mitad de lo que ahora pone en su libro y el día menos pensado escribirá un libro mejor. Será una poetisa, dije, poniendo La aventura de la vida, de Mary Carmichael, al final del estante, dentro de otros cien años.

CAPÍTULO 6

Al día siguiente, la luz de la mañana de octubre caía en rayos polvorientos a través de las ventanas sin cortinas y el murmullo del tráfico subía de la calle. A esta hora, Londres se estaba dando cuerda de nuevo; la fábrica se había puesto en movimiento; las máquinas empezaban a funcionar. Era tentador, después de tanto leer, mirar por la ventana y ver qué estaba haciendo Londres en aquella mañana del 26 de octubre de 1928. ¿Y qué estaba Londres haciendo? Nadie parecía estar leyendo Antonio y Cleopatra. Londres se sentía del todo indiferente, según las apariencias, a las tragedias de Shakespeare. A nadie le importaba un rábano —y yo no se lo reprochaba— el porvenir de la novela, la muerte de la poesía o la creación, por parte de la mujer corriente, de un estilo de prosa que expresara plenamente su modo de pensar. Si alguien hubiera escrito con tiza en la acera sus opiniones sobre alguno de estos temas, nadie se hubiese inclinado para leerlas. La indiferencia de los pies presurosos las hubiera borrado en media hora. Por aquí venía un mensajero; por allá una señora con un perro. La fascinación de la calle londinense consiste en que nunca hay en ella dos personas iguales; cada cual parece ocupado en algún asunto personal y privado. Había la gente de negocios, con sus pequeñas carteras; había los paseantes, que golpeaban al pasar los enrejados con sus bastones; había personas afables a quienes las calles sirven de sala de club, hombres con carretones que gritaban y daban información que no les pedían. También había los funerales, a cuyo paso los hombres, recordando de pronto que un día morirían sus propios cuerpos, se descubrían. Y luego un caballero muy distinguido bajó despacio los peldaños de un portal y se detuvo para evitar una colisión con una dama apresurada que había adquirido, por un medio u otro, un espléndido abrigo de pieles y un ramillete de violetas de Parma. Todos parecían separados, absortos en sí mismos, ocupados en algún asunto propio.

En este momento, como tan a menudo ocurre en Londres, el tráfico quedó por completo parado y silencioso. Nadie venía por la calle; no pasaba nadie. Una hoja solitaria se destacó del plátano que crecía al final de la calle y, en medio de esta pausa y esta suspensión, cayó. En cierto modo pareció una señal, una señal que hiciese resaltar en las cosas una fuerza en la que uno no había reparado. Parecía indicarle a uno la presencia de un río que fluía, invisible, calle abajo hasta doblar la esquina y tomaba a la gente y la arrastraba en sus remolinos, de igual modo que el arroyo de Oxbridge se había llevado al estudiante en su bote y las hojas muertas. Ahora traía de un lado de la calle al otro, en diagonal, a una muchacha con botas de charol y también a un joven que llevaba un abrigo marrón; también traía un taxi; y los trajo a los tres hasta un punto situado directamente debajo de mi ventana; donde el taxi se paró y la muchacha y el joven se pararon; y subieron al taxi; y entonces el taxi se marchó deslizándose como si la corriente lo hubiese arrastrado hacia otro lugar.

El espectáculo era del todo corriente; lo que era extraño era el orden rítmico de que mi imaginación lo había dotado y el hecho de que el espectáculo corriente de dos personas bajando la calle y encontrándose en una esquina pareciera librar mi mente de cierta tensión, pensé mirando cómo el taxi daba la vuelta y se marchaba. Quizás el pensar, como yo había estado haciendo aquellos dos días, en un sexo separándolo del otro es un esfuerzo. Perturba la unidad de la mente. Ahora aquel esfuerzo había cesado y el ver a dos personas reunirse y subir a un taxi había restaurado la unidad. Desde luego, la mente es un órgano muy misterioso, pensé, volviendo a meter la cabeza dentro, sobre el que no se sabe nada en absoluto, aunque dependamos de él por completo. ¿Por qué siento que hay discordias y oposiciones en la mente, de igual modo que hay en el cuerpo tensiones producidas por causas evidentes? ¿Qué se entiende por «unidad de la mente»?, me pregunté. Porque la mente tiene, claramente, el poder de concentrarse sobre cualquier punto en cualquier momento, tal poder que no parece estar constituida por un único estado de ser. Puede separarse de la gente de la calle, por ejemplo, y pensar en sí misma mientras mira a la gente desde una ventana alta. O puede, espontáneamente, pensar junto con otra gente, como ocurre, por ejemplo, en medio de una muchedumbre que espera la lectura de una noticia. Puede volver al pasado a través de sus padres o de sus madres, de igual modo que una mujer que escribe, como he dicho, está en contacto con el pasado a través de sus madres. También, si una es mujer, a menudo se siente sorprendida por una súbita división de la conciencia: por ejemplo, cuando anda por Whitehall y deja de ser la heredera natural de aquella civilización y se siente, al contrario, excluida, diferente, deseosa de criticar. Es indudable que la mente siempre está alterando su enfoque y mirando el mundo bajo diferentes perspectivas. Pero algunos de estos estados mentales parecen, incluso si se adoptan espontáneamente, menos cómodos que otros. Para mantenerse en ellos, inconscientemente uno retiene algo, y gradualmente esta represión se convierte en un esfuerzo. Pero quizás haya algún estado en el que uno pueda mantenerse sin esfuerzo porque no necesita retener nada. Y éste, pensé apartándome de la ventana, quizá sea uno de ellos. Porque al ver a la pareja subir al taxi, me pareció que mi mente, tras haber estado dividida, se había reunificado en una fusión natural. La explicación evidente que a uno se le ocurre es que es natural que los sexos cooperen. Tenemos un instinto profundo, aunque irracional, en favor de la teoría de que la unión del hombre y de la mujer aporta la mayor satisfacción, la felicidad más completa. Pero la visión de aquellas dos personas subiendo al taxi y la satisfacción que me produjo también me hicieron preguntarme si la mente tiene dos sexos que corresponden a los dos sexos del cuerpo y si necesitan también estar unidos para alcanzar la satisfacción y la felicidad completas. Y me puse, para pasar el rato, a esbozar un plano del alma según el cual en cada uno de nosotros presiden dos poderes, uno macho y otro hembra; y en el cerebro del hombre predomina el hombre sobre la mujer y en el cerebro de la mujer predomina la mujer sobre el hombre. El estado de ser normal y confortable es aquel en que los dos viven juntos en armonía, cooperando espiritualmente. Si se es hombre, la parte femenina del cerebro no deja de obrar; y la mujer también tiene contacto con el hombre que hay en ella. Quizá Coleridge se refería a esto cuando dijo que las grandes mentes son andróginas. Cuando se efectúa esta fusión es cuando la mente queda fertilizada por completo y utiliza todas sus facultades. Quizás una mente puramente masculina no pueda crear, pensé, ni tampoco una mente puramente femenina. Pero convenía averiguar qué entendía uno por «hombre con algo de mujer» y por «mujer con algo de hombre» hojeando un par de libros. Desde luego, Coleridge no se refería, cuando dijo que las grandes mentes son andróginas, a que sean mentes que sienten especial simpatía hacia las mujeres; mentes que defienden su causa o se dedican a su interpretación. Quizá la mente andrógina está menos inclinada a esta clase de distinciones que la mente de un solo sexo. Coleridge quiso decir quizá que la mente andrógina es sonora y porosa; que transmite la emoción sin obstáculos; que es creadora por naturaleza, incandescente e indivisa. De hecho, uno vuelve a pensar en la mente de Shakespeare como prototipo de mente andrógina, de mente masculina con elementos femeninos, aunque sería imposible decir qué pensaba Shakespeare de las mujeres. Y si es cierto que el no pensar especialmente o separadamente en la sexualidad es una de las características de la mente plenamente desarrollada, cuesta ahora muchísimo más que antes alcanzar esta condición. Me acerqué entonces a los libros de autores vivientes, e hice una pausa y me pregunté si este hecho no se hallaba en la raíz de algo que me había dejado mucho tiempo perpleja. No es posible que en ninguna época haya existido tan estridente preocupación por la sexualidad como en la nuestra; buena prueba de ello, la enorme cantidad de libros que había en el British Museum escritos por hombres sobre las mujeres. Sin duda tenía la culpa la campaña de las sufragistas. Debía de haber despertado en los hombres un extraordinario deseo de autoafirmación; debía de haberles empujado a hacer resaltar su propio sexo y sus características, en las que no se habrían molestado en pensar si no les hubieran desafiado. Y cuando uno se siente desafiado, aunque sea por unas cuantas mujeres con gorros negros, reacciona, si no le han desafiado antes, un poco demasiado fuerte. Quizás así se expliquen algunas de las características que recuerdo haber encontrado en este libro, pensé sacando del estante una nueva novela de

Mr. A, que está en el apogeo de la vida y goza de muy buena fama, parece, entre los críticos. La abrí. Realmente, era una delicia volver a leer un estilo masculino. Sonaba tan directo, tan claro después de leer estilos femeninos. Indicaba tal libertad mental, tal libertad personal, tal confianza en uno mismo. Se experimentaba una sensación de bienestar ante aquella mente bien alimentada, bien educada, libre, que nunca había sufrido desvíos u oposiciones, que desde el nacimiento había podido, al contrario, desarrollarse con plena libertad en la dirección que había querido. Todo esto era admirable. Pero tras leer un capítulo o dos, me pareció que una sombra se erguía, cruzando la página. Era una barra recta y oscura, una sombra con la forma de la letra «I». Empezaba uno a inclinarse hacia un lado y hacia el otro, tratando de vislumbrar el paisaje que había detrás. No se sabía a ciencia cierta si se trataba de un árbol o de una mujer andando. Siempre le hacían a uno volver a la letra «I».

Tanta «I» empezaba a cansar. Cierto que esta «I» era una «I» muy respetable; honrada y lógica; dura como una nuez y pulida por siglos de buenas enseñanzas y buena alimentación. Respeto y admiro esta «I» desde lo más hondo del corazón. Pero —aquí volví una página o dos, en busca de algo — lo malo es que cuanto se halla a la sombra de la letra «I» carece de forma, como la bruma. ¿Es aquello un árbol? No, es una mujer. Pero… no tiene ni un hueso en todo el cuerpo, pensé mirando cómo Phoebe, pues así se llamaba, cruzaba la playa. Entonces Alan se levantó y la sombra de Alan aniquiló a Phoebe. Porque Alan tenía puntos de vista y Phoebe se apagaba bajo el torrente de sus opiniones. Y Alan, pensé, también tiene pasiones; y me puse a volver las páginas muy de prisa, sintiendo que la crisis se estaba acercando, y así era. Tuvo lugar en la playa bajo el sol. Fue hecho muy abiertamente. Fue hecho muy vigorosamente. Nada hubiera podido ser más indecente. Pero… Había dicho «pero» demasiadas veces. Uno no puede seguir diciendo «pero». Tiene que terminar la frase de algún modo, me reproché a mí misma. La terminaré con: «Pero… ¡me aburro!». Pero ¿por qué me aburría? A causa, en parte, de la predominancia de la letra «I» y de la aridez a la que, como el haya gigantesca, condena la tierra que su sombra cubre. Allí nada puede crecer. Y en parte por otro motivo más oscuro. Parecía haber algún obstáculo, algún impedimento en la mente de Mr. A que obstruía la fuente de la energía creadora y la hacía correr por un estrecho cauce. Y recordando a la vez aquel almuerzo en Oxbridge, y la ceniza del cigarrillo, y el gato sin cola, y a Tennyson y a Christina Rossetti, me pareció posible que allí estuviera el obstáculo. Puesto que Alan ya no murmura: «Ha caído una espléndida lágrima de la pasionaria que crece junto a la verja», cuando Phoebe cruza la playa y ella ya no contesta: «Mi corazón es como un pájaro que canta cuyo nido se halla en un brote rociado» cuando Alan se acerca, ¿qué puede él hacer? Siendo honrado como el día y lógico como el sol, no puede hacer más que una cosa. Y esto lo hace, reconozcámoslo, una y otra vez (dije volviendo las páginas), y otra, y otra. Y esto, añadí, dándome cuenta del carácter terrible de la confesión, resulta un tanto aburrido. La indecencia de Shakespeare extirpa de la mente otras mil cosas y dista de ser aburrida. Pero Shakespeare lo hace por placer; Mr. A, como dicen las enfermeras, lo hace a propósito. Lo hace en señal de protesta. Protesta contra la igualdad del otro sexo afirmando su propia superioridad. Lo que quiere decir que se siente frenado, inhibido e inseguro de sí mismo, como quizá se hubiera sentido Shakespeare si también hubiera conocido a Miss Clough y Miss Davies. No cabe duda de que la literatura isabelina hubiera sido muy distinta si el movimiento feminista hubiese empezado en el siglo dieciséis y no en el siglo diecinueve.

Todo esto equivale, pues, a decir, si toda esta teoría de los dos lados de la mente es correcta, que la virilidad ha cobrado conciencia de sí misma, es decir, que los hombres ahora no escriben más que con el lado masculino del cerebro. Las mujeres hacen mal en leer sus libros, pues inevitablemente buscan en ellos algo que no pueden encontrar. Es el poder de sugestión lo que de inmediato se echa de menos, pensé, tomando un libro del crítico Mr. B y leyendo con mucho cuidado, muy concienzudamente, sus observaciones sobre el arte poético. Muy competentes eran, agudas y rebosantes de cultura; pero lo malo es que sus sentimientos habían dejado de comunicar entre ellos; su mente parecía dividida en diferentes cámaras; no pasaba ningún sonido de una a otra. Por tanto, cuando uno toma en su mente una frase de Mr. B, la frase cae pesadamente al suelo, muerta; pero cuando uno toma en su mente una frase de Coleridge, la frase explota y da origen a un sinfín de ideas nuevas, y ésta es la única clase de escritura que puede considerarse poseedora del secreto de la vida eterna.

Pero sea cual fuere su causa, es un hecho que debemos deplorar. Porque significa —había llegado a las hileras de libros de Mr. Galsworthy y Mr. Kipling— que algunas de las mejores obras de los mejores escritores vivientes caen en saco roto. Haga lo que haga, una mujer no puede encontrar en ellas esta fuente de vida eterna que los críticos le aseguran que está allí. No sólo celebran virtudes masculinas, imponen valores masculinos y describen el mundo de los hombres; la emoción, además, que impregna estos libros es incomprensible para una mujer. Está llegando, se está acumulando, está a punto de explotar en mi mente, empieza una a decirse antes del final. Aquel cuadro se le caerá en la cabeza al viejo Jolyon; morirá del susto; el viejo clérigo pronunciará sobre él algunas frases solemnes; y todos los cisnes del Támesis se pondrán a cantar a la vez. Pero una se escapará antes de que esto ocurra y se esconderá en las matas de grosellas, porque la emoción que a un hombre le parece tan profunda, tan sutil, tan simbólica, a una mujer la deja perpleja. Así ocurre con los oficiales de Mr. Kipling que vuelven la espalda y con sus Sembradores que siembran la Semilla y con sus Hombres que están solos con su Trabajo; y la Bandera… Todas estas mayúsculas la hacen a una ruborizarse, como si la hubiesen sorprendido escuchando a escondidas en una orgía puramente masculina. Lo cierto es que ni Mr. Galsworthy ni Mr. Kipling tienen en ellos una sola chispa femenina. Todas sus cualidades, si se puede generalizar, le parecen, pues, crudas y poco maduras a una mujer. Carecen de poder sugestivo. Y cuando un libro carece de poder sugestivo, por duro que golpee la superficie de la mente, no puede penetrar en ella.

Y con el desasosiego con que uno saca libros de los estantes y los vuelve a colocar en su sitio sin mirarlos, me puse a imaginar una era futura de virilidad pura, de autoafirmación de la virilidad, como la que las cartas de los profesores (tomemos las cartas de Sir Walter Raleigh, por ejemplo) parecen augurar y que los gobernantes de Italia ya han iniciado. Porque difícilmente deja uno de sentirse impresionado en Roma por una sensación de masculinidad inmitigada; y sea cual fuere desde el punto de vista del estado el valor de la masculinidad inmitigada, su efecto sobre el arte de la poesía es discutible. De todos modos, según los periódicos, reina en Italia cierta ansiedad acerca de la novela. Ha habido una reunión de académicos cuyo objeto era «estimular la novela italiana».

«Hombres famosos por su nacimiento, o en los círculos financieros, la industria o las corporaciones fascistas» se reunieron el otro día y discutieron el asunto, y se envió al Duce un telegrama en que se expresaba la esperanza de que «la era fascista pronto produciría un poeta digno de ella». Podemos unirnos todos a esta esperanza, pero dudo de que la poesía pueda nacer de una incubadora. La poesía debería tener una madre, lo mismo que un padre. El poema fascista, hay motivos para temer, será un pequeño aborto horrible como los que se ven en tarros de cristal en los museos de las ciudades de provincias. Estos monstruos nunca viven mucho tiempo, se dice; nunca se ven prodigios de esta clase cortando la hierba en un prado. Dos cabezas en un cuerpo no garantizan una larga vida.

Sin embargo, la culpa de todo esto, si es que uno se empeña en encontrar a un culpable, no la tiene un sexo más que el otro. Los responsables son todos los seductores y los reformadores: Lady Bessborough, que mintió a Lord Granville; Miss Davies, que le dijo la verdad a Mr. Greg. Son culpables todos los que han contribuido a despertar la conciencia del sexo y son ellos quienes me empujan, cuando quiero usar al máximo mis facultades en un libro, a buscar esta satisfacción en aquella época feliz, anterior a Miss Davies y Miss Clough, en que el escritor utilizaba ambos lados de su mente a la vez. Para ello debemos acudir a Shakespeare, porque Shakespeare era andrógino, e igualmente lo eran Keats y Sterne, Cowper, Lamb y Coleridge. Shelley, quizá, carecía de sexo. Puede que Milton y Ben Jonson hayan tenido en ellos una gota de varón de más. Lo mismo Wordsworth y Tolstoi. En nuestros tiempos,

Proust era del todo andrógino, o quizás un poco demasiado femenino. Pero este fallo es demasiado infrecuente para que se lo reprochemos, porque sin alguna mezcla de esta clase el intelecto parece predominar y las demás facultades de la mente se endurecen y se vuelven estériles. Me consolé, sin embargo, pensando que quizás estemos en una fase pasajera; mucho de cuanto he dicho obedeciendo a mi promesa de revelaros el curso de mis pensamientos os parecerá de otra época; mucho de lo que llamea en mis ojos os parecerá dudoso a vosotras que todavía no habéis llegado a la mayoría de edad.

A pesar de ello, la primerísima frase que escribiré aquí, dije yendo hacia el escritorio y tomando la hoja encabezada Las Mujeres y la Novela, es que es funesto para todo aquel que escribe el pensar en su sexo. Es funesto ser un hombre o una mujer a secas; uno debe ser «mujer con algo de hombre» u «hombre con algo de mujer». Es funesto para una mujer subrayar en lo más mínimo una queja, abogar, aun con justicia, por una causa; en fin, el hablar conscientemente como una mujer. Y por funesto entiendo mortal; porque cuanto se escribe con esta parcialidad consciente está condenado a morir. Deja de ser fertilizado. Por brillante y eficaz, poderoso y magistral que parezca un día o dos, se marchitará al anochecer; no puede crecer en la mente de los demás. Alguna clase de colaboración debe operarse en la mente entre la mujer y el hombre para que el arte de creación pueda realizarse. Debe consumarse una boda entre elementos opuestos. La mente entera debe yacer abierta de par en par si queremos captar la impresión de que el escritor está comunicando su experiencia con perfecta plenitud. Es necesario que haya libertad y es necesario que haya paz. No debe chirriar ni una rueda, no debe brillar ni una luz. Las cortinas deben estar corridas. El escritor, pensé, una vez su experiencia terminada, debe reclinarse y dejar que su mente celebre sus bodas en la oscuridad. No debe mirar ni preguntarse qué está sucediendo. Debe más bien deshojar una rosa o contemplar los cisnes que flotan despacio río abajo. Y volví a ver la corriente que se había llevado el bote con el estudiante y las hojas muertas; y el taxi tomó al hombre y a la mujer, pensé, viéndoles cruzar la calle para reunirse, y la corriente les arrastró, pensé, oyendo a lo lejos el rugido del tráfico londinense, hacia aquel río impresionante.

Aquí, pues, Mary Beton para de hablar. Os ha dicho cómo llegó a la conclusión —la prosaica conclusión— de que hay que tener quinientas libras al año y una habitación con un pestillo en la puerta para poder escribir novelas o poemas. Ha tratado de exponer al desnudo los pensamientos y las impresiones que la llevaron a pensarlo. Os ha pedido que la siguieseis mientras volaba a los brazos de un bedel, almorzaba aquí, cenaba allá, hacía dibujos en el British Museum, sacaba libros de los estantes, miraba por la ventana. Mientras hacía todas estas cosas, vosotras sin duda habéis estado observando sus fallos y flaquezas y decidiendo qué efecto tenían sobre sus opiniones. Habéis estado contradiciéndola y añadiendo y deduciendo cuanto os ha parecido acertado. Así es como tiene que ser, porque con un tema de esta clase, la verdad sólo puede obtenerse colocando una junto a otra muchas variedades de error. Y terminaré ahora en nombre propio, anticipando dos críticas tan evidentes que difícilmente podríais dejar de hacérmelas.

No ha expresado usted ninguna opinión, quizá me digáis, sobre los méritos comparados del hombre y de la mujer, ni siquiera como escritores. Esto lo he hecho a propósito, porque, aun suponiendo que hubiese llegado el momento de hacer semejante valoración —y por ahora es mucho más importante saber cuánto dinero tenían las mujeres y cuántas habitaciones que especular sobre sus capacidades—, aun suponiendo que hubiese llegado este momento, no creo que las dotes, ya sea de la mente o del carácter, se puedan pesar como el azúcar o la mantequilla, ni siquiera en Cambridge, donde saben tanto de poner a la gente en categorías y de colocar birretes sobre su cabeza e iniciales detrás de su apellido. Yo no creo que ni siquiera la Tabla de Precedencias, que encontraréis en el Almanaque de Whitaker, represente un orden de valores definitivo ni que haya ningún serio motivo para suponer que un Comendador del Baño acabará precediendo en el comedor a un Maestro de Locura. Todo este competir de un sexo con otro, de una cualidad con otra; todas estas reivindicaciones de superioridad e imputaciones de inferioridad corresponden a la etapa de las escuelas privadas de la existencia humana, en que hay «bandos» y un bando debe vencer a otro y tiene una importancia enorme andar hasta una tarima y recibir de manos del Director en persona un jarro altamente decorativo. Al madurar, la gente deja de creer en bandos, en directores y en jarros altamente decorativos. En todo caso, en lo que respecta a los libros, es sumamente difícil pegar etiquetas de mérito de modo que no se caigan. ¿Acaso las críticas de libros contemporáneos no ilustran perpetuamente la dificultad de emitir juicios? «Este excelente libro», «este libro sin valor»: se le aplican al mismo libro ambos calificativos. Ni la alabanza ni la censura significan nada. Por delicioso que sea, el pasatiempo de medir es la más fútil de las ocupaciones y el someterse a los decretos de los medidores la más servil de las actitudes. Lo que importa es que escribáis lo que deseáis escribir; y nadie puede decir si importará mucho tiempo o unas horas. Pero sacrificar un solo pelo de la cabeza de vuestra visión, un solo matiz de su color en deferencia a un director de escuela con una copa de plata en la mano o algún profesor que esconde en la manga una cinta de medir, es la más baja de las traiciones; en comparación, el sacrificio de la riqueza y de la castidad, que solía considerarse el peor desastre humano, es una mera fruslería.

En segundo lugar, puede que me reprochéis el haber insistido demasiado sobre la importancia de lo material. Aun concediendo al simbolismo un amplio margen y suponiendo que quinientas libras signifiquen el poder de contemplar y un pestillo en la puerta el poder de pensar por sí mismo, quizá me digáis que la mente debería elevarse por encima de estas cosas; y que los grandes poetas a menudo han sido pobres. Dejadme entonces citaros las palabras de vuestro propio profesor de Literatura, que sabe mejor que yo qué entra en la fabricación de un poeta. Sir Arthur Quiller-Couch escribe.

¿Cuáles son los grandes nombres de la poesía de estos últimos cien años aproximadamente? Coleridge, Wordsworth, Byron, Shelley, Landor, Keats, Tennyson, Browning, Arnold, Morris, Rossetti, Swinburne. Parémonos aquí. De éstos, todos menos Keats, Browning y Rossetti tenían una formación universitaria; y de estos tres, Keats, que murió joven, segado en la flor de la edad, era el único que no disfrutaba de una posición bastante acomodada. Quizá parezca brutal decir esto, y desde luego es triste tener que decirlo, pero lo rigurosamente cierto es que la teoría de que el genio poético sopla donde le place y tanto entre los pobres como entre los ricos, contiene poca verdad. Lo rigurosamente cierto es que nueve de estos doce poetas tenían una formación universitaria: lo que significa que, de algún modo, consiguieron los medios para obtener la mejor educación que Inglaterra puede dar. Lo rigurosamente cierto es que de los tres restantes, Browning, como sabéis, era rico, y me apuesto cualquier cosa a que, si no lo hubiera sido, no hubiera logrado escribir Saúl o El anillo y el libro, de igual modo que Ruskin no hubiera logrado escribir Pintores modernos si su padre no hubiera sido un próspero hombre de negocios. Rossetti tenía una pequeña renta personal; además pintaba. Sólo queda Keats, al que Atropos mató joven, como mató a John Clare en un manicomio y a James Thomson por medio del láudano que tomaba para drogar su decepción. Es una terrible verdad, pero debemos enfrentarnos con ella. Lo cierto —por poco que nos honre como nación— es que, debido a alguna falta de nuestro sistema social y económico, el poeta pobre no tiene hoy día, ni ha tenido durante los pasados doscientos años, la menor oportunidad. Creedme — y he pasado gran parte de diez años estudiando unas trescientas veinte escuelas elementales—, hablamos mucho de democracia, pero de hecho en Inglaterra un niño pobre no tiene muchas más esperanzas que un esclavo ateniense de lograr esta libertad intelectual de la que nacen las grandes obras literarias.

Nadie podría exponer el asunto más claramente. «El poeta pobre no tiene hoy día, ni ha tenido durante los últimos doscientos años, la menor oportunidad... En Inglaterra un niño pobre no tiene más esperanzas que un esclavo ateniense de lograr esta libertad intelectual de la que nacen las grandes obras literarias». Exactamente. La libertad intelectual depende de cosas materiales. La poesía depende de la libertad intelectual. Y las mujeres siempre han sido pobres, no sólo durante doscientos años, sino desde el principio de los tiempos. Las mujeres han gozado de menos libertad intelectual que los hijos de los esclavos atenienses. Las mujeres no han tenido, pues, la menor oportunidad de escribir poesía. Por eso he insistido tanto sobre el dinero y sobre el tener una habitación propia. Sin embargo, gracias a los esfuerzos de estas mujeres desconocidas del pasado, de estas mujeres de las que desearía que supiéramos más cosas, gracias, por una curiosa ironía, a dos guerras, la de Crimea, que dejó salir a Florence Nightingale de su salón, y la Primera Guerra Mundial, que le abrió las puertas a la mujer corriente unos sesenta años más tarde, estos males están en vías de ser enmendados. Si no, no estaríais aquí esta noche y vuestras posibilidades de ganar quinientas libras al año, aunque desgraciadamente, siento decirlo, siguen siendo precarias, serían ínfimas.

De todos modos, quizá me digáis: ¿por qué le parece a usted tan importante que las mujeres escriban libros, si, según dice, requiere tanto esfuerzo, puede llevarla a una a asesinar a su tía, muy probablemente la hará llegar tarde a almorzar y quizá la empuje a discusiones muy graves con muy buenas personas? Mis motivos, debo admitirlo, son en parte egoístas. Como a la mayoría de las inglesas poco instruidas, me gusta leer, me gusta leer cantidades de libros. Últimamente mi régimen se ha vuelto un tanto monótono; en los libros de Historia hay demasiadas guerras; en las biografías, demasiados grandes hombres; la poesía ha demostrado, creo, cierta tendencia a la esterilidad, y la novela… Pero mi incapacidad como crítico de novela moderna ha quedado bastante patente y no diré nada más sobre este tema. Por tanto, os pediré que escribáis toda clase de libros, que no titubeéis ante ningún tema, por trivial o vasto que parezca. Espero que encontréis, a tuertas o a derechas, bastante dinero para viajar y holgar, para contemplar el futuro o el pasado del mundo, soñar leyendo libros y rezagaros en las esquinas, y hundir hondo la caña del pensamiento en la corriente. Porque de ninguna manera os quiero limitar a la novela. Me complaceríais mucho —y hay miles como yo— si escribierais libros de viajes y aventuras, de investigación y alta erudición, libros históricos y biografías, libros de crítica, filosofía y ciencias. Con ello sin duda beneficiaríais el arte de la novela. Porque en cierto modo los libros se influencian los unos a los otros. La novela no puede sino mejorar al contacto de la poesía y la filosofía. Además, si estudiáis alguna de las grandes figuras del pasado, como Safo, Murasaki, Emily Brontë, veréis que es una heredera a la vez que una iniciadora y ha cobrado vida porque las mujeres se han acostumbrado a escribir como cosa natural; de modo que sería muy valioso que desarrollaseis esta actividad, aunque fuera como preludio a la poesía.

Pero al repasar estas notas y criticar la sucesión de mis pensamientos cuando las escribí, me doy cuenta de que mis motivos no eran del todo egoístas. En todos estos comentarios y razonamientos late la convicción —¿o es el instinto?— de que los buenos libros son deseables y de que los buenos escritores, aunque se pueda encontrar en ellos todas las variedades de la depravación humana, no dejan de ser personas buenas. Cuando os pido que escribáis más libros, os insto, pues, a que hagáis algo para vuestro bien y para el bien del mundo en general. Cómo justificar este instinto o creencia, no lo sé, porque, si uno no se ha educado en una universidad, los términos filosóficos fácilmente pueden inducirle en error. ¿Qué se entiende por «realidad»? La realidad parece ser algo muy caprichoso, muy indigno de confianza: ora se la encuentra en una carretera polvorienta, ora en la calle en un trozo de periódico, ora en un narciso abierto al sol. Ilumina a un grupo en una habitación y señala a unas palabras casuales. Le sobrecoge a uno cuando vuelve andando a casa bajo las estrellas y hace que el mundo silencioso parezca más real que el de la palabra. Y ahí está de nuevo en un ómnibus en medio del tumulto de Piccadilly. A veces, también, parece habitar formas demasiado distantes de nosotros para que podamos discernir su naturaleza. Pero da a cuanto toca fijeza y permanencia. Esto es lo que queda cuando se ha echado en el seto la piel del día; es lo que queda del pasado y de nuestros amores y odios. Ahora bien, el escritor, creo yo, tiene más oportunidad que la demás gente de vivir en presencia de esta realidad. A él le corresponde encontrarla, recogerla y comunicárnosla al resto de la Humanidad. Esto es, en todo caso, lo que infiero al leer El Rey Lear, Emma o En busca del tiempo perdido. Porque la lectura de estos libros parece, curiosamente, operar nuestros sentidos de cataratas; después de leerlos vemos con más intensidad; el mundo parece haberse despojado del velo que lo cubría y haber cobrado una vida más intensa. Éstas son las personas envidiables que viven enemistadas con la irrealidad; y éstas son las personas dignas de compasión, que son golpeadas en la cabeza por lo que es hecho con ignorancia o despreocupación. De modo que cuando os pido que ganéis dinero y tengáis una habitación propia, os pido que viváis en presencia de la realidad, que llevéis una vida, al parecer, estimulante, os sea o no os sea posible comunicarla.

Yo terminaría aquí, pero la presión de la convención decreta que todo discurso debe terminar con una peroración. Y una peroración dirigida a mujeres debería contener, estaréis de acuerdo conmigo, algo particularmente exaltante y ennoblecedor. Debería imploraros que recordéis vuestras responsabilidades, la responsabilidad de ser más elevadas, más espirituales; debería recordaros que muchas cosas dependen de vosotras y la influencia que podéis ejercer sobre el porvenir. Pero estas exhortaciones se las podemos encargar sin riesgo, creo, al otro sexo, que las presentará, que ya las ha presentado, con mucha más elocuencia de la que yo podría alcanzar. Aunque rebusque en mi mente, no encuentro ningún sentimiento noble acerca de ser compañeros e iguales e influenciar al mundo conduciéndole hacia fines más elevados. Sólo se me ocurre decir, breve y prosaicamente, que es mucho más importante ser uno mismo que cualquier otra cosa. No soñéis con influenciar a otra gente, os diría si supiera hacerlo vibrar con exaltación. Pensad en las cosas en sí.

Y también me acuerdo, cuando hojeo los periódicos, las novelas, las biografías, de que una mujer que habla a otras mujeres debe reservarse algo desagradable que decirles. Las mujeres son duras para con las mujeres. A las mujeres no les gustan las mujeres. Las mujeres... Pero ¿no estáis hasta la coronilla de esta palabra? Yo sí, os lo aseguro. Aceptemos, pues, que una conferencia pronunciada por una mujer ante mujeres debe terminar con algo particularmente desagradable.

Pero ¿cómo se hace? ¿Qué se me ocurre? A decir verdad, a menudo me gustan las mujeres. Me gusta su anticonvencionalismo. Me gusta su entereza. Me gusta su anonimidad. Me gusta… Pero no debo seguir así. Aquel armario de allí sólo contiene servilletas limpias, decís; pero ¿qué pasaría si Sir Archibald Bodkin estuviera escondido entre ellas? Dejadme, pues, adoptar un tono más severo. ¿Os he comunicado con bastante claridad, en las palabras que han precedido, las advertencias y la reprobación del sector masculino de la Humanidad? Os he dicho en qué concepto tan bajo os tenía Mr. Oscar Browning. Os he indicado qué pensó un día de vosotras Napoleón y qué piensa hoy Mussolini. Luego, por si acaso alguna de vosotras aspira a escribir novelas, he copiado para vuestro beneficio el consejo que os da el crítico de que reconozcáis valientemente las limitaciones de vuestro sexo. He hablado del profesor X y subrayado su afirmación de que las mujeres son intelectual, moral y físicamente inferiores a los hombres. Os he entregado cuanto ha venido a mis manos sin ir yo en busca de ello, y aquí tenéis una advertencia final, procedente de Mr. John Langdon Davies.

Mr. John Langdon Davies advierte a las mujeres que «cuando los niños dejen por completo de ser deseables, las mujeres dejarán del todo de ser necesarias». Espero que toméis buena nota.

¿Qué más os puedo decir que os incite a entregaros a la labor de vivir? Muchachas, podría deciros, y os ruego prestéis atención porque empieza la peroración, sois, en mi opinión, vergonzosamente ignorantes. Nunca habéis hecho ningún descubrimiento de importancia. Nunca habéis sacudido un imperio ni conducido un ejército a la batalla. Las obras de Shakespeare no las habéis escrito vosotras ni nunca habéis iniciado una raza de salvajes a las bendiciones de la civilización. ¿Qué excusa tenéis? Lo arregláis todo señalando las calles, las plazas y los bosques del globo donde pululan habitantes negros, blancos y color café, todos muy ocupados en traficar, negociar y amar, y diciendo que habéis tenido otro trabajo que hacer. Sin vosotras, decís, nadie hubiera navegado por estos mares y estas tierras fértiles serían un desierto. «Hemos traído al mundo, criado, lavado e instruido, quizás hasta los seis o siete años, a los mil seiscientos veintitrés millones de humanos que, según las estadísticas, existen actualmente y esto, aunque algunas de nosotras hayan contado con ayuda, toma tiempo». Hay algo de verdad en lo que decís, no lo negaré. Pero permitidme al mismo tiempo recordaros que desde el año 1866 han funcionado en Inglaterra como mínimo dos colegios universitarios de mujeres; que a partir del año 1880 la ley ha autorizado a las mujeres casadas a ser dueñas de sus propios bienes y que en el año 1919 —es decir, hace ya nueve largos años— se le concedió el voto a la mujer. Os recordaré también que pronto hará diez años que la mayoría de las profesiones os están permitidas. Si reflexionáis sobre estos inmensos privilegios y el tiempo que hace que venís disfrutando de ellos, y sobre el hecho de que deben de haber actualmente unas dos mil mujeres capaces de ganar quinientas libras al año, admitiréis que la excusa de que os han faltado las oportunidades, la preparación, el estímulo, el tiempo y el dinero necesarios no os sirve. Además, los economistas nos dicen que Mrs. Seton ha tenido demasiados niños. Debéis, naturalmente, seguir teniendo niños, pero dos o tres cada una, dicen, no diez o doce.

Así, pues, con un poco de tiempo en vuestras manos y unos cuantos conocimientos librescos en vuestros cerebros —de los otros ya tenéis bastantes y en parte os envían a la universidad, sospecho, para que no os eduquéis— sin duda entraréis en otra etapa de vuestra larga, laboriosa y oscurísima carrera. Mil plumas están preparadas para deciros lo que debéis hacer y qué efecto tendréis. Mi propia sugerencia es un tanto fantástica, lo admito; prefiero, pues, presentarla en forma de fantasía.

Os he dicho durante el transcurso de esta conferencia que Shakespeare tenía una hermana; pero no busquéis su nombre en la vida del poeta escrita por Sir Sydney Lee. Murió joven… y, ay, jamás escribió una palabra. Se halla enterrada en un lugar donde ahora paran los autobuses, frente al «Elephant and Castle». Ahora bien, yo creo que esta poetisa que jamás escribió una palabra y se halla enterrada en esta encrucijada vive todavía. Vive en vosotras y en mí, y en muchas otras mujeres que no están aquí esta noche porque están lavando los platos y poniendo a los niños en la cama. Pero vive; porque los grandes poetas no mueren; son presencias continuas; sólo necesitan la oportunidad de andar entre nosotros hechos carne. Esta oportunidad, creo yo, pronto tendréis el poder de ofrecérsela a esta poetisa. Porque yo creo que si vivimos aproximadamente otro siglo —me refiero a la vida común, que es la vida verdadera, no a las pequeñas vidas separadas que vivimos como individuos— y si cada una de nosotras tiene quinientas libras al año y una habitación propia; si nos hemos acostumbrado a la libertad y tenemos el valor de escribir exactamente lo que pensamos; si nos evadimos un poco de la sala de estar común y vemos a los seres humanos no siempre desde el punto de vista de su relación entre ellos, sino de su relación con la realidad; si además vemos el cielo, y los árboles, o lo que sea, en sí mismos; si tratamos de ver más allá del coco de Milton, porque ningún humano debería limitar su visión; si nos enfrentamos con el hecho, porque es un hecho, de que no tenemos ningún brazo al que aferrarnos, sino que estamos solas, y de que estamos relacionadas con el mundo de la realidad y no sólo con el mundo de los hombres y las mujeres, entonces, llegará la oportunidad y la poetisa muerta que fue la hermana de Shakespeare recobrará el cuerpo del que tan a menudo se ha despojado. Extrayendo su vida de las vidas de las desconocidas que fueron sus antepasadas, como su hermano hizo antes que ella, nacerá. En cuanto a que venga si nosotras no nos preparamos, no nos esforzamos, si no estamos decididas a que, cuando haya vuelto a nacer, pueda vivir y escribir su poesía, esto no lo podemos esperar, porque es imposible. Pero yo sostengo que vendrá si trabajamos por ella, y que hacer este trabajo, aun en la pobreza y la oscuridad, merece la pena.

AF402752

Errico Malatesta
Francesco Saverio Merlino

ANARCHISMO E DEMOCRAZIA

SOLUZIONE ANARCHICA E SOLUZIONE DEMOCRATICA DEL PROBLEMA DELLA LIBERTÀ IN UNA SOCIETÀ SOCIALISTA

© 2023 Culturea Editions

Texte et illustration de couverture : © domaine public
Edition : Culturea (Hérault, 34)
Contact : infos@culturea.fr
Retrouvez notre catalogue sur http://culturea.fr
Imprimé en Allemagne par Books on Demand
Design typographique : Derek Murphy
Layout : Reedsy (https://reedsy.com/)

Dépôt légal : janvier 2023
Tous droits réservés pour tous pays

ISBN : 9791041843237

PARTE PRIMA

MERLINO

ANARCHICI E SOCIALISTI DI FRONTE ALLA LOTTA ELETTORALE

Lettera pubblicata dal Messaggero il 29 gennaio 1897. Merlino apre la polemica a proposito delle elezioni politiche che si sarebbero tenute nel marzo di quell'anno.

Signor direttore,

Da parecchie parti mi vien domandato se son di parere che si debba prender parte o no alle elezioni politiche.

Nel numero di oggi del Messaggero leggo che anche in una riunione tenuta a Senigallia, si interpretò variamente quello che io dissi in proposito, in una conferenza a Napoli.

Ora è manifesto che non importa punto sapere come io la pensi: importa invece moltissimo sapere quale delle due opinioni – quella favorevole o quella contraria alla partecipazione alle elezioni – sia la vera. E questo è quello che io vorrei discutere una volta per sempre per tutti.

È risaputo che i socialisti in lotta con i repubblicani e coi democratici, hanno sostenuto per molti anni, e molti di essi sostengono tuttavia, che le forme politiche sono di nessun valore, che tanto vale la monarchia quanto la repubblica, e che le libertà sancite dagli Statuti sono una lustra, perchè chi è povero è schiavo.

La questione sociale – si è detto – è tutta nella dipendenza economica degli operai dai padroni: scalziamo questa e la libertà verrà da sè.

Questa è una grande verità. Le libertà politiche sono, ma chi pon mano ad esse? Chi può esercitarle davvero sotto il regime attuale? Non può essere politicamente libero il popolo che è economicamente schiavo. Ma, se le libertà politiche e costituzionali hanno minor valore che generalmente non si creda, non segue che esse non servano affatto. Servono tantochè il governo ce le strappa, con intendimento di ritardare l'emancipazione della classe operaia.

Dunque esse hanno un valore innegabile. Ma queste libertà non consistono semplicemente nel diritto di voto e nell'uso che se ne può fare.

Sono anche i diritti di riunione e di associazione, l'inviolabilità personale e del domicilio; il diritto di non essere punito o perseguitato per semplice sospetto (come avviene nei casi d'ammonizione e del domicilio coatto); ecc. ecc.

E queste libertà si difendono non solo in Parlamento (il Parlamento, disse una volta il Lemoine, somiglia a un certo giocattolo da bambini, che fa molto strepito senza alcun frutto), ma si difendono sopratutto fuori del Parlamento, lottando ogni qualvolta il potere esecutivo commette un arbitrio o una prepotenza contro una classe di cittadini od anche contro un solo individuo, siccome usa in altri paesi, dove anche senza tenere rappresentanti al Parlamento, il popolo sa imporre al governo il rispetto delle sue libertà.

Con questo non voglio dire che la lotta per la libertà – e fino a un certo punto anche quella per il socialismo – non si possa e debba fare anche durante le elezioni e nel Parlamento.

Io credo che noi combattendo a oltranza, come abbiamo fatto, il parlamentarismo, ci si sia data la zappa sui piedi: perchè abbiamo contribuito a creare quest'orribile indifferenza del pubblico per il sistema parlamentare non solo, ma anche per le libertà costituzionali, sì che il governo ha potuto impunemente violarle, senza che un grido solo di protesta siasi levato dai figli di coloro che dettero la vita per conquistarle.

Il parlamentarismo non è la fenice dei sistemi politici: tutt'altro! Ma per pessimo che sia, è sempre migliore dell'assolutismo, al quale noi a grandi passi ci incamminiamo.

Dunque, oggi come oggi, al partito socialista (nel quale comprendo anche gli anarchici non individualisti) incombe la difesa della libertà.

Questa lotta, secondo me, deve essere combattuta su tutti i terreni – compreso quello delle elezioni – ma non su quello esclusivamente.

I socialisti anarchici non hanno bisogno di candidati propri: essi non aspirano al potere e non sanno che farsene. Ma essi devono protestare contro la reazione governativa, prendendo parte all'agitazione elettorale, e va da sè che fra un candidato crispino o rudiniano o zanardelliano, disposto a votare stati di assedio, leggi eccezionali, eleggibilità di candidati politici – e magari massacri di moltitudini affamate – e un socialista o repubblicano sincero, sarebbe follia preferire il primo.

Essi però possono e devono dir chiaro e tondo al popolo, che non s'illudono come taluni socialisti, di poter far breccia a colpi di schede nella cittadella borghese e conquistarla.

Essi però possono e devono dire ai socialisti stessi che il voto è un episodio della lotta per il Socialismo, e non il più importante; la vera lotta deve essere fatta nel paese e col paese sul terreno economico e sul politico.

«L'emancipazione dei lavoratori deve essere opera dei lavoratori»; non può essere opera dei politicanti.

Ecco la mia opinione sulla più grave ragione di dissidio tra socialisti ed anarchici.

Sventuratamente questi e quelli si son fatti del male – e, quel che è più, – si son detti delle insolenze reciprocamente: e il ricordo fa velo ai loro occhi e impedisce loro di considerare il vero interesse della causa.

Taluni caporioni legalitari sono intolleranti e piccini (il giornale massimo del partito non ha avuto una parola di protesta per il mio arresto singolarissimo a Firenze); gli anarchici sono irosi e implacabili.

Fra i due litiganti ci gode il governo.

MALATESTA

GLI ANARCHICI CONTRO IL PARLAMENTO

Risposta di Malatesta a Merlino pubblicata dal Messaggero il 7 febbraio 1897. L'indicazione di Londra è messa dallo scrivente per sviare la polizia in quanto in quell'epoca egli si trovava di già in Italia.

Londra, 2 febbraio 1897

Signor Direttore del Messaggero,

Sono informato che i socialisti parlamentari d'Italia van dicendo che io, d'accordo col Merlino ritengo utile che i socialisti-anarchici partecipino alle lotte elettorali votando per il candidato più avanzato.

Poichè mi fan l'onore di occuparsi della mia opinione, non sarò stimato presuntuoso se mi affretto a far conoscere ad essi ed al pubblico quel che veramente io penso della questione.

Io non contesto certo al mio amico Merlino di pensarla come crede e di dirlo senza reticenze. Sarebbe stato preferibile ch'egli prima di annunziare al pubblico un cambiamento di tattica, che poi non ha alcun valore se non è accettata dai compagni, discutesse maggiormente la cosa tra quelli del partito cui egli ha finora appartenuto e col quale spero vorrà continuare a combattere. Ma anche questo, più che colpa del Merlino, è colpa della crisi prolungata che ha afflitto il nostro partito e dello stato di riorganizzazione ancora incipiente in cui ci troviamo.

Però bisogna che consti che ciò che ha detto Merlino relativamente al parlamentarismo e alle lotte elettorali è niente altro che un'opinione personale, la quale non può pregiudicare la tattica che sarà adottata dal partito socialista anarchico.

Per conto mio, per quanto mi dispiaccia separarmi in una questione tanto importante da un uomo del valore di Merlino ed al quale mi legano tanti vincoli d'affetto, sento il dovere di dichiarare che, a parer mio, la tattica preconizzata da Merlino è nefasta, e menerebbe fatalmente alla rinunzia di tutto intero il programma socialista anarchico. E credo poter affermare che così la pensano tutti, o quasi tutti gli anarchici.

Gli anarchici restano, come sempre, avversari decisi del parlamentarismo e della tattica parlamentare.

Avversari del parlamentarismo, perchè credono che il socialismo debba e possa solo realizzarsi mediante la libera federazione delle associazioni di produzione e di consumo, e che qualsiasi governo, quello parlamentare compreso, non solo è impotente a risolvere la questione sociale e armonizzare e soddisfare gl'interessi di tutti, ma costituisce per se stesso una classe privilegiata con idee, passioni ed interessi contrari a quelli del popolo che ha modo di opprimere con le forze del popolo stesso. Avversari della lotta parlamentare, perchè credono che essa, lungi dal favorire lo sviluppo della coscienza popolare, tenda a disabituare il popolo dalla cura diretta dei propri interessi ed è scuola agli uni di servilismo, agli altri d'intrighi e menzogne.

Noi siam lontani dal disconoscere l'importanza delle libertà politiche. Ma le libertà politiche non si ottengono se non quando il popolo si mostra deciso a volerle; nè, ottenute, durano ed han valore se non quando i governi sentono che il popolo non ne sopporterebbe la soppressione.

Abituare il popolo a delegare ad altri la conquista e la difesa dei suoi diritti, è il modo più sicuro di lasciar libero corso all'arbitrio dei governanti.

Il parlamentarismo val meglio del dispotismo, è vero; ma solo quando esso rappresenta una concessione fatta dal despota per paura di peggio.

Tra il parlamentarismo accettato e vantato, e il dispotismo subito per forza con l'animo intento alla riscossa, meglio mille volte il dispotismo.

So bene che Merlino dà alle elezioni una importanza minima e vuole, come noi, che la lotta vera si faccia nel paese e col paese. Ma purtroppo i due metodi di lotta non vanno insieme, e chi li accetta tutti e due, finisce fatalmente col sacrificare all'interesse elettorale ogni altra considerazione. L'esperienza lo prova, e il natural amore del quieto vivere lo spiega.

E Merlino mostra di ben comprendere il pericolo quando dice che i socialisti-anarchici non hanno bisogno di presentar candidati propri, poichè essi non aspirano al potere e non sanno che farsene.

Ma è questa una posizione sostenibile? Se nel Parlamento si può far del bene, perchè gli altri e non noi, che crediamo aver più ragione degli altri?

Se noi non aspiriamo al potere, perchè aiutare quelli che vi aspirano? Se noi non sappiamo che fare del potere, che cosa se ne farebbero gli altri, se non lo esercitano a danno del popolo?

Stia sicuro di questo il Merlino: se oggi noi dicessimo alla gente di andare a votare, domani diremmo di votare per noi. E saremmo logici. Io, in tutti i casi, se dovessi consigliare di votare per qualcuno, consiglierei subito di votare per me, poichè credo (e in questo probabilmente ho torto, ma è torto umano) di valere quanto un altro, e mi sento sicuro della mia onestà e della mia fermezza.

Non ho, per certo, colle precedenti considerazioni, detto tutto quello che vi sarebbe da dire, ma temo di abusare troppo del vostro spazio. Mi spiegherò più ampiamente in apposito scritto; nè mancherà, lo spero, un atto collettivo del partito che riaffermi i principi antiparlamentari e la tattica astensionista dei socialisti-anarchici.

Speranzoso che considererete questa mia utile per informare il pubblico sul contegno che i vari partiti osserveranno nelle venienti elezioni e che perciò vorrete pubblicarla, vi ringrazio anticipatamente.

112, High Street, Islington N. London.

MERLINO

SI SVILUPPA LA POLEMICA

Risposta di Merlino pubblicata dal Messaggero il 10 febbraio 1897. Il titolo dell'articolo è: «Anarchici e socialisti nelle elezioni politiche»

Signor direttore,

L'amico Malatesta, a nome (pare) di tutti o quasi tutti gli anarchici ha creduto di poter riaffermare in risposta alla mia lettera del 29 gennaio – e sembra che si prepari a riaffermare anche con un altro suo scritto e con un atto collettivo del partito – i principii antiparlamentari e la tattica esclusionista (o astensionista? n.d.M.) dei socialisti-anarchici.

Io li invidio, codesti anarchici. Vorrei anch'io poter nutrire l'antica fede ai trionfi avvezza (veramente non so se ai trionfi, ma certo alle battaglie). Vorrei anch'io aver conservato le idee semplici e tutte d'un pezzo di dieci anni fa. Allora anch'io m'illuderei e chiamerei lo stato di disfacimento del partito anarchico uno stato di riorganizzazione incipiente. Anch'io direi di saper di sicuro in qual modo, – e non altrimenti – si attuerà il socialismo. Anche io ripeterei che il governo, ogni governo, non è che l'organizzazione della classe privilegiata che opprime il popolo con le forze del popolo stesso e che il popolo, nominando dei deputati, delega ad essi la conquista e la difesa dei suoi diritti. E quando avessi detto ciò, mi sentirei soddisfatto e aspetterei il gran giorno della grande rivoluzione, che deve cambiare la faccia della terra, ma che ha il torto, secondo me gravissimo, di farsi un po' troppo aspettare.

Disgraziatamente, lo confesso, son fatto alquanto maturo: e benchè mi tornasse comodo, non voglio buttarmi l'esperienza di dieci o quindici anni dietro le spalle. Son convinto che il partito anarchico abbia sbagliato strada: son convinto che gli anarchici tutti o quasi tutti, hanno lo stesso mio convincimento; e soltanto non osano confessarlo, e non hanno la forza di animo necessaria per staccarsi dal loro passato.

La tattica astensionista ha portato questi due risultati: 1) ci ha separati dalla parte attiva e militante del popolo; 2) ci ha indebolito di fronte al governo.

Si ha un bel dire che per astensione non si vuol intendere inazione, ma bensì partecipazione all'agitazione elettorale con propaganda anti-parlamentare. Da quella logica, che l'amico mio invoca, gli anarchici astensionisti dovevano finire ed hanno finito per starsene addirittura a casa, quando non hanno votato sottomano per qualche candidato del loro cuore (come individui s'intende, non come partito), senza dire di quelli che addirittura hanno passato il Rubicone, e sono andati a schierarsi – per mero desiderio di fare qualcosa – coi socialisti legalitari.

Il governo poi ha profittato del nostro isolamento per darci addosso in tutti i modi, legali e illegali. (Il governo, si vede, non ha gli scrupoli che abbiamo noialtri).

E noi siamo ridotti al punto di non poter fare la menoma propaganda. La polizia può, a suo libito, imprigionarci, farci condannare, mandarci al domicilio coatto. Che resistenza opponiamo noi? Nessuna.

La nostra è la guerra delle braccia incrociate. Fossimo almeno partigiani della non resistenza al male; avremmo di che consolarci. Niente affatto: noi aspettiamo che maturi la rivoluzione. Frattanto noi abbiamo veduto in questi giorni che chi abbia potuto portare una parola di incoraggiamento agli scioperanti di Civitavecchia è stato un deputato socialista. E continuiamo a dire che non serve a nulla la lotta parlamentare!

Malatesta dice:

– Se dobbiamo votare pei socialisti o pei repubblicani, tanto varrebbe andare noi medesimi al Parlamento.

– Per noi non si tratta, come pei socialisti, di riuscire noi, e andare ad attuare il nostro programma in pieno Parlamento, al cospetto del colto e dell'inclita; ma si tratta di aiutare a riuscire quanto più oppositori sinceri ed energici del governo è possibile – trecento Imbriani, per così dire – ma degli Imbriani che non si contentino di bombardare d'interpellanze al Parlamento i ministri, ma muovano una guerra seria e continua al governo nel paese, giovandosi anche, finchè non ne siano privati, delle prerogative parlamentari.

Malatesta afferma che la lotta extra-parlamentare per la libertà non si possa fare, quando si fa la lotta elettorale. Io penso precisamente il contrario.

Quello poi che non posso concedergli a nessun patto è che la tattica parlamentare lungi dal favorire lo sviluppo della coscienza popolare, tende a disabituare il popolo dalla cura diretta dei propri interessi.

Questo è dottrinarismo schietto. L'agitazione elettorale socialista strappa le moltitudini dalla loro indifferenza ereditaria per le pubbliche faccende: in Italia essa ha conquistato alla nostra causa regioni, che si erano addimostrate e sono tuttavia refrattarie alla propaganda anarchica.

Il parlamentarismo ha i suoi inconvenienti: ma che cosa non ne ha? Quale tattica, o agitazione, o azione, potrebbe consigliare il Malatesta, la quale non presenti inconvenienti uguali, se non maggiori? Alcuni nostri amici si sono dati ad organizzare cooperative: lavoro utilissimo anche questo: ma non è il nostro lavoro.

Nè i soci delle cooperative possono essere tutti socialisti e anarchici: nè il governo tollererebbe cooperative cosiffatte. Senza dire che non poche cooperative diventano, via facendo, intraprese capitalistiche: talune nascono addirittura tali.

Che fare dunque? organizzare società operaie di resistenza? Ma appena queste cominciano ad essere numerose e potenti (come le Unioni inglesi) ecco sorgere uno stato maggiore di presidenti, vice presidenti, segretari e cassieri – insomma un parlamentarismo da degradare... quell'altro.

Il parlamentarismo non è un principio, è un mezzo: sbagliano quelli che ne fanno una panacea, ma sbagliano anche quelli che lo guardano con sacro orrore, come se fosse la peste bubbonica.

E non è poi vero che il parlamentarismo sia destinato a sparire interamente. Qualcosa ne rimarrà anche nella società che noi vagheggiamo. Io ricordo uno scritto che Malatesta inviò alla conferenza di Chicago del 1893: dove egli sosteneva che per talune cose il parere della maggioranza dovrà necessariamente prevalere su quello della minoranza.

Ma a parte ciò, anche data l'unanimità, non tutti quelli che hanno deliberato si porranno ad eseguire in massa le loro deliberazioni. A meno di non ammettere quest'aforisma, che io ho ragione di credere che il Malatesta con me ripudi, bisognerà distribuire gli incarichi affidandoli ai più capac..

Ed ecco questi incaricati formeranno un governo o un'amministrazione... per carità non sofistichiamo sulle parole. Un minimo di governo o di amministrazione ci sarà anche nella società meglio organizzata: solo dobbiamo studiare i modi di renderlo innocuo, di impedire che i pochi si arroghino un potere sulle moltitudini, di ottenere che il popolo eserciti un sindacato continuo ed effettivo sui suoi amministratori o delegati.

Io riconosco gl'inconvenienti del sistema parlamentare e desidero eliminarli, ma non già tornare al dispotismo.

Riconosco pessimo l'ordinamento attuale della giustizia, ma non vedrei volentieri un ritorno alla legge di Lynch, nè al sistema della vendetta privata – come riconosco i torti della giuria ma non vorrei rimettere la mia libertà nelle mani del giudice togato.

Riconosco l'ingiustizia delle leggi: ma non vorrei tornare al tempo in cui la volontà del principe era legge.

Voglio insomma progredire da buon positivista, che crede la società si perfeziona, non si rifonde e rimodella, nè si rifà con una ricetta di principi astratti. Son convinto che i socialisti, tutti – anarchici marxisti e repubblicani – hanno a un dipresso le stesse aspirazioni; e vorrei vederli tutti lottare insieme: e francamente vorrei vedere qualche risultato. Mi rincrescerebbe morire nell'aspettativa in cui vivo da parecchi anni.

MERLINO

I MOTIVI DELLA PARTECIPAZIONE

Ulteriore intervento di Merlino, questa volta sull'Avanti! del 9 marzo 1897. Il titolo dell'articolo è: «Gli anarchici e le elezioni».

Una mia dichiarazione nel Messaggero del 29 gennaio in favore della lotta politica parlamentare come mezzo e stimolo ad una vasta e feconda agitazione popolare, ha dato luogo ad una polemica, che dalle colonne di quel giornale si è spostata sulla stampa socialista e anarchica. Io non ho risposto che a uno solo dei miei contraddittori, il Malatesta, amico mio da molti anni, col quale ho finito sempre, benchè differissimo temporaneamente – e spero di finire anche stavolta – col trovarmi d'accordo. Ad altri rispondo ora collettivamente, perchè mi preme di dire tutto il mio pensiero e di chiudere, per conto mio, una polemica alquanto ingrata.

Si afferma che la lotta politica parlamentare sia contraria ai principi socialisti anarchici. L'asserzione è una di quelle che, avventate da qualcuno, passano di bocca in bocca e si ripetono fino a diventare assiomatiche in un dato circolo di persone, senza che nessuno le abbia ponderate.

Intendiamoci. Quello che è contrario ai principi nostri è il partecipare al governo come ministri, come impiegati, come poliziotti, come giudici, magari come legislatori... Sì, anche come legislatori, perchè io sostengo che il deputato o socialista o operaio o rivoluzionario dev'essere non un legislatore, bensì un agitatore. Ma non è contrario ai nostri principi che il popolo eserciti un'ingerenza, per quanto indiretta e di poco valore, nell'amministrazione della cosa pubblica. Noi possiamo e dobbiamo dolerci che quest'ingerenza oggi sia minima; che la sovranità popolare duri il quarto d'ora delle elezioni; che poi gli elettori, tornati a casa – il contadino all'aratro, l'operaio all'officina – gli eletti rimangano arbitri della cosa pubblica e dispongano a loro talento dei più gravi interessi del Paese. Questo è il male, non la partecipazione di una parte del popolo all'elezione dei deputati e di alcuni pubblici amministratori.

Ora a questo male non si rimedia astenendosi dalle urne; ma bensì inducendo il popolo anzitutto ad esercitare con coscienza e vigore quella poca autorità che ha, poi a reclamarne una maggiore; abituandolo a lottare e prolungando la lotta oltre il breve periodo elettorale.

La lotta politica deve svolgersi nel Parlamento e fuori del Parlamento. Qui sta la differenza fra il mio modo d'intenderla e quello dei politicanti e purtroppo anche di taluni socialisti e di molti democratici.

Per costoro la lotta politica sta tutta nel mandare alla Camera il maggior numero possibile di deputati del proprio partito.

Per me invece l'elezione dei deputati ostili al governo non è che un modo di agitazione popolare, e il compito dei deputati non è già di proporre leggi e di chiacchierare sugli ordini del giorno presentati alla Camera; ma di combattere la maggioranza parlamentare e il governo, di denunziare al Paese gli arbitrii e le prepotenze e di prendere parte a tutte le agitazioni popolari, lasciandosi magari imprigionare coi loro elettori.

Purtroppo i deputati democratici d'oggi non fanno nulla di tutto questo; tengono a bada il popolo con discorsi e interpellanze, ma si guardano bene dal promuovere o secondare serie agitazioni

Il governo scioglie associazioni, proibisce riunioni, calpesta le libertà popolari. L'on. Cavallotti a chi domandava che intendeva di fare, rispondeva: Ne parlerò alla Camera.

Le aule universitarie sono invase da poliziotti, i quali malmenano professori e studenti. Pazienza: l'on. Cavallotti ne parlerà alla Camera.

Le flotte europee cannoneggiano gl'insorti di Candia, e la diplomazia soffoca il grido di libertà dei popoli gementi sotto la dominazione turca. Consoliamoci: Cavallotti ne parlerà alla Camera.

Francamente, questa non è condotta di democratico; ma di uno che diffida del popolo e crede che le grandi e piccole questioni politiche si debbano trattare nelle alcove ministeriali o in quell'anticamera del ministero che è il Parlamento nazionale.

Noi invece dobbiamo volere che il popolo faccia valere la sua volontà e i suoi interessi contro la volontà e gl'interessi della consorteria dominante, che esso lotti sul terreno politico come sull'economico, per la propria emancipazione; e guardi al governo non come ad un padrone cui si debbono ubbidienza ed ossequio, ma come ad un servitore cui si comanda e che si può congedare quando non faccia il suo dovere o non si abbia più bisogno dell'opera sua.

Anni addietro gli operai delle nostre grandi città si peritavano di ingerirsi di politica. I conservatori alla Pepoli insinuavano che è dovere degli operai di occuparsi unicamente dei propri interessi economici, rimanendo estranei a ogni agitazione politica; e tutt'al più concedevano loro di andare ad acclamare i sovrani e i ministri alle stazioni e a votare, nelle elezioni politiche e amministrative, pei loro benemeriti padroni.

Fu un progresso che gli operai cominciassero a votare per individui della loro classe, e molti di essi concepissero l'ambizione d'andare al Parlamento e ai consigli comunali e provinciali; ed un progresso maggiore fu fatto quando, costituitosi il partito socialista, essi andarono a votare per una grande idea.

Ora rimangono tuttavia moltitudini di operai e di contadini ligi ai padroni, che li sfruttano economicamente e politicamente, come lavoratori e come elettori. È forse contrario ai nostri principii tentare di strappare queste moltitudini alla loro servitù e gettarle nella lotta politica, magari se si debba cominciare dalle elezioni?

Ma si dirà, se non è contrario ai nostri principii che il popolo, invece di lasciare la scelta dei deputati e dei consiglieri alla classe dominante, concorra anch'esso alla loro elezione, è certamente contrario ai nostri principi accettare il mandato, andare alla Camera o al Municipio, votare le leggi, convalidare gli atti del governo e partecipare alle spoglie del potere.

D'accordo: ma io ripeto, si può andare al Parlamento o al Consiglio comunale non a governare, bensì a combattere il governo; non a far leggi, ma a dimostrare l'ingiustizia delle leggi che ci sono; non a mettere la mano nel sacco. ma a gridare ai ladri. Si può andare al Parlamento come un operaio, delegato dai suoi compagni, va in un'adunanza di padroni a discutere le condizioni di lavoro; o come un imputato o il suo difensore va in tribunale a dire le sue ragioni o quelle del suo cliente, anche quando non riconosce l'autorità dei giudici. Fino a che vige l'attuale sistema, l'imputato si deve difendere, l'operaio deve sforzarsi di ottenere condizioni meno dure dal padrone, e il popolo deve schermirsi dalla tirannide, mettendo bastoni fra le ruote del governo.

Per poco che valgano le elezioni, valgono a strappare qualche concessione al governo e ad imporgli un certo riguardo per l'opinione pubblica. E per poco che valga la presenza di socialisti o di rivoluzionari al Parlamento, vale qualche volta ad impedire una grave ingiustizia. E per poco che valgano le immunità parlamentari, non si può negare che molte riunioni si tengono grazie alla presenza di deputati. Oh! il governo restringerebbe volentieri l'elettorato, il numero dei deputati e le immunità che essi godono: e sarebbe felicissimo se potesse far senza addirittura di deputati e di elezioni.

Gli stessi anarchici astensionisti riconoscono che qualche frutto si può ricavare dalle elezioni; e qui a Roma hanno deliberato di proporre il Galleani per liberarlo dal domicilio coatto. Ottima idea, anche perchè il Galleani è giovane intelligente, sincero ed energico, tre qualità che non si trovano riunite in molti uomini. Ma, dico io, supponete che riesca, rinunzierà egli poi per tornare forse al domicilio coatto – donde voi dovreste trarlo fuori con una nuova elezione – e così di seguito?

E se non è contrario ai principi votare per liberare un coatto politico, sarà contrario ai principi votare per impedire al governo di fare di noi altrettanti coatti politici?

Il governo annunzia per la prossima legislatura il rimaneggiamento della legge sul domicilio coatto, una restrizione dell'elettorato e il prosieguo degli scioglimenti di associazioni e delle proibizioni di riunioni; i suoi candidati sono disposti ad approvare tutto questo, e magari nuovi stati d'assedio e nuovi massacri di moltitudini affamate.

Lasceremo fare? Staremo inerti spettatori di una lotta di cui le conseguenze ricadono su di noi? Per poco che l'opera nostra valga ad impedire la riescita di candidati ministeriali, vi rinunceremo noi, e rinunciandovi non faremo noi cosa grata al governo?

Ma taluni davvero si compiacciono della reazione. Perchè a dispetto delle persecuzioni le idee progrediscono, essi si immaginano che progrediscano a causa delle persecuzioni. C'è chi ripete ciò che scrive Malatesta: il dispotismo essere da preferire all'ibrido sistema attuale.

Supponiamo che il governo li prenda in parola e faccia un colpo di stato: sopprima il Parlamento, tolga la libertà di stampa e riduca l'Italia allo stato politico della Russia. Mi dicano sinceramente i miei amici: la causa del socialismo ci guadagnerebbe? o la lotta per il costituzionalismo assorbirebbe e impedirebbe per molti anni la lotta per il socialismo, come appunto avviene in Russia?

Mi si dirà: Questi a cui avete accennato, sono i vantaggi della lotta elettorale. Ad essi si contrappongono danni di gran lunga maggiori: la corruzione, le ambizioni, i compromessi coi partiti affini. Potrei rispondere che danni di questo genere si verificano in ogni opera nostra: sono il tributo che si deve pagare all'imperfezione dell'umana natura.

Se noi impiantiamo un giornale, ecco sorgere ambizioni, invidie, gelosie e magari (se il giornale prospera) un interesse economico in questo o in quello dei suoi redattori od amministratori. Rinunceremo noi, per questo inconveniente, a propagare le nostre idee per mezzo della stampa?

E non dirò che l'ambizione può essere utile, perchè non tutti gli uomini che lottano per un'idea, son mossi ad agire dalla pura convinzione della giustizia della loro causa. Molti eroi delle passate rivoluzioni furono spinti al sacrificio dal desiderio di far parlare di sè, da gelosia, da angustie finanziarie in cui versavano: e possiamo ammettere che anche oggi gli uomini praticano il bene per una varietà di motivi buoni, mediocri e cattivi.

In talune località il partito socialista è sorto perchè taluni vi hanno scorto un mezzo di andare al Consiglio comunale o al Parlamento. Meglio che sia sorto così che non sorgesse affatto. Man mano si verrà depurando; perchè la forza del socialismo sta in ciò, che esso risponde ai grandi interessi della grande maggioranza del popolo; e quando questo si fa innanzi, le ambizioni e le vanità individuali devono cedere e scomparire.

Ma è poi vero che le elezioni siano niente altro che una scuola di corruzione? Quelli che vanno a votare per il candidato socialista o operaio o rivoluzionano, sfidando ire governative e ire padronali e rimettendoci qualche soldo, non mi pare che si corrompano; al contrario si appassionano per la Causa, e lo stesso ardore che mettono nella lotta elettorale, posson metterlo in altro genere di lotta. Non credo che i ferventi elezionisti debbano essere necessariamente tiepidi rivoluzionari.

Ma la lotta elettorale ci obbliga a compromessi. Anche qui potrei rispondere che compromessi ne facciamo tutti i giorni, lavorando per un padrone od esercitando una professione, un commercio, notificando alla polizia le riunioni pubbliche da noi indette, mandando al procuratore del re la prima copia dei nostri giornali, ricorrendo ad avvocati che ci difendano avanti ai tribunali, intendendoci con altri partiti per date agitazioni. E se domani, fatta la rivoluzione, dovessimo attuare il socialismo, dico e sostengo che saremmo costretti a fare dei compromessi, se pure non volessimo imporre le nostre idee agli altri o sottometterci alle altrui.

Ma i compromessi elettorali possono cadere sui voti, non debbono cadere sui principi: si capisce che compromessi che offendano i principi, non si debbono accettare.

D'altra parte, se la nostra partecipazione alle elezioni non producesse altro vantaggio che quello di avvicinarci ai partiti affini, facendoci riconoscere ciò che vi può essere di giusto nei loro programmi – e di avvicinare i partiti affini a noi, facendoli convenire in una parte almeno delle nostre rivendicazioni – di accostare tutti al popolo e indurci a tener conto dei veri bisogni e sentimenti e delle vere aspirazioni di esso, solo per questo sarebbe da approvare.

In Germania, in Francia, nel Belgio l'interesse elettorale ha spinto i socialisti a consacrare una parte delle loro forze alla propaganda nelle campagne, per guadagnare i contadini alla causa del socialismo. Basterebbe questo fatto a giustificare la tattica elettorale; perchè chi è che non vegga che senza il concorso dei contadini una rivoluzione socialista non è possibile, e pure scoppiando, terminerebbe in un disastro.

Io non sono profeta, ma ho predetto ai miei amici astensionisti che (dove non ricorrano al ripiego del candidato protesta) essi non faranno neppure la propaganda astensionista.

Le elezioni si faranno, tutti i partiti si affermeranno: di voi e dei vostri principi e degli interessi che vi stanno a cuore, non si parlerà. Sarete dimenticati.

E lo ripeto, e i fatti mi daranno ragione. L'astensione ha la sua logica. Dal momento che le elezioni non servono, tanto vale starsene a casa. D'altronde, la gente è poco disposta ad ascoltare predicozzi; e durante l'agitazione elettorale non si appassiona che per quei principi che prendono corpo e persona, che diventano, per cosi dire, candidati.

Se volete dunque che si discuta di anarchia – ho detto e ripeto ai miei amici – dovete schierarvi pro o contro qualcuno. A questa condizione la vostra parola sarà ascoltata; la vostra opinione rispettata, condivisa o combattuta, ad ogni modo discussa; la vostra amicizia ricercata e la vostra inimicizia temuta.

Ma gli astensionisti non intendono queste ragioni. Essi sono dottrinari e argomentano così: «Il parlamentarismo è contrario ai principi anarchici. Dunque noi dobbiamo combatterlo con la parola, aspettando che si presenti l'occasione di distruggerlo coi fatti. Se poi le nostre forze bastano o no a quest'opera; se l'occasione tarda e frattanto il popolo langue e si scoraggia; se il popolo seguirà o no la nostra iniziativa; se le nostre idee si attueranno oggi o di qui a mille anni; o se per avventura siano troppo semplici e astratte per essere applicate, – tutto ciò non ci riguarda. Affermiamo le idee: esse troveranno la strada di attuarsi. Il popolo ammirerà la nostra coerenza e verrà a noi. E se anche non venisse, se pure le nostre idee dovessero non attuarsi nè ora nè mai, noi avremo fatto il nostro dovere. I mezzi termini ci indeboliscono, corrompono, dividono: la verità sola, detta tutta intera e senza ambagi, ci può salvare».

Prima di tutto, questo modo di ragionare implica il convincimento che essi soli, gli anarchici astensionisti, siano nel vero, che posseggano tutta intera la verità, e che non c'è che un modo di risolvere la questione sociale, ed è quello da essi proposto.

Poi, il ragionamento è radicalmente sbagliato. Le idee non valgono per se stesse, ma per l'azione che esercitano sulla sorte degli uomini.

Una verità che non si può attuare, non può essere perfettamente vera; un partito che non riesce a guadagnare alla sua causa la moltitudine, ha sbagliato strada. La lotta deve avere un fine immediato; dove tanti milioni di nostri simili soffrono giornalmente, è insensatezza consumare le proprie energie in guerricciole di partito e in quisquilie accademiche.

Il sistema parlamentare può non convenire alla società futura; frattanto la lotta elettorale ci offre mezzi e opportunità di propaganda e di agitazione. Essa ha anche inconvenienti come tutte le cose di questo mondo. Molto dipende dal modo come si fa.

Che direbbero gli anarchici a chi argomentasse cosi: la violenza è contraria ai nostri principi; dunque non dobbiamo usare la forza neanche per difendere la nostra vita?

Risponderebbero certamente che l'uso della forza ci è imposto dalle condizioni della società in cui viviamo; e così rispondo io ai loro argomenti contro la lotta politica parlamentare.

È vero o non è vero che l'uso dei mezzi legali ci è imposto nei tempi ordinari, come quello della violenza nelle occasioni straordinarie?

Io dico di si.

Non ci illudiamo. Sopra cento persone se ne possono trovare magari dieci capaci di affrontare la morte sul campo di battaglia o in una insurrezione; ma se ne troverà sì e no una disposta ad affrontare le piccole persecuzioni di tutti i giorni, ad andare in carcere, a farsi mandar via dal padrone, a veder la moglie e i figlioli soffrire la fame.

E i pochissimi che resistono a queste persecuzioni, il governo li conta, li sorveglia, li aggredisce e li sbaraglia in un momento.

Un partito veramente rivoluzionario deve stendere le sue propaggini fra il popolo, e questo non può farlo se non con un'azione che non sia esposta a troppi pericoli in tempi ordinari. La lotta elettorale risponde appunto a questa condizione; e non si può negare che, per averla adottata, il partito socialista è riuscito a riunire un gran numero di operai nelle sue file.

Viceversa, gli anarchici hanno veduto diradare le loro, appunto perchè si son voluti ostinare nella loro tattica astensionista; ed io non dubito che, se continueranno ad ostinarsi, cesseranno addirittura di esistere come partito; e di essi non si parlerà, come già non se ne parla, se non quando al governo piaccia di perseguitarli per sfogare su di essi la sua libidine di persecuzione.

Riepilogando, senza credere che la questione sociale possa essere risolta per mezzo di leggi e di decreti, io sono per la lotta elettorale e parlamentare:

perchè non è contrario ai principi socialisti e anarchici che il popolo faccia valere la sua volontà e i suoi interessi in tutti i modi possibili;

perchè è necessario sottrarre le classi lavoratrici alla loro dipendenza ereditaria da proprietari e da padroni, impedire che siano tratte alle elezioni come gregge, ed esercitarle alla vita pubblica e alla vita politica;

perchè le elezioni offrono opportunità di propaganda, di agitazione e di protesta contro gli arbitrii e le prepotenze del governo, come gli stessi astensionisti riconoscono con le loro candidature-protesta;

perchè nel momento attuale sono la quasi unica affermazione che ci è consentita, e il governo vuole contenderci anche questa, e sarebbe insensatezza cedergli;

perchè, in generale, noi abbiamo il dovere di non abbandonare le libertà che i nostri padri conquistarono combattendo, ma di difenderle energicamente e accrescerle;

perchè, senza credere molto efficace l'opera dei deputati socialisti, operai o rivoluzionar alla Camera, è invece utilissima l'azione che essi possono e devono spiegare a pro della causa fuori del Parlamento;

perchè l'esperienza ha dimostrato che erano esagerati i nostri timori per l'influenza corruttrice dello ambiente parlamentare sugli eletti del nostro partito; anzi il contrasto fra gli uomini di carattere e disinteressati che il socialismo pone innanzi come suoi rappresentanti e i rappresentanti corrotti e versipelle della borghesia, non può che conquistare alla nostra causa la simpatia della parte sana della popolazione;

perchè, infine, noi dobbiamo partecipare a tutte le lotte e agitazioni popolari, e spiegare la nostra azione in mezzo alla massa, non nei piccoli conciliaboli del partito.

Possano queste ragioni convincere i miei amici e indurli a uscire dal riserbo che si sono imposti, e a portare il contributo delle loro forze nell'attuale campagna elettorale contro il governo e per la difesa della Libertà e della Giustizia. Quanto a me, ripeto che il mio scopo, nel combattere la sterile tattica astensionista, non è stato di soddisfare una mia ambizione personale e accrescere di uno il numero dei deputati socialisti al Parlamento.

MALATESTA

LE CANDIDATURE DI PROTESTA

Breve nota di Malatesta pubblicata sull'Agitazione del 14 marzo 1897. Essa riguarda solo il problema delle candidatura protesta

I nostri compagni di Roma portano candidato l'amico nostro Luigi Galleani, domiciliato coatto, ed altre candidature protesta pare sieno state messe in altri posti. È difficile e penoso per noi dire franca e schietta la nostra opinione. Quando degli uomini che noi stimiamo ed amiamo e che molto han fatto e più faranno ancora per la causa nostra, stanno in galera o al domicilio coatto e si propone un mezzo per farli mettere fuori, come si fa a dire, per quanto cattivo sia il mezzo: no, lasciateli dentro!

Nullameno faremo forza a noi stessi ed apriremo intero l'animo nostro. Se altri ci troverà troppo intransigenti, ce lo perdoni in considerazione del fatto che in carcere ed al coatto ci siamo stati anche noi, che siamo sempre esposti a tornarci e che possiamo permetterci di essere severi con gli altri perchè abbiamo la coscienza che sapremmo essere severi con noi stessi. In quanto agli amici candidati essi ce lo perdoneranno di certo perchè sapranno apprezzare i nostri motivi: anzi di alcuni di loro sappiamo che sono completamente d'accordo con noi sull'argomento. La candidatura protesta, specialmente quando si è sicuri che l'eletto non vorrà a nessun costo fare il deputato, non è per se stessa contraria ai nostri principi e nemmeno alla nostra tattica; ma è nullameno una porta aperta all'equivoco ed alle transazioni. È il primo passo su di un pendio sdrucciolevole sul quale difficile è l'arrestarsi.

Già se si vuol votare per un candidato di protesta, bisogna essere elettore; quindi bisogna iscriversi, e chi non si iscrive è un negligente che non prepara i mezzi per raggiungere i suoi fini. Un passo ancora, un piccolo passo, e diremo anche noi, imitando i socialisti: Non è buon anarchico chi non si iscrive elettore. E quando si è iscritti e non si ha sotto mano un candidato protesta, forte è la tentazione di andare a votare lo stesso... per favorire un amico o per far dispetto ad un avversario. Siamo uomini tutti e costa tanto poco l'andare a mettere una scheda dentro un'urna. L'esperienza insegni.

Poi viene la questione della condotta dell'eletto. Sentite Merlino? egli già mette il cuneo nel fesso del ragionamento e vi dice: Quando avrete cavato Galleani dal domicilio coatto nominandolo deputato, dovrà egli dimettersi perchè sia mandato di nuovo al coatto e voi vi divertiate a cavarvelo ancora?

Noi siamo sicuri che Galleani, se fosse eletto, a Montecitorio non ci andrebbe o ci andrebbe solo un momento per sputar in viso ai deputati il suo disprezzo, ma la ragione resta lo stesso, questa volta, dalla parte di Merlino. E poi, avrebbero tutti la forza d'animo che noi conosciamo nel Galleani?

Le candidature protesta ci han ridato qualche compagno e noi ce ne rallegriamo di cuore. Ma non possiamo nasconderci che esse han fatto al nostro partito un torto grandissimo.

La candidatura Cipriani, per esempio, riuscì a liberare il Cipriani; ma fu pur essa che insinuò il parlamentarismo in Romagna e ruppe la compagine anarchica di quella regione.

Con questo noi non intendiamo biasimare i compagni di Roma. Al contrario, comprendiamo ed apprezziamo i loro motivi generosi. Solo ci lamentiamo che il partito nostro sia in così tristi condizioni da non poter far altro a pro dei nostri proscritti che ricorrere al mezzo debole e pericoloso delle candidature di protesta.

Lavoriamo, propaghiamo, organizziamo e potremo in seguito ottenere a favore dei nostri delle manifestazioni dell'opinione pubblica ben più significative e ben più efficaci delle elezioni.

MALATESTA

I MOTIVI DELL'ASTENSIONE

Esauriente risposta a Merlino. Malatesta la pubblica sull'Agitazione del 14 marzo 1897 col titolo «Anarchia e Parlamentarismo: risposta a Saverio Merlino».

I parlamentaristi sono in festa: a sentir loro astensionisti non ve ne sono più, perchè... Merlino si è convertito alle lotte elettorali. Essi credono che gli anarchici seguano ciecamente, come bene e spesso succede tra loro, questo o quell'uomo; noi invece riteniamo che Merlino resterà solo e dovrà cercare i suoi collaboratori fuori del campo anarchico, perchè i principii anarchici mal si conciliano con la fatica da lui sostenuta. Consta intanto che finora nessun anarchico che si sappia ha fatto adesione alle idee del Merlino.

Merlino nega (vedi l'Avanti! del 9 marzo) che la lotta politica parlamentare sia contraria ai principi socialisti-anarchici.

Intendiamoci bene. Quello che è contrario ai nostri principi è il parlamentarismo, in tutte le sue forme e tutte le sue gradazioni. E noi riteniamo che la lotta elettorale e parlamentare educa al parlamentarismo e finisce col trasformare in parlamentaristi coloro che la praticano.

Merlino, che pare si dica ancora anarchico e pare vada facendo continue riserve sull'abolizione piena ed intera del parlamentarismo ed accampa la fede nuovissima nella possibilità di un governo che sia servitore del popolo e si possa congedare quando non faccia il suo dovere o non si abbia più bisogno dell'opera sua, dovrebbe innanzi tutto spiegarci che cosa sarebbe questa sua anarchia parlamentare. Finora il socialismo anarchico alla fin fine, non è stato che il socialismo antiparlamentare; perchè allora continuare a chiamarlo anarchico?

L'astensione degli anarchici non è da confrontare con quella, per esempio, dei repubblicani. Per questi l'astensione è una semplice questione di tattica: si astengono quando credono imminente la rivoluzione e non vogliono distrarre forze dalla preparazione rivoluzionaria; votano quando non hanno di meglio da fare, ed il loro meglio è molto ristretto poichè rifuggono per ragioni di classe dalle agitazioni sovvertitrici degli ordini sociali. In realtà essi stanno sempre sul buon cammino: essi vogliono un governo parlamentare e gli elettori che conquistano adesso sono sempre buoni per mandarli un giorno alla costituente.

Per noi invece, l'astensione si collega strettamente con le finalità del nostro partito. Quando verrà la rivoluzione (fra mille anni, s'intende, ci badi il procuratore del re) noi vogliamo rifiutarci a riconoscere i nuovi governi che tenteranno d'impiantarsi, noi non vogliamo dare a nessuno un mandato legislativo e quindi abbiamo bisogno che il popolo abbia ripugnanza delle elezioni, si rifiuti a delegare ad altri l'organizzazione del nuovo stato di cose, e quindi si trovi nella necessità di fare da sè.

Noi dobbiamo far sì che gli operai si abituino, fin da ora, per quanto è possibile, nelle associazioni di ogni genere, a regolare da loro i propri affari, e non già incoraggiarli nella tendenza a rimettersene in altri.

Merlino per ora dice ancora che le elezioni debbono servire come mezzo di agitazione, che gli eletti socialisti non debbono essere legislatori, e che la lotta importante si deve fare nel popolo, fuori del parlamento.

Ma senta un po' i suoi amici dell'Avanti! Quelli sono logici. Essi vogliono andare al potere – per fare il bene del popolo, noi non ne dubitiamo – e quindi hanno ogni interesse a educare il popolo a nominare dei deputati e ad abituarsi essi a saper governare.

Ma Merlino dove vuole arrivare? Resterà egli eternamente tra il sì ed il no, tra il mi decido e non mi decido?

Egli col suo temperamento di uomo attivo si deciderà certamente, e noi crediamo, e ce ne addoloriamo davvero, che si deciderà col buttare a mare ogni reminiscenza anarchica e diventare un semplice parlamentarista. Già non mancano i sintomi che preannunziano la sua decisione definitiva.

Nella sua prima lettera al Messaggero la lotta parlamentare era un semplice episodio di scarsa importanza. Nella sua seconda le associazioni di resistenza, le cooperative ed il resto riescono a male e non si può far altro che andare al parlamento. Nella sua prima lettera gli anarchici dovevano mandare gli altri al parlamento, ma non andarci loro; nell'articolo sull'Avanti! già si dice che i deputati possono fare tante belle cose che sarebbe veramente un tradimento il rifiutarci a fare anche noi la nostra parte. E poi si parla di farsi arrestare col popolo. Come perdere la bella occasione di sacrificarsi per il popolo?

Merlino, ne siamo convinti perchè lo conosciamo, è sincero quando dice di non volere andare al parlamento. Ma la logica della posizione sarà più forte di lui, ed egli al parlamento ci andrà... se vorranno mandarcelo.

Tutta la forza dell'argomentazione di Merlino consiste in un equivoco. Egli pone in contrapposto da una parte la lotta elettorale e dall'altra l'inerzia, l'indifferenza e l'acquiescenza supina alle prepotenze del governo e dei padroni; ed è chiaro che il vantaggio resta alla lotta elettorale.

A questa stregua sarebbe facile il dimostrare che è una buona cosa andare a messa ed aspettare ogni bene dalla divina provvidenza, poichè l'uomo che crede nell'efficacia della preghiera è sempre superiore all'idiota che nulla desidera, nulla spera e nulla teme.

Ne segue da ciò che noi dovremmo metterci a predicare alla gente di andare in chiesa e sperare in Dio?

La questione è tutt'altra. Si tratta di cercare qual'è il mezzo più efficace di resistenza popolare, qual'è la via che, mentre soddisfa ai bisogni del momento, conduce più direttamente ai destini futuri dell'umanità, qual'è il modo più utile d'impiegare le forze socialiste.

Non è vero che senza il parlamento mancano i mezzi per far pressione sul Governo e metter freno ai suoi eccessi. Al contrario. Quando in Italia non v'era il suffragio popolare, v'era una libertà che oggi ci sembrerebbe grande; e le violenze governative, molto minori di quelle di Crispi e Di Rudinì, provocavano un'indignazione e una reazione popolare di cui oggi non si ha più l'idea. Lo stesso suffragio, di cui fan tanto caso, è stato naturalmente ottenuto quando il suffragio non v'era; ed ora che v'è, minacciano di toglierlo... effetto miracoloso della sua efficacia!

Merlino dice che Malatesta ha scritto che il despotismo è da preferire all'ibrido sistema attuale. Se la memoria non ci falla, scrisse Malatesta che al parlamentarismo accettato e vantato è da preferirsi il despotismo subito per forza e coll'animo intento alla rivolta. È una cosa ben differente ed in quella differenza sta la ragione della nostra tattica. Se il governo riducesse l'Italia allo stato politico della Russia, noi non dovremmo riprincipiare la lotta per il costituzionalismo, perchè sappiamo già quanto valgono le costituzioni e troveremmo modo di lottare per i nostri ideali anche senza quelle larve di libertà che servono piuttosto ad illudere le masse che a favorirne il progresso.

I socialisti parlamentari invece, imperniando tutta la loro attività intorno alla lotta elettorale, si condannano ad un lavoro di Sisifo; ed ogni volta che al governo piace di menomare le libertà politiche e le garanzie costituzionali, essi debbono mettere da parte il programma socialista e ridiventare costituzionalisti. A prova "La lega della libertà" dei tempi crispini, in cui Turati, Cavallotti e Di Rudinì eran diventati commilitoni e fratelli.

D'altronde il fatto è questo; se nel paese v'è coscienza e forza di resistenza, se vi sono partiti extracostituzionali che minacciano lo Stato, allora il governo rispetta lo Statuto, allarga il suffragio, concede libertà, tanto per aprire delle valvole di sicurezza alla crescente pressione; ed in Parlamento i deputati borghesi tuonano contro i ministri, tanto per farsi popolari. Se invece il governo vede che i partiti popolari fondano le loro speranze sull'azione parlamentare e che la cosa che più gli dà noia sono i deputati socialisti, allora respinge il suffragio, tien chiuso il parlamento, viola lo Statuto; e se i deputati hanno il nerbo, cosa rara, di resistere più che per burla, vanno in prigione malgrado il medaglino e l'immunità.

Quando Merlino poi dice che gli astensionisti sono dei dottrinari e si compiace a mettere in bocca loro una serie di ragionamenti che mena fuori di ogni vita reale ed al più completo quietismo, allora Merlino è... men che sincero.

Vi sono è vero degli anarchici che si curano poco della praticabilità delle loro idee e limitano il loro compito alla predica di nozioni astratte, che essi credono il vero assoluto... se vero oggi, o vero tra mille anni non importa.

Ma Merlino sa che quella tendenza non è quella di tutti gli anarchici, che di essa in Italia appena se ne ritroverebbe la traccia e che, anche all'estero, essa in fondo non è rappresentata che da poche personalità.

Servirsi dell'esistenza di una tale tendenza per attribuirla a tutti gli anarchici e darsi così l'aria di aver ragione, può essere un abile espediente di polemica, ma non è degno di chi cerca e vuol propagare la verità.

Quella tendenza quietista, per il fatto ch'essa aveva trovato simpatia in qualche uomo d'ingegno e di fama, è stata certamente una fra le cause che avevano arrestato lo sviluppo del movimento anarchico. Merlino, e noi, e tanti altri abbiamo combattuto quella tendenza; e se egli avesse continuato per la strada di prima, continuerebbe ad averci a compagno. Ma Merlino, proprio quando gli anarchici accennano ad uscire dalla crisi ed a ripigliare un lavoro fecondo, rinnega tutto ciò che egli stesso aveva detto; e, senza accampare una sola ragione nuova che non fosse stata già le mille volte detta dai legalitari e da lui stesso confutata, vorrebbe che noi lo seguissimo.

Oggi le critiche ch'egli può fare degli errori in cui son caduti gli anarchici non hanno più efficacia. Non sono più le osservazioni di un commilitone fatte negli interessi della causa comune ma gli attacchi di un avversario, che rischiano di non essere presi in considerazione, perchè ritenuti sospetti.

MAGGIORANZE E MINORANZE

Ulteriore risposta sotto forma di lettera, pubblicata sempre sull'Agitazione del 14 marzo 1897 e anche questa falsamente datata da Londra.

Carissimi compagni,

Mi rallegro della prossima pubblicazione del giornale «L'Agitazione», e vi auguro di cuore il più completo successo. Il vostro giornale compare in un momento in cui grande ne è la necessità, ed io spero che esso potrà essere un organo serio di discussione e di propaganda, ed un mezzo efficace per raccogliere e ricongiungere le sparse file del nostro partito. Potete contare sul mio concorso per tutto ciò che le forze mie, deboli purtroppo, mi permetteranno.

Per questa volta, tanto per isgombrarmi il terreno alla futura collaborazione, vi scriverò sopra alcuni punti che, se in certo modo mi riguardano personalmente, non sono senza portata sulla propaganda generale.

L'amico nostro Merlino, che come sapete, si perde ora nell'inane tentativo di voler conciliare l'anarchia col parlamentarismo, in una sua lettera al «Messaggero» volendo sostenere che «il parlamentarismo non è destinato a sparire interamente e qualche cosa ne rimarrà anche nella società che noi vagheggiamo», ricorda uno scritto da me inviato alla Conferenza anarchica di Chicago del 1893, in cui io sostenevo che «per talune cose il parere della maggioranza dovrà necessariamente prevalere a quello della minoranza».

La cosa è vera, nè le mie idee sono oggi diverse da quelle espresse nello scritto di cui si tratta. Ma Merlino, riportando una mia frase staccata per sostenere una tesi diversa da quella che sostenevo io, lascia nell'ombra e nell'equivoco quello che io veramente intendevo.

Ecco: v'erano a quell'epoca molti anarchici, e ve n'è ancora un poco, che scambiando la forma colla sostanza e badando più alle parole che alle cose, si erano formati una specie di «rituale del vero anarchico» che inceppava la loro azione, e li trascinava a sostenere cose assurde e grottesche.

Così essi, partendo dal principio che la maggioranza non ha il diritto d'imporre la sua volontà alla minoranza, ne conchiudevano che nulla si dovesse mai fare se non approvato all'unanimità dei concorrenti. Confondendo il voto politico, che serve a nominarsi dei padroni con il voto quando è mezzo per esprimere in modo spiccio la propria opinione, ritenevano anti-anarchica ogni specie di votazione. Così, si convocava un comizio per protestare contro una violenza governativa o padronale, o per mostrare la simpatia popolare per un dato avvenimento; la gente veniva, ascoltava i discorsi dei promotori, ascoltava quelli dei contraddittori, e poi se ne andava senza esprimere la propria opinione, perchè il solo mezzo per esprimerla era la votazione sui vari ordini del giorno... e votare non era anarchico. Un circolo voleva fare un manifesto: v'erano diverse redazioni proposte che dividevano i pareri dei soci; si discuteva a non finire, ma non si riusciva mai a sapere l'opinione predominante, perchè era proibito il votare, e quindi o il manifesto non si pubblicava, o alcuni pubblicavano per conto loro quello che preferivano; il circolo si scindeva quando non v'era in realtà nessun dissenso reale e si trattava solo di una questione di stile. E una conseguenza di questi usi, che dicevano essere garanzie di libertà, era che solo alcuni, meglio dotati di facoltà oratorie, facevano e disfacevano, mentre quelli che non sapevano o non osavano parlare in pubblico, e che sono sempre la grande maggioranza, non contavano proprio nulla. Mentre poi l'altra conseguenza più grave e veramente mortale per il movimento anarchico, era che gli anarchici non si credevano legati dalla solidarietà operaia, ed in tempo di sciopero andavano a lavorare, perchè lo sciopero era stato votato a maggioranza e contro il loro parere. E giungevano fino a non osare di biasimare dei farabutti, sedicenti anarchici, che domandavano e ricevevano denari dai padroni – potrei citare i nomi occorrendo – per combattere uno sciopero in nome dell'anarchia.

Contro queste e simili aberrazioni era diretto lo scritto che io mandai a Chicago.

Io sostenevo che non ci sarebbe vita sociale possibile se davvero non si dovesse fare mai nulla insieme se non quando tutti sono unanimemente d'accordo. Che le idee e le opinioni sono in continua evoluzione e si differenziano per gradazioni insensibili, mentre le realizzazioni pratiche cambiano a salti bruschi; e che, se arrivasse un giorno in cui tutti fossero perfettamente d'accordo sui vantaggi di una data cosa, ciò significherebbe che in quella data cosa ogni progresso possibile è esaurito. Così, per esempio, se si trattasse di fare una ferrovia, vi sarebbero certamente mille opinioni diverse sul tracciato della linea, sul materiale, sul tipo di macchine e di vagoni, sul posto delle stazioni, ecc., e queste opinioni andrebbero cambiando di giorno in giorno: ma se la ferrovia si vuol fare bisogna pure scegliere fra le opinioni esistenti, nè si potrebbe ogni giorno modificare il tracciato, traslocare le stazioni e cambiare le macchine. E poichè di scegliere si tratta è meglio che siano contenti i più che i meno, salvo naturalmente a dare ai meno tutta la libertà e tutti i mezzi possibili per propagare e sperimentare le loro idee e cercare di diventare la maggioranza.

Dunque in tutte quelle cose che non ammettono parecchie soluzioni contemporanee, o nelle quali le differenze d'opinione non sono di tale importanza che valga la pena di dividersi ed agire ogni frazione a modo suo, o in cui il dovere di solidarietà impone l'unione, è ragionevole, giusto, necessario che la minoranza ceda alla maggioranza.

Ma questo cedere della minoranza deve essere effetto della libera volontà, determinata dalla coscienza della necessità; non deve essere un principio, una legge, che s'applica per conseguenza in tutti i casi, anche quando la necessità realmente non c'è. Ed in questo consiste la differenza tra l'anarchia e una forma di governo qualunque. Tutta la vita sociale è piena di queste necessità in cui uno deve cedere le proprie preferenze per non offendere i diritti degli altri. Entro in un caffè, trovo occupato il posto che piace a me e vado tranquillamente a sedermi in un altro, dove magari c'è una corrente d'aria che mi fa male. Vedo delle persone che parlano in modo da far capire che non vogliono essere ascoltate, ed io mi tengo lontano, magari con incomodo mio, per non incomodar loro. Ma questo io lo fo perchè me lo impongono il mio istinto d'uomo sociale, la mia abitudine di vivere in mezzo agli uomini ed il mio interesse a non farmi trattar male se io facessi altrimenti; quelli che io incomoderei, mi farebbero presto sentire in un modo o in un altro il danno che v'è ad essere uno zotico. Non voglio che dei legislatori vengano a prescrivermi qual'è il modo col quale io debbo comportarmi in un caffè, nè credo che essi varrebbero ad insegnarmi quell'educazione che io non avessi saputo apprendere dalla società in mezzo a cui vivo.

Come fa il Merlino a cavare da questo che un resto di parlamentarismo vi dovrà essere anche nella società che noi vagheggiamo?

Il parlamentarismo è una forma di governo nella quale gli eletti del popolo, riuniti in corpo legislativo fanno, a maggioranza di voti, le leggi che a loro piace e le impongono al popolo con tutti i mezzi coercitivi di cui possono disporre.

È un avanzo di questa bella roba, che Merlino vorrebbe conservata anche in Anarchia? Oppure, poichè in Parlamento si parla, e si discute e si delibera, e questo si farà sempre in qualsiasi società possibile, Merlino chiama questo un avanzo di parlamentarismo?

Ma ciò sarebbe davvero giuocar sulle parole, e Merlino è capace di altri e ben più seri procedimenti di discussione.

Non si ricorda il Merlino quando polemizzando insieme contro quegli anarchici che sono avversi ad ogni congresso perchè appunto ritengono i congressi una forma di parlamentarismo, noi sostenevamo che l'essenza del parlamentarismo sta nel fatto che i parlamenti fanno ed impongono leggi, mentre un congresso anarchico non fa che discutere e proporre delle risoluzioni, che non hanno valore esecutivo se non dopo l'approvazione dei mandanti e solo per coloro che le approvano? O che le parole hanno cambiato di significato ora che Merlino ha cambiato d'idee?

MALATESTA

SULLA LINEA DELL'ANARCHISMO

Continuazione della lettera in parte pubblicata Il 14 marzo 1897, nel numero dell'Agitazione dei 21 marzo 1897. Lo polemica s'allarga.

Osvaldo Gnocchi Viani, parlando nella «Lotta di Classe» della discussione fra me e Merlino a proposito della lotta elettorale, dice che noi, Merlino ed io, «ci siamo staccati dallo stipite anarchico-individualista ed abbiamo fatto un'evoluzione verso il metodo dell'organizzazione e dell'azione politica» e quindi conchiude che Merlino ed io abbiamo fatto un'evoluzione dello stesso genere, e che solo differiamo perchè l'uno ha corso più dell'altro, ed io non so e non voglio «lasciarmi andare fin là» cioè fino ad accettare la tattica elettorale.

Tutti questi spropositi si capirebbero in uno che fosse completamente ignaro della storia del movimento nostro in Italia; ma in Gnocchi Viani fan meraviglia davvero, e fan vedere come il partito preso può ottenebrare il giudizio anche negli uomini meglio informati, e, d'ordinario, più sereni ed equanimi.

Staccati dallo stipite anarchico-individualista! Ma quando mai Merlino ed io siamo stati individualisti? E che cosa è mai questo stipite anarchico-individualista? In Italia per molto tempo tutti gli anarchici furono socialisti, anzi il socialismo vi è nato anarchico, or sono già quasi trent'anni. Gnocchi Viani se ne deve ricordare. L'individualismo cosiddetto anarchico venne molto più tardi e ci ebbe sempre avversari, tanto Merlino che io.

Evoluzione verso il metodo dell'organizzazione e dell'azione politica! Ma chi di noi ha mai cessato dal riconoscere e propugnare la suprema necessità della organizzazione, e quella della lotta politica? Sulla prima questione noi abbiamo sempre sostenuto che l'abolizione del governo e del capitalismo è possibile solo quando il popolo, organizzandosi, si metta in grado di provvedere a quelle funzioni sociali a cui provvedono oggi, sfruttandole a loro vantaggio, i governanti e i capitalisti. Quindi non volendo governo, noi abbiamo una ragione di più di tutti gli altri per essere caldi partigiani dell'organizzazione.

E sulla seconda questione, chi più di noi ha sostenuto che alla lotta contro il capitalismo bisogna unire la lotta contro lo Stato, vale a dire la lotta politica?

Oggi v'è una scuola che per lotta politica intende la conquista dei pubblici poteri mediante le elezioni; ma Gnocchi Viani non può ignorare che la logica impone altri metodi di combattimento a chi vuole abolire il governo e non già occuparlo.

Merlino ed io ci siamo trovati d'accordo nel segnalare gli errori che, secondo noi, si erano infiltrati nelle teorie anarchiche ed i mali che avevano afflitto il nostro partito, e Merlino ci ha messo, mi compiaccio di riconoscerlo, più attività che non abbia fatto io. Ma, quando i mali da noi lamentati sono già quasi da tutti riconosciuti, quando gli errori incominciano ad essere respinti e l'organizzazione del partito incomincia sul serio, allietandoci di belle speranze, Merlino crede di scorgere la salvezza nella tattica elettorale, che è stata già per lunga esperienza così grande jattura per la causa socialista, e ci lascia. Tanto peggio. Noi continueremo lo stesso senza di lui.

Questo non significa essere andati un po' più o un po' meno avanti sulla stessa via, ma aver percorso insieme una certa strada, e pci giunti al bivio, essersi separati, l'uno pigliando ca una parte e l'uno dall'altra. Non pare così anche a Gnocchi Viani?

MERLINO

DA UNA QUESTIONE DI TATTICA AD UNA
QUESTIONE DI PRINCIPIO

Risposta di Merlino pubblicata sull'Agitazione dei 28 marzo 1897 col titolo: «Da una questione di tattica a una questione di principii». La risposta è preceduta da una breve introduzione di Malatesta, che riproduciamo.

Sotto questo titolo riceviamo da Saverio Merlino l'articolo seguente, che pubblichiamo con piacere.

Il Merlino può essere sicuro di trovare sempre in noi la serenità e l'amore impregiudicato della verità, che egli desidera. D'altronde, noi conveniamo con lui che spesso gli anarchici si sono mostrati intolleranti e troppo pronti alle ire ed ai sospetti; ma non bisognerebbe poi, nell'entusiasmo dei mea culpa, pigliare tutti i torti per noi e dimenticare che l'esempio e la provocazione ci sono venuti il più sovente dagli altri. Senza rimontare ai tempi di Bakunin ed alle infami calunnie ed invereconde menzogne che ancora si raccontano ai giovani che non sanno la storia nostra, ci basti ricordare la condotta dei socialisti democratici negli ultimi Congressi Internazionali verso gli anarchici, e certi articoli apparsi, non è gran tempo, nella stampa socialista democratica di vari paesi.

In ogni modo, cerchiamo, se ci riesce, di esser giusti noi, checchè facciano e dicano i nostri avversarii.

Ecco l'articolo di Merlino:

– Vediamo un po' se è possibile continuare a discutere serenamente senza ire nè sospetti, come abbiamo principiato. Sarebbe una cosa quasi nuova e di così lieto augurio, che io dovrei rallegrarmi di avere offerto ai miei amici l'opportunità di dimostrare che il partito anarchico comincia ad educarsi all'osservanza dei principi che professa.

E prima di tutto, sono io anarchico?

Rispondo: se l'astensionismo è dogma di fede anarchica, no. Ma io non credo al dogma. Non credo contrari ai principi nostri la difesa e l'esercizio dei nostri diritti – neppure dei minimi. Non credo che esercitando il diritto di voto, che ci viene consentito, noi si rinunzi ai diritti maggiori, che ci vengono negati e che dobbiamo rivendicare.

Credo che l'agitazione elettorale ci offra modi e opportunità di propaganda, a cui sarebbe follia rinunciare, specialmente in questo quarto d'ora e in Italia dove quasi ogni altra affermazione ci è interdetta, e credo che non se ne possa trarre tutto il profitto possibile quando si sostiene l'astensione. (Di ciò abbiamo fatto la prova in questi giorni qui a Roma, dove presentando la candidatura Galleani, abbiamo potuto tenere comizi, diffondere manifesti, guadagnarci la simpatia di molti che ci erano ostili o indifferenti come non avremmo mai potuto fare se fossimo rimasti astensionisti) –. Del resto non credo alla conquista dei poteri pubblici: sostengo che tanto la lotta per la libertà, quanto quella per l'emancipazione economica debba essere combattuta principalmente fuori del Parlamento. L'opera dei deputati operai, socialisti e rivoluzionarii la ritengo utile non per se stessa ma in aiuto alla lotta extraparlamentare. E se così pensando non mi trovo perfettamente d'accordo nè con gli anarchici nè coi socialisti-democratici me ne duole sinceramente: ma posso io disdirmi?

Ma ormai pro e contro la partecipazione alle elezioni mi pare che si sia detto a un dipresso tutto quello che si poteva dire: ed io mi compiaccio che la disputa sia stata da Malatesta sollevata nella sfera dei principii: ed anche per questo non mi pento di averla suscitata.

Non si può negare che attorno ai nostri principii – che son veri, se rettamente interpretati – son pullulati molti errori e molti sofismi.

Uno di questi è che gli uomini debbano far tutto da sè, individualmente; che un uomo non debba farsi mai rappresentare da un altro, che le minoranze non debbano cedere alle maggioranze (essendo più probabile che s'ingannino queste che quelle); che nella società futura gli uomini si troveranno miracolosamente d'accordo, o se non i dissidenti si separeranno e ciascuno agirà a sua guisa: che ogni altra condotta sarebbe contraria ai nostri principii.

Io vorrei qui ripetere parola per parola le giustissime e lucidissime considerazioni che fa Malatesta (e non per la prima volta) contro codesto modo d'intendere l'anarchia nel n. 1 dell'«Agitazione», concludendo col dire:

«Dunque in tutte quelle cose che non ammettono parecchie soluzioni contemporanee, o nelle quali le differenze d'opinione non sono di tale importanza che valga la pena di dividersi ed agire ogni frazione a modo suo, ed in cui il dovere di solidarietà impone l'unione, è ragionevole, giusto, necessario che la minoranza ceda alla maggioranza».

In due punti però io credo di dissentire da lui: in primo luogo, Malatesta sembra credere che le cose nelle quali per le varie ragioni da lui accottate è necessità convenire sieno tutte cose di poco momento. Si vede dagli esempi che adduce. Vado in caffè: trovo i posti migliori occupati; devo rassegnarmi a stare sull'uscio, o andar via. Vedo persone parlar sommessamente: devo allontanarmi per non essere indiscreto e via dicendo. Io invece credo (e forse anche Malatesta lo crede, ma non lo dice) che tra le questioni nelle quali converrà l'accordo e quindi, se non è possibile essere tutti della stessa opinione, è necessario cercare un compromesso, ve ne sono delle gravissime: e sono tali propriamente tutte le questioni sull'organizzazione generale della società e tutti i grandi interessi pubblici. Vi può essere nella società qualcuno che ritenga giusta la vendetta: ma la maggioranza degli uomini ha diritto di decidere che è ingiusta e d'impedirla. Vi può essere una minoranza, che preferisca di organizzare l'industria dei trasporti per le vie ferrate in modo cooperativistico, o collettivistico, o comunistico, od in un altro modo: ma l'organizzazione non potendo essere che una, è necessità che prevalga il parere dei più. Vi può essere uno che ritenga addirittura una vessazione il provvedimento tale, adottato per impedire il diffondersi di una malattia contagiosa: ma la società ha diritto di premunirsi dai mali epidemici. Il secondo dissenso tra Malatesta e me è in questo, che io non credo di poter profetare che nella società futura la minoranza sempre e in tutti i casi si arrenderà volentieri al parere della maggioranza, Malatesta invece dice: «Ma questo cedere della minoranza dev'essere effetto della libera volontà determinata dalla coscienza della necessità».

E se questa volontà non c'è, se questa coscienza della necessità nella minoranza non c'è, se anzi la minoranza è convinta di fare il suo dovere resistendo? Evidentemente la maggioranza, non volendo subire la volontà della minoranza, farà la legge, darà alla propria deliberazione (come dice Malatesta a proposito dei Congressi) un valore esecutivo.

Malatesta dice anzi di più: e, a proposito di chi trova il posto preferito al caffè occupato, o di chi deve allontanarsi da un colloquio confidenziale dice: «Se io facessi altrimenti, quelli che io incomoderei mi farebbero sentire, in un modo o in un altro il danno che vi è ad essere uno zotico». Ed ecco una coazione. E si tratta, negli esempi addotti, di rapporti individuali e di questioni di pochissimo rilievo. Figuriamoci se si trattasse di una grave questione di pubblico interesse, come quelle a cui ho accennato io più sopra!

Sta bene che la coazione debba essere minima, e possibilmente più morale che fisica, e che si debbano rispettare i diritti delle minoranze, ed ammettere in taluni casi perfino la secessione della minoranza dissidente. Ma insomma è questione di più e di meno, di modalità e non di principii.

Nei casi, in cui ciò sia utile e necessario, dico io, non è contrario ai principi anarchici nè addivenire ad una votazione, nè provvedere all'esecuzione delle deliberazioni prese: e quando queste cose non si possono fare (per ragion di numero o di capacità) dagli interessati direttamente, non è contrario ai principi anarchici che, prese le debite precauzioni contro i possibili abusi, si deleghino ad altri.

Quindi io conchiudo:

– O si crede nell'armonia provvidenziale che regnerebbe nella società futura: ed allora ha torto Malatesta ed hanno ragione gl'individualisti.

– O Malatesta ha ragione ed allora non si ha più diritto di dire che ogni rappresentanza, ogni atto con cui il popolo confida ad altri la cura dei suoi interessi, sia contrario ai nostri principi.

A questo dilemma mi pare difficile di sfuggire.

MALATESTA

SOCIETÀ AUTORITARIA E SOCIETÀ ANARCHICA

Risposta di Malatesta sull'Agitazione del 28 marzo 1897.

Merlino dice senza dubbio molte cose giustissime e che diciamo anche noi; ma nell'affermare delle idee generali, sulle necessità della vita sociale, perde di vista, a parer nostro, la differenza tra autoritarismo ed anarchismo e le ragioni della differenza. Così che tutto il suo argomentare potrebbe servire benissimo per sostenere la necessità di un governo, e quindi l'impossibilità dell'anarchia.

Stabiliamo subito quali sono i punti in cui siamo d'accordo, acciò nè il Merlino nè altri, cui piaccia polemizzare con noi, perda il tempo a combattere in noi idee che non sono nostre, e riesca così a sfondare delle porte aperte.

Noi pensiamo che in molti casi la minoranza anche se convinta di aver ragione, deve cedere alla maggioranza, perchè altrimenti non vi sarebbe vita sociale possibile – e fuori della società è impossibile ogni vita umana. E sappiamo benissimo che le cose in cui non si può raggiungere l'unanimità ed in cui è necessario che la minoranza ceda non sono le cose di poco momento; ma anche, e specialmente, quelle di importanza vitale per l'economia della collettività.

Noi non crediamo nel diritto divino delle maggioranze, ma nemmeno crediamo che le minoranze rappresentino, sempre, la ragione ed il progresso. Galileo aveva ragione contro tutti i suoi contemporanei; ma vi sono oggi ancora alcuni che sostengono che la terra è piatta e che il sole le gira intorno, e nessuno vorrà dire che hanno ragione perchè son diventati minoranza. Del resto, se è vero che i rivoluzionari sono sempre una minoranza, sono anche sempre in minoranza gli sfruttatori ed i birri.

Così pure noi siamo d'accordo col Merlino nell'ammettere che è impossibile che ogni uomo faccia tutto da sè, e che, se anche fosse possibile, ciò sarebbe sommamente svantaggioso per tutti. Quindi ammettiamo la divisione del lavoro sociale, la delegazione delle funzioni e la rappresentanza delle opinioni e degli interessi propri affidata ad altri.

E soprattutto respingiamo come falsa e perniciosa ogni idea di armonia provvidenziale e di ordine naturale nella società, poichè crediamo che la società umana e l'uomo sociale esso stesso siano il prodotto di una lotta lunga e faticosa contro la natura, e che se l'uomo cessasse dall'esercitare la sua volontà cosciente e si abbandonasse alla natura, ricadrebbe presto nella animalità e nella lotta brutale.

Ma – e qui è la ragione per cui siamo anarchici – noi vogliamo che le minoranze cedano volontariamente quando così lo richieda la necessità ed il sentimento della solidarietà. Vogliamo che la divisione del lavoro sociale non divida gli uomini in classi e faccia gli uni direttori e capi, esenti da ogni lavoro ingrato, e condanni gli altri ad esser le bestie da soma della società. Vogliamo che delegando ad altri una funzione, cioè incaricando altri di un dato lavoro, gli uomini non rinunzino alla propria sovranità, e che, ove occorra un rappresentante, questi sia il portaparola dei suoi mandanti o l'esecutore delle loro volontà, e non già colui che fa la legge e la fa accettare per forza, e crediamo che ogni organizzazione sociale non fondata sulla libera e cosciente volontà dei suoi membri conduce all'oppressione ed allo sfruttamento della massa da parte di una piccola minoranza.

Ogni società autoritaria si mantiene per coazione. La società anarchica deve essere fondata sul libero accordo: in essa bisogna che gli uomini sentano vivamente ed accettino spontaneamente i doveri della vita sociale, e si sforzino di organizzare gl'interessi discordanti e di eliminare ogni motivo di lotta intestina; o almeno che, se conflitti si producono, essi non siano mai di tale importanza da provocare la costituzione di un potere moderatore, che col pretesto di garantire la giustizia a tutti, ridurrebbe tutti in servitù.

Ma se la minoranza non vuol cedere? dice Merlino. E se la maggioranza vuol abusare della sua forza? domandiamo noi.

È chiaro che nell'un caso come nell'altro non v'è anarchia possibile.

Per esempio noi non vogliamo polizia. Ciò suppone naturalmente che noi pensiamo che le nostre donne, i nostri bimbi e noi stessi possiamo andar per le strade senza che nessuno ci molesti, o almeno che se qualcuno volesse abusar su di noi della sua forza superiore, troveremmo nei vicini e nei passanti più valida protezione che non in un corpo di polizia appositamente stipendiato.

Ma se invece delle bande di facinorosi van per le strade insultando e bastonando i più deboli di loro ed il pubblico assiste indifferente a tale spettacolo? Allora naturalmente i deboli e quelli che amano la propria tranquillità invocherebbero la istituzione della polizia, e questa non mancherebbe di costituirsi. Si potrebbe forse sostenere che, date quelle circostanze, la polizia sarebbe il minore dei mali; ma non si potrebbe certo dire che si sta in anarchia. La verità sarebbe che quando v'è tanti prepotenti da un lato e tanti vili dall'altro l'anarchia non è possibile.

Quindi è che l'anarchico deve sentire fortemente il rispetto della libertà e del benessere degli altri, e deve fare di questo rispetto lo scopo precipuo della sua propaganda.

Ma, si obbietterà, gli uomini oggi sono troppo egoisti, troppo intolleranti, troppo cattivi per rispettare i diritti degli altri e cedere volontariamente alle necessità sociali.

Invero, noi abbiamo sempre riscontrato negli uomini, anche i più corrotti, tale un bisogno di essere stimati ed amati, e, in date circostanze, tanta capacità di sacrificio e tanta considerazione dei bisogni degli altri da sperare che, una volta distrutte con la proprietà individuale le cause permanenti dei più gravi antagonismi, non sarà difficile di ottenere la libera cooperazione di ciascuno al benessere di tutti.

Comunque sia, noi anarchici non siamo tutta l'umanità e non possiamo certamente far da noi soli tutta la storia umana; ma possiamo e dobbiamo lavorare per la realizzazione dei nostri ideali cercando di eliminare, il più possibile, la lotta e la coazione nella vita sociale.

E dopo ciò ha ragione di sostenere Merlino che il parlamentarismo non può sparire completamente e che ve ne dovrà restare qualche cosa anche nella società da noi vagheggiata? Noi crediamo che il chiamare parlamentarismo o avanzo di parlamentarismo quello scambio di servizi e quella distribuzione delle funzioni sociali senza di cui la società non potrebbe esistere, sia un alterare senza ragione il significato accettato delle parole, e non possa che oscurare e confondere la discussione. Il parlamentarismo è una forma di governo; e un governo significa potere legislativo, potere esecutivo e potere giudiziario; significa violenza, coazione, imposizione con la forza della volontà dei governanti ai governati.

Un esempio chiarirà il nostro concetto. I vari Stati d'Europa e del mondo stanno in rapporto tra di loro, si fanno rappresentare gli uni presso gli altri, organizzano servizi internazionali, convocano congressi, fanno la pace o la guerra, senza che vi sia un governo internazionale, un potere legislativo che faccia la legge a tutti gli Stati, ed un potere esecutivo che a tutti l'imponga.

Oggi i rapporti tra i diversi Stati sono ancora in molta parte fondati sulla violenza e sul sospetto. Alle sopravvivenze ataviche delle rivalità storiche, degli odi di razza e di religione e dello spirito di conquista, si aggiunge la concorrenza economica creata dal capitalismo, cosicchè siamo ogni giorno minacciati dalla guerra ed ogni giorno vediamo i grossi Stati far violenza ai piccoli.

Ma chi oserebbe sostenere che per rimediare a questo stato di cose bisognerebbe che ogni Stato nominasse dei rappresentanti, i quali, riunitisi stabilissero tra loro, a maggioranza di voti, i principi del diritto internazionale e le sanzioni penali contro i trasgressori e man mano legiferassero su tutte le questioni tra Stato e Stato; ed avessero a loro disposizione una forza per far rispettare le loro decisioni?

Questo sarebbe il parlamentarismo esteso ai rapporti internazionali; e lungi dall'armonizzare gl'interessi dei vari Stati e distruggere le cause dei conflitti, tenderebbe a consolidare il predominio dei più forti e creerebbe una nuova classe di sfruttatori e di oppressori internazionali. Qualche cosa di questo genere esiste di già in germe nel «concetto» delle grandi potenze, e tutti ne vediamo gli effetti liberticidi.

Ed ancora due parole sulla questione dell'astensionismo elettorale. Merlino continua a parlare dell'attività propagandista che si può spiegare per mezzo delle elezioni; ma non pensa a quello che si potrebbe fare se, respingendo la lotta elettorale, si portasse quell'attività sopra un altro campo più consono coi nostri principi e coi nostri fini.

Merlino non crede nella conquista dei poteri pubblici; ma noi non vorremmo questa conquista, nè per noi nè per altri, neanche se la credessimo possibile. Noi siamo avversari del principio di governo, e non crediamo che chi andasse al governo si affretterebbe poi a rinunziare al potere conquistato. I popoli che vogliono la libertà demoliscono le Bastiglie, i tiranni invece, domandano di entrarvi e fortificarvisi, colla scusa di difendere il popolo contro i nemici. Quindi noi non vogliamo che il popolo s'abitui a mandare al potere i suoi amici, o pretesi tali, e ad attendersi l'emancipazione dalla loro ascesa al potere.

L'astensione per noi è una questione di tattica; ma è tanto importante che, quando vi si rinunzia, si finisce col rinunziare anche ai principi. E ciò per la naturale connessione dei mezzi col fine.

Merlino si duole di non essere completamente d'accordo nè con noi nè coi socialisti democratici; ma dice che non si può disdire. Noi non gli domandiamo certamente di disdirsi, contro le sue convinzioni e contro la sua coscienza. Ma ci permettiamo di fargli un'osservazione.

Una tattica, per buona che sia, non vale se non quando è accettata da coloro che dovrebbero praticarla. Ora, a ragione o a torto, noi e gli anarchici tutti, della tattica proposta dal Merlino non vogliamo saperne. Non è meglio che egli stia con noi con cui ha pur comuni gl'ideali e comuni ha pure i mezzi principali di lotta, anzichè sciupare le sue forze in un tentativo che resterà sterile, ne siam sicuri, a meno che egli rinunzi all'anarchia e cerchi i suoi partigiani tra gli avversari nostri e suoi?

MERLINO

TENTATIVO DI CHIUDERE LA POLEMICA

Ulteriore intervento del Merlino sull'Agitazione del 19 aprile 1897 col titolo: «Poche parole per chiudere la polemica».

Mi pare che ci veniamo avvicinando.

In una società organizzata secondo i principi del socialismo anarchico le minoranze dovranno nelle cose di grave interesse comune indivisibile cedere al parere, e mettiamo pure al volere delle maggioranze: ma le maggioranze non dovranno abusare del loro potere ledendo i diritti delle minoranze. Senza un compromesso di questo genere la convivenza non sarebbe possibile.

Fin qui siamo d'accordo. Ma se una minoranza non vuole acconciarsi al parere della maggioranza in una delle questioni suddette? Voi dite che in questo caso non ci potrà più essere anarchia. Dunque la volontà di una piccola minoranza, anzi di un sol uomo, potrà fare in modo che l'Anarchia – come l'intendete voi – non si applichi affatto. Un pugno di farabutti o di reazionari o di eccentrici o di nevrotici, anche un sol individuo, potrà impedire che funzioni il sistema anarchico, soltanto col dire di no; rifiutandosi a cedere volontariamente alla maggioranza. E siccome qualche arfasatto ci sarà sempre in qualunque società, la conseguenza del vostro ragionamento è che l'Anarchia è una gran bella cosa, ma non si attuerà mai.

Io invece prendo l'Anarchia in un senso meno assoluto. Non metto l'aut aut che mettete voi. L'idea Anarchica per me si comincerà ad attuare molto prima che gli uomini raggiungano lo stato di perfezione, per cui, compenetrati dei vantaggi dell'associazione, essi cedano volontariamente gli uni agli altri. Essa ci deve suggerire fin da ora dei modi di provvedere ai comuni interessi e di risolvere i conflitti che possano nascere, senza autorità, senza accentramento, senza un potere costituito in mezzo alla società, capace d'imporre la volontà propria ed i proprii interessi alla moltitudine dei soggetti.

Questa è l'unica Anarchia attuabile ed è un'Anarchia prossimamente attuabile: di essa soltanto vale la pena di occuparsi.

Prendiamo gli esempi addotti da voi. Voi dite: in una società anarchica non vi può essere polizia. Ma perchè non vi sia polizia, bisogna che gli uomini si rispettino a vicenda, che un galantuomo possa camminare per le vie senza la paura di essere aggredito, od almeno, nella sicurezza di essere difeso dai vicini e dai viandanti se aggredito da uno più forte di lui. Se i deboli avessero a temere di essere accoppati per le vie, essi invocherebbero una polizia che li proteggesse, e l'Anarchia se ne andrebbe a gambe all'aria.

Cosicchè voi ponete il dilemma: o nessuna forma di difesa sociale o collettiva dal delitto – tranne la difesa fortuita della folla – oppure la polizia, il governo, l'ordine di cose attuale.

Io invece credo che tra il sistema attuale e quello che presuppone la cessazione del delitto ci sia posto per forme intermedie – per una difesa sociale che non sia la funzione di un Governo, ma che si eserciti, in ciascuna località, sotto gli occhi e il controllo dei cittadini come un qualunque servizio pubblico, d'igiene, di trasporto ecc. – quindi non possa degenerare in un mezzo di oppressione e di dominazione.

Preparare queste forme, e farle prevalere alla forma autoritaria attuale o ad altre simil. è appunto il compito dei socialisti anarchici. Ma questo compito non lo eseguiranno se essi diranno: l.anarchia non è possibile che allorquando la società non avrà più bisogno di garantirsi dal delitto – perchè non si commetteranno più delitti.

Nelle relazioni fra popoli voi dite: – gli Stati oggi fanno pace e guerre, osservano certe norme di giustizia nei loro rapporti (diritto delle genti, ecc.) senza un governo, un Parlamento, una polizia internazionale. E come non vi accorgete che il Governo dei Governi c'è, ed è di quella Potenza o di quelle Potenze che hanno il maggior numero di cannoni ed il maggior numero di uomini per caricarli e difenderli? E come non v'accorgete che i rapporti attuali fra popoli sono embrionali, i trattati di commercio, le convenzioni postali, sanitarie, monetarie, ed il cosiddetto diritto delle genti, accennando a relazioni che tendono a divenire permanenti e regolari, sono le prime linee di un'organizzazione degl'interessi internazionali, che si andrà sempre più sviluppando dopo che gli Stati attuali avranno cessato di esistere?

Noi dobbiamo adoperarci perchè questa organizzazione sia fatta in forma federativa e libertaria; non negarne la necessità e l'utilità. A me pare francamente che voi rimaniate a mezza via tra l'individualismo e il socialismo.

Ed ora lasciatemi tornare dalla questione di principii a quella di tattica.

Nell'articolo di fondo del numero 3 voi vi occupate delle recenti elezioni e dite:

«Francamente e grandemente ci rallegriamo del trionfo de' socialisti, perchè, per quanto ecc., dimostra pur sempre che l'idea del Socialismo si avanza, che cresce il numero di coloro che si ribellano agli ordini del padrone, del prete e del carabiniere e che questa Italia non è poi davvero quella terra di morti che è sembrata in questi ultimi anni».

Preziosa confessione che in realtà mi ha meravigliato. Voi astensionisti – che predicate che un popolo che vota abdica la sua sovranità nelle mani di pochi, ora invece vedete niente meno nel voto recente degli elettori italiani una ribellione agli ordini del padrone, del prete e dell'autorità – un'affermazione tanto importante dei diritti e delle aspirazioni del popolo, che esclamate giulivi che per queste elezioni è rimasto provato non essere l'Italia quella terra dei morti che è sembrata in questi ultimi anni.

E vi par poco questa dimostrazione? Mettete pure sul conto del parlamentarismo i compromessi, l'annacquamento dei programmi, la corruzione, ecc. Questi mali non potranno giammai far contrappeso all'immenso vantaggio di avere sentito battere l'anima di un popolo che, come voi dite, pareva morto e rassegnato all'inerzia della tomba.

Ora poi, se a voi è permesso di dire dopo le elezioni che esse sono riuscite una splendida affermazione del Socialismo, non poteva esser vietato a me di dire prima delle elezioni che bisognava fare in modo che riescissero una siffatta affermazione. Se non osta ai principii anarchici che voi vi congratuliate del trionfo dei socialisti, non deve neppure ostare che io dichiari che lo desideravo. Le vostre congratulazioni non sarebbero venute se qualcuno non avesse lavorato per il trionfo del Socialismo nelle elezioni. Ed io non ho torto se mi ostino a sostenere che gli anarchici possono fare assai meglio che stare a guardare e congratularsi del trionfo degli altri.

Al Governo non basta per continuare ad esistere la forza materiale delle baionette: gli ci vuole anche una forza morale che esso chiede alle elezioni – una apparenza di consentimento popolare. E l'acquisto di questa forza morale noi dobbiamo contendergli: perchè ridotto alla sola forza materiale, noi potremo combatterlo con successo alla prima occasione.

Un'ultima parola. Voi dite che tutti gli anarchici sono astensionisti. Oh! quanto v'ingannate! Gli astensionisti più accaniti votano ora pei repubblicani, ora pei socialisti, ora per amici personali senza parlare degli Azzaretti che non sono pochi! Quello che si guadagna con la tattica astensionista è di partecipare alle elezioni, non in nome dei nostri principi ma sotto falso nome e a beneficio di altri partiti.

MALATESTA

CONCEZIONE INTEGRALE DELL'ANARCHIA

Risposta di Malatesta sull'Agitazione del 19 aprile 1897.

Merlino va imparando un modo curioso di discutere. Sceglie da quel che gli dite una frase staccata, la tira e la torce, e riesce, poichè non tiene conto del contesto, a farvi dire quello che piace a lui. Inoltre non risponde mai alle vostre domande e alle vostre confutazioni; ma si attacca ad un vostro esempio o argomento incidentale e discute quello senza ricordarsi più della questione principale, sicchè l'oggetto della polemica ad ogni replica diventa un altro.

Infatti, chi potrebbe indovinare che noi stavamo discutendo se il parlamentarismo è compatibile o no con l'anarchia?

Continuando così potremmo ben discutere un secolo, ma non riusciremmo a sapere nemmeno se siamo d'accordo o no.

In ogni modo seguiamo Merlino sul suo terreno.

Perchè dice Merlino che «ci veniamo avvicinando»?

Perchè noi ammettiamo la necessità della cooperazione e dell'accordo fra i membri della società e ci pieghiamo alle condizioni fuori delle quali cooperazione ed accordo non sono possibili? Ma questo è socialismo, e Merlino sa che noi siamo sempre stati socialisti e perciò sempre molto «vicini».

La questione ora è se il socialismo deve essere anarchico o autoritario, vale a dire se l'accordo deve essere volontario o imposto.

Ma se la gente non vuole accordarsi? Eh! Allora sarà la tirannia o la guerra civile, ma non sarà l'anarchia. Per forza l'anarchia non si fa: la forza può e deve servire per abbattere gli ostacoli materiali, per mettere il popolo nella condizione di scegliere liberamente come vuol vivere, ma più non può fare.

Ma se «un pugno di farabutti o di nevrotici o anche un solo individuo si ostina nel dir no, allora non è possibile l'anarchia?» Diavolo! Non sofistichiamo. Questi individui sono ben liberi di dire no, ma non potranno impedire agli altri di far sì – e quindi dovranno adattarsi il meglio che possono. – Chè se poi «i farabutti o i nevrotici» fossero tanti da poter disturbare sul serio la società ed impedirle di funzionare pacificamente, allora... purtroppo, non saremmo ancora in anarchia.

Noi non facciamo dell'anarchia un eden ideale, che per essere troppo bello, si debba poi rimandare alle calende greche.

Gli uomini sono troppo imperfetti, troppo abituati a rivaleggiarsi ed odiarsi tra loro, troppo abbrutiti dalle sofferenze, troppo corrotti dall'autorità, perchè un cambiamento di sistema sociale possa, dall'oggi al domani, trasformarli tutti in esseri idealmente buoni ed intelligenti. Ma quale che sia l'estensione degli effetti che si possono sperare dal cambiamento, il sistema bisogna cambiarlo, e per cambiarlo bisogna che si realizzino le condizioni indispensabili al detto cambiamento.

Noi crediamo l'anarchia prossimamente attuabile, perchè crediamo che le condizioni necessarie alla sua esistenza vi siano già negl'istinti sociali degli uomini moderni, tanto che essi mantengono come che sia in vita la società, malgrado la continua azione dissolvente, antisociale, del governo e della proprietà. E crediamo che rimedio e baluardo contro le cattive tendenze di alcuni e contro i pericoli d'interessi e di gusti di altri non sia un governo qualsiasi, il quale essendo composto di uomini non può che far pendere la bilancia dalla parte degli interessi e dei gusti di chi sta al governo – ma la libertà la quale, quando ha a base l'uguaglianza di condizioni, è la grande armonizzatrice dei rapporti umani.

Noi non aspettiamo per volere attuata l'anarchia che il delitto, o la possibilità del delitto, sia sparita dai fenomeni sociali; ma non vogliamo la polizia, perchè crediamo che essa, mentre è impotente a prevenire il delitto, o ripararne le conseguenze, è poi per se stessa fonte di mille mali e pericolo costante per la società; e se per difendersi vi fosse bisogno di armarsi, vogliamo essere armati tutti e non già costituire in mezzo a noi un corpo di pretoriani. Noi ci ricordiamo troppo della favola del cavallo che si fece mettere il morso e montare in groppa l'uomo per meglio dar la caccia al cervo – e Merlino sa bene che menzogna sia «il controllo dei cittadini», quando i controllati sono quelli che hanno in mano la forza!

Inesatto pure è Merlino quando si serve del nostro esempio del «Concerto europeo». Noi non abbiam detto che nei rapporti attuali tra gli Stati vi sia eguaglianza e giustizia, nè abbiam negato la necessità di una organizzazione, federativa e libertaria, degl'interessi internazionali. Noi abbiam detto solamente che alla prepotenza ed all'ingiustizia che prevalgono oggi nei rapporti tra gli Stati, non sarebbe rimedio un Governo ed un Parlamento internazionale. La Grecia subisce oggi la posizione delle Grandi Potenze, e vi resiste: se essa avesse un rappresentante in un Parlamento internazionale e si fosse impegnata a rispettare le risoluzioni della maggioranza di detto Parlamento, essa subirebbe un'eguale e maggiore prepotenza e non avrebbe il diritto di resistervi.

E poi, che intende Merlino quando dice che noi siamo a mezza strada tra l'individualismo ed il Socialismo?

L'individualismo, o è la teoria della lotta: «ciascun per sè e periscano i deboli»; oppure è quella dottrina che sostiene che pensando ciascuno a se stesso e facendo a suo modo senza preoccuparsi degli altri, ne risulta, per legge naturale, l'armonia e la felicità di tutti.

Nell'un senso e nell'altro noi siamo agli antipodi degl'individualisti, tanto quanto vi può esser Merlino. La questione tra noi e lui è questione di autorità, o libertà; e, francamente, a noi pare ch'egli stia – o, meglio, sia ritornato – a mezza strada tra l'autoritarismo e l'anarchismo.

Ed ora alla questione di tattica.

Merlino si meraviglia che noi ci siamo rallegrati del trionfo dei socialisti. La meraviglia ci sembra strana davvero.

Noi ci rallegriamo quando i socialisti democratici trionfano sui borghesi, come ci rallegreremmo di un trionfo dei repubblicani sopra i monarchici, ed anche di uno dei monarchici liberali sopra i clericali.

Se avessimo potuto convertire all'anarchismo coloro che hanno votato pei socialisti ed ottenere che questi non avessero avuto nemmeno un voto, ne saremmo stati felicissimi. Ma nel caso concreto, se i centomila e tanti elettori che han votato pei socialisti non lo avessero fatto, non è perchè sarebbero stati degli anarchici, ma è perchè sarebbero stati o dei conservatori di vari gradi, oppure gente che si asteneva per indifferenza, o che indifferentemente votava per chi pagava o prometteva o minacciava di più. E Merlino si meraviglia che noi preferiamo saperli socialisti, o mezzi socialisti?

Il bene e il male sono cose relative; ed un partito per quanto reazionario può rappresentare il progresso di fronte ad uno più reazionario ancora.

Noi ci rallegriamo sempre quando vediamo un clericale che diventa liberale, un monarchico che diventa repubblicano, un indifferente che diventa qualche cosa; ma da ciò non deriva che dobbiam farci monarchici, liberali o repubblicani noi, che crediamo di star più avanti.

Per esempio, visto lo stato presente delle province meridionali, sarebbe stato un ottimo sintomo se avessero trionfato sopra larga scala non fosse altro che i cavallottiani; e noi ce ne saremmo rallegrati, come crediamo se ne sarebbero rallegrati anche i socialisti democratici. Ma non per questo socialisti ed anarchici avrebbero dovuto nel Mezzogiorno difendere i cavallottiani. Al contrario, i socialisti mettono dappertutto le candidature loro, anche se questo debba diminuire la probabilità di riuscita del candidato meno reazionario – e noi predichiamo dappertutto l'astensione cosciente, senza preoccuparci se essa possa favorire un candidato o l'altro. Per noi non è il candidato che importa, perchè tanto non crediamo nell'utilità di avere dei «buoni deputati»; quel che importa è la manifestazione dello stato d'animo del pubblico; e fra i tanti curiosi stati d'animo in cui può trovarsi un elettore, il migliore è quello che gli fa comprendere la inutilità ed i danni della deputazione al Parlamento e lo spinge a lavorare per quel che desidera, direttamente, associandosi a tutti quelli che hanno gli stessi suoi desideri.

Infine, perchè mai Merlino ha voluto chiudere la sua lettera con delle insinuazioni, che, viste le relazioni in cui in questo momento egli si trova con gli anarchici, sono almeno di cattivo gusto? Merlino si dice sempre anarchico e si sforza per farci concepire l'anarchia come l'intende lui e per farci accettare la tattica sua: ed è suo diritto. Ma perchè piglia un tono che si può forse usare coll'avversario che non ci importa di offendere, ma non conviene con compagni che si vuole convincere ed attirare?

Già tempo fa, rispondendo nel Messaggero al Malatesta che aveva parlato della «incipiente riorganizzazione» del partito anarchico, Merlino ne faceva le beffe, quando egli sapeva che gli anarchici si riorganizzavano davvero, ed avevano già ottenuto dei risultati modesti sì, ma ben reali. Ora poi viene a tirar fuori gli anarchici che si dicono astensionisti e votano, e ci butta sul viso l'Azzaretti, che noi stessi abbiamo denunziato in queste colonne.

Ebbene se vi sono degli «astensionisti» che votano – e sappiamo che ve ne sono di fatto – ciò vuol dire o che non hanno coscienza completa delle opinioni che professano, oppure che non trovano in mezzo agli anarchici la forza sufficiente per resistere alle influenze dal di fuori: ed il rimedio non è di rinunziare tutti al programma, o di aumentare le cause di confusione e di debolezze, ma di accrescere la coscienza degl'individui e di rinforzare l'organizzazione del partito.

E se poi vi sono anche dei farabutti, che si vendono, non c'è che da scoprirli e cacciarli.

MALATESTA

INCOMPATIBILITÀ

Nota di chiusura della prima parte della polemica, dovuta a Malatesta, pubblicata dall'Agitazione del 25 aprile 1897.

Merlino ci scrive di nuovo e si lamenta del «tono poco amichevole» del nostro articolo. Ma nel farlo prende tale un tono che impedisce a noi, che vogliamo restar calmi davvero, di pubblicare integralmente la sua risposta. Ci sforzeremo del resto di riportare, con le sue stesse parole, tutti i suoi argomenti.

Merlino è offeso perchè dicemmo ch'egli aveva fatto delle insinuazioni. Insinuazione non sempre significa bugia; e noi d'altronde avvertivamo che sapevam vero quello che Merlino diceva. Ma lamentavamo ch'egli venisse con accuse generali e impersonali a turbare la serenità della discussione.

Ora poi Merlino ci viene a parlare di gente che ha «lavorato» per Zuccari in mezzo agli anarchici, di uno che ha preso cento lire da un candidato monarchico e d'altre porcherie. Noi conosciamo troppo Merlino per avere la più lontana idea ch'egli menta; ma che significa questo suo venire a gettare il sospetto fra noi, quando poi non mette fuori i nomi e non ci mette in grado di poter distinguere i buoni dai falsi compagni, i convinti dai vacillanti? Ci mandi Merlino fatti e nomi; ci autorizzi a pubblicarli sotto la sua responsabilità, e noi gliene saremo gratissimi. Noi vogliamo anzitutto essere un partito di gente pulita.

Ma quel che è poi strano davvero è che Merlino trova che questo fango elettorale, che manda i suoi schizzi fino in mezzo a noi sia la conseguenza della tattica... astensionista!!! A noi pare invece una ragione di più per fare dell'astensionismo elettorale un punto importante del nostro programma, ed è per questo che siamo ostili anche alle candidature di protesta. E passiamo oltre.

Merlino protesta ch'egli non sapeva quando scrisse al Messaggero che gli anarchici si riorganizzavano. E noi gli crediamo; ma ci domandiamo allora se Merlino, prima di metter fuori al pubblico la sua nuova tattica, non avrebbe fatto bene a mettersi un po' più a contatto coi suoi vecchi compagni. Merlino aggiunge che alla riorganizzazione non ci crede nemmeno ora – e questo è affar suo. Ai compagni tutti il dargli, coi fatti, un'eloquente smentita.

Ed ora agli argomenti. Merlino scrive:

«La difesa sociale (scrivete voi) dev'esser la cura di tutta la società; e se per difendersi vi fosse bisogno di armarsi, vogliamo essere armati tutti.»

«Così ragionando, l'amministrazione della pubblica ricchezza dev'essere la cura di tutta la società; e se per amministrarla vi fosse bisogno di far progetti, compilare statistiche, studiare scienze tecniche – ebbene quelle cose vogliamo farle tutti.

«L'educazione e l'istruzione dei fanciulli dev'essere la cura di tutta la società. Chi non sa quanto sia pericoloso confidare a pochi individui la cura di educare la nuova generazione? Dunque facciamoci tutti professori.

«E via di questo passo, si nega il principio della divisione del lavoro, si arriva al concetto Kropotkiniano, che il popolo in massa distribuirà le case, i viveri, il lavoro, farà tutto».

Se noi dicessimo che Merlino per confutarci ci affibbia delle idee che egli dovrebbe sapere non essere le nostre, egli se ne offenderebbe – e noi non vogliamo offenderlo.

Noi ammettiamo certamente la divisione del lavoro e ne apprezziamo i vantaggi; ma ne conosciamo pure i danni ed i pericoli. La divisione del lavoro è stata una fra le cause dell'assoggettamento delle masse al dominio delle caste privilegiate. E col principio della divisione del lavoro si può tentare la giustificazione di tutte le mostruosità sociali: divisione tra lavoro mentale e lavoro manuale, divisione fra il lavoro di direzione e quello di esecuzione, divisione tra il lavoro di produzione e quello di difesa dei produttori... che poi si riassumono e si concretano nella divisione tra il lavoro di mangiare e quello di produrre, tra il lavoro di bastonare e quello di farsi bastonare. Menenio Agrippa conosceva già quest'argomento.

Noi crediamo che carattere essenziale, non solo dell'anarchismo ma del socialismo in genere, sia il volere che certe funzioni debbano appartenere indistintamente a tutti i membri della società, malgrado i vantaggi tecnici che vi potrebbero essere nell'affidarle ad una classe speciale. Si divida pure il lavoro fino a che si può, per aumentare la produzione e facilitare il funzionamento della vita sociale: ma sian salvi innanzi tutto l'integrale sviluppo e l'eguale libertà di tutti gli individui.

Tra le funzioni che, secondo noi, non si possono affidare senza gravi inconvenienti ad una classe speciale d'individui vi sono quelle in cui potrebbe esserci bisogno di adoperare la forza fisica contro un essere umano.

Così per esempio, potrebbe, non lo neghiamo, esservi un vantaggio tecnico ad avere un corpo di specialisti incaricati di diagnosticare la follia pericolosa e di portare i matti al manicomio, ma, che volete? Noi abbiam paura che quei signori dottori ed infermieri giudicherebbero matti tutti quelli che non la pensano come loro. Lombroso insegni, che ci rinchiuderebbe tutti, Merlino compreso! Per la polizia propriamente detta, peggio di peggio: addestrate un uomo a dar la caccia agli uomini ed avrete, tecnicamente parlando, un buon agente di polizia; ma nello stesso tempo avrete spento in lui ogni sentimento di simpatia umana, avrete spento l'uomo e non troverete più che lo sbirro.

E non ci estendiamo sul soggetto perchè, polemizzando col Merlino, noi non intendevamo discutere sui modi migliori di soddisfare ai diversi bisogni della società, ma sulla questione specifica delle elezioni e del parlamentarismo. I vari problemi che possono presentarsi nella vita sociale possono essere risolti, bene o male, in modi diversi. La questione che trattavamo era piuttosto il modo di risolverli: autorità o libertà, delegazione di potere o delegazione di lavoro, governo parlamentare o anarchia – e su questa questione ci pare che Merlino, malgrado la protesta stizzosa che ci manda in contrario, abbia scivolato.

Merlino continua:

«La divergenza tra noi è sul modo d'intendere l'Anarchia.»

«Voi dite: l'Anarchia sarà quando gli uomini sapranno vivere d'accordo. Quando?»

«Io dico: l'Anarchia sarà quando gl'interessi collettivi della società saranno organizzati, non già assolutamente senza coazione; ma, sia pure con quel po' di coazione morale, economica o fisica che è inevitabile – senza quel potere costituito in mezzo alla società, armato di leggi e di baionette e arbitro della roba e della vita dei cittadini che si chiama governo».

Vale a dire che Merlino non credendo possibile ora l'Anarchia completa – l'organizzazione senza coazione – vorrebbe accostarvisi il più che si può. E sta bene: noi abbiamo già detto che non essendo noi tutta l'umanità non possiamo – e appunto perchè anarchici non pretendiamo – far da noi soli tutta la storia umana.

L'umanità cammina secondo la risultante delle mille forze che in vari sensi la sollecitano. Noi non siamo che una di queste forze. La questione da discutersi è se, possibilizzando il nostro programma, noi otterremmo un risultato più vantaggioso, vale a dire più pronto e più vicino al nostro ideale, che combattendo per l'attuazione del programma pieno ed intero.

Noi crediamo di no.

Infine Merlino ritorna sulla questione di tattica, ma non fa che ripetere il già detto più volte. Noi pure non avremmo che da ripeterci, quindi preferiamo chiuder qui la polemica.

Oramai i compagni e tutti coloro che si sono interessati della discussione ne hanno inteso abbastanza per farsi un'opinione propria.

PARTE SECONDA

MALATESTA

NON CONFONDIAMO

Comincia la seconda parte della polemica. Nota del Malatesta pubblicata sull'Agitazione del 18 giugno 1897 col titolo : «Non confondiamo».

Leggiamo su qualche giornale anarchico estero dei giudizi sulla «evoluzione» di Merlino, che noi riteniamo erronei per ciò che riguarda la cosa ed ingiusti per ciò che si riferisce alla persona.

Merlino ha fatto una attivissima propaganda per una più larga partecipazione degli anarchici al movimento operaio ed alla vita popolare, e contro le tendenze individualiste che accennarono un momento a predominare nel campo nostro; e con questa propaganda si è attirato, da certe parti, molte antipatie e molti odii ch'egli ha coraggiosamente affrontati.

Ora poi ch'egli consiglia la partecipazione alla lotta elettorale ed accetta, fino ad un certo punto, anche il parlamentarismo, coloro che con lui erano in disaccordo ne profittano per dire che la sua evoluzione era una cosa aspettata e che la partecipazione al movimento operaio ed alla «lotta pratica» non era e non poteva essere che il primo passo verso la tattica parlamentare.

Noi non abbiamo bisogno di ripetere quel che pensiamo del parlamentarismo e di tutto ciò che ad esso si riferisce, e quanto deploriamo che Merlino si sia messo su quella via.

Ma non per questo lasceremo che si presenti sotto una falsa luce l'influenza benefica che Merlino ha avuto sul movimento anarchico; e che, nello spiegare la sua evoluzione, si prenda per causa quello che è stato effetto e viceversa.

Non è vero che Merlino abbia cercato di mettere il movimento anarchico su una via pratica perchè voleva arrivare alla tattica parlamentare. Invece egli ha accettato, con più o meno riserve, questa tattica perchè gli anarchici col loro esclusivismo si erano ridotti all'inazione ed all'impotenza.

Merlino, di cui nessuno che lo conosce vorrà mettere in dubbio la profonda sincerità e la grande buona volontà, ha secondo noi commesso un errore grandissimo compromettendo i risultati della sua propaganda antecedente col tentativo di farci accettare la lotta elettorale. Ma non bisogna nasconderci l'errore collettivo che ha fatto sì che degli uomini di valore, vedendoci perduti nelle astrazioni e non riuscendo, così presto come avrebbero voluto, a riportarci nel mondo della realtà, han cercato altrove la via all'azione feconda... e hanno sbagliato strada.

Sappiamo essere un partito vivente, sappiamo esercitare un'azione efficace sul movimento sociale, ed allora non avremo a temere altre defezioni che quelle, benvenute, dei deboli e dei traditori, e potremo sperare che coloro che ci hanno abbandonato con la speranza sincera di poter essere più utili alla causa, torneranno a combattere insieme a noi.

MALATESTA

ANARCHISMO E DEMOCRAZIA

Recensione di Malatesta dello scritto di Merlino: «Collettivismo, comunismo, democrazia socialista e anarchismo», pubblicata sull'Agitazione del 6 agosto 1897.

Con questo titolo e col sottotitolo «tentativo di conciliazione» Saverio Merlino ha pubblicato nella Revue Socialiste di Parigi un articolo, che la Direzione di quella Rivista chiama una contribuzione alla sintesi delle dottrine socialiste.

E contribuzione a detta sintesi lo sarà forse, poichè ogni studio delle varie dottrine rischiara l'argomento, tende a toglier di mezzo i dissensi che non hanno ragione di essere, e può menare alla conciliazione se arriva a stabilire che differenze sostanziali non ne esistono. Ma il fine pratico che Merlino si proponeva, quello cioè di dimostrare che le dottrine dei socialisti democratici e dei socialisti anarchici, lungi dall'essere inconciliabili, si correggono e si completano a vicenda, è certamente mancato, poichè egli mette male la questione, e confonde dottrine e partiti in un modo che fa davvero meraviglia in un uomo di mente così lucida e così bene informato come è Merlino.

L'articolo si divide in due parti. Nella prima Merlino parla della differenza tra comunismo e collettivismo, pigliando queste parole nel senso, diremo così, classico che esse avevano per tutti al tempo dell'Internazionale: vale a dire, Comunismo, come il sistema, in cui tutto, strumenti e prodotti di lavoro, è a disposizione di tutti, senza tener calcolo del contributo di ciascuno all'opera collettiva, conforme alla formula «da ciascuno secondo le sue forze e a ciascuno secondo i suoi bisogni»; – Collettivismo, come il sistema in cui, stabilita l'eguaglianza di condizioni, garantito a tutti l'uso delle materie prime e degli strumenti di lavoro, ciascuno è padrone del prodotto del suo lavoro. Egli sostiene che tanto il Comunismo quanto il Collettivismo, se interpretati in un modo stretto, assoluto, sono l'uno e l'altro impossibili o non soddisfacenti, e fa molte osservazioni giuste, che abbiamo fatto anche noi in questo giornale o altrove. E conchiude che col contemperamento dell'un sistema coll'altro – facendo distinzione tra relazioni sociali necessarie e fondamentali e rapporti volontari e variabili tra gl'individui – si può arrivare ad «una buona organizzazione sociale che non soffochi l'energia dell'individuo levandogli ogni iniziativa ed ogni libertà d'azione, e che nello stesso tempo assicuri il funzionamento armonico delle attività individuali», o, in altri termini, che concili la libertà individuale colla necessaria solidarietà sociale.

La questione è molto interessante e può essere, ed è stata, oggetto di utile discussione; ma non ha nulla a vedere colle differenze che dividono democratici e anarchici. Vi possono essere, e vi sono stati e vi sono, anarchici collettivisti e anarchici comunisti, al pari che democratici collettivisti e democratici comunisti.

Negli ultimi anni i socialisti democratici, chiamandosi insistentemente collettivisti, sono riusciti ad identificare quasi il collettivismo colla democrazia socialista; ma in questo senso il Collettivismo più che un sistema di distribuzione dei prodotti del lavoro, è il sistema della organizzazione socialista per opera dello Stato e non è più il Collettivismo di cui discute Merlino in paragone col Comunismo.

Per gli anarchici, la sintesi e la conciliazione tra Collettivismo e Comunismo si può dire già un fatto compiuto, poichè nessuno più interpreta quei sistemi in un modo stretto e assoluto; e lo prova il fatto che, almeno come partito militante, essi si denominano generalmente coll'appellativo comprensivo di socialisti anarchici, lasciando alle discussioni teoriche dell'oggi ed agli esperimenti pratici di domani la scelta tra i vari modi di organizzazione del lavoro e di distribuzione dei prodotti.

Nella seconda parte del suo articolo Merlino parla della necessità di un'organizzazione permanente degli interessi collettivi, e delle forme che assumerà tale organizzazione; ed arriva ad una conciliazione verbale, che in realtà lascia la questione al punto di prima.

Egli parla dei grandi interessi sociali, che eccedono l'interesse e la vita stessa dell'individuo ed a cui bisogna che provveda la collettività; cerca qual'è la forma politica che può dare una più sincera espressione della volontà collettiva e meglio evitare ogni pericolo di oppressione, e conchiude:

«Nè governo centralizzato nè amministrazione diretta. L'organizzazione politica della società socialista deve consistere nel riconoscimento dei diritti e libertà intangibili dell'individuo (diritto all'uso degli strumenti collettivi del lavoro, diritto d'associazione, d'istruzione, libertà di pensiero, di parola, di stampa, di scelta di lavoro, ecc.) e nell'organizzazione degli interessi collettivi per delegazione ad amministratori capaci, revocabili e responsabili, che agiscano sotto il sindacato diretto del popolo, gli sottomettano i loro atti più importanti (referendum) e restino separati ed indipendenti l'uno dall'altro, affinchè non vi sia coalizione per l'esercizio di un'autorità simile all'autorità governativa attuale».

«L'essenza della democrazia sta nell'assenza di una tale coalizione, e nella ricerca delle forme di amministrazione che lasciano il meno possibile all'arbitrio degli amministratori. In questo senso non v'è differenza sostanziale tra democrazia e anarchia. Governo del popolo – niente oligarchia – significa in sostanza non governo. Il governo di tutti in generale (democrazia) equivale al governo di nessuno in particolare (anarchia)».

Ancora una volta Merlino è fuori della questione.

Il modo di organizzare od amministrare gl'interessi collettivi è questione importantissima e troppo trascurata, come giustamente osserva il Merlino, dai socialisti di tutte le scuole. Ma se s'intende paragonare le soluzioni dei democratici a quelle degli anarchici, in vista di una possibile conciliazione, bisogna rimontare alla differenza sostanziale che divide le due scuole, e non già fermarsi a discutere sul valore relativo dei vari sistemi rappresentativi, del referendum, del diritto d'iniziativa, del governo diretto, del centralismo, del federalismo, ecc. E la differenza sostanziale è questa: autorità o libertà, coazione o consenso, obbligatorietà o (ci si perdonino i neologismi) volontarietà. È su questa questione fondamentale del supremo principio regolatore dei rapporti interumani che bisogna intendersi, o almeno discutere, tra democratici e anarchici; poichè, se non vi è intesa su di essa, non vi può essere intesa sulle questioni speciali di organizzazione, e quand'anche si arrivasse ad un accordo a parole, come quello a cui arriverebbe Merlino, si scoprirebbe presto che l'accordo s'è fatto adoperando le stesse parole in sensi diversi.

Scendiamo alla pratica. Supposto che domani il popolo fosse padrone di sè (non si allarmi il Fisco, poichè si tratta di semplici supposizioni) dovrà esso nominare un potere costituente, che decreterà una nuova costituzione, che farà la legge, che organizzerà la nuova società? Oppure la nuova organizzazione sociale dovrà sorgere, dal basso all'alto, per opera di tutti gli uomini di buona volontà, senza che a nessun o sia dato il diritto di comandare e d'imporre? In altri termini, per servirci della frase consacrata, bisogna conquistare, oppure abolire i pubblici poteri?

Si può parteggiare per l'uno o l'altro metodo, si può anche cercare qualche cosa d'intermedio, come pare desidererebbe Merlino, ma non si può, quando si cerca di arrivare ad una conciliazione tra democratici ed anarchici, tacere quello che è il loro dissenso fondamentale.

E per oggi basta. Ritorneremo sulle dottrine e sulle tendenze di Merlino, quando ci occuperemo, in uno dei prossimi numeri, del suo libro recente: «Pro e contro il socialismo».

MERLINO

ALLA RICERCA DI UNA BASE D'INTESA

Articolo di Merlino pubblicato dall'Agitazione il 19 agosto 1897 con il titolo: «Per la conciliazione».

Forse m'inganno, ma mi pare che voi vi sforziate, involontariamente, ad esagerare il vostro dissenso dai socialisti-democratici, per paura che cessando il dissenso, cessi anche per voi ogni ragione di esistere come partito distinto.

Ora, che esista o no il partito Anarchico, o qualsiasi altro partito, a me pare debba interessarci mediocremente.

Tutto ciò che noi abbiamo il diritto e il dovere di desiderare è che quella parte di vero, che c'è nelle nostre dottrine, si faccia strada fra le moltitudini, e primieramente tra quelli che sono più vicini a noi, i socialisti militanti. Se domani i socialisti-democratici accettassero la parte giusta delle nostre idee, noi potremmo anche rassegnarci a morire come partito. Avremmo compiuta la nostra missione.

Al postutto, i partiti non sono destinati a durare eternamente; pur troppo hanno una vita breve e precaria, servono ad affermare e divulgare certe idee, e per lo più scompaiono o si trasformano prima che quelle si attuino. Nel caso nostro, piuttosto che avere un partito che tira il socialismo da una parte, e un altro che lo tira dall'altra, facendolo a brani, esagerando entrambi e combattendosi talvolta ingiustamente, io preferirei un partito solo che rimanesse nella verità. Nè mi preoccupa quello che voi dite. Se domani i socialisti-democratici, andando al potere volessero imporsi e tiranneggiare, là, dentro il partito socialista, non fuori voi dovreste combatterli. In tal modo avreste fatto meglio che prepararvi a combattere la tirannia socialista, l'avreste prevenuta e impedita. A me insomma non garba che noi regoliamo il nostro modo di pensare e la nostra propaganda in opposizione a quello che pensano o dicono – o diranno e faranno – i socialisti-democratici; mi parrebbe di fare come quei due individui che camminassero a braccetto, e di cui l'uno zoppicasse da una gamba e l'altro credesse, per fargli equilibrio, di dover zoppicare dall'altra. Lasciamo questi giuochi di equilibrio e andiamo diritti, perdio, alla nostra mèta.

Dunque esaminiamo la questione della conciliazione fra collettivismo, comunismo, democrazia socialista ed anarchismo, senza il partito preso di non riescirvi.

Voi dite che la «sintesi e conciliazione tra comunismo e collettivismo, per gli anarchici si può dire un fatto compiuto», tanto vero che essi si chiamano oggi, in gran parte, anarchici-socialisti. Dunque siamo d'accordo.

Io però vi fo notare che molti anarchici si chiamano oggi socialisti e non comunisti nè collettivisti, non perchè siano convinti, come son convinto io, che comunismo e collettivismo non possono star da sè, ma devono completarsi a vicenda, ma piuttosto perchè o sono incerti, o pur essendo comunisti e collettivisti in pectore, non credono la questione tanto importante da doverne fare un casus belli. Per essi è una questione di tolleranza reciproca: io invece parto dalla critica del collettivismo e del comunismo per arrivare ad un terzo sistema, o sistema misto. Voi vedete la differenza.

Ad ogni modo voi riconoscete che la discussione che io ho fatta in proposito nell'articolo della

44

Revue Socialiste è interessante ed utile. Ma ecco che la preoccupazione di confondervi coi socialisti-democratici vi assale, e voi soggiungete: «ma (la questione) non ha nulla a vedere colle differenze che dividono democratici ed anarchici». Come se io nel mio articolo mi fossi proposto di trattare soltanto di queste divergenze!

Ma il collettivismo dei socialisti democratici – voi dite – più che un sistema di distribuzione dei prodotti del lavoro, è il sistema dell'organizzazione socialista per opera dello Stato. È un'asserzione, ne converrete con me, un po' troppo cruda, e che mette in un fascio i socialisti-democratici coi socialisti di Stato. I socialisti democratici respingono e combattono il socialismo di stato, e bisogna tener loro conto, almeno della buona intenzione.

Il collettivismo per essi non è il sistema dello Stato grande capitalista e grande anzi unico proprietario; ma è il sistema in cui la società (nella sua grande capacità collettiva) amministra il patrimonio pubblico dei mezzi di produzione e forma il piano generale di produzione distribuendo i prodotti in ragione del lavoro di ciascuno. Che questo sistema possa menare, contro la volontà dei suoi sostenitori, ad una specie di socialismo di stato, è un'altra questione: dipende dalla modalità del sistema, dal modo con cui funziona questa società nella sua capacità collettiva, dal come sarà organizzata.

Sarà organizzata a stato? Sarà una semplice federazione di associazioni? Quali saranno le attribuzioni e quale sarà la composizione dell'amministrazione collettiva?

Qui sta la questione, ma un'amministrazione generale degli interessi collettivi e indivisibili – voi ne avete convenuto altra volta – ci ha da essere. I socialisti democratici hanno il torto, secondo me, di accreditare il sospetto che essi vogliano nè più nè meno che un grande stato – come quando dimostrano la loro gioia per ogni nuovo acquisto od intrapresa che fa lo stato.

Quando una rete di ferrovie, per es. passa da una società privata allo stato, essi battono le mani; perchè dicono che dallo stato alla collettività socialistica è poi breve il varco. Ora questo può essere, come io ritengo, un errore, ma è tutt'altra cosa dal dire che lo stato debba organizzare esso definitivamente la produzione e attuare il socialismo.

Siamo sempre lì. Voi vi sforzate (involontariamente sempre) di far apparire i socialisti-democratici il più che potete reazionari, per accrescere la distanza tra essi e voi e poter dire che essi sono agli antipodi da voi, o almeno dovrebbero. Questo partito preso si vede anche più chiaramente nella confutazione che voi fate della seconda parte del mio articolo.

Io sostenevo – e qui veramente si trattava di conciliare il socialismo democratico e l'anarchico – che insomma la libertà non può mai essere illimitata, e che un'organizzazione degli interessi collettivi ci vuole, e che in quest'organizzazione è insita sempre una certa coazione; che bisogna fare in modo che la coazione sia minima e l'organizzazione sia la più libertaria e decentrata possibile, e che i socialisti-democratici in ciò sono d'accordo con noi; quindi una vera opposizione d'idee tra essi e noi non c'è, ma dobbiamo studiare insieme i modi pratici di conciliare gl'interessi generali e indivisibili della collettività con la libertà dell'individuo. Il referendum, il sindacato pubblico e la revocabilità degli amministratori, ecc. possono essere un modo di tenere gli amministratori soggetti agli amministrati, impedendo la formazione di un potere governante: studiamo dunque queste modalità e attuiamo, per così dire, l'anarchia per mezzo della democrazia.

Voi anche questa volta non negate che la questione della modalità dell'organizzazione degl'interessi collettivi è importantissima e merita di essere approfondita; ma ad un tratto rivive in voi il vecchio Adamo, – l'anarchico che cerca a tutti i costi il socialista-autoritario da combattere – e voi dite che «bisogna rimontare alla differenza sostanziale che divide le due scuole... e questa è: autorità o libertà, coazione o consenso, obbligatorietà o volontarietà».

Ora io torno a quello che dissi altra volta, in certe cose d'interesse comune e indivisibile l'obbligatorietà è inevitabile. Volontarietà, libertà, consenso, sono principii incompleti, che non ci possono dare da sè soli, nè ora, nè per molti secoli avvenire, tutta l'organizzazione sociale. D'altra parte non è esatto che i socialisti-democratici siano fautori di autorità, di coazione, di obbligatorietà su tutta la linea, che non riconoscano il gran valore del principio di libertà. – Non è dunque vero che voi rappresentiate un principio e i socialisti-democratici rappresentino il principio opposto: voi tutta la libertà, essi tutta l'autorità. La questione è di più e di meno, o piuttosto dei modi di applicazione; ed ecco perchè io vorrei tirarvi giù dalle empiree sfere dei principii astratti ed indurvi a discutere le modalità dell'organizzazione sociale, sicuro come sono che su questo terreno tutti i socialisti tacitamente s'intenderebbero. Ma voi ricalcitrate, perchè, come ho detto fin da principio, ritenete che la vostra missione è di combattere la futura tirannia socialistica, invece di prevenirla.

Voi dite: supposto che il popolo domani abbia il sopravvento sul governo, i socialisti-democratici vorranno fargli nominare un potere costituente che farà la legge e organizzerà le cose a suo talento. Noi, socialisti-anarchici, dovremo, potendo, impedire tutto ciò e far sorgere la nuova organizzazione sociale «dal basso all'alto per opera di tutti gli uomini di buona volontà».

Ma anche per il periodo rivoluzionario vale la regola che ci vuole un'organizzazione, il più possibile libertaria, a base di volontà popolare, ma pur capace di dar corpo e vita all'ammasso informe di volontà, d'interessi e di desideri che si agiteranno sopratutto in tale momento. Un potere costituente dispotico non solo provocherebbe discordie e reazioni, ma neppure riuscirebbe ad organizzare la vasta e complicata economia sociale. Ma tanto meno vi riuscirebbe il popolo in massa, adunato casualmente nei clubs e per le strade.

Possibile che non ci riesca di guardarci, da una parte e dall'altra, dalle esagerazioni?

MALATESTA

IMPOSSIBILITÀ DI UN ACCORDO

Risposta di Malatesta, sull'Agitazione del 19 agosto 1897, con la quale viene postillato il precedente articolo del Merlino.

Abbiamo pubblicato qui sopra la risposta che Merlino ci ha mandato alla critica che noi facemmo di un suo articolo pubblicato nella Revue socialiste, perchè i lettori possano più facilmente farsi un'opinione loro propria.

Replicherò il più brevemente possibile, per non cominciare una nuova e lunga polemica, nè per dar fondo ad argomenti sui quali dovremo ritornare continuamente, perchè sono la materia della nostra propaganda, ma semplicemente per rimettere a posto quelle cose, che Merlino, secondo noi, ha spostato.

Premettiamo un'osservazione.

Noi non sappiamo bene se Merlino continui o no a chiamarsi anarchico. Il certo è, e ce ne duole, che se egli si dice ancora anarchico, non intende più l'anarchia come l'intendono gli anarchici, fra cui egli militava fino a non molto tempo fa. E, perciò, il noi ed il nostro, che Merlino adopera ancora, va accolto con riserva.

Avevamo creduto che Merlino sarebbe riuscito a formare un terzo partito, intermedio tra i marxisti e noi – qualche cosa come gli Allemanisti francesi; e ce ne saremmo rallegrati, poichè ciò avrebbe dato una organizzazione propria a quegli elementi che stanno a disagio nel Partito Socialista Italiano, ed avrebbe segnato un passo avanti nell'evoluzione del socialismo in Italia, mentre d'altra parte quegli anarchici che avessero potuto aderire al nuovo partito non sarebbero stati, in generale, che degl'individui già sul punto di abbandonarci e che avremmo in ogni modo perduti. Ma incominciamo a temere, per sintomi molteplici e vari, che anche questa era un'illusione. Merlino, quando avrà perduto ogni speranza di convertire gli anarchici e di far loro accettare, con delle attenuazioni che secondo noi non hanno alcun valore pratico, le idee ed il metodo dei socialisti democratici, passerà senz'altro nelle file di questi ultimi. Ed allora forse, subendo la suggestione del nuovo ambiente, dirà che gli anarchici non esistono. Vorremmo ingannarci.

Ed ora rispondiamo a Merlino, cercando di seguire il suo scritto paragrafo per paragrafo.

Merlino dice che noi ci sforziamo di esagerare il nostro dissenso coi socialisti-democratici.

L'accusa sarebbe ben altrimenti giusta se fosse invertita. Sono i socialisti democratici che continuamente – e disonestamente – si sforzano di travisare le nostre idee, per poter poi dire che noi non siamo socialisti, e negare la parentela intellettuale e morale che li unisce a noi. Ancora l'altro giorno l'Avanti! negava ogni rapporto tra anarchismo e socialismo, e diceva di noi quello che avrebbe potuto dire di un partito di piccoli borghesi che si rivoltasse violentemente contro l'aumento delle tasse e la concorrenza dei grossi capitalisti: così che uno potrebbe prendere per anarchici i padroni macellai e fornai di Napoli e Palermo, quando protestano e resistono contro il calmiere municipale! E l'Avanti!

è ancora uno degli organi meno intolleranti che vanta il partito socialista democratico!

Noi vogliamo essere un Partito separato, non per il piacere di distinguerci dagli altri, ma perchè realmente abbiamo idee e metodi diversi dagli altri partiti esistenti. E respingiamo assolutamente la supposizione che noi esageriamo in un senso per fare equilibrio alle esagerazioni opposte degli altri. Noi sosteniamo quel che sosteniamo, perchè crediamo che sia la verità, e non per altra ragione. Se ci accorgessimo che nel nostro programma v'è una parte d'errore, noi ci affretteremmo a sbarazzarcene; e quando anche gli altri modificassero le loro idee in modo da incontrarsi con noi, allora... noi e gli altri costituiremmo naturalmente un partito solo. Ora come ora, le idee sono differenti, ed è giusto e necessario che vi siano Partiti differenti.

Noi non vogliamo soltanto resistere alla possibile tirannia dei socialisti al potere: noi vogliamo far sì che il popolo si rifiuti a nominare o a riconoscere dei nuovi governanti, e pensi da se stesso ad organizzarsi localmente e federalisticamente, senza tener conto delle leggi e di decreti di un nuovo governo, e resistendo colla forza contro ciò che gli si volesse imporre per forza. E se, per mancanza di forza sufficiente, non potessimo raggiungere subito questo nostro scopo, allora in attesa di divenir più forti, eserciteremmo quell'azione, moderatrice o eccitatrice secondo i casi, che esercitano i partiti di opposizione quando non si lasciano corrompere ed assorbire. Il consiglio di Merlino, di entrare nel partito socialista democratico per poter prevenire la tirannia dei socialisti al potere equivale a quello di divenire, p. es. monarchici o repubblicani per evitare che la monarchia o la repubblica fossero troppo reazionarie. Quest'ultimo consiglio sarebbe giustificato, se dato a chi è disposto ad accomodarsi con la monarchia o la repubblica, come sarebbe giustificato quello di Merlino se noi accettassimo il principio di un governo socialista e ci dicessimo anarchici solo allo scopo di prevenire che quel governo fosse troppo autoritario. Ma quello non è il caso.

Quel che dice Merlino che molti anarchici si dicono oggi genericamente socialisti e non già comunisti o collettivisti non perchè vogliono un sistema misto quale lo desidera Merlino, ma perchè, o sono incerti o non danno importanza alla questione, o non vogliono farne una ragione di divisione, è vero. Noi stessi siamo propriamente comunisti, alla sola condizione (sottintesa, perchè senza di essa non potrebbe esserci anarchia) che il comunismo sia volontario ed organizzato in modo che ammetta la possibilità di vivere secondo altri sistemi. Ma siccome il collettivismo dei collettivisti anarchici è anch'esso (necessariamente, se no non sarebbe anarchico) sottoposto alla stessa condizione, la differenza si riduce ad una questione di organizzazione pratica che deve esser risolta mediante accordi, e non può dar luogo alla costituzione di due partiti separati ed avversi. Questo però, come dicemmo, non ha nulla da fare colle differenze tra anarchici e democratici, che sono quelle che qui c'interessano.

Il «collettivismo» dei socialisti democratici, a differenza del collettivismo dell'Internazionale, non pregiudica la questione del modo di distribuzione dei prodotti, poichè vi sono molti democratici che si dicono collettivisti, e vogliono che detta distribuzione sia fatta in ragione dei bisogni.

Merlino dice che noi confondiamo i socialisti democratici con i socialisti di Stato, e noi infatti crediamo che tali essi siano, quantunque non li confondiamo certo con quei borghesi che si chiamano anche socialisti di Stato e vogliono fare solamente un po' di «socialismo» a scopo fiscale, o a scopo di allontanare o scongiurare il pericolo del socialismo vero. I socialisti democratici combattono questa specie di falso socialismo; e se, per evitare equivoci, respingono (e non tutti) il nome di socialisti di Stato, ciò non toglie che essi vogliono che la nuova società sia organizzata e diretta dallo Stato, vale a dire dal governo.

Merlino ha un modo curioso di conciliare le opinioni. Esprime quello che dovremmo pensar noi e quello che dovrebbero pensare i socialisti democratici, ed arriva facilmente all'accordo, poichè in realtà egli dice ciò che pensa lui secondo che si piazza da differenti punti di vista, e non già quello che pensiamo noi o i democratici.

Così egli dice che «i socialisti democratici hanno il torto di accreditare il sospetto che essi vogliono nè più nè meno che un grande Stato», ecc.. Ma è proprio soltanto un sospetto? Noi ameremmo sentirlo dire dai socialisti democratici autentici.

E così pure, egli dice che noi non rappresentiamo il principio di libertà, perchè egli (Merlino) crede che «volontarietà, libertà, consenso sono principii incompleti che non ci possono dare da sè soli, nè ora nè per molti secoli avvenire, tutta l'organizzazione sociale». Fino a che egli dice che noi ci sbagliamo, sta bene; ma dire che noi non pensiamo in quel dato modo, che noi non rappresentiamo le idee che difendiamo, perchè egli le crede sbagliate, è di una logica singolare. Il fatto è che noi crediamo appunto che tutta l'organizzazione possa e debba – ora, non tra molti secoli – uscire dalla libertà, e che quindi la differenza tra noi ed i democratici resta intera, fino a quando Merlino non ci abbia persuasi che abbiamo torto, e fatto abbandonare il programma anarchico. Per ora la differenza diminuisce solo fra Merlino ed i democratici, a misura che aumenta fra Merlino e noi.

Bisogna che gl'interessi collettivi indivisibili siano collettivamente amministrati: siamo d'accordo. La questione sta nel modo come quest'amministrazione può esser condotta senza ledere il diritto eguale di ciascuno, e senza servire di pretesto e di occasione per costituire un potere che imponga a tutti la propria volontà. Per i democratici è la legge, fatta dai deputati eletti a suffragio universale, quella che deve provvedere alla necessaria amministrazione degl'interessi collettivi; per noi è il libero patto tra gl'interessati, o, all'occasione, la libera acquiescenza alle iniziative che i fatti mostrano utili a tutti. Noi non solo non vogliamo, ma non crediamo possibile un metodo di ricostruzione sociale intermedio, che non sia nè l'azione libera delle associazioni che si vanno man mano accordando e federando, nè l'azione dittatoriale di un governo forte.

Ma Merlino c'invita a scendere dalle «empiree sfere dei principii astratti» e discutere le modalità della organizzazione sociale. Noi non domandiamo di meglio, e perciò volevamo cominciare dall'assodare quale deve essere praticamente il punto di partenza della nuova organizzazione: l'elezione di una Costituente, o la negazione di ogni potere costituente delegato? La «conquista dei pubblici poteri», o la loro abolizione?

I socialisti democratici mirano ad un futuro Parlamento, o ad una futura dittatura, che abolisca le leggi esistenti e ne faccia delle nuove; – e perciò sono logici quando abituano la gente a considerare il voto come un mezzo onnipotente di emancipazione. Noi invece miriamo all'abolizione dei Parlamenti e di ogni altra specie di potere legislativo, e perciò vogliamo, per gli scopi attuali e per i futuri, che il popolo si rifiuti di nominare e di riconoscere dei legislatori. Se Merlino riesce a metterci d'accordo avrà fatto una fatica d'Ercole... ma noi crediamo ch'egli perda il tempo.

L'accordo coi socialisti-democratici, ed anche coi semplici repubblicani, lo vorremmo anche noi, ma non nel senso di rinunziare ciascuno ad una parte delle sue idee e fondere i vari programmi in un programma intermedio. Vorremmo l'accordo in quelle cose in cui i vari partiti possono agire insieme senza rinunziare alle loro idee particolari, quali sarebbero, nel caso concreto, l'organizzazione economica, la resistenza degli operai contro i capitalisti, la resistenza popolare contro il governo.

Su questo terreno Merlino ha già reso dei servizi e, se rinunciasse alla fisima di convertirsi al parlamentarismo (poichè, in fondo in fondo è sempre quella la questione) potrebbe renderne di ben più grandi.

MERLINO

DICHIARAZIONE DI DISTACCO DALL'ANARCHISMO

Dichiarazione di distacco dall'anarchismo inviata da Merlino all'Agitazione e da questa pubblicato il 26 agosto 1897.

ROMA, 23 agosto.

Cari amici,

poichè voi mi domandate (e non per la prima volta) se io mi dica anarchico, sento il dovere di dichiarare che io preferisco chiamarmi «socialista libertario».

S'intende che non posso impedire che molti anarchici mi ritengano dei loro, perchè non sono iscritto al partito socialista democratico e non potrei sottoscriverne interamente il programma; e alcuni socialisti mi ritengano quasi dei loro, o almeno mi veggano di buon occhio, perchè non sono interamente d'accordo con gli anarchici. Io mi adopero per la causa a modo mio, lieto di contribuire in qualche modo a rintuzzare in tutti lo spirito settario.

Non ho l'ambizione di fondare nessun nuovo partito: quelli che ci sono, sono anche troppi, e stentano a reggersi in piedi, circondati come sono dall'apatia generale.

Spero di aver soddisfatto la vostra giusta curiosità e vi stringo la mano.

PARTE TERZA

MERLINO
IL PERICOLO DELL'ASSOLUTISMO

Inizia la terza ed ultima parte della polemica. L'Italia del Popolo del 3-4 novembre 1897 pubblica un articolo del Merlino dal titolo «Il pericolo» che riproduciamo integralmente.

Notiamo il fatto, che è sintomatico: nel paese e nella stampa la corrente anti-parlamentare cresce. Si va facendo strada l'idea che senza il Parlamento si starebbe meglio.

Ma si va facendo strada – anche questo va notato – nella parte più reazionaria del paese e della stampa. Anche nelle questure del regno si parla male del sistema parlamentare. E si capisce! Se non vi fosse il Parlamento la polizia non dovrebbe render conto delle sue gesta che al ministro dell'interno, e allora... bazza a chi tocca!

I nostri amici dunque stiano in guardia contro il pericolo che sovrasta. In un vicino paese più facile ai mutamenti politici, noi forse avremmo avuto a quest'ora un colpo di mano imperialista o napoleonico. In Italia non si abolisce e non si abolirà il Parlamento, nè lo si degrada ufficialmente ad un tratto; ma lo si esautora poco per volta: il che fa lo stesso. La gente prima lo prende in uggia, poi lo guarda con indifferenza e finisce per voltargli le spalle.

Clericali, borbonici e altri partigiani di regimi tramontati da una parte, anarchici e altri socialisti dall'altra, aiutano la demolizione, credendo di combattere il governo, e non si accorgono che lo rendono onnipotente.

Quelli che non mi conoscono penseranno che, come tutti i convertiti, io voglio far mostra di zelo, difendendo la causa del parlamentarismo. Qualcuno sospetterà perfino ch'io voglia mettermi nelle grazie di questo o di quel partito e farmi largo, anch'io alla deputazione.

Si ricredano costoro. Io non solo ho fatto proponimento di rimanere al mio posto di milite, ma non mi dissimulo, e son lungi dal disconoscere i vizi del sistema parlamentare: vizi del resto che, chi bene osservi, sono il riflesso della società in cui viviamo, e si rivelano perfino nelle società operaie e nelle organizzazioni di qualunque genere.

Ora del parlamentarismo si ha ragione di dire tutto il male possibile; ma questo non si può negare, che esso val meglio del governo assoluto.

In un governo parlamentare qualche volta il pubblico ha ragione; qualche concessione di quando in quando l'ottiene; non foss'altro si ha la soddisfazione di rendere palesi certe turpitudini e prepotenze del potere pubblico e di metterlo alla gogna.

Giorni sono uno dei più noti e colti anarchici italiani mi diceva, a proposito della violenza fattaci a Siena, di obbligarci a discutere una causa per «detenzione di stampati sovversivi» a porte chiuse: – Fa fare un'interpellanza al Parlamento. – Io gli feci osservare l'incoerenza di questo suo desiderio colla sua professione di fede antiparlamentare, ed egli mi rispose confessandomi che non era poi assolutamente contrario al parlamentarismo.

Dai domicili coatti giungono tutti i giorni lettere di compagni, che denunziano gli abusi di cui son vittime e sarebbero felicissimi se almeno i loro lamenti avessero una eco nel Parlamento.

Insomma a me pare che, a meno di negare l'evidenza, non si possa negare che il Parlamento, se può essere ed è spesso adoperato dal governo contro il popolo, può anche essere adoperato dal popolo contro il governo.

Combatterlo a priori, coi soliti luoghi comuni – che non serve a nulla, che è corrotto, che fa la volontà del governo – mi pare un errore madornale e una grave imprudenza.

Domandare che sia abolito puramente e semplicemente è addirittura una follia, e significa fare il gioco della reazione.

Il governo si prevale appunto del discredito in cui è caduto il Parlamento, e della propaganda che noi facciamo contro di esso, per imporvisi.

Crispi non avrebbe trattato con tanta disinvoltura il Parlamento se non avesse avuto dietro di sè una parte notevole del popolo, che quasi lo incitava nella dittatura.

La dittatura di Crispi ha fruttato all'Italia Abba Garima e le leggi eccezionali del 1894.

Il Parlamento è, ad ogni modo, per cattivo che sia, un freno al governo. I maggiori arbitrii il governo li commette a Camera chiusa.

Bisognerebbe domandare che il Parlamento non fosse mai chiuso, o che almeno fosse facoltà di un certo numero di deputati di convocarlo direttamente di urgenza, che esso si rinnovasse più spesso, che gli elettori potessero licenziare il deputato fedifrago, che su certe questioni essi fossero chiamati a deliberare direttamente, ecc. ecc..

Insomma bisogna correggere i vizi del sistema ma non privarsi dei suoi vantaggi.

Il sistema parlamentare è cattivo, perchè è poco parlamentare, poco rappresentativo, perchè in esso sopravvive ancora troppo del vecchio regime. Il deputato è un despota in faccia ai suoi elettori: il governo è un despota verso i deputati. Bisogna invertire le parti, rendere al popolo le libertà che gli sono state tolte recentemente e aggiungerne altre. Bisogna perfezionare il sistema, non distruggerlo.

E badiamo specialmente in questo quarto d'ora di non lasciarci stordire dalle grida che si levano contro il parlamentarismo dalla parte più conservatrice e più reazionaria del paese.

Io sono stato anti-parlamentare quando la «gente per bene» andava in visibilio per il sistema parlamentare. Oggi che essa mostra di volerlo abbandonare per tornare indietro io mi sento portato a difenderlo.

MALATESTA

LO SPETTRO DELLA REAZIONE

Lunga risposta di Malatesta sull'Agitazione dell'11 novembre 1897.

Merlino ci tiene a far ammenda degli «errori» passati, sorgendo ogni giorno a difesa del Parlamentarismo.

Questa volta egli ci agita innanzi lo spettro della reazione.

I clericali, i borbonici, i partigiani del colpo di Stato, egli dice, combattono le istituzioni parlamentari per ritornare all'assolutismo: dunque uniamoci per difendere quelle istituzioni che, per quanto cattive, valgon sempre meglio dei governi assoluti.

L'argomento non è nuovo. Per la paura di Crispi, Cavallotti ed i democratici della sua risma appoggiarono Di Rudinì, e non è ben chiaro se non lo appoggiano ancora: per la paura dei clericali tanti «liberali» avevano difeso il Crispi... Ma giusto, perchè non ci mettiamo a difendere la monarchia sabauda, che i preti vogliono abbattere o per lo meno scacciare da Roma? Della Monarchia, diremo parafrasando Merlino, si ha ragione di dire tutto il male possibile: ma questo è certo che essa val meglio del governo dei preti.

Con questa logica si può andare lontano; poichè non v'è istituzione reazionaria, nociva, assurda, che non trovi chi la combatte allo scopo di sostituirvene un'altra peggiore. Quindi bisognerebbe che non vi fossero nè anarchici, nè socialisti, nè repubblicani (salvo nei paesi dove esiste la repubblica), e diventassimo tutti conservatori... per salvarci del pericolo di tornare indietro. Oppure, bisognerebbe che i repubblicani difendessero la monarchia costituzionale per tema di veder tornare l'Austria ed il Papa-re; che i socialisti difendessero la borghesia per garantirsi contro un ritorno al medio evo; che gli anarchici facessero l'apologia del governo parlamentare per paura dell'assolutismo.

O che cuccagna per quelli che detengono il potere politico e l'economico!

Ma noi siam troppo abituati a queste insidie per restarvi presi. Quando sorse l'Internazionale, vale a dire quando il socialismo incominciò a diventare partito popolare e militante, i «liberali» ed i repubblicani gridarono che si facevano gl'interessi dell'Impero, di Bismark o di altre monarchie; quando in Inghilterra gli operai incominciarono a costituirsi in partito indipendente, i «liberali» dissero che essi erano pagati dai conservatori – e così sempre, quando un'idea più avanzata è venuta a guastar le uova nel paniere a coloro che stanno al potere, o ne sono gli eredi presuntivi. Oggi ancora, quando i socialisti legalitari votano per uno dei loro e gli anarchici predicano l'astensione elettorale, i democratici ed i repubblicani soglion dire che si favorisce indirettamente il candidato governativo: il che può realmente essere qualche volta l'effetto immediato dell'intransigenza (?) elettorale degli uni e dell'astensionismo degli altri, ma non è ragione sufficiente per rinunziare alla propaganda delle proprie idee ed all'avvenire del proprio partito.

I reazionari profittano della corruzione e dell'impotenza parlamentare per risollevare la bandiera del clericalismo e dell'assolutismo: è vero.

Ma vorrebbe per questo il Merlino che ci mettessimo a tentare quest'opera, tanto impossibile quanto contraria alle nostre convinzioni ed ai nostri interessi di partito, di salvare il parlamento dal disprezzo e dall'odio popolare?

Allora sì che il popolo, vedendo che il parlamento non ha altri nemici che i reazionari, si getterebbe tutto intero nelle loro braccia. Se Boulanger in Francia potè divenire un pericolo serio, fu perchè gli anarchici erano pochi, e la massa dei socialisti, essendo parlamentaristi, partecipavano nel discredito in cui il parlamentarismo è giustamente caduto.

La nostra missione invece è quella di mostrare al popolo che, poichè il governo parlamentare, così malefico com'è, è pur tuttavia la meno cattiva delle forme possibili di governo, IL RIMEDIO NON STA NEL CAMBIAR DI GOVERNO, MA NELL'ABOLIRE IL GOVERNO.

Del resto, il miglior mezzo di salvarsi dal pericolo di un ritorno al passato è, ed è stato ognora, quello di rendere l'avvenire sempre più minaccioso per i conservatori e pei reazionari.

Se in Italia non vi fossero repubblicani, socialisti ed anarchici, un colpo di stato avrebbe già spazzato via questo servitorame di deputati, per quanto piccolo sia l'incomodo che dà ai ministri; ed i clericali sarebbero ben altrimenti audaci se l'esistenza dei partiti avanzati non facesse temer loro che un'ondata popolare spazzerebbe via, con le altre cose, anche tutta la melma vaticanesca. Non esisterebbero monarchie costituzionali, se i re non avessero avuto paura della repubblica; in Francia non vi sarebbe la repubblica, se la Comune di Parigi non avesse dato da pensare ai partigiani della restaurazione; e se mai in Italia si farà la repubblica sarà quando la minaccia crescente del socialismo e dell'anarchismo indurrà la borghesia a tentare quell'ultimo mezzo per illudere e frenare il popolo.

Ma tutto il detto è forse inutile per Merlino. Il «pericolo» reazionario è per lui semplicemente un'occasione ed un pretesto per difendere il parlamentarismo, non come un meno peggio, ma come un'istituzione necessaria della società.

Egli conchiude infatti che «il sistema parlamentare è cattivo perchè è poco parlamentare... e che bisogna perfezionare il sistema, non distruggerlo».

Questo ci porterebbe a far la critica del sistema parlamentare in sè e a dimostrare che i cattivi effetti che produce non dipendono da abusi ed errori accidentali, ma dalla natura stessa del sistema. Ma Merlino si contenta di affermare senza addurre ragioni, e a noi lo spazio non consente questa volta di tornare sulla questione, che abbiamo già replicatamente trattata.

Merlino, oltre il surriferito «pericolo» ha un altro argomento in favore del parlamentarismo, e questo è ad homines, cioè diretto specialmente agli anarchici come individui.

I compagni, egli dice, coatti od altri denunziano gli abusi di cui sono vittime e sarebbero felicissimi se i loro lamenti trovassero almeno un'eco nel Parlamento; e gli pare che questa sia un'incoerenza con la loro professione di fede anti-parlamentare.

Ebbene, questo, quando avviene, potrebbe tutto al più dimostrare che gli uomini quando soffrono o sono sollecitati da un bisogno od una passione, van soggetti ad anteporre l'interesse immediato al vantaggio generale della causa, ed a commettere delle incoerenze. E di questo genere d'incoerenze Merlino ne troverebbe quante ne vuole, in noi, in lui stesso ed in tutti quelli che hanno aspirazioni ed ideali in contraddizione con l'ambiente in cui sono costretti a vivere. Noi non crediamo nella «giustizia» dei giudici e combattiamo l'ordinamento giudiziario nel suo principio e nelle sue forme; eppure quando ci mettono in prigione ci difendiamo, ci appelliamo e ci avvaliamo di tutti gli arzigogoli di procedura se ci giovano a venire fuori. Non ammettiamo le leggi, e quando una legge è violata a nostro danno, gridiamo all'abuso. Vogliamo illimitata libertà di stampa, e mandiamo i nostri giornali in Procura e spesso studiamo la frase per sfuggire agli artigli del Fisco. Non ammettiamo il salariato e lavoriamo per salario. Non ammettiamo la proprietà privata, e siamo contenti quando abbiamo qualche cosa; non ammettiamo la concorrenza commerciale, e dibattiamo il prezzo delle cose che compriamo o vendiamo... e potremmo continuare all'infinito.

Ma è poi vero che questa contraddizione tra l'ideale ed il fatto sia effetto di incoerenza e debolezza di carattere? Merlino non crederà, speriamo (che diavolo, è tanto poco che ci ha lasciati!) che noi siamo dei rivoluzionari mistici, a modo di quei settatori russi, i quali, convinti che il bollo sia la firma del diavolo, siccome in Russia non si può vivere e muoversi senza avere in tasca un passaporto col relativo bollo, piuttosto che toccare il diabolico documento, si rifugiano nelle foreste e si condannano volontariamente ad una schiavitù peggiore di quella che loro imporrebbe il governo.

Ogni istituzione, per quanto cattiva, contiene in sè un certo lato buono, un certo correttivo, che limita i suoi mali effetti; e noi ci renderemmo la vita impossibile e faremmo gl'interessi dei nostri nemici se, costretti a subire tutto il male delle istituzioni, non cercassimo di profittare di quel po' di bene relativo che se ne può cavare. Ma non per questo possiamo ritenerci impegnati a difendere quelle istituzioni ed a cessare di fare tutto il possibile per discreditarle ed abbatterle.

La società, per esempio, colla sua mala organizzazione crea i malfattori, ed il governo c'impedisce di portar armi o provvedere altrimenti alla nostra difesa. Se ci accade quindi essere aggrediti la notte e di non poterci difendere saremo naturalmente contenti se due carabinieri sopraggiungono a liberarci e non diremo loro, come la moglie di Sganarello, che noi siam contenti di essere aggrediti Ma non per questo diventeremo amici dei carabinieri e faremo pratiche per entrare nell'arma benemerita.

Le autorità municipali hanno monopolizzato i servizi pubblici e colla scusa di questi servizi ci opprimono di tasse. Noi non possiamo pagar le tasse e poi essere indifferenti a quello che fa il municipio, aspettando il giorno in cui il popolo potrà badare da sè ai suoi interessi; e perciò gridiamo e cerchiamo di provocare l'indignazione popolare quando esso municipio per stupida imprevveggenza e sordida spilorceria lascia inondare Ancona e tiene una biblioteca in condizioni tali che non serve a nessuno.

Così è del Parlamento. Esso si è preso il diritto di far le leggi, e noi, che delle leggi siamo le vittime, dobbiamo per forza contar con esso se vogliamo che queste leggi, finchè legge vi sarà, siano il meno oppressive possibile.

Ma siccome noi non crediamo nella buona volontà dei deputati e siccome aspiriamo all'abolizione del Parlamento, come di ogni altro governo, noi non ci proponiamo di nominare dei «buoni» deputati, ma di agire su quelli che vi sono, quali essi siano, agitando il popolo e facendo loro paura. E quando manchi una efficace agitazione popolare, noi faremo anche pressione sui singoli deputati perchè rinfaccino al governo i suoi abusi, ma lo faremo perchè, o essi si presteranno ai nostri desideri, e sarà fatta chiara la loro impotenza, o non vi si presteranno e si vedrà la loro malavoglia.

Si rassicuri Merlino, se tant'è che la nostra incoerenza lo affligge. Noi ci rallegriamo se qualche deputato rinfaccia ai ministri la loro infamia; ma non cessiamo perciò di considerare il Parlamento responsabile di ciò che fa il governo, poichè se esso volesse, il ministero dovrebbe ubbidire; nè cessiamo di tenere ciascun deputato in quella mala stima che merita chiunque profitta dell'ignoranza e della pecoraggine degli elettori per farsi delegare un potere, che non può non risultare a danno del popolo.

MERLINO

TRA DUE FUOCHI

Insiste il Merlino con un articolo pubblicato dall'Avanti! il 24 novembre 1897 dal titolo: «Tra due fuochi».

Ad un mio articolo: Il pericolo, inserito nell'Italia del 5 novembre – ha risposto da una parte Luigi Minuti (Italia del Popolo, 11 novembre) dall'altra il mio amico Malatesta (Agitazione di Ancona, n. 35).

Non so resistere alla tentazione di far gustare al lettore il confronto, che è molto istruttivo, di queste due risposte.

Il fatto da me messo in rilievo nell'articolo Il pericolo è che la crociata contro il parlamentarismo, che un tempo facevano gli anarchici e qualche volta anche i socialisti, oggi la fanno i Seghele, i Cesana e altre persone rispettabilissime, ma che per rimedio al mali del parlamentarismo propongono di mutilare il parlamentarismo, di tornare indietro.

Non vorrei, dicevo io, che la gente abboccasse all'amo e che, perduta ogni fiducia nel sistema parlamentare, si riconciliasse col despotismo. Un Boulanger non è possibile in Italia. Al colpo di stato io non ci credo. Ma di fatto il governo, avendo gettato il discredito sul Parlamento, fa il comodo suo; e il paese quasi gli batte le mani, come le battè (come tutti ricordano) al Crispi.

Questo il fatto, che il Malatesta riconosce per vero e il Minuti non smentisce.

Dinanzi a questo fatto il repubblicano intransigente dice:

Può darsi che la gente diventi repubblicana.

L'anarchico-astensionista dice:

Può darsi che diventino tutti anarchici.

Ed entrambi si fregano le mani dalla contentezza.

E se la gente diventasse partigiana del governo assoluto? O se divenisse ogni giorno più indifferente alla propria libertà (je m'en foutise, dicono i francesi con una parola intraducibile) e incapace ad esercitarla?

Qui sta la questione. I miei contraddittori avrebbero dovuto esaminare il fatto da me rilevato e dimostrare che la propaganda reazionaria che si va facendo contro il sistema parlamentare, non costituisce un pericolo, perchè il popolo è pronto a fare la repubblica o l'anarchia.

Il Minuti ragiona così:

Il popolo è disgustato del sistema parlamentare. Facciamo la repubblica.

Bravo, e come farla se il popolo non si cura neppure di quella poca libertà che potrebbe avere in monarchia?

È proprio il caso di ricordare il detto di Maria Antonietta: Manca il pane: distribuite delle brioches.

Ma non sa il Minuti che con un po' d'energia questo popolo potrebbe ottenere in monarchia almeno nove decimi delle libertà che gli prometterebbe – e che non sa se gliele darebbe poi – la repubblica? Che un popolo risoluto, attivo, esperto nelle pubbliche agitazioni imporrebbe oggi al governo l'abolizione completa del domicilio coatto, il rispetto dei diritti di riunione e di associazione, il diritto di sciopero e molte altre cose?

Il Parlamento non è già che possa funzionare bene nel sistema attuale; purtroppo io credo che non possa neppure funzionare bene in una repubblica capitalistica, vale a dire dove ci fossero poveri e ricchi.

Ma il principio della sovranità del popolo, del diritto del popolo ad avere una volontà e a farla valere, lo si può e deve affermare fin d'ora, in tutti i modi, senza aspettare la proclamazione della repubblica.

Errico Malatesta fa un ragionamento analogo a quello del Minuti.

Il popolo si mostra indifferente al governo parlamentare, non si vale dei diritti che ha e potrebbe far valere verso il governo. Dunque, propugnamo l'abolizione del governo.

Ecco testualmente le sue parole:

«I reazionari profittano della corruzione e dell'impotenza parlamentare per risollevare la bandiera del clericalismo e dell'assolutismo: è vero.

Ma vorrebbe per questo il Merlino che ci mettessimo a tentare quest'opera tanto impossibile quanto contraria alle nostre condizioni e ai nostri interessi di partito, di salvare il Parlamento dal disprezzo e dall'odio popolare?

Allora sì che il popolo, vedendo che il Parlamento non ha altri nemici che i reazionari, si getterebbe tutt'intero nelle loro braccia. Se Boulanger in Francia potè divenire un pericolo serio, fu perchè gli anarchici erano pochi, e la massa dei socialisti, essendo parlamentaristi, partecipavano del discredito in cui il parlamentarismo è giustamente caduto».

La verità è che parecchi anarchici passarono a militare nelle file dei boulangisti, appunto perchè fuorviati dalla propaganda contro il sistema parlamentare, propaganda puramente negativa. Abolire il Parlamento, abolire il governo, e poi? E poi ognuno farà quel che vuole, e si vivrà nel migliore dei mondi possibili.

«La nostra missione (degli anarchici) è quella di mostrare al popolo che, poichè il governo parlamentare, così malefico com'è, è pur tuttavia la meno cattiva delle forme possibili di governo, il rimedio non sta nel cambiar il governo, ma nell'abolire il governo».

Questo lo dite voi: ma il popolo crede che il governo di uno solo val meglio del governo di pochi, e non concepisce affatto (di questo potete star sicuri) uno stato di cose senza governo di sorta. Il popolo non è convinto che il sistema parlamentare sia la meno cattiva delle forme possibili di governo, e se non ci fosse altro argomento per farlo dubitare di ciò che voi dite, ci sarebbe la propaganda repubblicana, la quale gli suggerisce, a dire del Minuti, «un concetto di governo ove il Parlamento avrà la sua ragione di essere nel suffragio popolare, e la sua esplicazione in un'assemblea legittima, rappresentante della sovranità popolare».

Un uomo o un partito può trincerarsi dietro una frase: «Abolizione del governo». Ma il popolo vuole sapere come si farà a vivere, a intendersi nelle cose d'interesse comune. Abolito che sia il Municipio (che è un piccolo governo), chi penserà alle strade, all'illuminazione, all'arginatura di un fiume come il Tevere e a tante altre cose d'interesse comune?

Vi penseranno tutti? Ciascuno a modo suo? O non vi penserà nessuno? O si incaricheranno alcuni di provvedere a questi pubblici servizi nel pubblico interesse? E saranno questi incaricati arbitri di agire a loro posta, o saranno sottoposti al volere della popolazione? E la popolazione avrà un volere unico, o possono sorgere fra essa pareri diversi? E in questo caso si dovrà scegliere fra l'uno e l'altro? E come? Si riunirà il popolo in massa per deliberare su ciascuna questione che si presenti? Ovvero si riuniranno soltanto i rappresentanti o delegati dei vari gruppi?

Malatesta non è anarchico individualista o amorfista. Egli ammette la necessità della rappresentanza e del voto di maggioranza in talune cose d'interesse comune indivisibile. Ora che cosa è questo se non il sistema parlamentare corretto e migliorato, non già abolito?

Io ho un dubbio: che tutta questa guerra che si muove al parlamentarismo, sia fatta alla parola. In questo caso essa sarebbe lecita, se non fosse pericolosa. Cominciamo dal dire al popolo che si faccia vivo, che si serva dei diritti che ha (come del resto fa la Agitazione, meno non so perchè, per il diritto elettorale), che ne domandi altri, che lotti, che cominci... per finire dove e come meglio si potrà.

MALATESTA

ANCORA DEL PARLAMENTARISMO

Risposta del Malatesta: l'Agitazione del 2 dicembre 1897 pubblica un articolo dal titolo: «Ancora del parlamentarismo».

Saverio Merlino ha replicato sull'Avanti! all'articolo che pubblicò l'Agitazione n. 35 in risposta alla difesa ch'egli fece del parlamentarismo sull'Italia del Popolo. L'articolo dell'Agitazione non era firmato, ma Merlino, ben apponendosi, lo attribuisce a me, e ciò m'induce a rispondergli in nome mio, quantunque su questa questione siamo tutti concordi, non solo noi della redazione, ma tutti quegli anarchici che si vanno costituendo in partito organizzato, e sperano di poter mostrare coi fatti come si può sostituire una feconda ed educatrice azione popolare all'azione parlamentare, che, a parer nostro, abitua il popolo ad aspettare dall'alto la propria emancipazione, e lo prepara così alla schiavitù.

Merlino, ricordando ch'io convengo nell'esistenza del pericolo clericale e reazionario, dice che io rispondo che può darsi che la gente diventi anarchica. Niente affatto: io dico che il rimedio contro quel pericolo sta nel suscitare nel popolo il sentimento della ribellione e della resistenza, nell'ispirargli la coscienza dei suoi diritti e della sua forza, nell'abituarlo a fare da sè, a pretendere, a conquistare colla forza sua quanta più libertà, quanto più benessere è possibile – e non già nel rifare una verginità al sistema parlamentare, che poi ripercorrerebbe ancora la stessa parabola di decadenza che ha già percorsa una volta.

E perciò bisogna lavorare a che la gente diventi anarchica, o almeno che il numero e la potenza d'azione degli anarchici aumentino, ed i sentimenti e le idee del pubblico si accostino quanto più è possibile ai sentimenti ed alle idee degli anarchici.

E ancora: Merlino dice che il popolo non è convinto che bisogna abolire il governo. E chi pretende il contrario? Se il popolo ne fosse convinto, l'anarchia sarebbe un fatto. Ma noi che ne siamo convinti, abbiamo interesse e dovere di cercare di convincerne anche gli altri.

Il popolo non è convinto, per esempio, che il cattolicismo è un ammasso di superstizioni, che i preti ed i borghesi lo sostengono perchè ottimo strumento di regno; il popolo non è convinto che si può fare a meno dei padroni; ma non per questo Merlino ci consiglierebbe di metterci a predicare, anzichè la distruzione, la riforma del cattolicismo e del capitalismo.

A parte quest'errore d'interpretazione, col quale mi si fa dare come un fatto quello che io dico che si deve fare, Merlino non risponde agli argomenti del mio articolo, ed io non ho che da rimandare i lettori a quell'articolo.

E invece egli insiste sulla necessità di una forma di governo e di parlamento, perchè la società possa vivere e funzionare. «Abolito il municipio, che è un piccolo governo», egli dice, «chi penserà alle strade, all'illuminazione, all'arginatura dei fiumi ed a tante altre opere d'interesse comune?». «Vi penseranno tutti? Ciascuno a modo suo? O non vi penserà nessuno? O s'incaricheranno alcuni di provvedere a questi pubblici servizi nel pubblico interesse? E saranno questi incaricati arbitri di agire a loro modo o saranno sottoposti al volere della popolazione? E la popolazione avrà un volere unico o possono sorgere fra essa pareri diversi? Ed in questo caso si dovrà scegliere tra l'uno e l'altro? E come? Si riunirà il popolo in massa per deliberare su ciascuna questione che si presenti? Ovvero si riuniranno soltanto i rappresentanti o delegati di vari gruppi?».

Ecco: io credo che gl'incaricati dei pubblici servizi saranno le associazioni di coloro che lavorano in ciascun servizio; che queste associazioni dovranno badare nello stesso tempo al benessere dei loro membri ed al comodo del pubblico, e che saranno impossibilitate a prevaricare dal controllo dell'opinione pubblica, dai legami di dipendenza reciproca colle altre associazioni e dal diritto di tutti ad entrare nelle singole associazioni ed usare dei mezzi di produzione che esse adoperano. Credo che non vi sarà divisione fissa tra chi dirige e chi esegue, e che la direzione del lavoro spetterà di diritto e di fatto ai lavoratori, i quali per ciascun lavoro si organizzeranno e si divideranno le funzioni nel modo che stimano migliore. Credo che dove v'è bisogno di delegare degl'individui per una data funzione, si darà loro un mandato determinato, limitato, soggetto sempre al controllo ed all'approvazione del pubblico, e sopratutto che non si darà mai loro una forza per obbligare la gente, e per compiere il loro mandato contro la volontà di una frazione qualsiasi del pubblico: il diritto di adoperare la violenza, quando se ne presentasse la dura necessità, dovendo restare sempre a tutto il popolo e non mai esser delegato. Credo che quando sopra una cosa da fare si hanno pareri diversi, se è possibile e conveniente si farà in modi diversi, e se ciò non è possibile o non è conveniente, si farà come vuole la maggioranza, salvo tutte le garanzie possibili in favore della minoranza – garanzie che si darebbero sul serio, perchè, non avendo la maggioranza nè il diritto nè la forza di costringere la minoranza all'ubbidienza, bisognerà bene che guadagni la sua acquiescenza a mezzo di condiscendenze e prove di buona volontà...

E poi credo, anzi son sicuro, che io non ho nè la capacità nè la missione di fare il profeta. Io voglio combattere perchè il popolo si metta in condizione di fare come vuole: ed ho fiducia ch'esso, pur facendo mille spropositi e dovendo spesso ritornare sui suoi passi, e sperimentando contemporaneamente e successivamente mille forme diverse, preferirà sempre quelle soluzioni che l'esperienza gli mostrerà più facili e più vantaggiose.

Merlino dubita che in fondo si tratti di una questione di parole. Egli si sarebbe accostato più alla verità (forse gliel'ho avvertito altre volte) se avesse detto che è una questione di metodo.

Quali saranno le forme sociali dell'avvenire nessuno può precisare – e facilmente ci troveremmo d'accordo sui concetti generali che dovranno guidare una società di liberi e di eguali... dopo che essa sarà costituita. La questione è del modo come si può arrivare a costituirla. Gli autoritari vogliono imporre dall'alto, per mezzo di leggi, quello che essi credono bene. Gli anarchici invece vogliono, colla propaganda distruggere il principio d'autorità nelle coscienze, e colla rivoluzione distruggere ogni forza organizzata che possa costringere gli uomini ad agire contrariamente alla loro volontà.

A proposito, vorrà Merlino rispondere ad una domanda alla quale nessun socialista democratico ha voluto darmi una risposta esplicita? Io vorrei sapere, se, nell'opinione sua, quel tale governo o parlamento che egli crede necessario alla vita sociale, dovrà avere a sua disposizione una forza armata.

Nel caso che no, allora davvero che la differenza fra noi sarebbe poca cosa, poichè io sopporterei di buona grazia un governo... che non potrebbe obbligarmi a nulla.

Merlino non sa comprendere perchè l'Agitazione, che dice al popolo di farsi vivo e di servirsi dei diritti che ha, fa un'eccezione per il diritto elettorale. Noi ne abbiamo spiegato le ragioni varie volte.

Il «diritto» elettorale è il diritto di rinunziare ai propri diritti, e quindi è contrario allo scopo di noi, che vogliamo che il popolo s'abitui a combattere ed a vincere direttamente, colle proprie forze.

È stato detto che il diritto elettorale è il diritto di scegliersi il proprio padrone. In realtà non è nemmeno questo: ma è il diritto di concorrere per una parte minima alla nomina di una particella del proprio padrone, e di dirsi poi e credersi sovrano.

Noi che vogliamo che il popolo sia sovrano davvero, abbiamo ogni interesse ad impedire ch'esso prenda sul serio una sovranità da burla e s'acqueti in essa.

MERLINO

USO ED ABUSO DELLA FORZA

Controbatte il Merlino con una lettera che l'Agitazione pubblica il 16 dicembre 1897.

Roma, 5 Dicembre.

Cari amici,

Mi dispiace di usurpare il vostro spazio, ma devo rispondere alla domanda che mi rivolge E. Malatesta:

«A proposito, vorrà M. rispondere ad una dimanda, alla quale nessun socialista-democratico ha voluto darmi una risposta esplicita? Io vorrei sapere se, nell'opinione sua, quel tale governo o parlamento che egli crede necessario alla vita sociale, dovrà avere a sua disposizione una forza armata».

Risponderò come rispose a me altra volta Malatesta.

– Se la gente sarà abbastanza ragionevole, non sarà necessario usar la forza, se no, ci si ricorrerà. Beninteso l'uso della forza dovrà esser riservato ai casi estremi e non dovrà essere ad arbitrio di un Governo o di un Parlamento di adoperarla contro i cittadini recalcitranti ad un dato provvedimento, anzi non dovrà essere adoperata contro i cittadini, come son oggi l'esercito e la polizia, ma solamente i cittadini stessi potranno essere chiamati in casi straordinari, come già usa in Inghilterra e negli Stati Uniti. Insomma bisogna regolare l'uso della forza, limitarne i casi, toglierlo all'arbitrio di un'amministrazione o autorità centrale qualsiasi: ma non si può escludere a priori la necessità che la collettività adoperi la forza contro l'individuo o contro la minoranza, nei casi in cui vi sia veramente conflitto di volontà e d'interessi e la secessione non sia possibile e non riesca un compromesso. Cioè, si può a parole promettere l'Arcadia, l'Eldorado e la pace perpetua, ma si manterrebbe poi la promessa?

Ecco come io rispondo a Malatesta, e a mia volta gli faccio una domanda:

Gl'individui useranno mai la forza l'uno contro l'altro? Se altri mi dà uno schiaffo, devo reagire o presentargli l'altra guancia?

La risposta sua, la prevedo, è che devo reagire. E se sono debole? Accorrerà la gente a difendermi. E come farà la gente accorrendo, durante una rissa, a sapere da quale parte sta la ragione, per mettersi da quella? Ci sarà probabilmente chi piglia parte per l'uno, chi per l'altro dei contendenti. Quindi il popolo dev'essere tutto in armi a ogni disputa, che si accende tra due individui, e si dividerà in fazioni, proprio come ai tempi dei Cerchi e dei Donati, dei Bianchi e dei Neri.

Io ho detto e ripeto che questo modo d'intendere l'Anarchia può esser passato per un momento per la mente di qualcuno, ma non è sostenibile: e più presto lo correggiamo, meglio è.

Malatesta dice che non fa il mestiere del profeta. Così dicono anche i socialisti democratici, quando si tenta di dimostrare loro gl'inconvenienti del Collettivismo. Dunque demoliamo, e non ci curiamo d'altro. Ma si può demolire, senza sapere che cosa realmente si deve demolire, e perchè? Si può andar innanzi alla cieca? No – tanto vero, che Malatesta ha le sue idee. Egli sa o crede che «incaricate dei pubblici servizi saranno le Associazioni di coloro che lavorano in ciascun servizio; le quali dovranno badare nello stesso tempo al benessere dei loro membri e al comodo del pubblico».

Dovranno – perchè lo dite voi? Ma voi che spesso notate, e giustamente, che l'Amministrazione collettivistica sarebbe portata ad abusare della sua autorità, e non potrebbe restar democratica, voi dovete anche sapere che un'Associazione incaricata di un pubblico servizio baderebbe prima al proprio interesse e al comodo dei suoi membri, e poi, se mai, a quello del pubblico. Le vostre Associazioni diverrebbero altrettanti corpi burocratici; e come mai potete voi credere che sarebbero nientemeno «impossibilitate a prevaricare dal controllo dell'opinione pubblica»? Come si eserciterebbe questo controllo? Quali forme assumerebbe? Quella forse di un'insurrezione popolare contro ogni Amministrazione che non obbedisse al volere del pubblico? Mettiamo che l'Associazione ferroviaria si rifiutasse di far correre un direttissimo tra Roma e Ancona: sarebbe chiamata a dovere dal popolo tumultuante? E se l'opinione pubblica fosse divisa? Se tutte le località percorse dal treno ne domandassero la fermata? Se l'Associazione fomentasse ad arte la discordia?

Ci sarebbero, aggiunge Malatesta «i legami di dipendenza reciproca tra le Associazioni». Quali legami? E di che specie? Patti, obbligazioni, deliberazioni collettive, Comitati federali, Congressi? Che vi abbia ad essere un Parlamento?

E da ultimo ci sarebbe «il diritto di tutti ad entrare nelle singole Associazioni ed usare dei mezzi di produzione, che esse adoperano».

Questo poi renderebbe impossibile alle Associazioni di funzionare un'ora sola. Immaginiamo un cantiere, dove si sta fabbricando una nave, invaso da gente che vuol metter le mani dappertutto e sostituirsi a quelli che lavorano – per essere, forse l'indomani lasciato deserto.

Figuriamoci una farmacia in cui si presentano a lavorare dei dilettanti farmacisti – e via discorrendo.

A me pare che noi dobbiamo intenderci sugli elementi del Socialismo – prima ancora di discutere dei metodi.

MALATESTA

PROBLEMI DI OGGI E DI DOMANI

Replica del Malatesta sull'Agitazione del 23 dicembre 1897 con un articolo dal titolo: «Anarchia... contro che cosa?».

Io so che Merlino, esempio raro tra i polemisti e gli uomini di parte, non mira nelle discussioni a mettere nell'imbarazzo l'avversario con artifici retorici, ma si sforza di portar luce sulla materia in questione; so ch'egli si propone sempre di cercare la verità e di propagare quello ch'egli è giunto a creder vero – e perciò sono stato molto meravigliato dell'ultimo articolo che ci ha inviato, nel quale, mentre si propone di rispondere ad una domanda da me fatta nella speranza reale di apprendere meglio quali sono le sue idee, egli gira attorno alla questione, cerca d'impressionare il lettore con una certa apparenza di spirito pratico e... mi lascia più perplesso di prima.

Io domandavo se, a senso suo, quel qualsiasi governo, o parlamento ch'egli crede necessario al buon andamento della società dovrà avere a sua disposizione una forza armata.

E Merlino mi risponde che «l'uso della forza dovrà essere riservato ai casi estremi e non dovrà essere ad arbitrio di un Governo o di un Parlamento di adoperarla contro i Cittadini ricalcitranti ad un dato provvedimento».

Io non ci capisco nulla. Se il Governo non ha il diritto di costringere i cittadini ad ubbidire alle leggi, allora non è più un governo, nel senso comune della parola e noi non avremmo più a domandarne l'abolizione: ci basterebbe di fare a modo nostro quando quello che esso vuole non ci conviene.

Non vi deve essere una forza armata permanente, dice Merlino, ma i cittadini stessi potranno esser chiamati in casi straordinari, come già si usa in Inghilterra e negli Stati Uniti. Ma chiamati da chi? Dal Governo? E saranno obbligati ad accorrere alla chiamata? In Inghilterra e negli Stati Uniti vi è una polizia; e le milizie che il governo chiama in casi straordinari servono, salvo che non si ribellino, agli scopi del governo, tra cui è sempre primo quello di tenere a freno ed all'occasione di massacrare il popolo. È quello il regime politico che vagheggia Merlino?

Ma l'uso della forza va regolato e tolto all'arbitrio di un'amministrazione centrale qualsiasi, dice Merlino. Che si tratti dunque di uno Statuto che dovrà fissare i diritti rispettivi del Cittadino e quelli del Governo e che sarà rispettato... come lo sono sempre stati gli Statuti!

Noi vogliamo che tutti i cittadini abbiano diritto uguale di essere armati e di correre alle armi quando se ne presenti la necessità, senza che nessuno possa costringerli a marciare o a non marciare. Vogliamo che la difesa sociale, interesse di tutti, sia affidata a tutti, senza che nessuno faccia il mestiere di difensore dell'ordine pubblico e viva di esso.

Ma, dice Merlino, se io sono attaccato da uno più forte di me, come farò a difendermi? Accorrerà la gente ad aiutarmi? E accorrendo, come farà a giudicare da che parte sta la ragione? E siccome probabilmente si produrranno opinioni diverse, si avrà dunque per ogni disputa una guerra civile?

E i carabinieri, rispondo io, sono sempre presenti per difendere chi è attaccato? Ed è sicuro ch'essi non si mettano mai dalla parte di chi ha torto? E il giudizio dei magistrati offre forse più garanzie di giustizia di quello della folla? E la tirannia è forse preferibile alla guerra civile? Merlino ragiona come fanno i conservatori. Egli mette innanzi tutti gl'inconvenienti, tutti i conflitti possibili nella vita sociale, e se ne serve per dire impossibili ed assurdi gl'ideali nostri – dimenticando però di dirci come a quegli inconvenienti ed a quei conflitti si ripara nel sistema suo.

Merlino teme la guerra civile; ma che cosa è un regime autoritario se non uno stato di guerra, in cui una delle parti è stata vinta e si trova soggetta? Merlino dirà che egli è libertario e non già autoritario; ma se qualcuno, individuo o collettività, minoranza o maggioranza può imporre agli altri la propria volontà, la libertà è una menzogna, o non esiste se non per chi dispone della forza.

Io non ho mai detto che l'Anarchia, specie nei primi tempi, sarà l'Arcadia o l'Eldorado. Vi saranno purtroppo guai e difficoltà inerenti all'imperfezione ed al disaccordo degli uomini; ma se v'è probabilità che i mali siano minori che in qualsiasi regime autoritario, ciò mi basta per essere anarchico.

Il benessere e la libertà di tutti, l'abolizione della tirannia e della schiavitù non si possono avere se non quando gli uomini si sforzino di armonizzare i loro interessi e si pieghino volontariamente alle necessità sociali. Ed io credo che, abolita la proprietà individuale ed il governo, distrutta cioè la possibilità di sfruttare ed opprimere gli altri sotto l'egida delle leggi e della forza sociale, gli uomini avranno interesse, e quindi volontà, di accordarsi e risolvere i possibili conflitti pacificamente, senza ricorrere alla forza. Se ciò non fosse, evidentemente l'anarchia sarebbe impossibile; ma sarebbero anche impossibili la pace e la libertà.

Merlino non è persuaso quando gli dico che contro il volere degli uomini l'anarchia non si fa. Ma sa egli concepire un regime che si regga senza e contro la volontà degli uomini, o almeno di coloro tra gli uomini che pensano e vogliono? E conosce egli un regime che valga più di quel che valgono gli uomini che lo accettano?

Tutto dipende dalla volontà degli uomini. Cerchiamo dunque di educarli a volere la libertà e la giustizia per tutti, e a cacciare dal loro spirito il pregiudizio della necessità del gendarme.

Io dissi che non sono profeta, e Merlino trova che io rispondo come fanno i socialisti democratici quando si tenta di dimostrar loro gl'inconvenienti del Collettivismo.

Il caso non è eguale.

I socialisti democratici vogliono che il popolo li mandi al potere, a far le leggi, ad organizzare la nuova società, e quindi dovrebbero almeno dirci che uso farebbero di questo potere, e a quali leggi ci sottoporrebbero.

Noi anarchici invece vogliamo che il popolo conquisti la libertà e... faccia quello che vuole.

Avere fin da ora delle idee e dei progetti pratici è necessario, poichè la vita sociale non ammette interruzione, ed il popolo dovrà, il giorno stesso in cui si sarà sbarazzato del governo e dei padroni, provvedere alle necessità della vita. Ma queste idee potranno essere varie nei vari paesi e nelle varie branche della produzione, e se anche fossero sbagliate il male non sarebbe grande, poichè, non essendovi un potere conservatore che obblighi a perseverare negli errori, nè una classe costituita che di questi errori profitti, si potrà sempre cambiare e migliorare quello che alla prova non riesce bene. L'anarchia è, in un certo senso, il sistema sperimentale applicato all'arte del viver civile.

E poi, io non sono che un individuo, e io e tutti gli anarchici attuali non siamo che una frazione del popolo, e quindi potremmo dire tutto al più quel che vorremmo, ma non mai quel che sarà: il fatto dovendo essere necessariamente modificato dal concorso di tante altre volontà che oggi non sappiamo quali saranno.

D'altronde, pur non avendo nessuna inclinazione per l'arte profetica, io espressi alcuna delle mie idee sulla futura organizzazione sociale – e Merlino le ha confutate... alquanto puerilmente.

Io dissi, per esempio, che i servizi pubblici saranno fatti dalle associazioni dei lavoratori dei diversi rami e che queste associazioni baderanno nello stesso tempo al benessere dei loro membri ed al comodo del pubblico. E Merlino dice che queste associazioni, al pari dei corpi governanti, baderebbero prima al comodo dei propri membri e poi, se mai, a quello del pubblico. Può darsi benissimo: ma siccome ogni lavoratore da una parte è membro di un'associazione di produzione e dall'altra è parte del pubblico, è probabile che si accorgerebbe presto che al giuoco di tirare ognuno al proprio vantaggio, ci si perde tutti, e perciò penserebbe che vale meglio accordarsi e lavorare tutti di buona voglia per il bene generale. Tutt'altra è invece la posizione del governante, il quale impone agli altri le regole di lavoro e può accomodar tutto a profitto suo e dei suoi amici.

Io dissi che l'opinione pubblica impedirebbe alle associazioni di prevaricare; e Merlino mi domanda se vi sarà un'insurrezione popolare contro ogni Amministrazione che non obbedisse al volere del popolo. Eppure non è molti giorni che Merlino ha scritto, ed a ragione, che se il popolo sapesse volere potrebbe, anche nel regime attuale, nonostante le ricchezze ed i soldati di cui dispongono le classi dominanti, impedire moltissimi abusi ed imporre il rispetto di molte libertà! La tesi che sostiene Merlino deve essere davvero molto cattiva, giacchè egli si vede costretto a ricorrere alle barzellette dei reazionari.

Io parlai dei legami di dipendenza reciproca tra le Associazioni, e Merlino non intende di che legami io parlo. Ma non è chiaro che il fornaio, per esempio, ha bisogno del mugnaio che gli fornisce la farina, del contadino che fornisce il grano, del muratore che gli fa la casa, del sarto che lo veste e così all'infinito? Non è chiaro che tutti hanno interesse e bisogno di mettersi d'accordo con tutti? Ma come si stabiliranno questi accordi? domanda Merlino. Mediante patti, obbligazioni, Comitati federali, Congressi? Con questi o con altri mezzi, ma non certo, se i lavoratori ci terranno ad esser liberi, mediante Parlamenti che faccian la legge e che la impongano a tutti colla forza.

Io reclamavo infine, come garanzia contro il costituirsi di monopoli a danno del pubblico, il diritto di tutti ad entrare nelle singole Associazioni ed usare dei mezzi di produzione che esse adoperano. E Merlino risponde immaginando un cantiere invaso da gente che vuol mettere le mani dappertutto, o una farmacia dove dei dilettanti vadano a rimestare e confondere tutto. Non sembra proprio di sentire un parruccone il quale, volendo combattere la proposta di aprire al pubblico un giardino, dicesse che tutta la popolazione vorrebbe entrare contemporaneamente nel giardino e morrebbe pigiata e soffocata? In pratica poi risulta che quando si apre un pubblico giardino il diritto per tutti di andarci a passeggiare basta per impedire il monopolio, ma non produce niente affatto un affollamento che distruggerebbe il piacere di passeggiare. Il mio concetto era chiaro: io parlavo del diritto che deve avere la gente di provvedere da sè ad un dato lavoro, quando coloro i quali lo fanno volessero servirsene come mezzo per sfruttare ed opprimere gli altri; e non già del diritto degli sfaccendati di andare a disturbare chi lavora.

Ma insomma, le idee mie possono essere sbagliate, e, come ho detto, non sarebbe gran male, perchè io non voglio imporle a nessuno. Merlino però, il quale si lamenta che noi non vogliamo fare i profeti e non definiamo abbastanza le nostre idee sull'avvenire, dovrebbe dirci lui che cosa è che vuole.

Non crede nell'«amministrazione» dei socialisti democratici, non nelle associazioni degli anarchici, e tampoco vuole egli demolire il presente senza preoccuparsi dell'avvenire. Che cosa vuole egli dunque?

Criticare le idee degli altri è ottima cosa, ma non basta. Noi sappiamo che tutti i sistemi hanno i loro lati deboli: il nostro come quelli degli altri. Ma per rinunziare al nostro bisognerebbe che ce se ne proponesse uno che abbia meno inconvenienti.

Tutto è relativo. Noi siamo anarchici perchè l'Anarchia, nel senso che noi diamo alla parola, ci pare la migliore soluzione del problema sociale. Se Merlino conosce qualche cosa di meglio, ce lo insegni subito.

MERLINO

CONTRASTO PERSONALE

Nota secca di Merlino apparsa sull'Agitazione del 30 dicembre 1897.

Credevo che, non fosse che per l'amicizia che ci lega, Malatesta e io avessimo potuto polemizzare senza darci del farabutto e del mascalzone l'uno all'altro. Ma mi sono ingannato. La polemica appassiona e un uomo appassionato non riesce, fosse anche Catone in persona, a mantenersi giusto ed equanime. Malatesta poi è uomo di parte, è immerso dalla gioventù nelle lotte politiche, difende il suo passato, crede forse che sia in giuoco nella polemica tra noi impegnata, la sua posizione di capo morale del partito anarchico italiano, e quindi gli riesce meno che ad altri di discutere serenamente.

Il sistema da lui prescelto per combattermi è il seguente.

Mi dice un mondo di cortesie: io sono un uomo che cerco la verità, che rifuggo da' cavilli, che non ricorro ad artifici retorici per mettere in imbarazzo l'avversario ecc. ecc.. Ma poi si meraviglia che io giro attorno alla questione, che cerco di impressionare il lettore con una certa apparenza di spirito pratico, e mi dà del reazionario a tutto pasto. «Merlino ragiona come fanno i conservatori». «M. si vede costretto a ricorrere alle barzellette dei reazionari». «Sembra proprio di udire un parruccone» ecc. ecc..

Queste invettive si capisce bene a che servono – Un proverbio dice: dà ad uno del cane e potrai sparargli addosso. Malatesta non lo fa ad arte, ma sente che se riesce a farmi credere reazionario da' lettori del suo giornale, egli toglie ogni credito ai miei argomenti, e se anche io ho ragione ed egli torto, tutti daranno torto a me e ragione a lui. Egli quindi mi gratifica ad ogni pie' sospinto dell'epiteto di reazionario. A forza di sentirlo dire e ridire, il lettore si abitua all'idea che io sono diventato un difensore accanito dell'attuale ordine di cose, e finisce per crederci fermamente e per appassionarsi contro di me in guisa tale da non potere più apprezzare serenamente i miei argomenti.

Io potrei valermi, verso Malatesta, dello stesso metodo: potrei, se volessi, valendomi di certe recenti sue dichiarazioni intorno alla necessità di lottare per i miglioramenti attualmente possibili, prendermi il gusto di dipingerlo agli occhi dei suoi amici per un reazionario, od almeno per un rivoluzionario che si avvia a diventare reazionario.

Preferisco di chiudere la polemica – rimandando il lettore, che abbia la curiosità di conoscere quale sia la soluzione, non collettivista-autoritaria, nè anarchico-amorfista, che io propongo al problema sociale, ad un volumetto che verrà pubblicato fra giorni dal Treves. [Si tratta de L'Utopia collettivista – N.d.r.] Quanto al Malatesta, lo avverto che la prima volta che egli pensando con la sua testa dissentirà da' suoi amici, questi lo tratteranno, se già taluni non lo trattano, come egli tratta me; ed egli non potrà dolersi di loro, perchè saranno stati educati alla sua scuola.

MALATESTA

CHIARIFICAZIONE SULLA POLEMICA

Risposta di Malatesta: Agitazione del 30 dicembre 1897.

Mi duole che Merlino si sia offeso della mia risposta; ma a me non pare di essere andato oltre i limiti permessi in una polemica cortese tra persone che si stimano. Notai la somiglianza tra alcuni suoi argomenti e quelli addotti ordinariamente dai conservatori e dai reazionari, così come egli aveva detto che io rispondevo come fanno i socialisti-democratici. È offensivo questo? Per me non v'è mai offesa quando non si dubita della sincerità del contraddittore. In ogni modo, poichè Merlino vuol troncarla, io non insisterò; e aspetterò il suo nuovo volume per giudicare la soluzione ch'egli propone al problema sociale. Di una sola cosa vorrei fosse sicuro il Merlino, ed è che se egli o chiunque altro mi convincesse che sono in errore, io lo confesserei subito, malgrado il mio passato ed il mio presente.

MALATESTA

CONCLUSIONE

Conclusione della polemica pochi giorni prima dello arresto del Malatesta. L'articolo è pubblicato dalla Agitazione del 13 gennaio 1898 e prende spunto da un'allusione alla polemica contenuta in un articolo che Merlino aveva pubblicato sulla Rivista Popolare diretta dal Colajanni.

Per una deferenza personale, che qualcuno ha voluto rimproverarci e di cui non ci pentiamo, e per l'onesto desiderio di far udire ai nostri lettori le due campane e metterli in grado di poter giudicare con piena cognizione, noi aprimmo a Merlino le nostre colonne.

Egli preferì dichiararsi offeso della critica del Malatesta e troncar la polemica... per andarci poi ad attaccare, incidentalmente, in nota ad un suo articolo pubblicato nella rivista del Colajanni.

E questo è nel suo diritto. Egli può attaccarci e criticarci quando e dove gli pare; ma però non dovrebbe credersi in diritto di falsare le nostre idee, che egli conosce, poichè non è ancora molto tempo che insieme a noi le professava e difendeva.

Nella nota sopraccennata egli dice: «Solo qualche anarchico amorfista può dire con Malatesta: Noi anarchici vogliamo che il popolo conquisti la libertà e faccia quello che vuole».

Lasciamo stare, perchè non importa alla questione, se si tratta di qualche o di molti o di tutti gli anarchici. Ma perchè mai Merlino ci chiama amorfisti?

Storicamente, questa parola è stata adoperata o per indicare un modo speciale di concepire le relazioni tra uomini e donne, o, più comunemente, per distinguere i partigiani di certe concezioni individualistiche della vita sociale, che ebbero voga negli anni scorsi fra anarchici e che a noi sembrarono, d'accordo allora col Merlino, delle aberrazioni. E in quel senso l'appellativo di amorfisti, in bocca a Merlino e diretto a noi, non è che un gratuito insulto.

Etimologicamente poi, amorfista vuol dire che non ammette forme. Che cosa autorizza il Merlino a pensare che noi abbiam perduto il ben dell'intelletto al punto di creder possibile l'esistenza di una società, di una cosa qualunque, che non abbia una qualsiasi forma?

Amorfisti, perchè vogliamo che le forme che assumerà la vita sociale siano il risultato della volontà popolare, della volontà di tutti gl'interessati? Ma dunque il Merlino vuole che qualcuno le imponga al popolo contro o senza la volontà del popolo stesso? E le conservi con la forza anche quando avran cessato di rispondere ai bisogni ed al volere degl'interessati?

Discutiamo fin da ora dei vari problemi che possono presentarsi nella vita sociale e delle varie soluzioni possibili; facciam pure dei progetti sul modo di amministrare gl'interessi generali ed indivisibili del consorzio umano; prepariamo nelle associazioni e federazioni operaie gli elementi della riorganizzazione futura: tutto questo è utile, è indispensabile, perchè il popolo abbia una volontà illuminata e possa attuarla. Ma insistiamo perchè la riorganizzazione sociale si faccia dal basso all'alto, per il concorso attivo di tutti gl'interessati, senza che nessuno, individuo o gruppo, minoranza o maggioranza, despota o rappresentante, possa imporre con la forza alla gente quello che la gente non vuole accettare.

Merlino ci presenta una specie di schema di costituzione politica.

«Bisogna distinguere» egli dice, «le faccende più importanti e di cui tutti più o meno s'intendono, e queste farle decidere direttamente dal popolo nei Clubs o Associazioni, i cui delegati si riunirebbero, come nelle Convenzioni americane, unicamente per concretare la soluzione definitiva in conformità dei mandati ricevuti. Per faccende meno importanti e per quelle che richiedono speciali cognizioni, costituire Amministrazioni speciali – senza legame gerarchico tra loro – soggette al sindacato popolare». «Avanti tutto il popolo deve concorrere alla nomina degli amministratori pubblici; poi questi devono offrire guarentigie di capacità, inoltre vi devono essere regole di amministrazione che impediscano gli arbitrii e i favoritismi; gli amministratori devono rimanere uguali a tutti gli altri cittadini e ricevere in compenso delle loro fatiche un trattamento approssimativamente uguale a quello che i cittadini tutti ricavano dal loro lavoro; infine gl'interessati devono potersi opporre agli atti ingiusti degli amministratori pubblici e chiamare questi ultimi a render conto pubblicamente dell'opera loro». «Bisogna, sulla base dell'uguaglianza delle condizioni economiche, elevare un sistema di amministrazione pubblica emanante direttamente dal popolo e non soggetto a nessun centro di governo».

Ma come si deve arrivare a questa e a qualsiasi altro modo di amministrazione degl'interessi collettivi? Ecco per noi la questione importante. Deve la nuova costituzione sociale esser formulata di getto da una costituente nazionale o internazionale, ed imposta a tutti? O deve essere il risultato graduale, sempre modificabile, della vita stessa di una società d'individui economicamente e politicamente eguali e liberi? Deve il popolo, dopo abbattuto il governo, nominarne un altro, il qual poi dovrebbe, secondo l'utopia dei socialisti democratici, eliminare se stesso; o deve distruggere completamente il meccanismo autoritario dello Stato e formare un regime libero per mezzo della libertà?

Questo Merlino non dice, e questo è il punto di divisione tra socialisti democratici e socialisti anarchici.

Nella sua conferenza di domenica a Roma, Merlino avrebbe, secondo il resoconto dell'Avanti! combattuto gli anarchici liberisti assoluti (ecco ancora degli appellativi di sapore equivoco), «perchè col loro sistema i prepotenti avrebbero modo di schiacciare i più deboli ed i più docili».

Dunque Merlino per mettere un freno ai prepotenti vorrebbe... mandarli al potere! O crede egli che al potere vi andrebbero i più deboli, ed i più docili?

O santa ingenuità!